ウィリアム・フォークナーの
William Faulkner
詩の世界
楽園喪失からアポクリファルな創造世界へ
小山敏夫
Koyama Toshio

関西学院大学出版会

ウィリアム・フォークナーの詩の世界

楽園喪失からアポクリファルな創造世界へ

目次

序論　アポクリファルな創造世界へ向けて

ウィリアム・フォークナーの文学と言えば、まず、『響きと怒り』、『サンクチュアリ』、『八月の光』、『アブサロム、アブサロム!』、『行け、モーセ』、あるいはスノープス三部作などを中心にしたヨクナパトーファ世界を描いた一連の小説が脳裡に浮かぶであろう。そしてその世界をさらに拡大すれば、人口に膾炙した数々の短編であったり、ヨクナパトーファ世界を離れた『野性の棕櫚』（『エルサレムよ、もし汝を忘れなば』）や『寓話』であり、具体的な詩人としてのフォークナー像はほとんど浮かんでこない。確かに散文の世界こそがフォークナーの真骨頂であり、習作的な詩への関心度が低いのも無理からぬことである。だが、フォークナーは終生詩人に憧れ、しばらくは韻文を文学創造の核にした時代を過ごし、詩人の魂は最後まで持ち続けて創作をしたことを忘れてはならない。彼の語る言葉には豊かな詩情が息づいており、その詩（詩的想像と詩的リズム）がフォークナー文学の根幹にあることを否定する者は誰もいないであろう。

フォークナーは早くに詩に興味を覚え、一九一〇年（一三歳）頃からスケッチや物語に加えて詩を書き始め、一九二一年（二四歳）頃を詩作の頂点にしながら、一九二四年、あるいは一九二五年のごく初期まで詩作を中心にした創作活動をしている。少年期は別にして、フォークナーの主な詩作の時期は一九一八年ぐらいから一九二四年頃までと考えてよいが、その時期は、先輩詩人の模倣・翻案といった影響の時代から成熟・独創への道を歩み始めた七年間であった。その後フォークナーは、ニューオーリンズやヨーロッパでの創作時期を経ながら、詩から小説に移行していくわけであるが、その道程は長く険しく、先人の蓄積から学ぶ長い準備期間があった。そしてこれらの詩作時代を中心に書いた詩篇や詩集は、相当な数にのぼり[1]、そこには「詩人フォークナー」の足跡が深く刻まれているのである。

フォークナーは、この習作時代を通じて実に多くの先人の創作を糧にして成長していくわけであるが、自国はもちろんのこと、イギリス・フランスをはじめ諸外国の文学に親しみ、それらの精髄を巧みに作品の中に吸収し浸潤させながら、独自の文学世界を創造していった作家は、アメリカの現代作家の中では希有な存在であろう。フォークナーの見習い期間が他の同時代のアメリカ作家に比べて相当長いのも、それだけ熟成期間が必要だったのであり、それこそがやがて独自な創造につながっていくのである。フォークナーにとって模倣（ミメシス）は大きな目標を達成するための必要な修養過程であり、二章で述べるように、ハワイへ去ろうとする恋人エステル・オールダムへの求愛の「歌」も見事な借用であった。それはまた和歌や連歌の本歌取りにも似て、三章で詳しく触れるT・S・エリオットが先人の創作を典拠にして書いた詩を、さらにフォークナーがひとひねりして書いている詩もある。あるいは、最初にフォークナーの目を開いたアルジャノン・スウィンバーンの詩や詩想の翻案は随所に見られ、またミシシッピ大学の特別学生の時代には、アーサー・シモンズが翻訳したヴェルレーヌの四篇を、さらに翻案している例なども見られる。それはまた詩に限らず散文の世界でも見られ、フォークナーは実に巧みに先人の借用をしていくのである。後年フォークナーが「芸術家というのは必要なら躊躇せずに母親からでも強奪する」[2]、と言ったのは彼の創作の貪欲な一面を物語っている。また四章の「ミシシッピ大学と詩人ウィリアム・フォークナー」でも詳しく触れるが、この準備期間には、先人の詩の翻訳・翻案も加えて、伝統的な定型詩の規則を遵守しながらさまざまな詩作の実験を重ねた「詩人フォークナー」の姿が見られる。一九一六年に出版されてフォークナーに強い影響を与えたと考えられる『創造の意志』で、ウィラード・ハンティントン・ライトは、「詩」を解説して、「偉大な詩を書く能力は偉大な散文を書くすばらしい準備だ。実際に、詩と散文は本質的に同義語であるべきだ」(3)、と簡潔な形で述べているが、まさにフォークナーはその階段を踏んでいったのである。

だがフォークナーの詩そのものの評価は低い。時には独特の感性に見合う高度な洗練と技法を必要とする韻文にあっては無理からぬことかもしれないが、ただ難解と言われるフォークナーの文体の根底には、逆説的だが、『大理石の牧神』の八一〇行に及ぶ八音節二行詩の規則的な詩行、あるいは『ヘレン——ある求愛』や、『緑の大枝』の後半に組み込まれているソネットを初めとする多くの定型詩のリズムや詩心があることを忘れてはならない。定型詩の規則に則って作詩されたものには、押韻やリズムを重視して選ばれ凝縮された詩的言語のリズムや、ソネット的な思考形態が根幹に流れているのである。ソネット的な思考形態については八章の『ヘレン——ある求愛』でも触れるが、たとえば「提示部」、「説明部」、「結論部」という基本構造と緻密な論理構造は、詩集の一六篇全体の構成にも浸透しており、これらは『蚊』を初めとする多くの散文の全体構造とも深く関連している。また押韻やリズムを重視して選ばれ凝縮された詩的言語に関しても、『大理石の牧神』の序文でフィル・ストーンが賞賛した、「言葉に対する特別な情感、言葉の音楽性、柔らかな母音への愛着、本能的な色感やリズム感」(4)もフォークナー文学全体の特徴にも通じている。

そして三章で詳しく論じるが、A・E・ハウスマンや、ジョン・キーツ、コンラッド・エイケン、T・S・エリオットなどを初めとする多くの詩人の影響はフォークナー文学の最後まで残っていくように、この詩作時代に先人から学んで培った文学土壌には計り知れないものがあり、フォークナーは時にはそれらを換骨奪胎しながら独自の小説世界を再創造していくことになる。そこには早熟の天才芸術家がよく見せる、あからさまな伝統の否定や破壊はなく、まずなにより豊かな芸術伝統を自己の糧にして、次に新しい独自の芸術の境地を求めたのである。しかもその修行時代にも、彼独自なものはいつも底流にあり、たとえば詩篇「ミシシッピの丘——わが墓碑銘」に盛り込まれた土着的な詩情は、詩歌集だけでなく、ヨクナパトーファ世界全体に共通して流れ続けており、フォークナーの韻文と散文は不可分の関係にある。第二作目の長編『蚊』で、酩酊したフェアチャイルドが、「天才とは、心の受難週、無時間の至福の瞬間」であり、それは「知性とか頭脳とは無関係な、愛、生命、死、性、悲しみといったこの世を象る陳腐な諸々が、ある瞬間に完全に調和して一つになり、何か壮大で時間を超えた美を表象する受け身の心理状態」[5]だと言うが、それは、三章で触れる、キーツの「否定の受容能力」(“negative capability”)や、アーチボルド・マクリーシュの「希有で幸運な瞬間の詩的言語」にも通じている。マクリーシュは、

> これらの知覚の瞬間は、まさにリルケの言うとおり、希有な瞬間であるが、ひとたび知覚されたときに表現されるのは詩においてである。というのは、詩だけが知覚を完全に表現できるからだ。人間が手にする他の表現手段はそれらを説明し、われわれの経験やわれわれ自身を一般化することはできよう。詩は生命と人間の所有物なのだ[6]。

と述べているが、まさにフォークナーは、これらの至福の瞬間の詩的表現に全力を傾けようとしていたのであり、それはやがて散文に生かされていくことになる。

七章や一〇章でも触れるが、フォークナーは自らを「挫折した詩人」(“failed poet”)と呼び、「たぶんどんな小説家でも最初は詩を書こうと思います。それがだめだと分かると、短編を書こうとします。それは、詩に次いでもっとも厳しい形式を要求するからです」[7]、と言っているが、フォークナーはしばらくとはいえ、「厳しい形式」に自らを律して韻文の世界に身を投じたのである。またフォークナーの、「私は詩人になりたかった。そして現在も挫折した詩人だと思っています。小説家とは思っていなくて、詩人ができることを取り挙げなくてはならない挫折した詩人だと思っています」[8]、という言葉からも、「詩人」に対する強い執着が伝わってくる。あるいは二章の「輻輳する性——両性具有」でも触れるが、フォークナーは最初の長編『蚊』で、シャーウッド・アンダソンをモデルにしたドー

ソン・フェアチャイルドに、詩を書いた頃は言葉の力と美しさに驚いたと述懐させているが、それは「詩」を忘れたアンダソンに対する批判であると同時に、フォークナー自身の回顧と自戒の表明でもあろう。さらにフォークナーは、詩の定義を聞かれて、「詩というのは、人間の状況の感動的で情熱的な瞬間が蒸留されて、絶対の本質になったものだ」(9)、と述べているが、そこからも、フォークナーがどれほどまでに詩（詩心）に執着した創作を志向し、また心底では詩人であり続けようとしていたかがあらためて伝わってくるのである。

この詩心ということと散文の関係で言えば、フォークナーはよく一つの心象風景（タブロー）から物語を紡ぎ出す創作の契機を特徴としており、彼は率直に、「私の場合、物語は通常一つの考え、記憶あるいは心象風景から始まります。だからその物語を書くとは、その瞬間がなぜ起こったか、次にどんなことが起こったかを説明しながらその一点を敷衍していく作業の問題になります」(10)、と語っている。その典型の一つは、フォークナー自身が語っている、「祖母の葬儀を窓から覗くために梨の木に登った、小さい少女の泥で汚れたズロースのお尻」という「心象風景」(11)から書き始めた『響きと怒り』であろう。この長編は、一つの凝縮され象徴性を帯びた詩的な心象風景を起点として、そこから次々に言葉が紡ぎ出されて膨らんでいったのである。あるいは、すぐ後で触れる「ライラック」に現れる心象風景には、後に膨らんでいくさまざまなフォークナー文学の萌芽があるし、その他、たとえば『春の幻』に現れる、心象風景や象徴的なイメジャリには、すぐにも『土にまみれた旗』や『響きと怒り』の主題と結びついていくものが多々ある。さらにこれらの心象風景は、記憶や過去の感覚とも深く関係する。『八月の光』の六章の初めの、「記憶は知性が記憶する前に信じている」、という語り出しは、幼児体験の心象風景がクリスマスの身体全体に染みこんで、それが全体の小説の核になり、その記憶自体が語り（言語表現）となっているということであるし、翻ってそれは、「過去というものはない。すべて現在だ」、という時間認識に立ち戻る。それは、「エマソン・ソロー賞」を受賞したT・S・エリオットがアメリカで、『四つの四重奏』の「ドライ・サルヴェージ」を引き合いに出しながら、「私の個人的な風景は一つの複合物」(12)と言った心情にも通底しており、一つの詩的な心象風景が幾重にも重層化して膨らみ、過去の時間と風景が現在に結びついているのである。

また、フォークナーの韻文から散文への移行過程を見ると、初期の散文では以前の詩的な痕跡が露わな形で残っているものが多く、そのことは、いかに韻文が散文の中に融合して自然な語りになっていくかの過程を物語っている。一〇章で述べるように、フォークナーの最初の長編『兵士の報酬』には、詩作時代に関連する具体的な詩人や詩そのもの、あるいは詩情が色濃く残っており、この詩作時代と散文との直接的な関係は『土にまみれた旗』まで続いている。フォークナーはこの三作目の長編に大きな自信を示し、周囲の冷ややかな反応に失望したが、それは、詩人の魂を全身で吹き込んだ作者の気持ちと、一般読者を念頭に置いたプロットやまとまりのある物語を重視する周囲との大きな落差を物語っている。『土にまみれた旗』の最後の、ミス・ジェニーを横にしてナーシサがピアノを弾いている場面は、三章でも述べるように、人間の運命的な営みと、それを凌駕するキーツ的な美の世界が詩的に凝縮されている典型であろうが、フォークナーはこのような詩情に軸足を置いて描いた散文世界に大きな自信を示したのである。だが詩情はさておき、一貫したプロットを欠く物語に周囲は困惑し、詩的な凝縮と物語性の融合は『響きと怒り』を待たなければならなかった。そしてこのような詩情を軸とした描き方は、『死の床に横たわりて』あたりから少しずつリアリズム的な作品傾向を示し始めるが、一〇章でも繰り返すように、後期の散文でも詩情そのものが消えることはなかったのである。

本書ではこのような「詩人フォークナー」を念頭に置きながら、四章から九章まで具体的に詩篇と詩集を検討していくが、フォークナーが書いた韻文を見ていくと、長編詩の『春の幻』などを除けば、ブランク・ヴァース（無韻詩）や自由詩的なものより定型詩が圧倒的であり、フォークナー自ら悪文と認める文体を知る者にとってはある驚きを覚える。いわば、フォークナーが固執した伝統的な定型詩と、そこで培われた、凝縮され厳選された詩語の世界や芸術的な様式美と、よく言われるフォークナー文学や文体の難解さとは一見矛盾しているように見える。しかし先に強調したように、フォークナーは終生詩人の魂を失わずに文学活動を続けたのであり、その深い色合いを湛えた詩的言語にこそ、底深いフォークナー文学の深淵があり、それが文体に反映されているのである。福田立明が、「律動美溢れる彼の文体は、読者により黙読のうちにも音読される」[13]、と言っているが、それは詩的言語のなせるわざであり、その律動感や音声的資質を持った文体の根源には、土着のアウラのようなものを秘めた詩的言語が谺している。このフォークナーの音響の特徴を備えた言語を読み込む批評家に、ウォリック・ウォドリントンがいるが、彼は、読者が声を出す「行為遂行的な読み」("performative reading") を行うことによってテクストが完成されると主張し、フォークナーのテクストの「発声」("spoken voice") を重視する[14]。同じくスティーヴン・M・ロスは現象学やディスコース理論を用いながらフォークナーの諸作品を構成する「声」を四つに分類し[15]、「声」あるいは「音」が彼の小説の言葉の根源にあることを強調している。

この「声」や「音」という分析にも見られるように、フォークナー自身が音楽（形式）に強い関心を持っていたことにも注目すべきであろう。彼はある会見で、「純粋な音楽ならもっとうまくやることを、私はぎこちなく言葉で表現しようとします。すなわち、音楽ならもっと上手にもっと簡単に表せるのに、私は言葉を用います。というのは、聞くより読むほうが好きです。私は、音より沈黙のほうが好きで、言葉で創り出されたイメジは沈黙のうちに起こります」[16]、と言っているが、これは逆説的に、彼の書かれた沈黙の詩的言語が反転して「声」や「音」となって訴えてくると考えてよいであろう。それは後でも触れるが、フォークナーが強い影響を受けたと考えられる、アーサー・シモンズの『文学における象徴主義運動』の中で、シモンズが、ヴェルレーヌの詩を、「聴覚と視覚がほとんど同じで、彼は音で詩を書き、詩行と詩情が音楽になっており」[17]、それはホイスラーが音楽用語を詩にあてはめて描いたのと同じようだと分析しているが、フォークナーもまた、「ことば」と「音」を同次元におく詩人を志向したのであった。

フォークナーはまた、「ある小説家は詩の手法を使いますね」という質問に、「リリシズム」（叙情詩調）という言葉を用いながら次のように応えている点も同じ趣旨であろう。

［ジョセフ・］コンラッドは時々使いました。ミシシッピ・ヴァレイの多くの作家も使っています。シャーウッド・アンダソンもそうです。［アパラチア］山脈の東側に住む作家たちはヨーロッパ的な志向があり、リリシズムに頼る必要はありません。彼らは使う小説の素材に対して、より明白で、より厳密で合理的な考え方を持っています……しかし、いわゆるプリミティブなものには――それは粗野で、中西部的とも言えますが――リリシズムへの傾向が強くなります(18)。

すなわちここでフォークナーが言おうとしているのは、彼の文学世界が、ヨーロッパや東部の合理的・論理的な思考ではなく、叙情詩的で音楽的なリズム性の強い豊穣な言葉を背景に持っており、いわばその詩的空間こそが彼の言語（想像）空間なのだということであろう。

そしてさらに言えば、この言語空間とは、フォークナーの文体そのものでもある。フォークナーが自らの文体と文学の本質に触れて、

私は私自身と世界である同じ物語を繰り返し繰り返し語っています。トム・ウルフは、すべてのこと、世界プラス「私」、あるいは「私」を濾過した世界、あるいは彼が生まれ、しばし歩いてまた横になった世界を包み込もうとする「私」の努力を一冊の中に書き込もうとしていました。私はその先を行こうとしています。だから私の文体は、曖昧、入り組んだ形のない「文体」、終わりのない文章といわれるゆえんだと思います。私は、大文字から始まってピリオドで終わる一文の中に、あらゆる事を言おうとしているのです(19)。

と言うとき、文体と詩的空間は不可分の関係になっていると言ってよい。「大文字から始まってピリオドで終わる一文」という表現と、「厳しい形式」である詩を書いて「人間の状況の感動的で情熱的な瞬間」を蒸留しようとする詩人の

文学態度は、深いところで共鳴しあっているのである。

この文体を早くに見抜いていたのは、三章と六章で触れる、一九二一年の書評でフォークナーが高く評価した詩人のコンラッド・エイケンであろう。エイケンは一九三九年に、

ジム・ユアロプのジャズバンドが醸す、溢れるばかりの熱帯の豊かな音色のようで、ジャングルの繁茂した蔓植物やどう猛な花が目の前に姿を現しているようだ。それらは、壮麗に、際限なく絡み合い、蛇のようにきらめきながら動き、次々にとぐろを巻き、葉と花が魔法のように永遠に撚り合わさっているようだ(20)。

とフォークナーの文体をフォークナーまがいの文体で表現している。またエイケンは、バロック様式のように入り組んだ文体を、「まるでフォークナー氏が、何か必死で急ぎながら、一つの恐るべき集中力で、われわれに一切のもの、すなわち、あらゆる究極の始源、根源、特質、資質、あるいはあらゆる展望しうる未来や変転などを語り込もうとしているようだ」(21)、と述べているが、これは詩人の目で見たフォークナー評であり、フォークナーの小説に読み取れる詩的神髄を鋭く抉っている。さらにエイケンは、フォークナーが小説形式にずっと執着していたことに注目し、文体とテーマ、そして小説形式が不可分の関係にあることを指摘しているが、その小説形式は、五章以下具体的に論じる詩集(連続詩)でフォークナーが目指した交響楽形式とも密接につながっているのである。

そしてこの形式は、先ほど触れた心象風景だけではなく、一つ一つの言葉や文章、そして文体にも通じることは言うまでもない。音楽家の武満徹が、フォークナーを読み込んだ大江健三郎の文体を、「眼の背後の暗闇」から掴みだす言語という表現をしながら次のように語っているが、それはフォークナーの文体と言い換えても何の違和感もないであろう。

それに反して、大江健三郎の言語空間は、途方もなく冗舌なものである。そこは言語（ことば）が犇めく坩堝であり、ことばは相互に反響(こだま)し合い、変質をつづけている。言語の化学変化。

だが、この大江の言語＝イメージの氾濫の奥底からは、やがて、巨大な沈黙の響きが聴こえてくる。予知しえぬ心象(イメージ)の複合や重層が、堆積する地層の縞模様のような超越的な風景を摘出する。一片の化石が、その内部に、巨大な風景の全容を、さらに、それが創造された測り知れぬ時空を潜めているように、大江が、かれの「眼の背後の暗闇」から掴みだす言語、そのイメージの砕片は、かれの小説の全体を、すでに、先験的(アプリオリ)に映しだしているのだ……作家が意識の鑢(やすり)によって立ち向かう、かれの「眼の背後の暗闇のひろがり」において、大江健三郎ほどのひろがりと深さを有つ作家は稀である。言語が比類ない質感を具えるのは、内面の闇を凝視する、作家の、透徹した眼差しによってであり、内面の原質はそれによって抽象性を獲得すると同時に、動かし難い具象性をさらに深めるのだ(22)。

この武満が語る大江の文体（気質）や文学の本質は、詩的言語や詩的文体が生み出す言語の質感から生み出されるもので、それはそのままフォークナー文学の特質と言ってよい。大江は特に、『万延元年のフットボール』執筆の前にフォークナーに強く惹かれたようであるが、彼がフォークナーを読みこんで深い共鳴を覚えたのも多分にこの言語感覚にあったであろう。いわばここでは詩的リズムを持った言語（文体）を追う読者の心に、「聴く」ことと「視る」ことが共振しているのである。これは三章でも言及する、世紀末の芸術家たちが求めた共感覚（synesthesia）にも通じる。さらに大江とフォークナーには、「森のサーガ」と「ヨクナパトーファ・サーガ」という共通した文学空間があるが、繰り返せば、その根底には「透徹した眼差し」で描き出された「内面の原質」（詩）の世界があるのである。これはまた、「アクチュアルなものをアポクリファルなものに昇華し」、「人々の金鉱を拓いて」、「私自身の宇宙」(23)を創造しようとする創作態度とも無縁ではない。そして、「人間の状況の何か感動的で情熱的な瞬間」を表現し、完全無欠でなくてはいけないという彼の信念とつながっており、それは一九五〇年の『短編集』を編集するさいに述べた、「各々の作品が一つの意匠を持つだけではなく、一芸術家の作品の全体、あるいは総体も意匠を持たなくてはいけない」(24)、という彼の総体性や統一性の創作原理ともつながっているのである。

またこの総体性や統一性と関連して、フォークナーが作品創造のさいに交響楽的な構成をいつも脳裏に描いていたことも注目すべきであろう。この交響楽形式については対位法やフーガ形式とともに、エイケンとの関わりで別のところでも言及することになるが、ここでは一九一五年発表の『納骨のバラ』(*The Charnel Rose*)の序文に盛られた意味を考えておきたい。エイケンは、この序文で、

交響楽では、象徴がテーマのように繰り返され、それらは時には無変化のまま、時には変化しているが、それはいつもあるはっきりしたアイデアに関連づけられている。そしてここでは、もっとも典型的でもっともふさわしい肉体的な状況以外はすべての情感をはぎとることが起こっている……情感や知覚、すなわちわれわれが意識と呼ぶ心象の流れが舞台を維持しているのだ(25)。

と述べているが、これはいわゆる連続した意識の流れや、多音声的、あるいはフーガ的な副旋律が中心モチーフの旋律に関連づけられ、やがてそれらが一つに収斂していくことを物語っている。それは先ほど触れた心象風景の連続性につながるし、対位法や一連の不協和音が、最終的に交響曲の中で一つのモチーフやテーマに収斂されていくことを表しており、フォークナーの創作原理そのものとつながっている。

さらにまた、この中心モチーフへの収斂と総体性という創作原理には、フォークナーの時間意識や歴史認識が背景にあることも忘れてはならない。フォークナーが、「ピンの頭に人間精神の全歴史を書き込もうとしている」、と語り、「私には、人間は一人ではなく過去の総和だ」、と言いながら、

実際には過去（was）というようなものはありません。というのは過去は現在（is）だからです……従って、物語で、一人の人間、あるいは一人の登場人物が行動しようとしている瞬間は、そのままの単なる一人の人間ではなく、彼を創り出した全てを体現しています。そして長文になっているのは、彼の過去と、可能であれば未来を、彼が何かをするその瞬間の中に投げ入れようとしているからなのです(26)。

と言う時、それは先ほど触れた一文の中に全部を言い尽くしたいという心情と同次元のものであろう。そこには、一人の人間を包み込む一切の時間や空間を描き込もうとする、いわば詩という凝縮媒体を志向するあくなき姿勢が読みとれ、それはフォークナー文学全体の総体性と深く関わっている。事実、これから順次論究していく詩集の、漠然とではあるがあるゆるやかなテーマと構成は、ニューオーリンズでの小品集や、多くの短編集のそれらと非常に類似しており、後のヨクナパトーファ世界の萌芽となっている。また六章で触れる『春の幻』の交響楽的な作品構成は、すぐにも小説の構造と結びついているし、八章で考察する『ヘレン――ある求愛』でのソネットの数々や、九章の『緑の大枝』のソネットや他の定型詩を見ていくと、多くのフォークナーの詩には、ソネットの特徴である三段論法的なテーマの展開があり、それ自体がプロットや物語の要素を具備していることも注目すべきであろう。

またこの文体に関しては、フォークナーの住んだ南部の土地感覚が反映されていることも見逃してはならない。彼は、

お察しのとおり、文体は孤独の結果であり、悪文として認められているものです。そしてその文体は、南部が受け継いだ地域あるいは地理的呪い（ホーソンなら人種と言うでしょう）によってさらに複雑になっています。そうですね、競馬の台帳とでも言うべきもので、それは「孤独からの南部的レトリック」、あるいは「孤独からの雄弁」とでも言いましょうか(27)。

とマルカム・カウリーに書いているが、それは先ほど触れたリリシズムとつながる南部の詩情とも深く関わる。

そこで本書では、フォークナーの詩の世界と散文の世界が有機的につながっていること、さらに詩の理解がフォークナー文学全体の理解に不可欠であることを念頭に置きながら、彼の詩作全般を研究対象として考察する。現在われわれが目にすることのできるフォークナーの詩篇全般については、注釈で言及したジュディス・センシバーのものが参考になる。本書で扱うのは、主として雑誌・新聞に掲載されたり、詩集として出版されたものが中心となり、全体の構成としては、一章から三章までを主にフォークナーの詩作の遍歴から彼の詩の特質や影響関係にあて、具体的な詩篇や詩集の論究を四章から九章までとした。そして、最後の章で韻文の世界から散文の世界への流れをたどり、フォークナー文学の韻文と散文の有機的な関わりを考察していくが、最終的にはフォークナー文学全体の、アポクリファルな創造世界の本質を探ることが本書の大きな目的である。

第一章　ウィリアム・フォークナーの詩作時代

一　少年時代から旅立ちまで

一八九七年に北ミシシッピのニューオルバニーで産声をあげたフォークナーは、一三歳頃からスケッチや物語に加えて詩を書き始めていたようである。しかしフォークナーが文学への本格的な関心を示し始めたのは、オックスフォードの高校在学中の一九一四年頃からであろう。その頃から四歳年上で、弁護士志望の博識で文学にも通暁していたフィル・ストーンとの親交が深まり、その彼がさまざまな文学への強力な導き手となる。ストーンは、フォークナーが絵を描き、韻文を書いていた頃の一九一四年に、「私は彼に、スウィンバーン、キーツ、当時の、コンラッド・エイケンなどの現代詩人、イマジストたちの詩、シャーウッド・アンダソンや他の散文作家の作品を与えた」(1)、と述べているが、これはフォークナーの一六、七歳頃にあたる。フォークナーはこの文学の誘いに応えて、折にふれてしたためていた詩をストーンに見せ、批評もしてもらうようになる。そしてフォークナーのこれらの文学との出会いとその後の遍歴の一部は、一九二五年に『ダブル・ディーラー』に発表されたエッセイ、「古い詩と生まれつつある詩――ある遍歴」に書かれている。彼はそこで、「私は一六歳の時にスウィンバーンを発見した。いやむしろ、スウィンバーンが私の青春の下生えから飛び出して私を発見した」(2)、という書き出しから、詩的遍歴を文学的に潤色しながら描いているように、フォークナーは高校の頃から詩の世界に足を踏み込んでいったことになる。

一方この多感な高校生は学校生活に馴染めず、一九一五年には中退することになる。それは、お仕着せの勉強より、自由な想像と創作の世界への憧れが強かったからであろうが、明確な将来への展望があっての中退ではなかった。フォークナーが詩人志向を表に出すのはまだしばらく後のことで、家族を含めた彼の周囲も詩人などまったく期待していなかったであろうし、文学より尚武の伝統を重んじる南部という環境の中では居心地の悪い状況であった。先ほど触れたエッセイでも、小さな町で「周囲とは違う」(3)姿勢をとろうとしたことを告白しており、彼の南部に対する複雑な心情は、一九三三年に書いた『響きと怒り』の序文にも赤裸々に表現されている。フォークナーはその序文で、「芸術は南部の生活の一部とはなっておらず」、南部の文学とは、「現在の状況を残忍な告訴の形で描こうとするか、どこにも存在しない刀、マグノリアの花、物まね鳥などの一時しのぎの領域へ逃げようとしている」(4)、と述べている。そして続けて、『響きと怒り』を執筆しながら、「(南部から)逃げようとし、同時に告訴しようとした」と語っているが、この孤高と逃避の姿勢や、陳腐で大言壮語的な空疎な文化に対する挑戦的な態度は早くからあり、彼を取り巻く現実と作家としての想像力世界の葛藤が次第に顕著になろうとしていたのである。

フォークナーは、高校を退学してバイトをしたり、一九一六年にはしばらく祖父のファースト・ナショナル銀行に帳簿係として勤めるが、文学志向の青年には不向きな仕事であった(5)。彼の主な関心事は文学や芸術であり、つれづれに詩を書き、それに加えて得意なスケッチや挿し絵なども描いて仕事とは別の世界を拠り所にしていたのである。そしてその一環として、ミシシッピ大学の年刊誌『オール・ミス』(一九一六―一九一七年号)の「社会活動」欄に、二人の男女が踊る様子をかなり様式化して描いたスケッチが掲載されることになるが、これはフォークナーの初めて公になった「芸術作品」であった。

このフォークナーの初期の不安定な文学活動と密接に関連しているのは、恋人エステル・オールダムの存在である。

ジェームズ・ワトソンが彼女と作品との密接な照応を最初期から最後まで跡づけているように、このエステルはフォークナーの初期の作品にさまざまな形で揺曳して個人感情が色濃く反映されている(6)。エステルは、長年の恋人の気持ちに背いて、当時ハワイで弁護士として華やかな生活をしていたコーネル・フランクリンと結ばれてしまい、フォークナーは激しい怒りと失望の淵に沈みこんで兵役の道を考える。そして米国空軍に志願するが身長と体重不足ではねられ二重の挫折を味わうことになる。その後心配したストーンの勧めもあってニュー・ヘイブンに行き、しばらくウィンチェスター銃砲製造会社（Winchester Repeating Arms Company）の簿記係の仕事をした後、一九一八年の七月一〇日に正式にトロントの英国空軍に入隊する。

だがそれもつかの間、飛行訓練中に第一次大戦の休戦を迎えることになり、年末には中途半端な帰郷を余儀なくされるが、幸いなことに戦後のGＩ法によって、ミシシッピ大学に特別学生として一九一九年九月から一九二〇年一一月にかけて途中退学の期間を挟んで在籍することになる。フォークナーの二二、三歳の頃である。しかし四章の「ミシシッピ大学と詩人ウィリアム・フォークナー」で触れるように、当時の「無為伯爵」（"Count No 'Count"）というあだ名からも推測できるように、文学を軽視し彼を変人扱いする小さな町の保守的な雰囲気になじめず、周囲とは距離を置き、彼独特の文学態度を押し通したのであった。そしてこの当時の「詩人」フォークナーにとっての大きな出来事は、「半獣神の午後」という詩が、初めて『ニュー・リパブリック』という全国誌に掲載されたことであり（一九一九年八月六日号）、しかも一五ドルの稿料を受け取り、パトロン的な役割のストーンと喜びと驚きを分かち合ったのである。この詩については後で詳しく触れるが、題名からもわかるように、ステファン・マラルメやロバート・ニコルズを初めとするフランスやイギリスの伝統的な半獣神を主題にした文学や芸術をもろに反映している。その他この頃のフォークナーの詩には、ヴェルレーヌ、スウィンバーンなどを初めとする、ジョージア朝時代、世紀末、象徴主義、ロマン主義詩人たちの強い影響による模倣や翻案が見られ、ヨーロッパを中心とした詩人の作品を読み咀嚼しようとした見習いの時期であった。

フォークナーは、この記念すべき詩篇の発表の直後の一九一九年九月に、ミシシッピ大学に特別学生として入学し、そこで、大学の週刊新聞『ミシシッピアン』を中心に多くの詩を掲載していくことになる。詳細は四章に譲るが、そこにはロマン派、フランス象徴主義、ラファエロ前派、世紀末、モダニズム詩人などからのさまざまな影響が見られる。しかもこの一年あまりの大学時代は、フランス語を主としたコースを取ったこともあって、ヴェルレーヌの詩の翻訳や翻案に象徴されるように、伝統的な定型詩の規則をきめ細かく守りながら、さまざまな実験的な詩作を重ねて、「詩人フォークナー」の面目躍如ぶりを発揮している。そしてこの時期注目すべきことは、フォークナーがアーサー・シモンズの『文学における象徴主義運動』(一八九九)の一九一九年の拡大版を読んで強い共感と刺激を受けたことであろう。それは四章で触れるが、フォークナーがかなり忠実に翻案している、ヴェルレーヌの四篇のシモンズの翻訳やマラルメの詩などが『ミシシッピアン』に掲載されていることからもうかがい知れる。またゴーチェについては、七章のニューオーリンズとの関わりで述べるが、シモンズによるマラルメやヴェルレーヌなどの多くの象徴主義者の的確な詩人評は、フォークナーの詩人志向を大いに助長したものと考えられ、フォークナーにとって厳選・凝縮した詩語をいかに生かすかの試行錯誤の時代であった。

こうしてフォークナーは貴重な詩人体験を経ながら、一九一九年に入学したミシシッピ大学を一度退学し、あらためて一九二〇年の秋に再入学して、演劇クラブのために一幕劇の『操り人形』を書くが、次の章で触れるように、このドラマには牧神像に代わってピエロ像が登場しており、それはフォークナーの文学の最初の大きな変容を標すものであった。

またこの頃の語りや視点の大きな変化に加えて、この時期、フォークナー文学全体の特徴である、個々に独立した詩篇を一つの主題のもとにまとめようとする傾向が顕著になっている。そのうち、『春の幻』(一九二一)は作品全体が統一された形で残されているが、序章でも触れたように、それ以外にも、『ライラック』(一九二〇)、『アラバマ詩集』、『オルフェウスと諸詩篇』など(7)が不完全な形で残されている。また、出版は一九二四年だが、実際はもっと早くに書かれている『大理石の牧神』なども完成しており、それらには多くのヨーロッパの文学の影響が反映されている。さらにフォークナーは、これらの詩作などとともに、一九二〇年からしばらくコンラッド・エイケンやユージン・オニールなどの書評も書いているが、そこには彼の広範囲な読書量と、文学に対する鋭い鑑賞眼が読み取れ、彼の文学土壌の広がりを物語っている。

次にフォークナーは、一九二一年の秋、フォークナーと同郷のアマーストの英語教師であったスターク・ヤングのすすめで、彼の友人で書店のマネージャーのエリザベス・プロール女史のところで働くべく、大都会ニューヨークに出向くことになる。このミシシッピ生まれのスタークはフォークナーより一六歳年上で、ミシシッピ大学を卒業し、修士をコロンビア大学で取得しており、「詩に感情の激しさを盛り込もうとする」(8)同郷のフォークナーに目を付け、文学や芸術の香りを少しでもと、プロール女史のもとに来るように誘ったのであった。彼は小説家で劇作家、また演劇批評家としても有名であり、さらには南部に対する特別の心情もずっと持ち続けた人物で、一九三〇年にはヴァンダビルト大学を基盤として出版された『私の立場』にも、「想い出ではなく防御を」という南部擁護の一文を載せており、当然この故郷の大先輩の活躍はフォークナーの脳裏に強く印象づけられていたことであろう。

フォークナーはまた、グラフィック・アーツにも強い関心を持っていたが、グリニッジ・ヴィレッジあたりで絵画にも手を染め、洗練された文化に触れるという貴重な体験を重ねる。またメトロポリタン美術館をはじめ数々の美術館をまわった様子を母に伝えているように、美術への強い関心を示しており、フォークナーは当時の美術体験を、ヨーロッパで書こうとした『エルマー』でも言及している。この作品で、主人公の青年エルマーは、少年時代に体験した火事の恐怖から、「赤い」色に対する強いトラウマを抱いていたが、それがシカゴで絵を見て、「色そのものは、見られたり、暗示されたり、想像された他の色との関係で初めて価値や意味があるのだ」(9)、ということを学んで恐怖が消えたと思い出を語っているが、そこには当時のシカゴ体験が生かされているように思われるし、すべてが相互の関係性の中で生きるというフォークナーの文学態度がうかがえる。またここでは、精神分析学と芸術（美術）論を盛り込みながら芸術作品を書こうとするフォークナーの姿勢を見ることができるが、その芸術のための芸術的志向もフォークナー文学全体に流れる大きな特質である。

こうしてフォークナーは、短期間ではあったがニューヨークを中心とする貴重な体験の後、一九二一年末には再びオックスフォードに戻って大学の郵便局で働くことになる。その仕事はフォークナーにとって時間を有効に利用するには都合のよいもので、仕事中にも読書に時間を割き、数々の詩や評論を書いている。そして一九二二年には『ミシシッピアン』（二月三日号）にオニール評を載せるが、モダニストとしてのオニールと、土着の力強い言葉を用いる土着のアメリカ人としての側面を評価し[10]、さらに別の評論では、アメリカという国が持つ言葉の力強さ、単純さ、素朴さを強調し、財産としての言葉の重要性を強調している。フォークナーがオニール評を書いたのも、ニューヨークでの直接の見聞もありうるが、ミシシッピの先輩スターク・ヤングとの結びつきも大きく与っており、フォークナーがモダニズム期の実験的な劇作に出会ったのも幸運な巡り合わせであった。というのは、一九二一年のニューヨークのエリザベス・プロール女史の書店で働くことを勧めてくれたヤングが、一九二〇年以降オニールと親交を結んでおり、劇評家でもあったヤングを通してフォークナーのオニールへの関心はさらに高まっていったと考えられる。そしてここでも、フォークナーは当時の新しい詩の動きを捉えながら、一方で土着のアメリカの言葉の重要性を主張しており[11]、後のフォークナーのモダニズムと土着性の二面性、あるいは二律背反性が次第に深化していくさまを偲ばせている。そしてこのオニール評に続いて、三月一〇日号に、小品「丘」を発表するが、それは後のフォークナー文学を予兆する重要な作品で、この時期は、詩作から散文への大きな転機を迎えようとしていた時期である。この「丘」についてはあらためて別の章で検討するが、この小品と相前後するようにフォークナーは徐々に散文の世界へ移行していき、一九二三年頃には、「青春」、「愛」、「月光」などの短編を書いており、これらは未熟とはいえプロット構成に腐心している様子がうかがえる。

六章で詳しく触れるが、『春の幻』の完成後のニューヨーク訪問と、先ほど触れたオニールの劇作品を初めとするモダニズム的雰囲気との出会いは、フォークナーの散文への傾向と微妙に関わっている。この散文への傾向は一九二二年頃から顕著になるが、その一環として注目すべきことは、『ミシシッピアン』に立て続けに六篇の書評を掲載していることであろう。これらの書評は、二篇は一九二〇年と二一年の発表で、残りの四篇は一九二二年に発表されているが、これらには、七章で触れるように、一九二一年の一月にニューオーリンズで発刊された『ダブル・ディーラー』が意識されていると考えてよい。フォークナーは発刊後すぐにニューオーリンズの事務所を訪ねているが、それはやがて一九二五年のニューオーリンズ時代と結びついていき、アンダソンとの深い交友にも進展していくことになる。

フォークナーがニューヨークへ行ったのは、プロール女史の書店で働くためであったが、その後の彼女とアンダソンとの結びつきを考えると、この出会いはまさに運命的とも言えるものであった。アンダソンは一九二二年の初めにニューオーリンズに来てそこが気に入って滞在していた。フォークナーは一九二四年に郵便局長やボーイスカウトの仕事を辞任した後、一一月にニューオーリンズを訪れるが、そのさい、ベン・ワッソンのすすめもあって結婚していたエリザベス・プロールとアンダソンを訪れ、フォークナーとアンダソンとの交友が始まることになる。当時アンダソンは『黒い笑い』を執筆中であったが、それは、「暗い、大地の笑い――黒人、大地、そして河」が主題であり、フォークナーも強い関心を持ったにちがいない。またこの頃のフォークナーとアンダソンの出会いは、アンダソンの「南部の出会い」(12)に描かれているが、南部から来た、ウィスキーで体を膨らませて訪れたフォークナーのユーモラスな描写や、ニューオーリンズの有名な店の所有者ローザ・アーノルド叔母さん（Aunt Rosa Arnold）をはじめ、当時の都会の様子があたたかいタッチで描かれている。一方フォークナーは後年、創作力の衰えたアンダソン像を「気楽な芸術家」という短編でユーモラスに描いてお返しをすることになる。こうして両者の関係はその後も紆余曲折を経ていくが、最終的にはフォークナーはアンダソンを評価する文をしたためたのであった(13)。

このアンダソンとフォークナーの親密な関係は、次のニューオーリンズ時代を待たなくてはならないが、フォークナーにとっての一九二四年は、大きな転換期をもたらした年であった。彼は一九二一年の十二月に郵便局の職を得て三年近く勤めていたが、彼の仕事に対する勤務ぶりに対して、激しい非難と不平の数々が飛び交っていた。郵便物の損失や公私混同などの非難に加えて、ボーイスカウトの仕事のうえでも、飲酒に対する非難の声があがるなど、仕事を辞める潮時でもあった。フォークナーは、不本意な仕事を辞めて、己の将来を真剣に考える時期であり、新しい文学の模索への気持ちが強くなっていた時期である。こうしてストーンの勧めもあって、フォークナーはヨーロッパでの文学修業の計画をたて、本格的な文学への道に進もうとする最後の決心をすることになる。そして一九二四年までの文学遍歴の集約とも言えるエッセイ「古い詩と生まれつつある詩――ある遍歴」を書き、そこに次への新しい決意を盛り込む。このエッセイについては、第三章の「フォークナーの初期の文学土壌」でも触れるし、その他随所で引き合いに出すことになるが、当時のフォークナーの文学に対する姿勢や心情を理解する上で非常に貴重なものである。そして一九二四年の年末には『大理石の牧神』が出版され、その年の最後の締めくくりとなったのであった。

フォークナーのニューオーリンズへの出発の準備ができた頃、ストーンが大晦日の前日にフォークナーの幼友達のマートル・ラミーを事務所に呼んでおり、そこでフォークナーは彼女に、彼の意気込みを盛り込んだエッセイと、オニオンスキン紙にペンで書かれた一二篇の詩を手渡す。これらは後に編集出版されて『ミシシッピ詩集』となるのであるが、この詩集については七章で詳しく触れることになろう。これらの多くは死を詠った詩、大地の歌、絶望の歌、そして深い憂愁と叙情性で彼の強い決意を詠った詩などで、当時のフォークナーの心情を色濃く反映しているものであった。

こうしてすべての準備が整い、フォークナーはニューオーリンズに旅立つが、それは小説家フォークナーの新しい門出でもあった。フォークナーは後年、「二一歳では私は自分の詩がいいと思った。二二歳まで詩を書き続け、二三歳でやめた。私の最善の方法は小説だと分かったからだ。私の散文は実に詩的だ」(14)、と述べているが、この二三歳とは一九二〇(二一)年頃をさし、それは『春の幻』の制作、ニューヨークでの体験、そして故郷での批評活動からニューオーリンズへと旅立つ時期で、やがて散文への方向転換をする時期である。もちろんこの後も詩人としての意識は強く残っており、九章で検討する『緑の大枝』に収録された数篇の詩には、一九二五年三月の日付のものもかなりあり、当時はニューオーリンズの新聞・雑誌に投稿する小品と並行して書いていた形跡がある。また『緑になりゆく大枝』(*The Greening Bough*) という詩集も計画したようであり、この頃がある意味では最後の詩作に集中した頃であった[15]。しかし、これ以降はフォークナーは散文へ移行していく。彼は一九二七年に『ヘレン――ある求愛』、さらに一九三三年には『緑の大枝』を出版するが、それらは本格的な詩作というより、書きためていたものをうまく構成して恋人ヘレン・ベアードへの求愛の詩としたり、いままでの詩の拾遺的な色彩を持ったものであった。従ってフォークナーにとっては、一九二一年と一九二四年、あるいは一九二五年の初めは、彼の文学にとって重要な分岐点となっており、一九二五年から始まるニューオーリンズ時代からフォークナーは本格的な小説家に変容していくのである。

このようにフォークナーの詩作時代は、一六歳でのスウィンバーンとの出会いからエリオットやハウスマンなどの衝撃の出会いを通じてのほぼ一〇年間であり、その集大成の時期が一九二四年となる。三章の「道しるべのA・E・ハウスマン」で詳しく触れるが、現代詩人の迷路に彷徨いこんでいたフォークナーに、故郷の大地の匂いと陽光を投げかけて道を照らしてくれたのがハウスマンであった。このハウスマンと深い関係のある、一九二二年三月に『ミシシッピアン』に掲載された「丘」については、フォークナー文学の中心的なトポスや性的なイメジャリとして後で触れることになるが、この小品には、ハウスマン的な世界が盛り込まれ、土着の土地への強い執着が書き込まれている。「丘」の農場労働者の主人公は、己の歩むべき道を求めながら「心を模索して」いるが、一瞬彼に近づいた「何か、得体の知れぬもの」[16]を捕まえそうになった瞬間に逃してしまう。この「得体の知れぬもの」については、「妖精に魅せられて」との関連で後で触れることになるが、主人公はこの一瞬の幻想から目覚めて、故郷の大地へとゆっくり丘を下る。それは汗と埃の待つ労働を必須とする現実の場であり、避けて通ることのできない「帰らねばならない」("he must return")[17]ところであった。この「丘」は、ハウスマンの、『シロップシアの丘』の「四〇」の、「青い丘」と通じており、「失われた満足の地」("land of lost content")というハウスマン的な世界をいま一度ふり返り、マートルに渡した詩篇「ミシシッピの丘――わが墓碑銘」に書いたように、「私は必ず帰ってくる！　死などいずこにあろう？／頭上に微睡む青い丘で、私が木のように根付いている限り」(18)、と強い決意を胸に秘めて、故郷を後にしてニューオーリンズへ、そしてヨーロッパへ旅立つのである。そしてこの旅立ちは、また新たな詩作時代と散文時代との分水嶺でもあった。先ほど述べたように、一九二一年が詩と散文との一つの大きな節目であったが、一九二四年と二五年は、職業作家としての将来展望や意気込みという点ではもっとも重要な意味を持つ時期であり、いままでの修業時代が新たな局面を迎えるという意味でも大きな旅立ちであった。

二　フォークナーの恋と詩作

こうしてフォークナーはマートルに別れを告げてニューオーリンズに旅立つわけであるが、初期のフォークナー文学を彩る特徴の一つは、創作作品と現実の女性との密接な結びつき、もっと言えば「叶わぬ恋」や「失われた愛」が大きな主題となっていることであろう。フォークナーは、「古い詩と生まれつつある詩――ある遍歴」の中で、詩を「恋漁り」に用いたと語っているが、彼の初期の詩作の動機やテーマには、エステルやヘレン・ベアードを初め多くの女性が関わっている。そして後に述べるように、フォークナーの仮面とも言える牧神やピエロなどのペルソナ像を介して、彼の恋情とその実現不可能な心情との葛藤を表現しながらそれを次第に芸術表現に昇華させていくのである。

これらのうちで最初の「恋漁り」の典型例は、フォークナーが、婚約してしまったエステルに、一枚の紙に手書きで書いて贈った三篇の短い詩篇であろう。それは、四つ折りにしてエステルに渡したもので、裏側には、座って笛を吹く半獣神（サチュロス）の姿と、顔を上げてうっとりとした様子で聴いているニンフ、そして左手上の隅にメフィストフェレスを思わせる人物の鋭い視線が二人を見下ろす構図のペン画が描かれている(19)。ペルソナとしての牧神像については次の章の「フォークナーのペルソナ像——牧神とピエロ」で論じるが、この詩篇に描かれた最初期のニンフとサチュロス像が表象する関係は、これから議論する詩を中心とするフォークナーの作品の中で重要な役割を果たしていくことになる。

四つ折りの中側には、「夜明け」("Dawn")という八行詩と、五行詩の「一本のラン」("An Orchid")の二篇の短い詩篇、さらに表には「歌」("A Song")という八行詩が手書きしてあり、この「歌」は、他人の詩をほとんどそっくり借用したものだが(20)、いま述べたニンフとサチュロス像が表象するペン画そのものとうまく調和している。詩人フォークナーは、ちゃっかり借用した「歌」で、「彼女のイメジをごまかせ(beguile)と／私に頼んでも無駄だ／彼女の顔と微笑みがいつも私の目の前にあり／たとえ彼女が私を無視し／私のすべての愛を否定しても／私の前にも後にも何もない／私は死ねるのだから」、と詠っているが、それは別の男のもとへ去るエステルへの変わらぬ強い思慕と決意の表明であろう。そして特にここで注目すべきは、「私は死ねるのだ」("I can die.")という言葉である。すなわち本書の中心議論をここで先取りして言えば、この短い詩篇には、牧神のニンフ追跡のモチーフ、そこから敷衍されていくピエロと彼を冷たくあしらう女性、生と死、あるいは性と死のテーマが集約的な形で盛り込まれているのである。さらにブロットナーが指摘しているように、第二連では、「恋する人が、詩人とその心を無視しようとするが／私は彼女に芸術の宝を与えた」(21)、と詠っているように、すでに芸術を至上とする詩人像もここに描かれていることも注目すべきであろう。一方「夜明け」は自然描写になっているが、スウィンバーンの影響を受けた「暁の愛の歌」("Aubade")につながる詩篇であり、「一本のラン」も世紀末的な意味合いを持つ詩篇である。

このように、これら最初期のフォークナーの詩篇やスケッチは、彼の「愛」と「死」というぎりぎりの心情を、サチュロスというペルソナ像を介して表現しており、さらに二人を見下ろすメフィストフェレス的な眼も、複雑な第三の冷徹な視点の役割を果たしながら、立体的な構図と複眼視点の萌芽を垣間見せている。そしてたとえ未熟であっても詩は韻を踏みながら、ペルソナ像サチュロスの声を通して、詩人の愛の心情を伝えるまとまった一篇の詩となっているのである。

このようにフォークナーは、ままならぬ恋人に対する心情を、ペルソナの半獣神に託して描いたわけであるが、次の章で詳しく論じるように、フォークナーにとっての牧神は、詩作当初から詩的な両義性を持つ非常に重要なペルソナ像であった。一般的に、半獣神という動物や収穫の保護をする森の神は、ローマ神話ではファウヌス（Faunus）や牧神（faun）、ギリシャ神話ではパーン（Pan）とサチュロス（satyr）と呼ばれている。そして彼らは半獣神であり、山羊の耳・角・後脚を持っているが、牧羊神パーンは「牡牛の角を有する者」という意味と、「全て」という意味を持っているように、他の半獣神と少し違った性格を与えられている。フォークナーは、最初に出版された詩篇「半獣神の午後」で牧神を登場させ、「ナイアドの歌」や『大理石の牧神』ではこの牧神と、森を統べる神として牧羊神パーンの両者を登場させて、ローマとギリシャの神を同時に用いている。また牧神と牧羊神パーンは同一視される場合が多いが、フォークナーは時には両者を区別して用いているのは、作品に応じたペルソナ像が必要であったからであろう[22]。そしてフォークナーは、牧神をペルソナ像として用いた段階から、本来の神話にある半獣的な性格を薄めて、むしろ彼が摂取したロマン主義や象徴主義、あるいは世紀末の芸術などで潤色や変容されたものに傾斜しながら、内面的な側面に重点を移した牧神像を描いて、そこに自己投影をしていく。また牧神は、母が自分が生んだ子を一目見て置き去りにしたため、ニンフたちに育てられており、それかあらぬか彼は常にニンフたちを追いかけているが、フォークナーはこの神話の追跡のモチーフを次第に彼独自の文学的な意味合いに潤色していくのである。

この「恋漁り」と牧神像が結びつきながら、ペルソナ像は次第に変容して文学的な色彩を加味していくが、牧神（半獣神）が本格的なペルソナ像として登場したのは、一九一九年に『ニュー・リパブリック』に発表される詩篇「半獣神の午後」であろう。次の章で詳述するように、この詩では、恋人のエステルを失ったフォークナーの個人的な心情が、ギリシャ・ローマ神話の半獣神の不安や憂愁と重ねられ、芸術への憧れや渇望と重なり合おうとしている。そして詩篇「半獣神の午後」のダンスのモチーフも、『春の幻』を初め多くの作品に頻出するもので、ミシシッピ大学の年報『オール・ミス』に掲載した絵なども併せて考えると、ここでもエステル像が二重写しになっている。また四章の「ミシシッピ大学と詩人ウィリアム・フォークナー」で検討することになる大学での数々の詩篇にも、エステルへの心情が込められており、五章で論究する『大理石の牧神』にもエステルの影がある。そして一九二一年に帰郷したエステルに贈るべく書いた『春の幻』は、フォークナーの詩作時代の一つの集大成であるが、その後もエステルの影は長く作品に揺曳することになるのである。

エステルの次にフォークナーの作品に大きく取り込まれるのがヘレン・ベアードであるが、興味深いことに一九二五、六年頃、彼女とエステルの二人はフォークナーの愛の対象として重なっている。フォークナーは、ヘレンに一九二五年の早くにニューオーリンズで会い、このニンフのような活発な女性に惹かれ、『兵士の報酬』の完成後、六月六日にはパスカグーラに出向き、一緒に海岸で時を過ごす。その後フォークナーは、彼女のために、「一九二六年六月オックスフォード――ミシシッピ」という日付と詩作の場所が書かれた『ヘレン――ある求愛』という一六篇の詩を手製の本にして贈っているのである。そしてその年九月には『蚊』を書いてヘレンに献呈しているが、この結末は、彼女の周囲の反対もさることながら、肝心の本人もさほどフォークナーに関心を示さず、ほとんど片思いのまま別れることになる(23)。

一方エステルは、しばしば上海から里帰りをしていたが、この時期（一九二六年の春頃）離婚するかどうか迷っており、フォークナーも以前の彼女への気持ちを持ち続けていたのである。フォークナーは、最後にもう一度上海に帰るエステルに、一九二六年の一〇月二九日という日付をつけ、「敬愛する淑女、エステルへ」という献辞をつけ、『ロイヤル・ストリート――ニューオーリンズ』という手製本を贈っている。それは、「ホン・リー」（"Hong Li"）という三〇〇語程度の小品を、一九二五年の『ダブル・ディーラー』に掲載した「ニューオーリンズ」の最後の「旅行者」と入れ替えて冊子にしたものである(24)。ここでフォークナーは、一人称にして、人の感覚はミツバチの味覚と同じで、甘いと思ったものが味がなくなり、苦みに変わることを説いたり、人の不幸や悲しみが逆に貴重で刃を鋭くすると自らに言い聞かせるように語っているが、そこにはフォークナーのエステルを待つ心情が託されていると考えてよいであろう。エステルは一九二七年の一月にはオックスフォードに帰り、二人は二年後に結婚するが、このエステルの影は、後で触れる『操り人形』に反映され、また『兵士の報酬』でもセシリー・ソーンダーズという女性を登場させて間接的にあてこするような形で表現されており、このエステル像はそれ以降もさまざまな作品に投影されていくのである。

このように重なる時期もあった二人の恋人は、フォークナーにとって詩作のみならずさまざまな形で大きな存在となった女性であるが、フォークナーの詩作と女性の関係はこの二人だけにとどまらない。七章でも詳しく触れるが、一九二四年にフォークナーが幼友達のマートル・ラミーに贈った一二篇（『ミシシッピ詩集』）に込められた心情は、故郷を去って文学修行に出かける決意と、やがては再び故郷の地を踏む気持ちに加えて、彼女への愛しさも込められていると考えてよい。その他でも、フォークナーはまとめた詩集を女性に贈る手だてをよくとり、『大理石の牧神』では、献辞に母親の名前を記し、計画していた『アラバマ詩集』（*Aunt Bama Poems*）は、敬愛するオールド・カーネルの末っ子で大叔母にあたるアラバマ・マクリーンを脳裡に置いて編集されたものであった。あるいは、ミータ・カーペンターやジョーン・ウィリアムズなどもフォークナーが詩作や他の創作に影響を与えた、愛する女性たちであった。

フォークナーは一九二七年に出版した長編『蚊』で、「自分が失恋したと思う者は幸運である。彼は即座に本を書いて、自分の心を痛めつけた人に復讐することができる……だから失恋した者が自殺するなんてことは絶対ありえない。失恋すれば本を書くんだ」(25)、とマーク・フロストに言わせ、さらに、ドーソン・フェアチャイルドに、「作家が書く一言一句は……文学なんかに何の関心も持っていない女性に、感銘を与えたいという究極的な意図を持って書かれるとぼくは信じている」(26)、と言わせているが、それは当時の作家フォークナー自身の芸術探求の謂いとしての彼一流のレトリックであろう。フェアチャイルドが、トール・テール風の「アル・ジャックソン」の話をして文学にまったく無関心なパット・ロビンを夢中にさせるが、それはフォークナー自身が作品を書いて、エステルやヘレンの心を動かそうとする創作態度にも通じている。フォークナーは、この『蚊』の見開きに「ヘレンへ」と簡潔に献辞を標しているが、それは彼女への愛の身振りの表現であると同時に、人の心を揺り動かす芸術を創造しようとする心情を反映する態度の表明であったと言ってよいであろう。

この人の心を動かそうとする創作態度は、特に初期の詩作の場合は、現実の女性と深い関わりがあり、それだけにその個人的な思いの丈をかなり露わな形で言葉に盛り込んだわけであるが、同時に、作家の創作の根源には、単なる愛のジェスチャーや「恋漁り」を越えた、人の心に感動を与える芸術創造の根っこの部分があることは言うまでもない。これは後でも触れる牧神やピエロというペルソナ像を介した語りや、フォークナーが一貫して見せたロール・プレイ（自己演出）とも関わるし、パロディ化を繰り返して創作を増殖していく創作方法とも関わる。フォークナーは何よりも一番身近なところで通用しないような文学が普遍性を持たないことを実感しながら、詩や小説を恋人や女性に献呈して、しばしばパロディ像を自らに突きつけて、次の文学創造への挑戦をもしていったのである。そこでは、エステルとヘレンに愛の献辞や詩をほとんど同時に贈る行為にも、現実と芸術創造との葛藤が渦巻いている。こうして最初の「恋漁り」のための詩は次第に変容し、ペルソナ像による婉曲的な表現世界を経て、フォークナーは深遠な想像力世界を追究していく。そして、本書の最後でも触れるように、個人的な体験をいかに普遍化するかの闘いを続けながら、より高い芸術創造への道を模索していったのである。

三　フォークナー文学の詩的幻想――「ライラック」

以上フォークナーの詩作の流れとその対象を追ってきたが、発表されたフォークナーの詩篇（詩集）については、四章の「ミシシッピ大学と詩人ウィリアム・フォークナー」から、『大理石の牧神』、『春の幻』、『ミシシッピ詩集』、『ヘレン――ある求愛』、『緑の大枝』の順序で具体的に考察することになる。そこでここでは、新たに章を設けることをしない詩集『ライラック』の冒頭の詩篇「ライラック」と、それに付随して最後から二番目に置かれていた「死んだ踊り子」を検討しておきたい。特に後者は四つのヴァージョンがあってジュディス・センシバーが初めて全体像を紹介したものである。また、「ライラック」、「死んだ踊り子」、そしてすぐ次に触れることになる「半獣神の午後」が、トロント時代を含めて一九一八年というかなり早い時期に書かれていることも注目に値する(27)。これらの詩篇では追跡のモチーフと生と死のテーマが重なっており、『ライラック』の編纂にあたっては、一九一八年頃の幻想的な詩と、大学時代の詩篇を中心に自信のあるものを選んだと思われる。

　フォークナーは、五章で触れる『大理石の牧神』を一九一九年の六月頃には書き終えていたようであるが、「少年時代から旅立ちまで」で触れたように、彼がトロントから帰郷してからの一年間は、ミシシッピ大学時代を中心に詩作のための重要な時期であった。そして「詩人フォークナー」にとって何よりも大きな出来事は、初めて「半獣神の午後」が全国誌に掲載されたことであり、フォークナーがそれまでの詩篇を編纂した詩集を、彼の文学パトロンともいうべきフィル・ストーンに贈ったのも無理からぬことであった。その意味では一九二〇年一月一日という日付をつけたのも、フォークナーにとっては詩作時代の大きな節目を意味しており、特に冒頭に置かれた「ライラック」は、次の章の「ウィリアム・フォークナーの詩の特質」でも触れるように、フォークナー文学の本質とも深く関わる重要な詩篇である。『ライラック』は、一九一八年と一九一九年に書かれたものを中心に一三篇を選詩してまとめようとしたものであるが、残念なことにそのうちの四篇は火災のため一部焼失して十分判読ができず、全体を一貫して論じるのは難しい。また一三篇のうち、六篇は大学時代を中心に発表されたもので、それらは主に四章の「ミシシッピ大学と詩人ウィリアム・フォークナー」で、また「オー・アティス」（“O Atthis”）で始まる詩篇については九章の『緑の大枝』（「一七」）で検討することになる。

『ライラック』は、フォークナーが三六頁の冊子にしたもので、あざやかな紫色の布製のカバーをつけており、かなりの意気込みを込めて体裁がなされていたことがうかがえる。最初の頁にはストーンへの献辞と一九二〇年一月一日という日付がついている。詩篇「ライラック」を中核にして、彼が選んだ一三篇の詩をまとめた形でストーンに献呈しようとしたということは、先ほど述べたように、文学の手ほどきをしてくれた師への感謝の気持ちが込められていようし、同時に集大成的な意味と彼自らの詩に対する評価の問いかけでもあったであろう。この詩集はロター・ヘニッヒハウゼンが、「後期ロマン主義と初期モダニズム」的実験が見られ、さらに「ラファエロ前派の清澄な語彙とモダニズムの歪んだイメジャリ」(28)が混淆していると述べているように、ここにはフォークナーが初期に受けたさまざまな影響が投影されており、逆にフォークナーにしてみれば、その影響から脱して独自な世界を創作しようとする意気込みを詩に反映させようとしていることになる。そしてこれから触れる「ライラック」と「死んだ踊り子」は、六章で触れる『春の幻』と同様、コンラッド・エイケンの詩やT・S・エリオットの詩篇「ある婦人の肖像」に描かれるリラの花の象徴性と語りの影響を強く感じさせる詩篇である。

「ライラック」は、生と死が渾然とした特異な雰囲気を持つ作品で、語り手の「私」と、「われわれ（二人）」が二重写しになっている。そして何よりもこの作品で注目すべきことは、フォークナー特有の、第一次大戦で負傷した飛行士の幻想的な記憶の物語ということであろう。時期はある夏の「黄昏」に近い午後のことで、「われわれ」は、イギリスでのあるガーデン・パーティらしいものに加わっており、リラの花の下でお茶を飲んでいる。そこでは女たちが、「私」が去年の春撃墜されたことを噂にしたり、「私」の精神異常のことなどを心配そうに語りあっている。そして「私」は突然、五月おそくのある早朝、淫らな「白い女」のような暁を追って空に舞い上がり、その暁を捉えた瞬間左胸を撃たれて墜落したことを思い出す。ところが現在その撃墜された「私」はパーティに招かれており、そこで給仕する女性たちに死んでいることを指摘され、自分は死んでいないと思っている、という「私」の分身の心情を語る形式になっている詩篇である。

従ってこの詩篇の特異性は、撃墜された語り手の「私」も、女性給仕が語りかけている人物も、「われわれ三人」となっている人物たちも、実は一人の人物の意識の中で起こっているらしいことであり、それは意識と深層意識、あるいは現実と幻想の自我の双方によるペルソナ的語りと言ってよいものである。考えてみると、このようなフォークナーの幻想的な詩や物語は、特に初期の作品に多く見られる。その代表的なものは、一九二五年に書かれたと思われる、やはり第一次大戦を扱った、分身の脚が「私」の身体から離れて罪を犯す短編の「脚」(フォークナーがヨーロッパから母親に宛てた手紙で、「化身の症例を扱った奇妙な短編」[29]と書いている)であろう。あるいは小品「丘」やそれと関連する「妖精に魅せられて」、また一幕劇の『操り人形』などにも幻想性や夢幻性が色濃く、この特徴は他にも多くの詩篇や短編などにも見られる。たとえば、三章のキーツの項でも触れるように、ハウスマン的な自らの骸骨と対話する「カルカソンヌ」や、死者と対話する物語(「彼方」)、牧神に変身する物語(「ブラック・ミュージック」)などもその例であり、これらは二章で詳しく述べるペルソナ像とも、さらにはフォークナー文学全体の想像力世界とも深く関わり、フォークナーの文学の両義性の特質を物語るものであろう。

次にこの詩篇では、いま触れた第一次大戦の負傷兵というモチーフに加えて、ニンフ的な女性像の追跡モチーフが重なっていることも大きな特徴である。いわばこれらのフォークナーのオブセションとも言えるモチーフが、一九二〇年の詩集の冒頭で明確に示され、さらに最後の章で触れるように、最初の長編『兵士の報酬』に受け継がれて作品の中心的なモチーフとなっていくものである。リチャード・アダムズは、それらを「半獣神の午後」以来の追跡のモチーフから、フォークナーが空中戦とニンフ追跡の伝統的なモチーフ、そして「妖精に魅せられて」から『兵士の報酬』のジャニュアリアス・ジョーンズのセシリー追跡までつながるモチーフとして捉えているが、これらはさまざまな変容を繰り返しながら後の作品にも連続している。さらにアダムズは、そのニンフは、成就されない憧れを表したものであり、逃げられ、次には「運命の女」に変容していく女性像の表現、さらには、エロティックな憧れと禁止、そして死が一緒になって表現されている、という指摘もしているが[30]、繰り返せば、この基調は、一九一八年に結婚していくエステルに贈った手書きのペン画と詩にすでに描かれており、またこの点に関しては「妖精に魅せられて」で触れることになろう。

このように、「ライラック」という初期の詩篇には大きなモチーフが二つ描かれているが、さらにこの大きな二つのモチーフに、「水死」（"death by water"）というモチーフが重なっていることも見落としてはならないであろう。飛行士は水辺にいる「白い女性」を追いかけ、左胸を撃たれて撃墜されるが、この水死のモチーフは二章で触れるように、一九二四、五年頃の小品や散文でさまざまな形で描きこまれ、『響きと怒り』のクエンティン・コンプソンの水死で一つの頂点をなしていく。このニンフ的な「白い女性」は幻想的な理想像で、結局手にすることのできない対象であり、手にしたときは死と結びついているのである。いわばこの幻想と理想のニンフ的な女性像は、二章でも触れるように己の姿を水に映して恋いこがれながら死んだナルキッソスの神話（ナルシズム）と深く関わっており、この理想像とその追跡、そして（水）死は、フォークナーの作品全体の大きな文学モチーフであり、さらにそれがフォークナー文学のあくなき芸術追究と重なっていることも注目すべきであろう。

このように「ライラック」では、第一次大戦と追跡のモチーフに水死のモチーフが交錯しており、その幻想性と輻輳ゆえに多くの解釈が生まれている。マーティン・クライスワースは、エリオットの詩篇「ある婦人の肖像」の影響に触れて、過去と現在、生と死、戦いと平和との緊張が巧みに描写され、いろいろな条件下の過去と現状の現在との緊張が巧みな声の交響によってうまく描出されている点を指摘する。そして「われわれ」の解釈では、飛行士と死んだ仲間の内面のドラマ上のペルソナ像と、外的な状況を分け、「われわれ三人」というのは、現実には一人の負傷した飛行士で、他は戦死した仲間の強い意識を反映しているとして、一人の語り手と死んだ仲間を想定している(31)。またマーガレット・ヨンスは、「生の中の死のモチーフ」を扱っており、死ぬ男が不死の女を追跡する、変態（metamorphosis）と個の分裂の物語で、現在いるのは負傷した兵士だけで、彼と同席しているのは彼の分裂した心の反映であると考え、一人の負傷した飛行士の劇的独白と解釈している(32)。筆者もこの解釈をとるが、このように一人か複数か判別しにくい曖昧な語り手の描き方は、一つには、フォークナーの独特のペルソナの語りからくるものであり、この語りは後で詳しく触れるエリオットやパウンドなどのペルソナ像とも深く関連している。また、この幻想性は、追跡のモチーフに隠された多義性でもあろう。次の「ウィリアム・フォークナーの詩の特質」や、五章の『大理石の牧神』などでも繰り返すが、フォークナーの追跡のモチーフは、牧神のニンフ追跡の原型的なものから、不死の探求や死の願望、さらにはアイデンティティの追究から芸術創造の探求まで幾重にも重なっており、「ライラック」はそれらのフォークナー文学の核心的なモチーフを秘めた詩篇となっているのである。さらに、この「ライラック」の追跡のモチーフの底にある死の願望は、『土にまみれた旗』のヤング・ベヤードの、ジョンを死なせ己は生き残っているという罪悪感や絶望感、あるいはその次に描かれる『響きと怒り』のクエンティン・コンプソンなどとも深く関連していくのである。

従って詩集の冒頭に置かれたこの詩篇は、一九二〇年までの総括的な意味と、今後のフォークナーの作品の原型的な方向性を示していると言ってよい。いわば、一九二〇年の一月一日という日付で、ヨーロッパの文学伝統にある、牧神のニンフ追跡のモチーフと、フォークナー特有の第一次大戦の飛行機という、現代性とも深く結びついた「白い女性」の追跡が重ねられ、その二重性の中で描かれている幻想性は、詩の世界ではもちろんのこと、散文世界で徐々に現実性を帯びながら深化されていくことになる。

次の章で、詩篇「半獣神の午後」をフォークナー文学の出発点として論じていくが、この「ライラック」もまた、戦傷というフォークナーのオブセションと深く関わりながら、次に展開するフォークナー文学を予兆させている。それは大きくはロマン主義的な要素とモダニズム的なものの混淆であり、最初の長編『兵士の報酬』で二つのモチーフが描き込まれようとし、そのパターンはそれ以降の作品にも色濃く反映されていく。それらはまた、語りや視点の重層性、錯綜する性や幻想性などとも相通じており、さらには散文で顕著になっていく時間や視点の重層性などとも通底している。それらはたとえば、『響きと怒り』の意識の奥底から語られるような幻想と現実が一体となった語り、『八月の光』のクリスマスという人物のアイデンティティをめぐる二重性、あるいは『アブサロム、アブサロム！』のクエンティンやシュリーヴに見られた、視点や語りの重層性や、南部そのものへの問いかけにも及ぶものでもある。これらのフォークナー文学の特質は、次の章でも詳しく触れるが、彼が演じたさまざまなロール・プレイやペルソナ像、二つの自己を映し出す鏡のイメジの多用、分裂した自我や両性具有的人物、詩的幻想や現実と幻想の二重性、さらには視点や語りの重層性などが緊密に関連していることであり、もっと奥深いところでは、時代や歴史、そして南部を軸とした時間や歴史意識の二重性と、そこで葛藤する人間の有りようへの問いかけがフォークナーの創造世界に流れているのである。

そしてこれらの二重性や多重性と関連して、詩集『ライラック』の枠組みをいま少し述べておく必要がある。フォークナーは最後から二つ目の詩篇に「死んだ踊り子」を配しているが（掉尾の詩篇は消失して判読不可能だが五行の短い詩である）、この詩篇のテーマは、冒頭の「ライラック」と「理想の女性への憧れ」や「生と死」というテーマで深い共通点を持って全体の大枠となっている。「死んだ踊り子」には多くのヴァージョンがあるが、センシバーが述べているように、最初の「ライラック」に合わせて愛と裏切り（失恋）と死が大きなテーマになっている[33]。そして語り手はフォークナー独特の視点を持ち、無意識の底から凝視するような視点から憧れの女性を語っている。その語り手は、若くして死んだ踊り子への哀悼の心情を表現しながら、自分こそ彼女の憧れの的の一人であったことを強調しているが、一方でその愛の気持ちと同時に踊り子の示した残酷さに対する複雑な心情も描かれている。それは「ライラック」の飛行士が追う「白い女」への心情と同じものであり、憧れと追跡の的でありながら、最後は失恋して残酷な死と結びついており、追跡のモチーフの一つのヴァリエーションとなっているのである。それはエリオットの「ある婦人の肖像」から影響を受けたライラックのイメジとも関連していると思われるが、憧れとそれを拒絶された残酷さを幻想的に描く初期の特徴が顕著に表われている。

以上詩集『ライラック』の二篇を考察したが、この最初の「ライラック」と最後から二番目の詩篇とは、理想像（恋人）の追跡と死という類似点を持っており、同じようなモチーフやテーマを表現した二つの詩篇で大枠を作る構造となっている。この詩集は消失もあって不完全な形であるが、フォークナー特有の、創作した個々の詩篇を、何らかの形で一貫性を持たせた連続詩にしようとしている意図が強く感じられる。このような特徴は他の詩集でも見られ、それはすぐにも、ある目的を持った短編集や長編の連続性、さらにはヨクナパトーファ物語に結びつく。

フォークナーの多くの長編詩のもくろみの中で、完成されて出版されたものは『大理石の牧神』（一九二四）と『緑の大枝』（一九三三）であるが、現在分かっているもので、独立して書かれた詩篇を盛り込んで、緩やかだがあるテーマへの収斂と統一性をもくろんだ長編詩には、序論で触れたように、上記の二つの他、『ライラック』、『春の幻』、『アラバマ詩集』、『ミシシッピ詩集』、『ヘレン――ある求愛』などがある。またその他にも、全貌は明らかではないが『オルフェウスと諸詩篇』（*Orpheus, and Other Poems*）や『緑になりゆく大枝』など同じような形式のものが見られ、これらは明らかに独立して書かれた諸詩篇を、あるゆるやかなテーマのもとに統一してまとまった詩集にしようとしたものである。もちろん、フォークナーが詩を書く場合、すべてに明確な総体的意匠を持っていたわけではないが、センシバーが、コンラッド・エイケンの影響を論じながら、フォークナーが個々の詩篇を詩集にしていく時、それらは、「複線的で、因果関係を欠き、エピソディックな叙述形式をとりながら」、やがて連続性が賦与されていく(34)、と述べているように、一見ばらばらと思えるものを、あるまとまった統一体にしていく衝動が常に働いている。しかもそのメカニズムは、短編においても長編においても共通しながら、究極的にはヨクナパトーファ物語に集約されていくのである。エイケンについては三章で触れるが、単にエイケンとの関係だけではなく、多くの詩篇がさまざまな形で重複して発表されたり編集されており、随所にフォークナーの創作の秘密を垣間見ることができる。このようにフォークナーは、詩作時代からいつも総体性を脳裏に置いて創作をしているが、次の二章では、フォークナーの詩の特質を考察しながら、まずフォークナーの詩作の全体像を追究していく。

第二章　ウィリアム・フォークナーの詩の特質

一　詩人フォークナーの船出――「半獣神の午後」

一九一九年に全国誌『ニュー・リパブリック』に発表され、牧神のニンフ追跡というモチーフを組み込んで完成させた最初の詩篇が「半獣神の午後」である(1)。この詩篇には、初期特有の、失った恋人への気持ちがペルソナ像を通じて色濃く反映されている。しかし同時に個人感情を超えて、先人の詩行を巧みに模倣しながら、牧神のニンフ追跡というモチーフが洗練された形で表現された詩篇で、フォークナー文学の原風景が読みとれる重要な作品である。そしてこの詩篇は、フォークナーが詩作の際に脳裏に置いたと思われる、ステファン・マラルメが書いた『半獣神の午後』(*L'Après Midi D'un Faune*)の、水辺で戯れるニンフたちを見つめる牧神とその妖精たちの愛の桃源境的な雰囲気や、ロバート・ニコルズが「牧神の休日」("A Faun's Holiday")で描く、牧神が一日森の中でさまざまな体験をしながら、最後にひとり瞑想する休日の雰囲気というより、むしろ作者自身の、芸術家としてのアイデンティティを求める気持ちをペルソナ像の牧神に託したフォークナー特有のものとなっている。いわばフォークナーは、マラルメやニコルズの詩を巧みに利用しながら、フォークナー自身の心情を表現し、詩人としてのあり方を探る自己探求の詩にしているのである。

牧神の「私」は、木々のさざめく森の中を「回転し踊りながら」(2)エロティックな姿態で歩むニンフを追い、やがて彼女と手を携えて彷徨い、彼女が夢想する小川に行こうとする。この二人の軽快な動きに合わせるように、詩形は弱強脚で、押韻や頭韻の手法が巧みに用いられている。だがこの軽やかな詩の流れにもかかわらず、ここには二人の「愛」の結実はなく、何か漠然とした憂鬱と倦怠感が漂っている。そして「私」は森の中での愛の成就より、「どこか遠い、沈黙している真夜中の月光のもとへ／行きたいという言い知れぬ望み」(3)を持っており、詩の後半では、ペルソナの牧神に託された、フォークナー自身の不安と、漠然とした憧憬の雰囲気が徐々に強まっている。そしてフォークナーは、詩の最後で、牧神とニンフの二人の世界を拡大させて風景を一変させる。それは、突然、「私は何か大きな深い鐘の音」を聞くが、それは大地の大きな心臓が、「世界が老いる前に、春に向かって破れた音」という詩句である。

すると、これらすべての上に突然、
何か大きな深い鐘の響きのような音が
響き、彼らは衣もつけず、冷えて踊る――
それは大地の大きな心臓であり、
世界が老いる前に、春に向かって破れたのであった(4)。

この唐突とも言える最後の五行は、原作者ニコルズの描く牧神がニンフを追うモチーフとは明らかに異っており(5)、それはフォークナーが原作の一部を巧みに借用した結末である。しかしこの意外な結末は、フォークナー自らのペルソナたる牧神が抱える、世界の衰退に対する憂鬱と苦悩が描かれており、「世界が老いる前に」、「大地の大きなハート（心臓）が春に向かって破れる」という詩想は、象徴的にフォークナー文学の出発点を示唆していないだろうか。これはフォークナーが、この詩篇とほとんど同時に書いたと考えられる『大理石の牧神』の、森を統べる偉大な牧羊神パーンが、アルカディア的世界の衰退を慨嘆する姿と同じであり、ギリシャからローマ時代への古代末期の、文明の衰退や悲観論を反映した「世界は老いた」という運命観や、ギリシャ末期の倫理学者プルターク（プルータルコス）が『倫理論集』（「神託の終焉」）で伝える、「偉大な神パーンは死んだ」[6]、という悲痛の声とも共鳴しあっている。「春」が移ろい「老いる」ことへの牧神の憂鬱は、自由奔放な森の神パーンのもとで、牧神とニンフが跳梁していた以前のアルカディアが衰退していくという認識であり、若い詩人自身の現実の世界把握そのものであると言ってよい。そして「どこか遠い真夜中の月光のもとに行きたい」、と言う「私」に、突然響く鐘の音は、少し先取りして言えば、安寧だけを求める気持ちへの警鐘であり、これから「私」が立ち向かう厳しい現実への前触れであったと言ってよい。そして若い「異教徒」の「私」が実感する、「心臓の破裂した大地」は、やがてはフォークナーが立ち向かう自らの旧南部の歴史感覚や宿命観とつながっているのである。

このアルカディアと「老いた世界」との二重性は、フォークナー文学の基本的な構図をなし、特に初期の作品では、牧神やニンフたちの跳梁する、無垢で自由な「アルカディア的な若い世界」と、楽園の衰退と「老いた世界」が対比されている。たとえば、一幕劇の『操り人形』（一九二〇）では、第一の影が、「大地もすでに老い、大地は地味の痩せた野原で粗朶を集めている老女に似ている」[7]、と荒涼とした秋を描写しているが、この「庭」には冬の死が待ちかまえている。あるいは、かつてのアルカディアが消えようとしている『大理石の牧神』の「庭園」には、蛇が自由に出入りし、大理石に閉じ込められた「私」（牧神）は、何度も溜息をついているかつての偉大な牧羊神パーンを前にして、言いしれぬ悲しみを覚えている。また、六章で触れる『春の幻』では、牧神がピエロに変わり、自然の森が人工の都会に変わるが、やはりピエロはそこで鐘の音を聞きながら心臓が破裂したと思う。それは森と牧神が矮小化された都会のピエロ像であるが、やはりそこには孤独と「老いていく」嘆きが、エリオットのプルーフロックの声と重なりあって響いており、その響きはフォークナーの作品全体に谺していくことになる。

一章で、「ライラック」に現れた第一次大戦の負傷兵のモチーフと、牧神のニンフ追跡のモチーフが最初の長編『兵士の報酬』に同時に描かれていることに触れたが、さらにこの長編には、無垢で自由な「アルカディア的な若い世界」と、「老いた世界」が対比して描かれている。美しい花の咲き乱れる「庭園」には、「遠い昔牧神や仙女たちがたわむれていたかも知れぬ円い鏡」(8)のような顔をしたジャニュアリアス・ジョーンズが、「山羊の眼のように淫猥で、罰当たりな生活のためひどく老けた」(9)顔つきをして蛇のように出入りしている。そしてかつては、「牧神」を思わせるほっそりとした野生動物のようなドナルド・マーンは、第一次大戦で瀕死の傷をおい、「若々しかったが、同時に、ひどい傷痕の下で天地ほどに老けて」(10)見える。彼は青春の愛読書『シロップシアの若者』を離さず、牧師の書棚には、現実を表象するミルトンの『失楽園』があり、「若さ」と「老い」(「死」)の二つの世界がぶつかりあう混沌世界が描出されているのである。

このような二つの世界は後のヨクナパトーファ世界でも連続していくが、三章で跡づけるように、フォークナーの初期からの「老い」や「楽園喪失」の系譜をたどっていくと、最初にスウィンバーンから世紀末の芸術や文学に魅惑され、次にモダニズムの流れからハウスマンやキーツに深い共感を覚え、次第に自らの大地に目を向けていった文学遍歴の系譜が首肯できよう。そしてこの世界が衰退し、「年をとった」現実こそ、フォークナーが立ち向かおうとする文学世界であり、その現実に奥深くで耐え支えている「大地」もまたフォークナー文学の根幹をなすものなのである。この異教の主人公の「若い私」と「年老いた世界」(「旧世界」)との対比はまた、「アルカディア」や「春」(11)と、フォークナーが立ち向かうべき、「都市」や「人工」の「現実世界」(「新世界」)という対照をもなしており、この二重性はフォークナー文学の基本的な世界観となっている。その「老いた世界」、あるいは「老いた月」や「老いた私」のイメジは、致命的な負傷をした『兵士の報酬』のドナルド・マーンの、「時と同じように絶望して、静止した」(12)姿や、「黄昏」の二重世界と「春」や「明日」との対比ともなって、奥深い想像空間を象っている。そしてこれから何度も言及することになる、フォークナーの多くの作品で重要な位置づけを持つ詩的トポスの「丘」と、その外縁に拡大された世界との対比は、この詩的世界の二重性の変容であり、その変容はまた新しい変容を繰り返していく。その意味で初めて全国誌に発表された「半獣神の午後」は、詩篇「ライラック」と同様、重要な意味を持つ出発点であり、小さな牧神と妖精の森の世界の背後に、大きな宇宙的な世界を秘めているのである。

最後の一〇章でもう一度触れるが、このフォークナーの詩の世界は彼の出発点から奥深くに潜んでいた「楽園喪失」の意識とも関わっている。フォークナーが、彼の南部の小さな「郵便切手」を基盤にしたヨクナパトーファ世界を着想し創造していくまでにはまだまだ時間を要するが、比喩的に言えば、スウィンバーンを初めとする「庭園」や「果樹園」といったヨーロッパの庭園神話の世界から、やがてフォークナーの南部の庭園に入り込んでいくことになる世界がいまその扉を開こうとしているのである。まさにこの詩篇は、先人の芸術の巧みな取り込みと咀嚼、そしてフォークナーの全体世界の予型的な意味合いを持ち、その後に続く『大理石の牧神』や『春の幻』の舞台が徐々にヨーロッパ的な「様式化された庭園」から、「丘」を経過して「南部庭園」へと移行していく重要な先がけとなっている。そしてこれらは、『行け、モーセ』の熊やライオンの眠る、森の奥深くにある南部の「庭園」に集約した形で描かれることになるが、そこにアイザック・マッキャスリンが目撃する蛇は、他でもないフォークナーの最初の詩作時代から生き続けている太古からの生き物と言ってよい。七章で述べるように、性と罪の意識と深く関わる蛇は、一九二四年頃の詩に描かれ始め、『サンクチュアリ』でその度合いを強めていくが、この連続性はもちろんフォークナー文学の持つ、時間や歴史意識と楽園喪失と関わって、まさに「世界の老い」というフォークナーの現実認識と連動している。

それと同時に、この「南部庭園」は太古からの明るい光が射す場所でもある。フォークナーは後年、『八月の光』の題名について、

ミシシッピ州の八月には、月の半ば頃、突然、秋の前ぶれのような日がやってきます。暑気が落ちて、大気に満

ちた光は、今日の太陽からやってくるというよりも、昔の古典時代から射しこんでくるといった感じになります。それはフォーンやサチュロスや神々と言ってもよく――ギリシャから、オリンパスから射しこむ光と言ってもよいものです。この光は、一日か二日しか続きませんが、私の地方では八月に必ずやってきます。作品の題名の意味はただそれだけですが、私には少々、含みのある面白い題だと思われたのです。それはキリスト教文明よりも古い時代の光を思い出させるからです(13)。

と語ったが、そこには詩作時代のギリシャ・ローマ神話の、牧神とニンフの世界と現代の南部庭園の世界が重なっている。「半獣神の午後」の庭はすぐにも『大理石の牧神』につながり、やがてヨクナパトーファ世界に描かれるさまざまな庭園とも深いところでつながっているのである。フォークナーはこれらの世界をさまざまなペルソナ像を用いて描いているが、以下いま議論した「半獣神の午後」の基本構想を軸としながら、フォークナーのペルソナ像を中心にして彼の詩全体の特質を考えてみたい。

二　フォークナーのペルソナ像――牧神とピエロ

これまで強調してきたように、フォークナーの多くの詩篇や長編詩での語りの顕著な特徴は、詩人のペルソナ像となっている牧神の内面意識が投影された一人称語りであり、この一人称語りの本質部分は散文にも受け継がれ、最後の『自動車泥棒』まで続いていると言ってよい。フォークナーはこのヨーロッパの伝統的な牧神を、多くの詩篇に恋人と詩人のペルソナ像として登場させているが、いま触れた詩篇「半獣神の午後」の牧神像は、六章で触れる、『春の幻』で一つの転機を迎えてピエロ像と交錯していく。そしてこのピエロは『春の幻』を契機に舞台から退き、散文の中で多角・多層の視点や語りの中でより生身の人間に変容していくが、この牧神とピエロのペルソナ的本質部分は決して消えることはなく、さらに深い意味合いを帯びながらフォークナー文学の中核的な人物たちの原型となっていくことになる。

クリアンス・ブルックスは、牧神像がフォークナーが愛読したキーツの「ギリシャの壺に寄せる賦」に由来しているると述べているが(14)、実際にはもっと複合的な経路をたどっているはずである。最初に述べたように、ギリシャ・ローマ神話の牧神のニンフ追跡モチーフは、ロマン主義や世紀末の文人や芸術家たちが好んで用いたもので、フォークナーの牧神像も、彼が愛読していたスウィンバーンやニコルズ、あるいはマラルメなど多くの詩人や芸術家たちが描いたモチーフが複合的に醸成されたものであった。そして一章の「フォークナーの恋と詩作」で触れたように、最初ののと思われる乙女（ニンフ）を追いかける牧神（サチュロス）の姿が、愛の心情を詠った詩篇を含む三篇の詩をしためた紙片の片隅に挿し絵として描かれていたのである(15)。この一九一八年の詩篇が、フォークナーが現実のエステルを脳裏に置いて、神話世界の牧神とニンフの関係をさまざまにイメジしながら作詩した最初の例であろうが、この牧神像は続いて詩篇「半獣神の午後」や、ミシシッピ大学の『オール・ミス』に掲載された「ナイアドの歌」、そして『大理石の牧神』などにも登場していく。このフォークナーが最初に用いたペルソナ像としての牧神は、先ほどの「半獣神の午後」でも触れたように、フォークナーの愛の心情を表現すると同時に、自己のアイデンティティと芸術追究のための代理的な存在となっており、いわばフォークナー自身の憂鬱の心情を奥底に秘めた牧神であった。従って、この作者の自己投影となっている牧神のペルソナ像は、やがてピエロ像と交錯しながら詩作時代の終焉とともに消えて、新しい散文の主人公たちと入れ替わっていくが、その性格や語りの基本構造は散文世界でも継承されていくことになる。

もちろんフォークナーの詩すべてが牧神やピエロの一人称語りではなく、ペルソナ像とは異なる一人称語りや三人称語りもある。だが特に初期の作品では、牧神の一人称語りとその変容した語りが顕著であり、その語りと視点が詩の意図するところをもっとも力強く訴えかけていると言うことができよう。それはもっと言えば、『大理石の牧神』の台座に縛り付けられた牧神は、当時のフォークナーの心情をそのまま表象した自己像であり、その縛り付けられた囚人からの脱出は当時のフォークナーの大きな課題であった。そしてこの牧神というペルソナの語りは、手法的には作者の心情を代理的に伝える方途であり、それを奥妙な文学的なものに醸成していくためには幾多の過程が必要であった。牧神からピエロというペルソナ像への変容もその方向への一環であるが、フォークナーはこれらの過程を少しずつ深化させ、基本的には詩作時代のペルソナ像の本質部分を残しながら、散文の世界に移行していくことになる。一人称語りの牧神は、作者の内面意識や心情を直接的に反映する場合が多いが、ピエロの方は、パロディや道化的な手段による客観的な視点と、作者の屈折した心情をときには自虐的に反映するという二重性を持ち、自己と外界との緊張関係が生まれることになる。また後で触れる「ノクターン」や『操り人形』に見られるような、時には憧れの女性の冷酷さを描き、残酷さを強調する方途としても用いられており、それはフォークナーがエステルに渡した「サチュロス」と「ニンフ」を描いたペン画や詩に描かれた追跡のモチーフや、後で触れる水（死）のモチーフと深く関わっている。フォークナーが創作の当初から語りの中心に据えたペルソナ像は、牧神の場合は森の神と人間、ピエロの場合は人工的で操り人形的な存在と人間性という二重性を持った人物像であるが、次の項でも触れるように、牧神に代わるピエロは、フォークナーの次の芸術探求のための人物形象であり、ピエロの持つ多重性によって時にはあるものを隠蔽し、時には先人の典拠を利用してパロディ化する過程を経ながら、深化された人物像の造形となっていくのである。

このように、フォークナーの初期の文学形成には、牧神とピエロという、二人の大きなペルソナ像の水脈があり、牧神からピエロ像への移行は、詩的な流れから散文（ドラマ）的な流れへの変化とも並行しているが、ミシシッピ大学の演劇部のために一九二〇年に書かれた『操り人形』で、一人称の牧神に代わってピエロが登場し、新しい実験が試みられている。このピエロの登場は、次の章で述べるT・S・エリオットとも深く関係しているが、フォークナーのまた新しい世界認識であった。すなわち、ヨーロッパのロマン主義や世紀末の世界から出発したフォークナーが、第一次大戦を経て、激しいモダニズムにもまれ、プルーフロックを初めとするエリオット世界との衝撃的な出会いがフォークナーのピエロの登場と合致しているのである。

一幕劇の『操り人形』でまず注目すべきことは、ピエロ自身とピエロの影という二重性に加えて、第一と第二の影や秋の精が、恋人同士の観察や状況判断をする設定となっており、マリエッタのピエロに対する冷たい仕打ちが強調されていることである。そして、ノエル・ポークが指摘するように(16)、このドラマは泥酔して眠っているピエロの幻想の劇だと考えると、マリエッタが別の恋人（「影」）に奪われる設定と(17)、彼女の水死という設定になっていることも注意する必要がある。そしてそれに関連して注目すべきことは、この劇の最後に、死んで横たわる女性を挟んで、ピエロが自らが映る鏡を前にして両手を挙げて立っている挿絵が置かれていることであろう。意図的であろうが、ピエロには鼻も口もなく何ら表情は描かれていない。だがこのピエロが鏡の自己と対峙している構図は、牧神時代の愛の喪失と死のモチーフを受け継ぎながら、新しいペルソナのピエロ像によって、フォークナー文学が内包するさまざまな二重性や両義性の象徴的な一面が表象されていると考えてよい。このドラマには、いままでとは異なる、視点と語りの変化と、詩と散文の接点が見られ、カーヴェル・コリンズが指摘しているように(18)、ピエロの人物像と水死のモチーフが、『メイデイ』や『響きと怒り』の作品構造とテーマの先がけにもなっているのである。

そしてこの『操り人形』の最後の挿絵と、このドラマの直後の一九二一年に書かれたと思われるピエロの登場する詩篇との類似性も注目すべきであろう。この作品は一九八一年の『ミシシッピ・クオータリー』に初めて発表されるが、どの詩集にも収録されなかった「ピエロ、コロンビーヌの死体のそばに座って、突然鏡に映る己の姿を見る」（"PIERROT, SITTING BESIDE THE BODY OF COLOMBINE, SUDDENLY SEES HIMSELF IN A MIRROR"）という長いタイトルの詩篇である。この詩篇で注目すべきことは、『操り人形』では死んだマリエッタがコロンビーヌになっているが、ほとんど同じ人物設定になっているということであろう。最初「ピエロは長く座っていたために痙攣を起こして」いるが、『操り人形』ではピエロは泥酔して眠りこけていた。そしてドラマでも詩でも死んだマリエッタ（コロンビーヌ）がピエロと鏡の間に置かれた寝台に横たわっており、ピエロは鏡を見ながら、時に目を落として死体を見たり、髪の毛に触って生と死の実態を体感している。場面設定も、カーテン越しに外を見るとそこは薔薇の咲く庭があり、眼下には町が広がり、丘も見えて同じ設定と考えてよいであろう(19)。

ドラマの最後の挿絵と詩の最後は、マリエッタ（コロンビーヌ）を間に置いて、ピエロが己の姿を鏡に写している情景であるが、それは自ずと自らの死を凝視している姿である。ピエロは繰り返し、生きていた頃のコロンビーヌを思い出し、詩の最後で、若い恋人が生きていた頃、スカートをなびかせていた頃の姿と、いま足下に横たわって微動だにせず無限に哀れを誘うコロンビーヌの「影」を見て、その彼女の姿が「彼自身の生の象徴」だと思え、それは、「着飾ったままの壊れた姿」（"a broken gesture in tinsel"）だと思う。それはまさに「操り人形」そのものが象徴する姿であり、その「操り」の姿態は舞台上の人物すべてにあてはまる。フォークナーは『オール・ミス』（一九二〇—一九二一年号）に『操り人形』のための「操り人形」というキャプションのはいったボーダーを掲載しているが、それには人物たちは操り糸につながれ、さらにはピエロらしき人物の仮面も挿入されており、ドラマの本質を凝縮した表現になっている。また『ミシシッピアン』の一九二二年一二月一五日号に、ジョセフ・ハーゲスハイマーの小説の書評を掲載して、彼の人物が現実性を欠いて操り人形のようだと批評し、「彼は彫琢して衣装をつけ化粧を施した人形に取り囲まれた、去勢された司祭」のようで、それは「動きも意味もなくなった恐るべき世界」（"a terrific world without motion or meaning"）(20)だと結論づけている。

フォークナーが同じ年の小品「丘」やここで用いている「恐るべき」（terrific）という言葉は、三章のキーツの項や他で触れる、「壺の上の恐るべき（terrific）姿」と同じものである。従ってこらの「操り人形」像は、時や死、宿命などに操られるフォークナーの描く人物や世界の縮図と言ってもよいもので、それはたとえば、『土にまみれた旗』のヤング・ベヤードやホレス像、そして『響きと怒り』の水死するクエンティン、さらには『サンクチュアリ』の泉に顔を映しているホレスなど多くの人物に顕著に投影されている。またフォークナーはこの時期、四章の「ミシシッピ大学での成果」で論究する、詩篇「ノクターン」(『オール・ミス』、一九二〇―一九二一年号)にも恋人(コロンビーヌ)にあしらわれるピエロ像を描いており、さらに、六章で詳述する一九二一年の『春の幻』にその詩を組み込み、それを敷衍して「世界とピエロ」としてピエロ像を拡大しているように、この時期フォークナーの作風に大きな変化が見られる。このピエロ像の変化については、六章の『春の幻』でも焦点になるが、先ほど触れたように、鏡の中の自らの姿を凝視しているパロディ的な構図は、フォークナーにとって大きな転換期を象徴的に表しているものであろう。この点は三章や『春の幻』でも触れるが、フロイト色の濃いエイケンの世界(牧神)からエリオット的な現代世界(ピエロ)への転換でもあり、それは必然的に視点と語りの変化にもつながる。この屈折した二重性を持つピエロは、牧神のペルソナ像より、アイデンティティや芸術追究にとってよりふさわしい表現手段であった。ピエロが鏡の自らの姿を凝視する行為は一人物の二重性を示し、語りで言えば、一人称語り(視点)と三人称語り(視点)との二重性と関わる。そしてピエロの一人称語りは次第に三人称語りへ移行して、この語りの二重性を秘めたまま散文への道をたどることになるのである(21)。

平石貴樹は、『八月の光』論で、フォークナーが作者全知の立場を放棄し、それを一人称的な探求へずらしていると分析し、それを「三人称の作者の一人称化」(22)というフォークナーの独特の視点を捉えて注目すべき表現をしている。また『アブサロム、アブサロム!』では、フォークナーが「神」なる立場を、「クエンティンたちに仮託し……『仮託』という作者のふるまいを想定」(23)したという前提で議論を進めるが、この議論の根底には「内在する作者」が前提となっている。この三人称の作者は時には一人称の「語り手」(「視点人物」)のなかに入り込み、さらには「一時仮託した」人物と一体となって語り手となっているのである。いわばいままでの議論の連続で言えば、このフォークナー独特のナラトロジーも、最初に自意識の強い「私」という牧神のペルソナ像から出発し、次に距離を置いたピエロ像を経由しながら、一人称と三人称が混淆する変容過程のなかで醸成されてきたと考えられないだろうか。

またヒュー・ルパーズバーグは、「制限付き叙述」（"*conditional* narration"）に続いて、「三人称語り」（"*external* narrative"）、「語り手による人物の内面描写」（"*internal* narrative"）、「語り手と人物の一体化した語り」（"*internal translated* narrative"）の三つの語りとその混淆を指摘しているが(24)、さらにこの語りと視点は、フォークナーが強い関心を見せた絵画芸術の見方とも通じている。村山敏勝は、身体的表象論で、マイケル・フリードが論じた画家クールベ論を解説しながら、

自分の個別の身体を作品内部に描き込み、観客／読者と同一化を求めながら、なおかつ作品の外部に立ち客観的な視点を保とうとする態度は、文学でもフローベールなどに典型的に現れる。客体的であろうとしても、カメラ・オブスキュラ的な場がすでにありえないという認識からくる二律背反。表現者は、まぎれもない自己のサインを作品に刻印すると同時に、他の誰とでも互換可能な主体となることが正当性の証であると感ずる(25)。

と述べているが、フォークナーの場合も、語ったり見る対象に、客観的（三人称）な視点をとりながら、作者自身が人物に同化あるいは自己投影した視点になっている場合が多い。そしてこのようなフォークナーの独特の語りと視点の原型は、牧神の語りからピエロの一人称語りへの変化と、さらに三人称語りによるピエロの客観描写という変遷の中に萌芽があり、しかもペルソナ的な牧神の本質はフォークナーの全作品に流れていると考えてよいであろう。

従ってフォークナーの詩作時代の牧神の一人称語りは、次に触れるような自己演技的なペルソナ像やブラウニングやテニソンの内的独白から、フランス象徴主義詩人ラフォルグのピエロ像の影響を受けてプルーフロック像を造形したエリオットや、その影響を受けたコンラッド・エイケン、あるいはエズラ・パウンドなどのペルソナの語りから、さらには激しい二重性を秘めたW・B・イェーツのマスクなどを読み取りながら、「私」によるトータルな世界認識の手だてとすべき方向に進んでいくことになる。この牧神からピエロへの変化については六章の『春の幻』でもう一

度触れるが、このピエロはフォークナーの仮面やロール・プレイとも密接に結びつき、次に議論するように、フォークナーの新しい文学創造のために乗り越え成熟させるべき人物像であった。

これらの初期の詩の一人称語りがもっとも顕著に反映されている小説は、『土にまみれた旗』や改訂前の原『サンクチュアリ』であろう。フォークナーはこの後、手法的に徹底した一人称語りの『響きと怒り』や『死の床に横たわりて』を書き、次に『サンクチュアリ』を書き直して、より客観的だが、初めのペルソナ語りの深い意識を響かせる独自の三人称語りと視点を追究していく。この牧神とピエロはさらに多くの人物像に引き継がれていくが、あえて分類すれば、牧神の系譜に、彫刻家ゴードンをはじめ、ヤング・ベヤード、クエンティン・コンプソン、ジョー・クリスマス、アイザック・マッキャスリンなどがおり、ピエロの系譜にはベヤードと対置されたジョン・サートリス、ホレス・ベンボウ、ギャヴィン・スティーヴンズ、『パイロン』のレポーターなどが続く(26)。だが、これらは截然と分かれているわけではなく、時には両者が分かちがたく混じり合い、『土にまみれた旗』では牧神的なベヤードとプルーフロック（ピエロ）的ホレスとが対位法的に二つの大きなプロットの中心となっており、語りは詩作時代の色濃い一人称語りを反映した三人称語りとなっている。またこのヨクナパトーファ物語の最初の長編に登場したホレスは、有閑淑女の間で「詩人」だと言われ、「弁護士」と「詩人」を同時に受け入れてその無力さを自らも揶揄しているが、そこではホレスと詩作時代のピエロ像とが二重写しになっている。この最初のヨクナパトーファ物語の長編には、満ちあふれるほどの詩情が漂っているが、それは詩作時代の牧神とピエロ像の系譜が脈々と息づいているからであろうし、三人称語りでありながら、一つ一つの言葉には、一人称語りの詩的心情が内面化されているからであろう。それはもちろん作者自身が言葉に込めている詩的心情の流露でもある。そしてこのピエロ像を象ったホレス像を描きこんだ『土にまみれた旗』は評価されず、次の新しいピエロ像を創作する努力を重ねていくことになる。後でも触れるように、『土にまみれた旗』の前に書かれた『蚊』で、フォークナーはジュリアス・カウフマンに、「本というのは作家の生活の秘密の部分ですよ。作家の暗黒の半身ですよ。本と著者を同一のものとするのはそもそも無理な相談ですよ」(27)、と言わせているが、その暗黒の半身を逆の側から描こうとするピエロ像が、本当の意味で芸術的な存在価値を持つのはまだ先のことであった。

三　ペルソナ像ピエロと新たな文学創造

これまでペルソナ像の牧神を中心に論じてきたが、この牧神に代わって重要な役割を演じるのがピエロであり、そのピエロは最初に一幕劇『操り人形』と詩篇の「ノクターン」に登場する。一幕劇では、ピエロの登場に加えて水死のモチーフや実験的な視点と語りなど注目すべき変化が見られるが、このドラマが書かれたのは、四章の「ミシシッピ大学と詩人ウィリアム・フォークナー」で触れるように、ミシシッピ大学に再入学した一九二〇年の秋であり、フォークナーにとってピエロとともに新たな創作意識が高まった時であった。フォークナー初期のペルソナ像の牧神は、フォークナーの愛する人（エステル）への恋情を伝える代理的人物であると同時に、アイデンティティと芸術探求の分身的な役割を担っていたが、一元的なペルソナ像には限界があった。そのためであろうか、やがてフォークナーはその一枚岩的で静的な自意識の強い牧神像に代わって、一九二〇年の『操り人形』や「ノクターン」でピエロ像を登場させて、語り手と人物の間に距離を置き、さらに六章で考察する一九二一年の『春の幻』で、パロディ化したピエロ像を塑像しながら語りの模索を続けていくことになる。

フォークナーが塑像した最初のピエロ像は、以前の牧神の性格を一部残しながら、伝統的なヨーロッパ文化に見られるピエロ像となっている。しかし、その後フォークナーは、それをラフォルグ経由の現代的なエリオットのプルーフロック的性格やエイケンの人物とも重ね合わせながら、彼独自の創作のためのピエロ像を創造していくことになる。そしてフォークナーは、エリオットのアルージョンや典拠を巧みに利用した作詩法にも衝撃を受けたと思われるが、フォークナー自身もすでに創造した人物像をパロディ化して、逆にその人物像を補完・強化していく方法を多用し(28)、この創作のパターンは牧神像からピエロ像でさらに顕著になっている。

こうしてフォークナーは、独自のピエロ像を塑像していくわけであるが、このピエロ像は、早い頃からフォークナーが現実と想像の間で演じてきた、ロール・プレイや自己劇化と深く結びついていることは前に述べたとおりである。このフォークナーの自己演技と創作との関係についてはクリアンス・ブルックスを初めジュディス・センシバーなどが詳しく論じているが、早くにピエロ的な性格とからめて論じているのはセンシバーである。彼が演出したものには、ボヘミアン、戦傷飛行士、農夫などがすぐに頭に浮かぶが、特にトロントから故郷に帰国した時の軍服姿はその典型であろう。四章でも触れるが、フォークナーが学生新聞『ミシシッピアン』に掲載した詩をめぐって、一九二〇年の三月二四日付けの「J」という人物の次のような投書は当時のフォークナーのとっていた態度への強烈な当てつけである。

編集長、もしわれわれ皆がセーラーカラーをつけ、猿まねの帽子をかぶり、あざやかなズボンをはいていたら。また皆が街頭をステッキをついてぶらついていたとしたら。はたまた悩殺させる膝や、微笑むリュートの弦や色っぽい足指を詠って時間を浪費するとしたら、こんなのいい大学ですかね？(29)

この皮肉っぽい学生の投書には、フォークナーがトロントから帰って、長く軍服を着用してステッキを携えて周辺を歩いていたことや、先に触れた「半獣神の午後」やその他の新聞に掲載された詩が槍玉にあがっていることは明らかである。これは一般学生にはまさに「風変わり」な異色の学生態度であると同時に、これらのダンディな演出そのものが、フォークナーのフィクションや幻想の世界と表裏一体となっていることに注意する必要がある。ジョセフ・ブロットナーは、学生が揶揄する、軍服姿でステッキをついてゆっくり町を歩くフォークナーの姿を伝えているが(30)、センシバーの言うようにフォークナーは、「必要に応じて、負傷兵士の役を演じていた」(31)のである。また同じくジョン・デュヴォールは、フォークナーがステッキをついて負傷した足をひきずる負傷兵を演じた姿を、「フォークナーは自分をジェイク・バーンズとエリオットの漁夫王を合わせたような人物に作り上げた」姿や、「デカダンなダンディ／フランス象徴主義の詩人の役」(32)、と重ねながら、フォークナーが演じようとした男性性を強調し、さらにそれを詩作（芸術）活動に結びつけようとしている。これはいままで私が述べてきた牧神やピエロのペルソナ像にも深くつながり、また文学創造そのものに深く関わることであるが、少なくともフォークナー文学の出発点では、南部の尚武の精神を汲む男性性から距離を置き、日陰的な負の文学認識を深く抱え込んでいたのである。このいわば劣等意識は、マッチョな男性性や父性とは裏腹の関係にあり、そのことは、現実と想像世界、事実と文学的リアリティとの境界が初期のペルソナ像から曖昧になっていることとも関連するであろうし、また、さまざまな擬人化や、語り手と作中人物が一体化する語りも深く関わっていると言ってよい。

　フォークナーは、センシバー的な批評や、いま触れたデュヴォールや最近のラカン的な精神分析学で説明されているように、個人の内面的な側面と社会的な側面の両方を持っている。一九九七年はフォークナー生誕一〇〇年で、この年数冊のフォークナー研究書が出版されたが、そのうちロター・ヘニッヒハウゼンの、『フォークナー――仮面とメタファー』と、ダニエル・シンガルの、『ウィリアム・フォークナー――モダニストの形成』は、新歴史主義批評、ポスト・コロニアリズム、あるいはフェミニズム批評が大勢を占める中で、それらの批評理論に目配せをしながら、基本的には自伝的な要素と精神分析学的な要素を強調した批評書となっている。その意味では両者は伝統的なアプローチであり、ラカンの精神分析学批評を応用した、ドリン・ファウラーの『抑圧されたものの再現』や、新歴史主義批評的な、リチャード・ゴドゥンの『苦悩の小説群――ウィリアム・フォークナーと南部の長い革命』と比較するといっそうその違いが鮮明になる。とりわけヘニッヒハウゼンのものは題名通り、フォークナーの青年時代初期から見られた、個人的な仮面やロール・プレイと創造性との関連を述べ、作家の形成期から創造期へのこれらの批評のアプローチの有効性を示唆している。

言葉を換えれば、フォークナーの初期には、彼独自の個人レヴェルのものと創造（想像）次元のものとが分かちがたく併存し、この両者の混淆から次第にアポクリファルな創作世界への道程をたどるフォークナー文学は、いかなる新しい批評理論をもってしてもその根源部分には理論だけで裁断できないものが残ることを物語っている。そこには青春時代の個人的な言語表現と、作家を育んだ時代性や環境が言語表象の中に両義的に分かちがたく混在しているのである。いわば、フォークナーの牧神やピエロというペルソナ像には、牧神とピエロを育んだヨーロッパの土壌や歴史の中にフォークナー個人のミリューが投げ込まれ、そこに独自の文学世界が創造されようとしていたと考えてよいであろう。こうしてフォークナーの初期の自己演技と重なった、さまざまなペルソナ像に見られる「個人的な体験」の表現は、順次にそれを越えて新しい人物像を創り出す行程を繰り返してより深遠な芸術創造の道へ進んでいくことになる。

フォークナーの詩篇でピエロが最初に登場するのは、先に触れたように「ノクターン」であるが、ここでは、ピエロとコロンビーヌというペアを登場させており、後で触れるように、コメディア・デラルテ（commedia dell'arte）の形式を踏襲している。さらに先ほど述べたようにこの二人は、「ピエロ、コロンビーヌの死体のそばに座って、突然鏡に映る己の姿を見る」[33]という長いタイトルの詩篇にも登場する。ここでは死んだコロンビーヌを前にして、鏡に映る自分を眺めているという設定になっているが、この設定は先に述べたように、一九二〇年の秋にフォークナーが創作した『操り人形』のカーテンが降りた最後に置かれている挿し絵そのものであり、これらの詩とドラマの近似性を物語っている[34]。いわば、牧神と水死のモチーフが、現代的なピエロと水死のモチーフや、現代的なナルシズムに変容し、いっそう自己との対決が鋭さを増しているのである。

フォークナーがこのようなピエロを登場させていくのは、ミシシッピ大学での詩作が一段落し、文学の本質を見る眼も養われていく頃と合致しており、それは、フォークナーがそれまで演じていた数々の自作自演的なロール・プレイを、今度はペルソナ像のピエロに託す方法を取って新たな創作に向かったことを意味している。そしてフォークナーがピエロを登場させるにあたっては、イタリアのコメディア・デラルテという喜劇の様式にも相当習熟していたようであり、四章で触れる、一九二〇年の二月二五日付けの『ミシシッピアン』の「ファントシュ」という詩篇も、ボゴナ（ボローニャ）の医者の娘がこっそり逢い引きをする情景を描いたものでこの喜劇の系統に属する。その他、ロバート・ストーリーの『ピエロ――仮面の決定的歴史』という著書で解説されているピエロ像とフォークナーのピエロ像には合致する部分が非常に多いのは注目に値する(35)。

ピエロの起源については、コメディア・デラルテという一六世紀中頃から一七世紀全般に栄えたイタリアの即興喜劇に求められる。フォークナーが強く関心を持ったこの劇は、通常約一二人の一団（家族）で演じられるが、配役には、パンタローネ（Pantalone）と医者（the Doctor）などの老人、二組の恋人同士、ピューシネラ（Pulcinella）とコビエロ（Coviello）、ブリゲーラ（Brighella）とハーレクィン（Harlequin）といった組み合わせの二人の喜劇的な従者、パンタローネの娘コロンビーヌ（Colombine）などの役がある。このグループで演じられる古典的な劇の一つは、パンタローネの従者のハーレクィンがコロンビーヌに恋するもので、実際には役者が舞台上で個性豊かに演じたようである。

問題のピエロは、この中から時代を経て生まれてきたようだが、それはコメディア・デラルテの第二発展期にあたる一七世紀の終わりのフランスであった。そしてピエロ誕生の一説は、二人の従者のうち、ピューシネラの相棒の愚者ハーレクィンがピエロとなったという考え方である。またイギリスではパントマイムがその伝統を引き継ぐが、一八世紀の終わり頃、道化がピエロの役をするようになり、一八〇〇年頃にはピエロと道化がほとんど同じような役割をしている。一九世紀になると、ピエロの白衣から、月の憂鬱な青白さのイメジが創り出され、やがて恋人の窓辺で朝の歌を奏でる哀愁のギター奏者にしつらえられていく。月の青白さが強調され、民衆のピエロが、詩的で繊細なイメジに変えられていったのである(36)。

フォークナーが牧神からピエロへ移行していった理由は、以前に牧神のペルソナで演じていた、負傷した飛行士、イギリスのダンディ、耽美主義的詩人、放浪者などの演技を、今度は現代的なピエロというペルソナ像で、一度はパロディ化したうえで一段と高い芸術表現に利用しようとしたからであろう。フォークナーは最初の頃はこの伝統に沿ったピエロ像を中心に描いていたようであるが、エリオットとの出会い以降はそのピエロ像が現代的な様相を色濃くしていく。ピエロは象徴主義者と初期モダニストたちの寵児であり、エイケン、エリオット、ウォレス・スティーヴンズなどのモダニストたちが好んでピエロを描いたのも時代にマッチしていたからであろうが、特にフォークナーがエリオットのプルーフロックというピエロ的人物に強い衝撃を受けたことは作品を見れば明らかである。フォークナーとエリオットとの関係は三章で詳しく触れるが、まずエリオットがアーサー・シモンズの『文学における象徴主義運動』で紹介されているジュール・ラフォルグに強い感化を受けている。そしてそのラフォルグのピエロの系譜から生まれた、エリオットのプルーフロックと出会ったフォークナーは、それまでとは違った現代的な自意識の中で揺れ動くピエロ像を塑像するのである。

エリオットに強い影響を及ぼしたラフォルグは、伝統的なピエロから、一八八五年の詩集『嘆き節』（*Les Complaintes*）では、ダンディ、ディレッタントの芸術家ピエロ像と、さらにショペンハウア的厭世主義者から審美家ピエロに変えていく。先ほど触れたように、フォークナーは『オール・ミス』に「ノクターン」を発表するが、そこには、ラフォルグの次の詩集『聖母なる月のまねび』（*L'Imitation de Notre-Dame la Lune*）に描かれる、ピエロと「われらが淑女の月」との結びついた世界が見られる。その月は、石や大理石の純粋さを備えているが不毛の女性であり、ピエロはこの淑女の冷めた光の周りを蛾のようにはばたいて飛ぶ構図となっている。この構図はフォークナーの「ノクターン」と同じで、これらのモチーフのもとで描かれたピエロ像の嚆矢となっており、エリオット同様フォークナーもラフォルグのピエロを意識していることになる。そしてこの構図は、当時のフォークナー自身の恋する女性への片思いの心情を反映しており、さらには「ライラック」の項で少し触れたし、次の「追跡と水死のモチーフ」でも述べるように、憧れ、追跡、それに続く拒絶（失望）と死（水死）のパターンとも結びついている。

フォークナーはこのように、彼自身の個人的な恋愛関係をにじませながら、ヨーロッパの伝統を受け継いだ牧神やピエロ像を描き、現代詩人のエイケンやエリオットの人物たちにピエロ像を重ねていくが、やがてこのピエロ像も『春の幻』を契機に消えていくことになる。フォークナーにとって、伝統的な牧神の後の、エリオットの近代的でしかも底深い人間の内面を体現するプルーフロックとの出会いが、大きな転機となりフォークナーのペルソナ像も変容を迫られたのである。これらの過程は、牧神のニンフ追跡のモチーフの大きな転換であるが、しかしそれはどうしても通過しなければならない試練であった。先ほど述べたように、『操り人形』や「ノクターン」のピエロ像は、依然として自省的で受け身の立場で静的なままである。従って、まだこれらのピエロやプルーフロック像が生身の人間の姿に再創造されるまでには時間を要するが、しかし徐々に、以前の詩の性格を色濃く残した散文の人物が描かれ、次第にヨーロッパの伝統色を薄めながら南部の土着の世界に場所を移して成熟期のフォークナー文学の支柱となっていくのである。

四　追跡と水死のモチーフ

このようにフォークナーは、詩の主人公を、神話的な次元や夢幻性を軸にした牧神やピエロの世界から、次第に現実の生身の人間を主人公にしていくわけであるが、この変容過程には、いままで触れてきた牧神のニンフ追跡のモチーフや、水死のモチーフが緊密に結びついている。そしてこの水死のモチーフはさまざまな変容をとげながら、詩作から『メイデイ』などの散文に受け継がれ、『響きと怒り』のクエンティンの水死でその文学的頂点に達し、その水脈は、『死の床に横たわりて』や『野性の棕櫚』などに底深く流れていくことになる。

この牧神のニンフ追跡と水死のモチーフの根底には、前にも触れたように、ギリシャ・ローマ神話が幾重にも混淆している。ギリシャ神話のパーンが水の精のシュリンクスを追い、彼女が進退極まって川辺で葦に変身し、パーンがそれから葦笛を作った神話や、ニンフのエコーとナルキッソスの神話などがその代表であろう。さらに死別した妻エウリデス（彼女は水の精ナイアスないしは木の精ドリュスであったと言われている）を求めて冥界に下っていったオルフェウスの神話や、次に触れる両性具有とも深く関連するが、水の精サルマキスと少年ヘルマプロディスの一体化もこの系譜と考えてよい。詩人オルフェウスについては、フォークナーが『春の幻』の終わりにオルフェウスの章を設けて巧みに描いたり、『オルフェウスと諸詩篇』という詩集を考えたように、牧神の系譜を継ぐまた一人のフォークナーのペルソナ像、さらには芸術家フォークナーの分身であった。

だがこれらのニンフ追跡のモチーフとそれに伴う水死のモチーフは、ある時期から急速に質的な変容をとげていく。平石貴樹は、この大地のイメジに続いて、フォークナーが『操り人形』で生と死の融合の媒体として「水」を探り当てたことを指摘し、次には、『操り人形』のマリエッタは、時間を意識し、「もはや『秋』や『大地』と一体化しえない、生きる人間になり」、「時間の圧力に耐えるために入水していくナルシストとなる」(37)、という質的変化を論じ、水死のモチーフと時間認識との萌芽を指摘しているが、この認識が実際に深まっていくのは、後で触れるように、エリオットのプルーフロック的ピエロの水死を通過する必要があったし、ヨーロッパ的庭園から現実の南部庭園を意識するまでにはもう少し時間が必要であった。この変容については『春の幻』でも触れるが、この連続詩以降、フォークナーの作品傾向は徐々に変化し、水死のモチーフも次第に現実世界との接点を持ち始める。特にこの変化は一九二五年頃の作品から顕著になり、フォークナーの詩作時代から散文への変容と並行する一つの神秘的な変容とでも言えるもので、たとえば、濡れて輝く髪の毛(38)や、少女の死が水と深く関係するフォークナー独特のモチーフが現れ、それらがすぐにも散文のテーマと結びつくモチーフとなっていくのである。

この変容過程は、詩から散文への移行と並行するが、その最初の注目すべき作品は、一九二二年の小品「丘」と、それを敷衍した「妖精に魅せられて」であろう。詩的な散文「丘」が発表されたのは一九二二年であるが、それはフォークナーが『春の幻』を完成した翌年で、ピエロが消え、フォークナーにまた一つの新しい文学地平が惹起された年である。この小品はよくヨクナパトーファ物語の萌芽として説明されるが、まだ習作的で、季節労働者の描き方にもそう奥行きはない。

また一九二二年段階では季節労働者には水死のモチーフはなく、強い性の意識を伴いながらそれが急速に鮮明になっていくのは一九二五年前後であり、一九二五年の初めに書かれた「妖精に魅せられて」はその典型であろう。「妖精に魅せられて」については、もう一度一〇章の「幻想の丘からヨクナパトーファの丘へ」や他で触れるが、牧神のニンフ追跡モチーフが水死のモチーフと重なりながら、フォークナーの死と再生の意識や、さらに芸術追究の渇望がメタフォリカルに表現されており、この作品での、若者と得体の知れない「死」を連想させる女性の存在との水中での性的な遭遇は、やがて『メイデイ』のギャルウィン卿の最後の水死や、『響きと怒り』のクエンティンの水死と重なっていくと考えてよい。さらに、キャディ・コンプソンが恋人のドールトン・エイムズに会いに行く前の、小川べりでの兄クエンティンとの近親相姦的な風景は、水と性にまつわるモチーフの集約的な情景となっている。

そしてこの水と水死のモチーフと不可分なのが、ニューオーリンズ時代に現れた、濡れた髪の毛の少女と死との結びつきであり、特にニューオーリンズで書いた小品「少年ジョニー」にはそのまま「妹という死」（"Little sister Death"）というモチーフに深化されている。さらにこの文学モチーフは、次の「少年の教育」という作品でも用いられ、散文詩的なものから次第に散文化されていく様子がうかがえる。この小品では、主人公のジョニー少年が、町のならず者を殴り倒して少女メアリーを救ってやり、警官ライアンの家で少女に会おうとするが、少年の前に現れた人物は、「若い体全体が輝き、髪の毛は褐色でも黄金でもなく、眼は眠りの色」[39]をした少女であり、メアリーから変容したこの「妹という死」は、少年の手を取って死の世界へ導こうとする暗い宿命のメタファーと化すのである。さらに『メイデイ』に登場する若くて白い色をした少女も、「長い輝く髪の毛は一本の美しく輝く水柱」[40]のようで、ギャルウィン卿はその彼女に魅惑されるが、ギャルウィン卿の求めた理想の女性像は、聖フランシスが「妹という死」だと告げるように、死のイメジに包まれており、理想の女性像を求めていた騎士は結局失望して水死を選ぶのである。

この少女と水死のモチーフは、エドモンド・ヴォルペが指摘しているように、聖フランシスの太陽賛歌にある、「妹という死」が一つの根拠と考えられる。その賛歌の一部に、「ああもっとも気高く全能の主よ、誉れ、栄光、名誉とあらゆる祝福はあなたのもの。われらが兄弟の太陽、姉妹の月、兄弟の風、姉妹の水、兄弟の火、母親の大地……みな主のもの」、「主よ、我々の姉妹たる身体の死のために祈り給え、何人も致死の罪に死ぬ悲しみを逃れることはできぬゆえ」(41)、といった詩句があるが、ここでは、神が統べる全宇宙の中で、肉体の死が姉妹に喩えられている。従って、フォークナーが、妹というイメジに水と肉体の死を重ね合わせて、「妹という死」というメタファーを創出し、それに水死と濡れて輝く髪の毛を結び合わせて独自の世界を創造していったことは、一九二五年頃のまた一つの大きな文学的飛躍であった。そしてフォークナー自身の「賛歌」("Hymn")という詩篇に、

雨嵐と荒廃は消え、死を父に持ち、嘲笑を母に持つ人々を奴隷にしている眠りも去った。
汝（美しき人）をどこに求めようか？　日の出と夕暮れの間に？
それとも死の妹である眠りと、眠りの兄である死の間に？(42)

という詩句があり、ここにはフォークナーの初期の重要なイメジである、「妹という死」のイメジの先駆けがある。さらにこのイメジは、三章でも触れるラファエロ前派の髪の毛のモチーフや、一九二二年発表のエリオットの『荒地』の「死者の埋葬」に描かれる、「ヒアシンスの少女」と自称する生死の見境のつかない濡れた髪の毛の少女像などとも重なっていると考えてよいであろう。

このように、濡れた髪の毛の少女像と死のモチーフは様々な系譜をたどることができるが、この流れをいま一度整

理すると、神話の原型的なニンフ追跡のモチーフが、水（川辺）や泉と関連しながら、水死のモチーフとともに次第に現実世界の色彩を帯びていき、やがて次には具体的に輝く髪の毛をした少女像と重なって性と死の連想を帯びながら、その死が「眠り」と「妹という死」に収斂されていくのである。そしてこれらのモチーフは、いままで触れてきたように、「ライラック」など初期の詩篇から、『操り人形』や「丘」へ、次に『メイデイ』、「妖精に魅せられて」、『ニューオーリンズ・スケッチズ』の「少年の教育」、『兵士の報酬』、『魔法の木』などの初期の小品や散文から、中期や後期の、『響きと怒り』、『死の床に横たわりて』、『野性の棕櫚』(43)などに少しずつ変容しながら流れ続けている。そのもっとも結晶化されたものは、『響きと怒り』のクエンティンの意識の中で繰り広げられる生と死の心理葛藤であろう。そこでは「水」の上を歩くイエス・キリストと聖フランシスが同時に意識され、クエンティンが、両者が妹の話をし、「妹を持ったことのない」聖フランシスが、「妹という死」のことを口にしていると強い不満を漏らす(44)。そして、兄のクエンティンは、「致命的な罪を犯して死ぬ者に災いあれ」という聖人の言う戒めに逆らって水死の道を選ぶことになるが、この文脈はいままで触れてきた水死のモチーフを背景にして解釈する必要があろう。こうして一九二五年を境にフォークナーの水死のモチーフは物語性をいっそう強めようとしており、それらは両性具有や近親相姦のモチーフと不可分となってさらに複雑な物語性を具備していくのである。

それではなぜフォークナーはここまで水や水死のモチーフに執着し、芸術性に昇華させていったのであろうか。その答えは単純なものではないが、一つには、三章で触れるように、ラファエロ前派や世紀末芸術、あるいはいま触れたエリオットなどの強い影響が考えられる。そして何よりも、フォークナーの水死のモチーフには愛（性）が前提となっており、その奥底には愛（性）とその拒否あるいは死の問題が潜んでいることを見逃してはならないであろう。これは当然、一章の「フォークナーの恋と詩」で述べたように、原初的には身近な女性が脳裏にあり、また先ほど触れたペルソナ像とも深く関係しているが、その愛と死が、ニンフ追跡のモチーフから発展して、「妹（死）」という象形で表象されていると考えてよい。

この変容は、より広いコンテキストにあてはめて考えれば、「半獣神の午後」で述べたように、牧神やパーンが跳梁する「若い」ヘレニズム的世界から、時間や罪意識が顕著になるヘブライ的世界への変容という言い方も許されるであろう。いわば愛を求めて「妹という死」を手にする主人公の背後には、まず何よりも愛の喪失ということがあり、アルカディア的世界を失って終末論的時間認識や罪意識を否応なく身に抱え込んでいるのである。フォークナーは『響きと怒り』の序文の下書きに、「彼女（キャディ）は運命づけられ宿命づけられていなければならなかった。私は彼女の背景に、荒廃の運命にあり、荒廃する家に象徴されるような家族を描いたのだ」(45)、と書いているように、「妹のキャディ」はクエンティンの水死を初めとしてコンプソン家の宿命を象徴する中心像となっているのである。こうして水死のモチーフは、『響きと怒り』のクエンティンで一つの頂点に達するが、その後も水や水死はフォークナー文学の底深くに流れており、たとえばスノープス三部作のジャック・ヒューストンが海を憧れるロマンチックな心情は、愛と死のモチーフとつながっているし、『村』で描かれる、「凪もなく潮もない底深い海底に眠る、溺れて死んだ女性の髪がばらばらに上の方に流れているような」(46)梨の木の描写は、水死と髪の毛のモチーフの、集約的な文学的メタファーとなっている。

また、この水や海のメタファーが効果的に用いられているのが、『行け、モーセ』（「熊」）での狩猟の森への旅の情景描写であろう。この情景は三章のキーツとの関連でも触れるが、一〇歳の時のアイザック・マッキャスリンが想起する、軽装馬車で森（「荒野」）に入ろうとする直前の描写で、そこでは馬車が「小さな一艘の船」に喩えられている。その小舟は、「無限の大海原にただ上下運動だけで後は宙に静止している」(47)ようで、やがて入り江が開いて「停泊地」（「荒野」）に吸い込まれていく。この海原のエロス的なメタファーは、まるでアイザックが母親の羊水の中にいるようであり、次に海と森をつなぐ水路を通って入る「荒野」は、アイザックの成長の場であると同時に、「荒野」そのものの「死」が待ち受けている場所でもある。

一方この運命づけられた「荒野」は、アイザックにとっては成長と再生の場であるという二重性が込められており、ここには生・死・再生という大自然のパターンが底深くに流れている。そして、別のところで再論することになるが、水や水死のモチーフは、この生・死・再生と深く結びつき、さらに芸術追究や芸術創造との密接な関連はフォークナー文学の根幹部分と言ってよいであろう。そこでその芸術追究の一端を示すものとして、フォークナーが、『土にまみれた旗』執筆の四年後ぐらいに書いたと考えられる、かなり赤裸々に彼の心情を吐露した『サートリス』の序文に触れておきたい。

この序文は未完成であるが、『土にまみれた旗』執筆当時の心境と、フォークナーの文学創造の神髄を垣間見せている点で注目すべきものである。フォークナーはその序文を、「あるとき、時と死についてぼんやり考えているうちに」、「いまのようなありきたりな生活を続けておれば、かつては眼を開かれたような、世の中の単純な生活の原理」にも反応しなくなるのではないかと恐れ、「自分が失い、惜しむことになるとすでに覚悟し始めていた世界を再創造する他ないと考え創作を始めた」(48)、と切り出している。そして、芸術創造を哺乳動物(女性)による子供の産褥を同じ「再生産(リプロダクション)」と位置づけて、その再生産ほど個人的(パーソナル)なものが他にあり得るだろうかと問いかけている。さらに彼は比喩を敷衍して、芸術創造とは、「骨が成長して、自我から生まれ、抵抗しながら肉体を解き放って孕まれて生きているものと別れる」(49)ときの感触を持ちたいと望む女性原理と同じものだと続ける。こうしてフォークナーは、本(腹)の中に人物たち(胎児)を入れて、「渾身の力を込めて、すでに失うと覚悟をし、そうすれば後悔することがわかっている世界を一冊の書物の中に再現しようとした」(50)、と語っているが、ここではパーソナルという言葉が彼自身の現実生活の表象であると同時に、まさに産みの苦しみを伴う子供(芸術作品)の誕生(再創造)と重ね合わされているのである。

フォークナーがこの序文を書いたのは詩作時代を過ぎてすでに散文の意識が強かった時期であるが、この生殖原理と芸術創造の比喩は、いままで触れてきた詩作時代の性と深く関わる「水と水死」の連続線上にあり、牧神からピエロへの変容、さらにそのピエロのナルシス的深化とそこからの脱出が重ね合わさっているのではないだろうか。水と水死のモチーフの初期段階では、フォークナーの理想の女性像と現実との乖離が強調されていたが、それが次第に芸術的な色彩を深めていき、ギリシャ・ローマ神話やヨーロッパの伝統的な牧神から、現代的なピエロ像へ、さらに次には水死のモチーフをはらみながら母なる大地や土壌へ傾斜して散文への道をたどることになる。そしてそれらが次に触れる両性具有的な性の世界ともあいまってフォークナーの文学世界はいっそう奥妙な領域に入っていくことになるのである。

五　輻輳する性――両性具有

いままでフォークナーの詩との関係で、牧神のニンフ追跡のモチーフ、水と水死のモチーフ、さらにそれらと関連した性のモチーフやテーマを追ってきたが、いま一つ、この性の中に潜むフォークナー特有の両性具有のモチーフにも触れておきたい。これは、縷々述べてきたフォークナーのロール・プレイやペルソナ像を初め、フォークナーの文学世界の異教的な色彩や、芸術至上主義的な姿勢とも結びついており、いままで触れた水と水死のモチーフに内在する理想美と現実（幻滅）、さらに愛と死という二重性とも深く関わっているからである。さらに言えば、この両性具有は、ジェンダー（男性性と女性性）の境界の曖昧さや越境の形で人物に描き込まれ、それが南部社会が抱える人種の問題とも交錯しながら多くの登場人物たちの陰影を象っているのである。

このようなフォークナーの両性具有や同性愛の文学表現への関心は、次の章で触れるスウィンバーンを初めとする世紀末芸術への傾倒あたりから顕著になったと考えられる。次の三、四章でも触れるが、フォークナーは学生新聞に、スウィンバーンの「サッフォ」という詩を彼なりに翻案した詩を掲載しているし、次に触れる「両性具有」という詩篇もスウィンバーンの詩を土台にしており、さらに『緑の大枝』に収録された詩篇（「一七」）でも見られるように、一六歳以来の「スウィンバーンの衝撃」は長く尾を引いていくことになる。そしてこの両性具有の主題は詩から散文へ受け継がれていくことになるが、ここでは長編の第二作目の『蚊』で取り上げられたフォークナー自身の詩を主な対象にして、両性具有と芸術との関わりを考えてみたい。

両性具有という概念は、古来アンドロギュノス（Androgyny）とヘルマプロディトス（Hermaphrodite）の二つに由来しているが、アンドロギュノスが語源的にギリシャ語の男と女という意味が合体した言葉であり、一方ヘルマプロディトスはギリシャ神話のヘルメスとアフロディテの合成語でこの両神のもとに生まれた子供をさす。そしてそのヘルマプロディトスと妖精サルマキスの愛する二人が一体となり、女性の体つきに乳房と男根を持つ両性具有（Hermaphrodite）の身体となったとされている。その意味では、アンドロギュノスは、想像力の中での両性の精神的特性の合体であり、本来の「無性」の全一性への精神の復帰である。一方、ヘルマフロディトスは、魔女の偽りの存在であった、詩人をおのれの世界へと誘惑する純粋に肉体的な愛を示しており、男女両性の醜怪な肉体的結合でさえあるとも説明され[51]、魔性や美醜が複雑に入り交じっている。さらに両性具有の概念は時として、愛やエロスを表象すると同時にそれは同性愛と不可分の関係にあり、フォークナーの関心は多分にヘルマプロディトスであったと言えよう。

フォークナーの両性具有や同性愛は、ニンフ追跡のモチーフや水死のモチーフ、さらに芸術追究と重なっている場合が多いが、当然のことながらこの両性具有のテーマは、単なる変わった性癖や異常性の次元を越える人間存在の根源を表象している。そして、フォークナーは神話的な愛の成就より、異教的とも言える同性愛の神秘性や魔性的な側面に強い関心を持っており、この両性具有のモチーフは、これから具体的に検討していく詩篇を初めとして、フォークナー文学全体の根底にある、両義性や二重性とも密接に結びついているのである。そしてこれらはペルソナ像や仮面によるアイデンティティ追求の姿や、芸術探求、あるいは芸術至上主義的な審美性ということとも関連しており、先ほど触れた『土にまみれた旗』の序文もその連続線上にある。またこのモチーフは愛と性の問題とも深く関わり、極端な言い方をすれば、フォークナーの芸術創作そのものが両性具有的であったと言えるであろう。

フォークナーが散文の形でこのモチーフを鮮明に打ち出し始めたのは、一九二五年、すなわちニューオーリンズ時代以降であろうが、このことは繰り返しになるが、フォークナーの新たな芸術探究と重なる。キーツを核とする芸術至上主義との関わりや、それと関連する「カルカソンヌ」についてはこの章の最後や三章でも述べるが、フォークナーが故郷オックスフォードを去ってヨーロッパに向かおうとしたのは、もちろん新しい芸術を模索してのことであった。そしてフォークナーは、ニューオーリンズ到着直後の一九二五年二月に、『ダブル・ディーラー』に一一人の市井の人びとのモノローグを描写した「ニューオーリンズ」というシリーズものを掲載するが、最初の「裕福なユダヤ人」の、「私は三つのものを愛する。それは、黄金と大理石と紫色、つまり、壮麗さと堅固さと色彩だ」[52]、という独白は、芸術至上主義者のセオフィユ・ゴーチェの作品、『モーパン嬢――愛と情熱のロマンス』(*Mademoiselle de Maupin*)からの直接の借用である。さらにこのロマンスは、両性具有の持つ理想美と愛をめぐる物語であり、芸術の理想、特に彫刻芸術の至高性を強調しており、フォークナーがニューオーリンズに来る前にそれを読んで共感し、『蚊』の彫刻家ゴードンの彫像に大いに利用したことは十分考えられる。アーサー・シモンズは、序文で「象徴主義なくして文学はありえない――いや言葉自体もない」、と宣言した『象徴主義の文学運動』の中で、このゴーチェが、「世界を、枠組みと動きとで見て、画家が見るものすべてを見た」[53]作家で、「生涯を通じて生と、その生のあらゆる過程と形態を熱愛し……生の美そのものを永遠のものにようとし」[54]、その見たものを無類の精確さで表現したと言っているが、『モーパン嬢――愛と情熱のロマンス』の彫刻家と同じように、ゴードンもまた精確さとそれを超える造形表現の有りように苦闘しているのである。批評家の多くは、「裕福なユダヤ人」が唱える三つの信条を、物質的な側面を捉えて否定的に解釈しているが、当時のフォークナーの捉えかたは、シモンズの解釈通り、「強固な芸術表現」という純粋な芸術探求としての肯定的なものであろう。この芸術探求とニューオーリンズの関係は、あらためて七章の、「異郷の都ニューオーリンズでの芸術探求」で別の角度から論じるが、この南部の都会はフォークナーにとってまた新しい芸術追求の試練の場であった。

次にフォークナーはヨーロッパに渡って、若き画家像を『エルマー』という作品で描こうとするが、この未完の小説では、最初に少年時代のエルマーと、男性的な姉アディとの性的なエピソードが描かれ、芸術創造と性のテーマが精神分析学の手法で描かれようとしている。その壮大な計画は頓挫するが、フォークナーにとってはなんらかの形で完成させたいと考えていたにちがいない。そして、ヨーロッパから帰国して、一九二六年の九月に長編第二作の『蚊』を完成するが、その最大の課題は未完成の『エルマー』の性をどのように芸術（言語）的に昇華させて描くかであった。フォークナーは『蚊』で、『エルマー』の画家像を彫刻家像に代えて芸術の有りようを追究しようとするわけであるが、その芸術探求の核心は、一九二五年の『ダブル・ディーラー』に掲載した小品「ニューオーリンズ」の「裕福なユダヤ人」の発する、「黄金と大理石と紫色、つまり壮麗さと堅固さと色彩」であろう。『蚊』ではこの台詞は主人公のゴードンではなくジュリアス・カウフマンが繰り返しており、それを聞いたフェアチャイルドが嘔吐するように、非常に両面価値的な意味合いを持っているが、しかし、彫刻家ゴードンはこのユダヤ人の理想を彼の大理石像に盛り込もうとしているのである。

主人公のゴードンは、いままで触れてきた「牧神」の容貌と、七章以下で触れる詩篇に描き込まれた、空を翔る「鷹」の尊大で孤高のイメジでも表象されており、長編『蚊』ではこの芸術家の芸術（大理石像）創造が追究されている。そしてこの長編の大きな特徴は、寡黙な彫刻家と、饒舌な面々の言葉を弄しての芸術談義であろうが、その中で注目すべきことの一つは、フォークナーが以前に書いた詩を作品の中に折り込んで、登場人物たちの芸術談義の俎上に載せていることである。しかもこの議論の俎上に載せる詩は一九二五年初期にヨーロッパで作詩したものが中心となっている(55)。フォークナーは一九二五年の八月には母親宛に、「この小説をあるべき姿にするにはまだ若すぎる」(56)、と書いて「蚊」を中断したことを伝えているが、その中断には現代詩の言葉（表現）の本質をめぐるフォークナーの模索があり、早晩解決を迫られる問題であった。

こうしてフォークナーは、パリから帰郷してあらためて中断した作品を取り上げ、芸術（文学）創造の何かを問おうとしたのであるが、その一部に、自ら書いた実験的な詩や両性具有をめぐる詩の議論を展開して、一歩距離を置いていま一度自らの詩を議論しながら芸術の有りようを再検討しようとしている。それはピエロ像から一歩進んで、自らの作品を他者の角度から批評して、自らの芸術のあり方を問いかけるという自らが仕掛けた戦略でもあった。以下フォークナーの芸術探究と性との関係が独特な提示のされ方をしていることも鑑みながら、長編に組み込まれたフォークナー自作の詩、特に「両性具有」に焦点を当てながら考えてみたい。

六　『蚊』での自作自演の詩三篇

まず長編『蚊』での詩の談義は、モーリエ未亡人が準備したノーシカー号に乗船した芸術家たちや若者たち一三名が、喧噪の日々を過ごした最終日の四日目の午前一一時の船上で行われる。そこに居合わせる人物たちは、シャーウッド・アンダソンをモデルにしたドーソン・フェアチャイルド、終始ドーソンの側にいて彼によくコメントする、ユダヤ人のジュリアス・カウフマン(57)、その妹の芸術家のイーヴァ・ワイズマン、それにくそまじめで短い詩を得意とする「町で当代随一の詩人」のマーク・フロストなどで、にぎやかな芸術談義にはふさわしい面々であり、その談義には芸術（彫刻）を極めようとするゴードンがいつのまにか姿をくらましている場面設定も注目すべきであろう。議論は、実業家で少佐という肩書きを持ったカウフマンが、「梅毒の詩」と呼んだ、妹のワイズマン夫人の『星明かりのサチュリコン』（*Satyricon in Starlight*）というタイトルの付けられた薄い詩集を前にして始まる。それは薄い本だが、表紙自体に細いオレンジのアラベスク模様のデザインをほどこしたもので、そのデザイン自体にもモダニズム性と世紀末的な神秘性が同時に織り込まれている。そして議論の対象は、フォークナー自らが作詩した三篇の詩であるが、それらは、九章で論究する一九三三年の『緑の大枝』に収録されて、「四」、「二七」、「三八」となっていくように、フォークナーにとっては棄てがたい詩篇であった。制作は一九二五年の初期であり、「四」は初め「ガイドブック」（"Guidebook"）というタイトルが付いていたかなり長いモダニズム調の詩篇であり、「二七」はエリオットの「ナイチンゲールの中のスウィーニー」という詩篇のパロディ(58)、「三八」は、最初は「両性具有」（"Hermaphroditus"）というタイトルが付けられ、スウィンバーンの同じタイトルの詩から詩想を得たものである。従ってフォークナーが芸術談義のために選んだ三篇の詩は、フェアチャイルドの言う生活に密着した「健康な詩」ではなく、複雑で難解なモダニズムの詩であり、これらの詩を前にして、詩と意味（内容・思想）、詩と主題（愛と死）、作者と作品の関係などが議論の中心になる。

最初に前置きのような形で、現代詩が実生活と離れた存在となっていることへの是非を巡る議論がされた後、フェアチャイルドは後に『緑の大枝』に「二七」として収録される詩の第一連を読む。この詩篇は、エリオットの詩を下敷きにしたもので、荒涼とした大ガラスとピロメラの二匹を登場させ、エリオットの奇想と多層のアルージョンを巧みに生かした現代詩だが、この詩を聞いた瞬間に、「町で当代随一の詩人」マーク・フロストが、あまりの奇抜さに耐えきれなくなって、うめくようにそこを去るのは暗示的である。彼は固定観念に基づいた詩しか書けない「一流」詩人で、「ほとんど言葉ばかり」の、「言葉のカクテルみたいなもの」で、「舌がカクテルに慣らされておれば、かなりのものが得られる」(59)、とカウフマンが形容する詩は耐えられないのである。このフロストは、退廃的と形容されている月光下で、「性と死、性が青白い壁に影を投げかけ、その影こそ人生」(60)と、後のクエンティンを思わせる詩的な表現をするが、彼はこの退廃的な幻影から抜け出せない人物として描かれている。一方「作者」のワイズマン夫人は、「韻文に意味（思想）を求めるのは馬鹿だけだ」、と言いながら、「詩の主題は愛と死」(61)で、それだけが書く努力と絶望の価値のあるものだと言う。この詩の主題が「愛と死」という彼女の主張は、詩作時代のフォークナーの心情を反映していると考えられるが、同時に詩の形式と内容への根本的な問いかけを突きつける詩篇である。

次に紹介される詩篇は、フォークナーがパリで書いた可能性の強い、非常にモダニズム性の強い詩篇であり、芸術談義では恰好の攻撃材料となる。しかし原作者のワイズマン夫人は、韻文に意味（内容）を求めようとする男たちにはうんざりした様子で、ミス・ジェニーのほうに同性愛的な目を向けている。それに対して、アンダソンのモデルとなっているフェアチャイルドは必死である。彼は手元の詩を批判しながら、最善の詩というのは、言葉に没入した時に生まれ、優れた詩は、ちょうど無意識のうちに詠うリズムのようなもので、言葉の美と力に心底没入して、畏怖の念を持つ詩こそ最良のものだと言う。さらに彼は、作家の言葉とは文学に興味を示さない女性に感激を与えるために書くのだと主張するが、そのフェアチャイルドが、周囲からいささか憐れみの眼差しを受けるという皮肉な設定になっている。これは意味のないモダニズム詩を認めようとしないフェアチャイルドの持つ、懐古趣味的なセンチメンタリズム批判であろうが、しかしそれは単純な批判ではなく、本質部分では、自作の詩に言葉の美と力を求めるフォークナーの創作態度の裏返しと考えてよいであろう。そしてカウフマンは、「現代詩人の詩は靴のようなもので、靴に合う足の形をした人だけが履けて」(62)、履けた人だけがどんどん進んでいくと巧みな比喩を用いながら、内容的な意味のなさと、現代詩が特別な詩人の流行的な一部になってしまっている点をつき、昔はだれでも履ける靴（詩）を作ったと言いながら現代詩批判を披瀝する。これもまたフォークナー自身の詩観の一部であろうが、注意すべきことは、この詩篇が現代詩のパロディでもあり、フォークナーにとっては次の章で触れるように、エリオットや現代詩をいかに超克するかの議論でもあったのである。

最後にフォークナーは、倒錯ということに焦点を合わせながら三番目の現代詩に議論を移す。それはスウィンバーンの詩を翻案しながら、同じ「両性具有」というタイトルを付けたものであるが、この段階で議論しているのはフェアチャイルドとカウフマンだけである。しかしこの詩は全体が引用されていることを考えれば、フォークナーがもっとも議論を深めようとした核心の詩篇と考えてよい。この詩篇は先ほど触れたヘルマプロディトス（アンドロギュノス）神話に隠された曖昧な性を表現した手の込んだ作品であり、注意すべきは、スウィンバーンの同性愛を描いた詩を、フォークナーが換骨奪胎して現代詩風に翻案したもので、それを倒錯した現代詩として議論していることである。

スウィンバーンには、「フラゴレッタ」（"Fragoletta"）というやはり両性具有を詠った詩があり、三章でも述べるように、スウィンバーンが立ち向かったヴィクトリア朝的な上品な伝統に逆らう、両性具有や同性愛を賛美する内容となっている。スウィンバーンは、「口唇（lips）」という言葉を、性器の隠喩としても用いながら同性愛を官能的に描写しており、もう一つの同性愛を詠う「両性具有」と姉妹篇とも言える詩篇となっている。「両性具有」の場合も「口唇」が同性愛の隠喩表象となっており、やはり両性具有を賛美する詩篇である。このスウィンバーンの「両性具有」は、彼がルーブル美術館の「ヘルマプロディトス」像を見て作詩したと言われているが、さらに注目すべきことは、ロタール・ヘニッヒハウゼンが述べているように(63)、ゴーチェが書いた両性具有の詩篇「コントラルト」（"Contralto"）と非常に類似していることであろう。フォークナーが「裕福なユダヤ人」や『蚊』で、ゴーチェの『モーパン嬢――愛と情熱のロマンス』から、芸術至上主義的表現を借用したことは触れたが、「コントラルト」に描かれる両性具有の大理石像もフォークナーの描くさまざまな大理石像と類似している。「コントラルト」とは声楽でいうアルトとテノールの中間という意味だが、ゴーチェは、旧い美術館で見た男性と女性、神と女神、アフロディテとキューピッドなどの両性を具備した神秘的な大理石像を芸術の傑作として讃えている。従って、スウィンバーンの両性具有の詩篇やゴーチェの大理石像は、フォークナーが描く彫刻家ゴードン像や彼が彫った少女像と深く関連しており、両性具有はフォークナーにとっても芸術創造の根源的なモチーフとなっているのである。

こう考えると、フォークナーが自らの「両性具有」という詩篇を議論の俎上に載せたのは、単なる戯れやパロディではなく、芸術の意味を根底から問いかける方途であったと考えてよい。書かれた当初の詩篇には一九二四年一二月九日という日付が付いており、ニューオーリンズ出発前のものであろう。詩形はイタリア・ソネット形式で、まずフォークナーは、スウィンバーンの「倦み疲れたもののうちで、おまえの唇が一番倦んでいるようだ」、という第一連の三行目から詩想をとり、語順や語彙を変えながら、その「倦み疲れた唇」から詩を書き出している。スウィンバーンの詩篇は五六行にわたるものであるが、フォークナーはそれを八行と六行のソネットに簡略化しており、スウィンバーンが大理石の彫像を観察して描いた細部とそれぞれの隠喩性は消えている。そしてフォークナーは、スウィンバーンの場合よりさらに両性具有像に接近して語りかけながら、前半の八行で両性具有の持つ神秘的な側面を詠い、後半でその特性ゆえの不毛性と隠れた悲しみを強調している。従ってフォークナーの詩では、スウィンバーンの同性愛的な側面が薄まって[64]、両性具有像へのより深い同情と親近感が表現されているが、スウィンバーンの「両性具有」やさきほど触れた「フラゴレッタ」や「コントラルト」にも通じる同性愛への意趣も生かそうとした詩篇である。

いわばフォークナーは、上に述べたような背景のもとに作詩した自らの詩を議論の対象にして、唯美主義者スウィンバーンの、「詩という芸術は教訓的な事柄とはまったく無関係である」、という信念に潜む詩（文学）の本質を問いかけていく。まずフォークナーは、「現代の詩は、すべてが一種の倒錯のようだ。まるで健康な詩の時代は終わってなくなってしまったかのようだ」[65]、とフェアチャイルドに嘆かせ、二番目の詩篇では、「健康な詩」と異なる曖昧な詩を称して、「情緒的な両性具有（の詩）だ」[66]、と言わせ、現代詩が、男性の女性化、女性の男性化している点を指摘させている。ここでは、言葉の力で人々を魅了し、作者と作品は同一であり、男性的であるというフェアチャイルド（アンダソン）的な「健康」な詩観と、その逆の、完成された作品は作者とは独立して、伝統的な思想や意味の伝達の役割はなく、言葉そのものが意味を創造するという「言葉」のとらえ方の対立があり、しかも議論している詩そのものが「両性具有」的な二重性を浮き彫りにしているのである。そして「原作者」のワイズマン夫人は言葉に思想を求めず、むしろ現実のレズビアン的なものに興味を示して、議論ばかりの男たちを馬鹿にしているが、繰り返して言えば、この設定はフォークナー自身が詩（芸術）のありかたを己に問い返しているものであり、単純なフェアチャイルド（アンダソン）批判では収まりきれないものを含んでいる。それはもっと言えば、エリオットやスウィンバーンの詩を自らの詩想に従って書き直した作品が、作者を超えて芸術的価値を持っているかどうかの問いかけでもある。

水死のモチーフでも触れたように、フォークナーにとってエトスとしての両性具有は、初期の創作世界から重要な主題であり、むしろ世紀末や象徴主義の流れの中で強く惹かれたものであった。また次の章の世紀末芸術とモダニズムの項でも考察するが、フォークナーは、「周囲とは違う」態度を通し、ヴィクトリア朝的道徳主義を批判し、異教的、中性的要素や、さらにはラファエロ前派や一九世紀末のロマン主義から世紀末の芸術に惹かれ、それらの中にある同性愛的要素にも強い関心を持っていた。そして先ほども少し述べたように、やがてそれらは詩や小説の中で具体的な人物像に変容していき、早くには『エルマー』のジョー・アディから、『蚊』のパトリシアをはじめ、少年のような姿をした両性具有的人物たちとして描かれ、やがてそれらは近親相姦的な色彩を強めていく。フォークナーが作品を書き進めるうちに、初期の中性的・両性具有的な色彩が現実世界で変容しながら、サートリス双子兄弟の同性愛的なものから、ベンボウ兄妹、『響きと怒り』の兄妹、さらには『アブサロム、アブサロム！』の兄妹や兄弟など近親相姦的な関係が強まっていくのは、フォークナーの作品の深化と無縁ではないであろう。ここで言う深化とは、歴史や地域性を深く抱え込んだ家族や共同体の中での個々の人間の有りようの錯綜化を意味するが、それは後でも述べるように、詩から散文への変容とも重なっている。

従ってこのように考えると、『蚊』に見られた両性具有（同性愛）的な詩へのフォークナーの姿勢には複雑な心情が込められていることになる。そこにはかつての詩作時代の初期に没頭したスウィンバーンの修正、そして大きくは、いままで触れてきたヨーロッパ芸術への一面的な傾倒への反省と新しい取り組みへの姿勢が表れている。さらにはモダニズムに足を踏み込んだ過去の芸術態度への反省も込められており、その気持ちがフォークナー独特のパロディとなって作品の随所に見られるのではなかろうか。一見否定されているワイズマン夫人の両性具有の詩自体も、優れたセンスの持ち主のワイズマン夫人という人物像から判断すれば、フェアチャイルドたちの言葉にもかかわらず決して否定されてはいない。そもそもこの詩の作者ワイズマン夫人は、夫を置いて一人乗船しており、肉体豊かなジェニーから目を離さず、彼女自身に同性愛的な傾向を読みとることができ、この詩は彼女自身を一部反映している。さらにパトリシアとジェニーの同性愛的な場面や、あるいはアッシリアの王アシュバニパルという世紀末的な性倒錯者への言及などを考えると、言葉を本当に生かし、人間の本質を語ることそのものには決して背を向けず、むしろそれらこそフォークナーの文学を豊かに彩り、彼の創造世界のエトスとして生かされていると言ってよい。

フォークナーはワイズマン夫人の詩を議論の俎上に載せながら、同時に彼女の現実のレズビアン的行為を描写して、決して詩の世界だけに終わらないことを作品の中で描いている。さらにワイズマン夫人は、登場人物の一人が会ったことのある「フォークナー」という名前の、背の低い、色の黒いおかしな作家（フォークナー）像とつながっており、フォークナーは鬼面人を威すがごとく一種の自画像まで登場させて、ワイズマン夫人とフォークナー自身を、両性具有の詩の作者として重ねているのである。フォークナー（ワイズマン夫人）が書いた両性具有の詩は、スウィンバーンの詩篇を下敷きにして、少年の手と女性の胸を備えた両性具有の女性への欲望を描いているが、それは、両性具有的な詩人が両性具有を賛美する詩を書いていることになり、そこに何らかの芸術を求めようとしているのである。もっと言えば、芸術そのものも両性具有的な性質を持っており、フェアチャイルドのような古い詩（芸術観）では律しきれないし、また南部の尚武の精神（男性性）が体現しているような文学でもなく、ゴードンの沈黙は彼が立ち向かう芸術創造の壁の大きさを物語っているのである。

これまで何度かフォークナーの芸術至上主義的傾向に言及してきたし、今後も強調していくことになるが、フォークナーはマラルメやスウィンバーンたちの芸術性に強く惹かれながら、一方でジュディス・センシバーが指摘しているように(67)、彼の道徳性の意識が先人の芸術性とは異なった方向に向かい、初期の両性具有は散文の世界でサートリス兄弟やヘンリーとボンの愛、あるいはクエンティンとキャディのような近親相姦的な愛に傾いていくことになる。彼にとって両性具有の議論は、芸術性と道徳性が不可分となっていたのである。

フェアチャイルドは、ワイズマン夫人の詩を「情緒的に両性具有」だと評するが、それに対してカウフマンは、「本というのは作家の生活の秘密の部分ですよ。作家の暗黒の半身ですよ。本と著者を同一のものとするのはそもそも無理な相談ですよ」(68)、と応じる。フォークナーは、フロイトの精神分析学的な色彩を滲ませ、芸術を両性具有と同じように両義性と曖昧性を持つものと考えながら、それが一方で抑圧された作家の秘密の部分であると同時に、創造された芸術は作者から独立した普遍的なものであるという創作姿勢を貫いていると言ってよい。それはもはや作者が支配する絶対的な全知視点の三人称語りが成立しえないところで、多重・多声の語りを模索しながら独自の三人称語りを創造していく過程でもあり、この点については序論で述べたとおりである。

この長編『蚊』が書かれたのは、詩作時代を終え、ヨーロッパから帰国して本格的に小説家を目指した時であり、さらにフォークナー自らが自負する一大長編『土にまみれた旗』を計画した時であった。フォークナーは詩人という意識を長く持ち続けたし、「若き日の芸術家の肖像」をまず描こうとする意識があったはずである。序論で触れたように、『蚊』は、「心の受難週、無時間の至福の瞬間」、「愛、生命、死、性、悲しみといったこの世を象る陳腐な諸々が、ある瞬間に完全に調和して一つになり、何か壮大で時間を超えた美を表象する受け身の心理状態」(69)を追い求める芸術家を描こうとする作品であった。ここにはフェアチャイルドらの議論と離れて寡黙な姿で芸術を追究している彫刻家のゴードンがいることは繰り返して述べたし、もう一度次の章でキーツとの関連や、他の詩集で「鷹」のイメジとの関連で触れるが、ゴードンはケンタウロスの蹄から響く、「荒々しい、情熱的で、悲しい」(70)声を聞きながら、激しい芸術家の情熱を燃やして、「大理石」から「時間を超えたあの至福の瞬間」を創造しようと必死になっている。彼は「情熱的に永遠」なトルソー像を彫るが、それはまだ手足を欠いて未完であり、両性具有(中性)的である。いわばゴードンは、まだ「縛られた囚人」たる牧神像の延長線上で完全な大理石像を彫像しようとしているのである。それは芸術追究の道の険しさを物語っており、フォークナー自らの詩を議論の俎上に載せながら、いかに自らの文学空間を創造するかの問題を自らに問いかけたものであろう。

両性具有とは、プラトン的に言えば、原初の統一・合体への夢の謂いであるが、それは理想的な愛の変形として作用するし、同時にファム・ファタール(悪女)的な破壊性としても作用する。フォークナーはこれらの同性愛的なモチーフを生かしながら、人間の内面を抉り、奥深い作品にしていったのである。いわば両性具有は同性愛と表裏一体となりながら、フォークナー文学の特徴である両義性と深く結びつき、文学的想像力の深遠な水脈となっているのであり、『大理石の牧神』で触れる、天と地の間で呻吟する囚われの牧神や、その他随所で触れる生（性）の二重性の中で呻吟する数々の主人公たちの系譜につながっている。さらにこれらのモチーフは次の章で触れる世紀末的なものとモダニスティックなものとの接点、あるいは八章『ヘレン――ある求愛』で触れる「二人（つ）」のモチーフの根底にある生と死の問題とも関わっている。そしてあらためて検討するが、『蚊』の制作と詩集の『ヘレン――ある求愛』は、理知的・論理的な芸術追究という点で近接しているのである。その意味では、最初の長編『兵士の報酬』が詩作時代の名残りをふんだんに入れ込んだ散文とすれば、二作目の『蚊』は、詩作時代の芸術探求の連続線上にあり、それまでの言葉（表現）のあり方を反芻し問い直した芸術小説であったと言ってよいであろう。

次の章でも触れるが、フォークナーは『兵士の報酬』で、ドクター・グレイが、踊りの相手になっている不熱心な若い女性に、「スウィンバーンという名前のたいしたことのない詩人の書いた詩のようだ」(71)、とあてこするように言うが、それはスウィンバーンの詩語の軽さを暗示した言い方であろう。そして次作の『蚊』で、さらにスウィンバーンの詩の問い直しをしたわけであるが、もちろん全面的に否定したわけではない。スウィンバーンが詠った両性具有のモチーフは、次に触れる詩的幻想と密接な関係にあり、フォークナー文学をさらに深淵なものにしていく。そして『寓話』に至っては、「戦争は両性具有であり、勝利と敗北の原理が同じ体の中に巣くう」(72)、というように、両性具有の世界がいっそう拡大されたメタファーとなっているのである。

七　詩的幻想と故郷の大地

いままで述べてきた、水死のモチーフ、そして両性具有（同性愛）的なイメジやモチーフは、さまざまに変容しながら詩的な次元から次第に短編や小説の中で深化されていくことになるが、最後に、詩人の魂を描いた初期の短編「カルカソンヌ」を中心に考察して、フォークナー文学全体と深く関わる詩的幻想の世界を探っておきたい。というのはこの短編の主人公は、一度は牧神になって詩的真実を守った人物であり、ちょうど詩と散文の分水嶺ともなっているからである。事実この短編は、いままで論究してきた、詩篇「ライラック」の左胸を撃たれ撃墜され死んだ男たちの会話、一九二五年にフランスで着想したと考えられる「脚」の幻想性、『兵士の報酬』のドナルドに見られた生と死の幻覚、また一幕劇『操り人形』や中編『メイデイ』の幻想性、あるいは制作年代は不明だが、『緑の大枝』の「一六」（最初「パックと死」あるいは「若者の鏡」という題名で、若者と老いた幽霊との、青春や希望、あるいは暗い宿命や、移ろいやすい人の命をめぐる幻想的な対話が描かれている）などの幻想世界に見られる初期の作品の特徴を併せ持っている。また「カルカソンヌ」は、初期の詩、短編、長編の重要なエリオット的なイメジが色濃く揺曳しており、静寂と死の象徴となっている海底でこすれあう骨、枯渇した枯葉、あるいは鼠や蛆虫と、逆にこれらに拮抗する「復活と生命」のテーマが、明日を生きようとする心に深く根ざし、萎えしぼむ現実と、再生あるいは芸術への情熱との接点をなしている。このようにこの短編は、初期の作品の特徴を底深く内在させ、フォークナーの創造世界の本質的なテーマが描かれているのである。

「カルカソンヌ」は、一人の若者と(73)、彼自らの「骸骨」とが対話するという幻想的な作品で、作風はハウスマンの影響も明確に見られ、かなり初期の特徴を持っている。「骸骨」との対話といった超自然で幻想的な発想は、フォークナーが愛読した『シロップシアの若者』の「四三」（「不滅の部分」）の幻想的な対話と同質のものである。ハウスマンの詩では、「私」の中の「骸骨」が語りかけ、生身の肉体と魂のはかなさを諭すが、「私」は生きている間は、「不滅の部分」の主人になっていまを生きようと思い、骸骨のような虚ろな不死の誘いに負けず、逆に、はかない生を精一杯ストイックに生きようとする姿が描かれている。フォークナーは、「骸骨」が「私」に、魂や肉体はやがて消滅していくものだと諭すが、せめて生きている間は、「私」が「骸骨」の主人になろうとしているハウスマンの詩篇の主人公を意識している。

主人公の若者は、キューバの南東にある小さな港町リンコンにある、スタンダード石油会社の支配人の夫人ミセス・ウィドリントンが所有している酒場の屋根裏部屋で、タールを塗った屋根ふき用の紙を、朝起きると丸めて畳み、寝る時は広げて布団代わりにし、「浮浪人か詩人」の、孤独で質素そのものの生活をしている。その彼が夜毎のリンコンの町の営みを背に感じながら、紙の布団を一対の眼鏡のようにし、夢幻の織物を透かして、彼自身の「骸骨」と、現実と理想との相克の対話を交わす。先ほど触れたハウスマンの詩篇に見られるように、「骸骨」は、現実を受け入れ、安楽と安逸の世界を甘受するよう囁きかけ、若者も静寂と諦観の世界につい引き込まれそうになる。だがすぐに矮小な現実の世界に反発し、海底に沈んでいこうとする己の肉体が、自らの肉を相食みながらも生き続け再生することを信じ、「われは復活なり、生命なり」(74)、と心中で反芻する。そして彼は衰退する肉体に潜む、何ものにも動じない想像力の世界に新しい生命の息吹きを感じ、青い電気のような眼と、もつれた火のようなたてがみをした、鹿皮色の仔馬にまたがり、肉体でも霊魂でもない想像の翼を空中高く飛翔させ、「何か大胆で、悲劇的で、厳粛な何かをやり遂げたい」(75)、と繰り返し思うが、ここには生命の停止と流動との鋭い相克がある。

この若者に見られる、周囲の桎梏と束縛と、それから脱出しようとする想像力の冷めやらぬ詩魂は、五章で触れる『大理石の牧神』の、冬の雪しか知らない、「悲しい、縛りつけられた囚人」、あるいは『蚊』のゴードンが彫刻した、「一時的に大理石の中に閉じ込められ、頭も腕も脚もない、沈黙しているが激しく脱出しようとしている」(76)少女のトルソーに見られる閉じられた空間と、そこから創造へ脱出しようとする意志と深く関わっている。主人公をとり巻く周囲は、瑣末な物質主義が横行し、枯渇や諦念が創造力を圧殺して、ともすれば現実に負けて、失望の淵に閉じ込められてしまう。だが、彼の創造力には、みすぼらしい現実や肉体の腐敗を克服し、天上世界に飛翔しようとする激しい願望がある。彼を乗せた想像の鹿皮色の仔馬は、「なおも疾駆しながら、逆巻くたてがみを火のように金色にうち振りながら、天空の長い青い丘を轟くように上がっていき」(77)、やがて馬と騎士は次第に小さく薄れ、無限の暗黒と沈黙の中で光の薄れた一つの星のようになる。だがその光が失せんとする宇宙には、広く豊かな胸をし、厳しい脇腹を見せる母たる大地の暗い悲劇的な姿があり、想像力で飛翔した彼を包み込んでいるのである。この精神や肉体の枯渇のさなかで、想像力による新しい生命を宇宙の大地の胸に抱かれ復活させるという壮大かつ深淵なイメジは、別の言葉で言えば、芸術家の、現実に屈し、瑣末主義に陥りがちな自己(「骸骨」)を越える、人跡未踏の芸術創造に対するすさまじい意志表明と願望ではないだろうか。

そして海底で岩がこすれ合う詩想は、シェイクスピアの『テンペスト』の海底でこすれあう岩と、さらに次の章で触れるエリオットの「J・アルフレッド・プルーフロックの恋歌」の海底の岩のイメジを連想させて、いっそう深遠な世界を醸成している。腐肉を食われた後の骨が、「海の洞窟の中で、引く潮の絶え絶えな動きに合わせて互いにぶつかりあう」(78)ありさまは、エリオットの描く、人間の根底的な無の存在と響き合うものがある。そしてこれらのイメジは、『緑の大枝』の詩篇「三」や、『兵士の報酬』の蛆虫とキリストの救いのイメジとの混淆、さらには『響きと怒り』のクエンティンの海の連想にまで繋がっており、クエンティンの海底の洞窟との連想は、聖フランシスやキリストの救済のモチーフと重なりながら、小説の重要な死と絶望のテーマとなっていくことになる。

従ってこの短編には、非常に重要な詩的イメジの数々と、フォークナーの詩人としての苦悩が凝縮されていると言ってよい。最後に「私」は、「何か大胆で、悲劇的で、厳粛な何かをやり遂げたい」(79)、と思い、野生馬に跨るが、その馬は、「疾駆しながら」「長い天上の青い丘」(“long blue hill of heaven”)を駆け登る。そこには、「広大な沈黙と暗黒の中に消えようとする星」(“a dying star”)が光り、「彼の母たる大地の暗く悲劇的な姿が沈思している」(80)。

まさにこの壮大な宇宙に描かれる「青い丘」は、かつてのハウスマンのシロップシアの丘から、詩作時代のミシシッピの丘や母なる大地とつながり、やがてヨクナパトーファの丘につながっていくことになる。

この「カルカソンヌ」については三章のキーツとの関係でも触れるが、明らかにキーツの「睡眠と詩」に描かれた、彼を取り巻く安易な詩に対する批判と、新しい芸術を追究する姿の散文化となっており、ここで描かれる詩心は、先ほど触れた、「荒々しい、情熱的で、悲しい」声を聞きながら、激しい芸術家の情熱を燃やして、「大理石」から「時間を超えたあの至福の瞬間」を創造しようと必死になっている『蚊』のゴードン像や、七章以降で言及する、「鷹」や「鷲」の飛翔のイメジと深く結びついている。そして、「静かな死」への願望をあらわす「彼の遺骨」と、「磔刑」のイメジを伴った「彼」自身との対話や、その対比の狭間の深い「沈黙」を孕んだ暗黒の宙空における「母なる地球（大地）の暗い悲劇的な姿」は、後の『響きと怒り』や『サンクチュアリ』や『八月の光』に見られる類似のイメジを彷彿させる。いわばこの幻想的な初期の作品には、フォークナーのコスモロジカルな詩的世界があり、この詩的幻想はやがて小説の中でいっそう深みを帯びていくことになるのである。

このように、この短編には実に多くの初期のフォークナーの詩的幻想が盛り込まれている。フォークナーは、「カルカソンヌ」をして、「私の散文は詩的だ」と言ったが、それは形式としては次第に韻文から散文へ移行していったものの、序論で強調したように、詩人の魂はどの作品の根底にも潜んでおり、彼の文章そのものが詩であるということであろう。特に「カルカソンヌ」はその分水嶺的な性格を持っており、彼の詩人の魂が激しい形で表現されているのである。そしてフォークナーの初期の詩作時代や、短編を含めた初期の散文時代には、時には不可解とも思える詩的幻想の世界があり、それは女性との関連で触れた、生・死・水・性などの交錯する世界、あるいは両性具有的世界ともあいまって、フォークナーの初期の文学を豊かに彩り、さらに後の作品の豊かな水脈となっていく。

そしてこの幻想性に加えてさらに重要なことは、『ミシシッピ詩集』で述べるように、これらの複雑で混沌とした詩的世界の背後に、深く豊かな大地が脈打っていることであろう。『ミシシッピ詩集』の七番目の「ミシシッピの丘

――わが墓碑銘」には、少年時代の懐かしい「青い丘」を中心にした自然の風景と、いま荒波の中に旅立とうとする前の気持ちが表現されている。第三連では、それは失われた単なるノスタルジアの地に留まらず、ハウスマンの世界を乗り越えて、再び帰る地となり、詩人は、

私は必ず帰ってくる！　死などいずくにあろう？
頭上に微睡むこの青い丘で
私が木のように根を張っている限り。私は死のうとも
私をしっかり抱きしめているこの土壌が私に息吹を見つけてくれる(81)。

と詠うのである。そこには不安と望郷の念が入り交じり、自然が荒涼とした中でやがては春を迎えるように、懐かしい故郷の大地に再び帰り、その大地に抱かれる夢が詠われている。そしてそこに詠われたフォークナーの心情は、一つの円環を描きながら彼の作品全体に流れているのである。このように、「ミシシッピの丘――わが墓碑銘」には、シロップシアの丘の響きと共に、暫しの故郷との別離と新しい自己の再生、そして帰還の意志が込められている。

この後フォークナーは、故郷の大地を後にしてニューオーリンズに出かけ、そこでの滞在が彼の詩作時代と散文の時代との分水嶺の大きな節目となるが、繰り返し強調したように両者は別のものではない。詩と散文はその根幹において同じであり、心情的に支える「大地」のイメジも同じ底流となっているのである。そしてこれらのフォークナーの詩を形成していく過程には、一九二四年のエッセイでも触れているように、ヨーロッパを中心とした、ロマン主義からフランス象徴主義、そして世紀末やモダニズムにかけての文化思潮が大きな影響を持っている。そこで次の第三章で、まず一九二四年に書かれた、「古い詩と生まれつつある詩――ある遍歴」から始めて、フォークナーの初期の文学活動に強い影響を持った文化思潮と、具体的な四人の詩人たちをとりあげ、フォークナー文学との関わりを考え

てみたい。

第三章　ウィリアム・フォークナーの初期の文学土壌

一　フォークナーを惹きつけた詩人たち

序論と一章でも触れたが、フォークナーの青年期の模倣・影響の時代から、彼独自の創作世界に至るまでの道のりは平坦ではなかった。これらのフォークナーの初期の文学遍歴は、「古い詩と生まれつつある詩――ある遍歴」というエッセイで、かなり赤裸々に語られている。確かにブロットナーが言うように、ここでは彼の内面の奥底に薄膜を張ったペルソナの語りになっており、フォークナー特有の自己演出には注意して読む必要(1)があろうが、このエッセイは、これまでのフォークナーの文学活動の集約と、詩人を目指す強い決意を語るマニフェスト的性格を強く感じさせる。このことは、七章のニューオーリンズとの関連でも触れるが、この時点でフォークナーがこのエッセイに盛り込んだ気概は、『ダブル・ディーラー』を意識し、H・L・メンケンに代表される南部に対する冷たい目を意識した南部人の気概を持っていたと考えられるのである。

まずフォークナーは、「私は一六歳でスウィンバーンを発見した。いやむしろスウィンバーンが、私の苦悩する青春の下生えから飛び出して私を発見したと言ってよい」(2)、とスウィンバーンとの衝撃的な邂逅を語りながら、スウィンバーンからキーツ、P・B・シェリー、次に現代詩人の、E・A・ロビンソン、リチャード・オールディントン、ロバート・フロスト、コンラッド・エイケンと続き、これらの時期に終止符をうったのはA・E・ハウスマンであったと述べている。いわば二〇世紀初めのモダニズムという混沌の中で、新しい芸術を模索していたフォークナーが、天啓のように出会ったのは、新しい現代詩人ではなく、むしろ土着的な色彩の濃いハウスマンであった。彼はそこに、「現代詩人たちが、黒々とした森の中で、冷たい足跡をつけている野良犬の如く吠え求めているもの」の秘密を発見し、「そこには素晴らしい世界に生まれついた理由があり、堅忍の素晴らしさ、木のように土に根を張っているものの美しさ」や、「馬鹿者たちがその木の回りを吠え回り、幻滅と死と絶望の風が、木の葉を剥ぎ取り、その木は苦痛もない荒涼とした姿になっているが、そのような悲しみの中にあっても美しいもの」[3]を発見したというのである。そしてこのハウスマンの中に、忍耐のすばらしさや、土壌の中に存在するものの美しさを発見して方向が定まり、その後はシェイクスピアやスペンサーを初めとするエリザベス朝の詩人や劇作家を読み、そして再びキーツやシェリーに戻り、現代詩人たちが技巧を凝らしても無駄であった精神的な美しさを見いだした、と語っている。最後にフォークナーは、時代は異なっているが、彼がいま住んでいる土壌にも、キーツやシェリーの時代と同じ空気と日光があり、その中に、「人を悲しませずして何か美しく、情熱的で、悲しいものを書く誰かがいないものか」[4]、と問いかけ、当時の文芸思潮に対する批判と、自らの決意を覗かせている。

ここでフォークナーがあげている文学者たちはイギリス中心であるが、フォークナーの影響関係は、自国はもちろんのこと、ロシアやフランス、さらにはペルシャなど諸外国の文学にまたがっていることも見落としてはならない。また時代的にはペルシャやギリシャ・ローマ古典から現代文学にまで至るわけだが、一九二四年に書いたエッセイでは、スウィンバーンから始まって、ロマン主義、フランス象徴主義、世紀末、モダニズム、そしてシェイクスピアなどのエリザベス朝の古典が主に触れられている。もちろんこれら以外の多くの先人の影響があったわけだが、その影響関係のすべてを考察することは不可能であろう。後でも詳しく影響関係で触れるT・S・エリオットは、「伝統と個人の才能」の中で、どれほどまでに現在の詩人たちが先人の伝統の中にいるかを強調しているし、序論で言及したウィラード・ハンティントン・ライトは、『創造の意志』で、「やがて偉大な作品を完成するどの作家も、初期の発達段階で精勤に折衷主義の期間を過ごすが、その作家の将来はこの危険な時代をいかに精一杯過ごしたかによって決定される」、と述べながら、「真摯で天才的な芸術家にあっては、この模倣への衝動が自己顕示への必要から生まれてきて、次第に力を増し、最後に芸術家個人の運命を発見するのである」(5)、と語っているが、これはフォークナーにもあてはまる。この著者ライト（一八八八—一九三九）は、一九一三年に『スマート・セット』の新編集者になり、この雑誌が、「文化的に洗練された人びとに生き生きした娯楽を与えるだろう」と宣言した人物で、批評家、創作作家でもあった。ジェイ・パリーニは、フォークナーが一九二一年秋にしばらく勤めていた、ダブルディ書店で借用して読んでいたことを指摘しているように、この書物の美意識と哲学は当時のグリニッジ・ヴィレッジの知識人たちに浸透しており(6)、フォークナーが大いに関心を持ったことは十分に考えられる。いわばフォークナーが文学の模索をしていた時に出会った本であり、彼が共感し感化されたことは容易に想像でき、この著書に書かれた創作理論とフォークナーの一九二〇年前後の創作活動とは一致しているのである。また身近なところでは、『大理石の牧神』の章で詳しく触れるが、フォークナーの庇護者となっていたフィル・ストーンが、この長詩の中に、多くの先人の足跡があり、修業時代はその先人こそ必要だと序文で述べているように、フォークナーの背後には他にも多くの先人の糧がある。

そしてこの文学的土壌はおおざっぱに分けると、ロマン主義、後期ロマン主義、そしてモダニズムに分けることができ、これらと深く関わった時代の作品には、いままで繰り返し述べてきた牧神とピエロ的人物が主人公として描かれている。それはフォークナーの情緒的な「個性（personal）」から次に述べるエイケンやエリオットの現代的な「非個性（impersonal）」への強い関心とも深く関わっている。このことは初期のフォークナーの自己演技とも関連していようが、さらに大事なことは、フォークナーはこれらの土壌で育まれながら、最終的にはキーツ的な審美世界に戻っていくことであろう。

そこでこの三章では、これらのことを脳裡に置きながら、まず初期のフォークナー文学の豊かな土壌ともいうべき世紀末の芸術風土とフォークナーとの関係を概観する。そして次にフォークナーに与えたモダニズムの衝撃を検討したうえで、フォークナー文学と密接な関わりを持つ、チャールズ・スウィンバーン、A・E・ハウスマン、ジョン・キーツ、コンラッド・エイケン、T・S・エリオットの五人の詩人について、各項目を設けて検討する。その中で、キーツとエリオットの影響関係に最も多く頁を割くことになるが、それはそのままフォークナーが受けた影響の大きさと、文学土壌の深さを物語っている。時代的にはロマン主義のキーツを最初に論じるべきであるが、フォークナーの文学の方向付けや浸透度との関わりで上記のような順序で論じる。

その他にも、フォークナーがエッセイや短編「気楽な芸術家」で言及しているシェリーや、『八月の光』などでも言及しているアルフレッド・テニソンなどの詩人を含め、多くの内外の文人・画家なども必要に応じて適宜言及することになろう。影響関係から考えれば、フォークナーがエッセイを初め随所で言及している、シェイクスピアを初めとする多くの劇作家や小説家も議論すべきであろうが、フォークナーの詩との関連で、ここでは上記の五人の詩人を中心に論じる。

二　世紀末芸術からの出発

フォークナーの、スウィンバーンとの衝撃的な出会いについては先ほど触れたとおりであるが、このスウィンバーンは、フランス高踏派、前章で触れた象徴主義者のゴーチェ、さらにボードレールらに始まる芸術至上主義の強い影響を受けており、この系譜は、やがてウォルター・ペイターやオスカー・ワイルド、さらにはオーブリー・ビアズリーなどのイギリスの世紀末の芸術へとつながっていき、フォークナー文学と密接に関わっている。スウィンバーンとの出会いは、最初、草深いミシシッピにヨーロッパ文化の香りを運んだフィル・ストーンによってフォークナーのもとに届けられたと思われるが、やがてこの世紀末の芸術は詩作時代から散文世界に受け継がれ、『アブサロム、アブサロム！』を頂点とするヨクナパトーファ物語の中で深い陰影を刻印することになる。

そしてこの系譜と密接に関連しながら、フォークナーの早い時期に影響を与えた芸術に、ロマン主義と象徴主義や世紀末芸術の橋渡しともなっているラファエロ前派の芸術活動があり、ロタール・ヘニッヒハウゼンも彼の著書（*William Faulkner: The Art of Stylization in his Early Graphic and Literary Work*）の随所で強調している。この運動は、一八四八年八月、ロイヤル・アカデミーの画学生ハント、ミレー、ロセッティを中心に七人の同志のアカデミーに対する叛乱から始まるが、彼らは、アカデミーが規範とした古典主義の様式、特にその様式を確立したラファエロ晩年の画風を嫌い、それ以前の、もっとナイーヴな自然主義ともいうべき時代の画家たちを模範とした。また画材的にアーサー王物語などの説話や古典文学を用い、写真的リアリズムによる細部を組み立てて全体を構成する画法は、象徴性と装飾性を併せ持っていた。

このラファエロ前派の絵画芸術は、絵画にも強い関心を持ち、実際に手を染めたこともあるフォークナーには大きな関心事であったにちがいない。ラファエロ前派の特徴は、フォークナーが描いた初期の絵画や挿し絵にもその痕跡をたどることができるが、原初的な自然への憧憬と、象徴性（神話性）と装飾性、さらに細密性が混在しており、これらは次に象徴主義やモダニズムとも関連しながら、フォークナーの文体や文学そのものに深く浸透しているのである。またラファエロ前派はキーツやシェリーなどの詩文に対して熱狂的な情熱を示しているが、このロマン主義と芸術至上主義的な傾向もまたフォークナー文学の根幹をなしているものである。

ラファエロ前派とフォークナーを強く結びつけるものの一つに、「輻輳する性——両性具有」で述べた、フォークナーの一九二五年頃からのモチーフである、「濡れて輝く少女の髪の毛」と「妹という死」がある。ラファエロ前派が強い関心を払ったものに、表社会で性を抑圧したヴィクトリア朝の頭髪フェティシズムがあるが、ジョン・ミレーの名作「花嫁の付き添い」の黄金の瀧、シダルのあざやかな赤、ファニーのブロンド、ジェーンの濃い栗色など、いずれも豊かな髪の持ち主には強烈な頭髪のモチーフが一貫しており、これらはフォークナーが描く髪の毛のモチーフと深く関係していることは否定できないであろう。さらにフォークナーの頭髪のモチーフは、二章の「水と水死のモチーフ」で触れた、「濡れた髪の毛」を持つ少女の死ともつながり、さらにファム・ファタール的女性イメジと関連しながら、フォークナーの作品のテーマに深く関わっている。また両性具有との関連で言えば、ラファエロ前派の特徴の一つは、女性像が中性的で両性具有的な性格を帯びており、これは二章の「輻輳する性——両性具有」で議論したように、「愛と死」のテーマとあいまってフォークナーを強く惹きつけたものであった。

そしてこのラファエロ前派から連続しながら、フォークナーが惹かれた芸術家にオーブリー・ビアズリーがいるが、彼はラファエロ前派的な中世趣味からジャポニズムを経て、後期のバロック・ロココ的な優雅で解放的な快楽主義へ抜け出す典型的な世紀末の芸術家であった。ビアズリーもまた、ラファエロ前派が否定的な形で表わしていた、ヴィクトリア朝の、性的なものを抑圧しようとした偽善的な風潮に反発して彼独自の世界を描いている。そしてこのビアズリーを初めとして、多くの世紀末の芸術家たちの動きは、旧弊なヴィクトリア朝的道徳や文化、あるいは既成の秩序や価値体系に対する反逆の姿勢が顕著であり、それらに反抗して偽善や享楽的な姿勢を貫いて後退的な印象を強調してきたのである。

これらの世紀末に起こった動きは、芸術のありかたや、時間意識とも関連しながらフォークナーを強く引きつけたものであった。オスカー・ワイルドの、『サロメ』の月や妖艶な女性のイメジは、ビアズリーの世界とともに『アブサロム、アブサロム！』にまで浸透している。またフォークナーは、二章で触れたゴーチェや、ワイルドの『ルネサンス』などから芸術至上主義の表象する神髄を学んだと思われるが、そこには、人生の一瞬一瞬のはかなさと、その一瞬を捉える芸術の永遠性を賛美する強い姿勢があり、これはやがて、「流動する生」というフォークナーの生の哲学と創作哲学に直結していくことになる。その哲学は、フォークナーの、あらゆる芸術家の目的は、生命である動きを、人工的に捉えて保持し、一〇〇年後に見知らぬ人が見たら再び動き出すようにしておくことだ。人間の命には限りがあり、人間に可能な唯一の永遠の命とは、不死のものを後世に残すことだ。それはいつも動いているからだ(7)。

という姿勢に如実に表れている。フォークナーはここで、生身の生命の短さと芸術の永遠性とを対比しながら芸術創造を比喩的に語っているが、これは世紀末芸術に限らず、ロマン主義者たちの理想であり、キーツの項でも触れるように、流動する瞬間を芸術的な手段で停止させ、読者の目に触れれば動き出す状態にしておくことは、フォークナーの芸術追究の究極的な目標であった。

一章でも強調したが、アーサー・シモンズが描いたフランス象徴主義の流れとその詩人たちは、詩人志向のフォークナーの心の琴線を鳴らして大きな衝撃と共感を与え、純粋な芸術や芸術表現の本質を問いかけたのである。フォークナーはここでも芸術性を探求しながら、詩の音楽性に強い関心を示し、一九世紀半ばすぎから世紀末にかけてヨーロッパで顕著に見られた、芸術の総合的な方向への強い志向を感得したにちがいない。当時の多くの詩人たちにとって、「詩の行き着く先は音楽である」ということが理想であったが、その総合化の頂点はワグナーであり、ニーチェが『悲劇の誕生』で、ワグナーに代表される詩と音楽の総合芸術を高く評価しているように、世紀末イギリスにおけるワグナーへの関心には非常に強いものがあった。さらに、アーサー・シモンズが、ヴェルレーヌにとっては、言葉は「自ら変化して音楽や色彩」、「形のない音楽、透明な色彩、輝く影」であり、「聴覚と視覚はほとんど変換可能なものである」(8)、と評言しているが、このような詩の音楽性と総合性こそフォークナーが求めたものである。このように世紀末から二〇世紀の流れは、絵画や文学などを音楽と結ぶ総合芸術への志向を強く示しており、それはまた、共感覚（synesthesia）という一つの感覚が他の領域の感覚を生み出す芸術創造の動きでもあった。序論で、フォークナーの詩的リズムや音楽的な文体について触れたが、そこには、これらの総合芸術への指向や共感覚が根底に流れているのである。

スウィンバーンについては後で別の角度から触れることになるが、いままで見てきたように、フォークナーのスウィンバーンへの傾倒と、その後の彼のたどった、ロマン主義、ラファエロ前派、フランス象徴主義、そして芸術至上主義的な審美主義や耽美主義を中心とした世紀末芸術の流れは、フォークナーにとっては貴重な文学（芸術）遍歴であった。この流れは、序論で言及した、フォークナーが固執した伝統的な定型詩や、そこで培われた、凝縮され厳選された詩語の世界や芸術的な様式美の流れ、さらに新しい芸術の追究とつながっている。それらは四章で述べるミシシッピ大学での詩作やヴェルレーヌの詩の翻案に顕著に表れ、また純粋詩への傾倒は、マラルメを脳裡に置いた「半獣神の午後」という詩篇にも表れていた。それは言葉を換えれば、初期の詩作時代の韻文形式の中に凝縮した意味を表現しようとしたフォークナーの態度と、二章で触れたマラルメたちの象徴詩への関心や、ビアズリーやワイルドたちの芸術至上主義的な様式美に彼の表現を求めた態度とは同じものだと言うことができる。そして次には、新しいモダニズムの洗礼を受け、彼の置かれた混沌の南部というミリューと共振しながら、螺旋を描くようにキーツ的な美的世界に焦点を合わせていくのである。その意味では、フォークナーがたどったラファエロ前派や象徴主義、そして世紀末芸術は、次に展開される彼の文学の奥行きを幾重にも深めていく芸術探求の道程であった。そしてこの芸術探求は、次に触れるモダニズムを経由して、それと重層しながらフォークナー文学に浸透していき、それをさらに深遠なものにしていくことになる。

三　モダニズムの洗礼

フォークナーが惹かれた世紀末の文化思潮の流れは、一面では時代への懐疑や不信、倦怠、反発など否定的な側面と同時に、一方で、進取、刷新、実験、さらには総合への志向の側面を持っており、これらの動きはすぐにも二〇世紀のダイナミックなモダニズムの動きと結びついている。ヴァージニア・ウルフは一九一〇年一一月をもってモダニズムの時代が始まったと言ったが、その芽は先ほど触れた世紀末に早くから胚胎していた。そして二〇世紀の初めにヨーロッパ文化の洗礼を受けたフォークナーには、世紀末とモダニズムの芸術はほとんど同時的な感覚で捉えられていると考えてよいであろう。フォークナーがモダニズムに触れ、一時的にではあれ、かなり心酔した様子は、一九二四年に書いたエッセイに読みとれる。彼は、スウィンバーンとの衝撃的な邂逅と彼の残した足跡の大きさを語った後、第一次大戦後の、いわゆる現代詩人（モダニスト）の世界に飛び込んだことに触れ、「戦争の一致したカオスが平和という不一致のカオスにとって代わられたとき、私は真剣に詩を読むようになった。なんの背景もなしに、私は現代詩人の後を叫び求める群れに加わった……私は情緒的な『エルクス慈善保護会』（B.P.O.E.）に加わった」(9)、といささか誇張気味の比喩を用いながら、現代詩人の群に巻き込まれた様子を語っているのである。

このフォークナーとモダニストたちとの接触は時間的には短いが、後で触れるエイケンやエリオットなどのモダニズム的側面から受けた衝撃は相当に強烈なものであった。それは何よりも、激しく揺れ動く新しい時代に直面した芸術家たちが、世紀末のとき以上に彼らを育くんだ、伝統的なブルジョア的モラルや文化を否定し破壊しながら、そこから新しいものを創造する使命を直感していたからであろう。またフィル・ストーンなどがもたらしたヨーロッパの芸術至上主義的なロマン主義的文学世界から、フォークナーがいやがうえにも現実に目を向けざるをえない事態が目の前にあり、その最大の衝撃的な現実は第一次大戦であった。フォークナー自身には実戦体験はなかったが、異国の地での訓練体験や、さまざまな情報から第一次大戦の一般的な状況は実感していたはずである。戦争後、当時の文化を背負う若者の多くが、それまでの価値観を無意味にした戦争を体験して復員兵として帰還するが、彼らを迎えたものは、失望、無力感、混迷であり、若者たちはいままでの既成の秩序や価値体系への深い懐疑に直面し、新しい価値体系を模索せざるをえない状況にあった。彼らが、もはや従来の価値に対して懐疑的であってみれば、実験的で、新しい創作を求めて、混迷から脱しようとする動きを余儀なくされていくのも自然な成り行きであった。フォークナーは実戦体験のない第一次大戦の帰還兵ではあったが、精神的には直接的に時代状況に直面しており、最初の長編『兵士の報酬』や初期の第一次大戦を扱った短編、ヨーロッパで書こうとして未完に終わった『エルマー』や「蚊」、さらに次に完成させていく『蚊』や『土にまみれた旗』(『サートリス』)などには、フォークナー特有のモダニズムの流れと芸術至上主義的な側面が顕著に見られるのである。

このモダニズムの流れでは、第一次大戦の終わり頃に生まれたダダイズム、イタリアのマリネッティが主張した未来主義、絵画ではマティスから始まるフォービズムやピカソやブラックなどを中心としたキュービズム、さらにはダダイズムを引き継いだシュルレアリスムなどの運動が、一九一〇年前後から二〇年代の芸術の激しいうねりとなる。その根底には、ダダイズムが強烈に主張した古いものの破壊、従来の調和や統一の伝統の無視と、躍動的な力や運動の感覚の表現を前面に出そうとしたマリネッティの主張、あるいは伝統的な形式や画法を根底から覆したキュービズムなどが露わにした、西欧文明の作りだしたものに対する深い懐疑と、それらを乗り越えようとする未来志向があり、この流れは、世紀末と連動しながら二〇世紀初頭の新しい時代を創造しようとする動きであった。そしてこれらの動きの中で、初期の過激な運動のダダイズムは、全面否定的な姿勢を貫いて、新しいものの創造よりむしろ破壊の道をたどったが、その流れを汲み、過去の古いものの桎梏から解放しようとしたシュルレアリスムのような運動は、最終的には肯定的な運動の前提となっていく。例えばダダ運動からシュルレアリスムを主導するマックス・エルンストの「コラージュ」の手法は、ピカソやブラックなどが始めた「張り紙(パピエ・コレ)」をさらに越えようとするものであった。このようなシュルレアリスムの大きな狙いの一つは、一見互いにひどく対立したり、断片化されたものを統一して統合することであり、これはすぐにもフォークナーの文学創造の姿勢と結びつくものであった。アンドレ・ブルトンの『シュルレアリスト宣言』が発表されたのは一九二四年九月であり、当時フォークナーが直接読んだとは考えにくいが、自由な想像力を最大限に重視し、夢や狂気を弁護しながら、ブルトンが、「夢と現実という、外見はいかにもあいいれない二つの状態が、一種の絶対的現実、いってよければ一種の超現実の中へと、いつか将来、解消されていくことを信じている」(10)、というその芸術態度は、フォークナーの初期の文学活動と決して無縁ではなかった。

その一端は、ニューオーリンズの『タイムズ＝ピカユーン』に掲載した「シャルトル街の鏡」という作品に、ニューオーリンズの空の月の姿を描写しながら、その現実の月にはとても及ばない「渦巻派」に言及している箇所に見られる(11)。それは先ほど述べた未来派やキュービズムと深く関連したもので、エズラ・パウンドの命名（一九一三）であってみれば、いかにフォークナーがこれらに敏感に反応していたかがうかがい知れる。そしてフォークナーは、一九二五年の夏から秋にかけてパリを中心に、未来派や渦巻派の絵画展なども巡りながら(12)、あらためて新しい芸術創造の意志を強めていくのである。

フォークナーのモダニズム的色彩が顕在化するのは、一九二〇年の『ライラック』あたりからであり、その後、一九二〇年秋のウォーカー・パーシーの書評でモダニズム性に言及し、次いで一九二一年初めのコンラッド・エイケンの書評では、エイケンの三次元的な実験性や非個性の描写を高く評価している。このエイケンについては後で詳しく検討するが、この後フォークナーはしばらく新しい時代の文芸思潮の波に身を曝すことになる。フォークナーはグラフィック・アーツや絵画にも強い興味を持ち、一九二一年のニューヨーク生活ではそれに一時手を染めたり、またオニールの実験劇を実感しながら、新しいモダニズムの空気に触れている。やがて彼はオニールの劇評をミシシッピ大学の刊行物に載せて、オニールの進取性と言葉の力強さを強調する。このオニールの劇評は後で触れる『ダブル・ディーラー』に掲載されたオニール評などにも触発されたと思われるが、そのニューオーリンズで発行されていた雑誌にもモダニズムの流れは明白に読み取れる。

こうしてニューオーリンズでの進取的な芸術の雰囲気に触れ、次に未完の『エルマー』に見られるように、パリを中心にフランス絵画を初めとする芸術の粋を体験し、さらに第一次大戦の戦跡とモダニズムの波を実感したのであった。彼がミシシッピ大学の新聞や雑誌に寄稿した多くの挿し絵、あるいは『操り人形』や『メイデイ』などの挿し絵を見れば、相当なまでに世紀末とモダニズム芸術の特徴が入り交じっていることが読みとれる。世紀末の芸術が、二〇世紀にかけて絵画や文学などを音楽と結ぶ、総合芸術への志向を強めたと述べたが、さらにフォークナーが青年時代を送った一九一〇、二〇年代も文学が芸術全般と深く関わって総合的な指向性を持っていたのである。そしてフォークナーは、以前にも増して総合的な芸術を脳裏に置きながら、エイケンの詩の世界に読みとった、交響詩、ポリフォニー、対位法といった音楽的側面、さらにイマジズムを初めとする新しい詩の運動を初めとするモダニズムの芸術を糧としていく。この烈しい芸術の動きは、時代が必然的に迫った、伝統的なものの破壊と新しい芸術創造と、そのための実験と革新の動きであり、それはまた新しい時代のものの見方、認識方法の大きな転換でもあった。このエイケンやエリオット、あるいはパウンドやジョイスたちのモダニズムの作品傾向は、世紀末の影を色濃く揺曳させながら、二〇世紀の新しい動きの中で、実にさまざまな実験や、革新を試みている。そして、現実に断片化され、あるいは芸術的に断片化した世界を統合の方向へ向ける思索をしているが、この統合への思索の中に、過去と現在、意識と無意識、ヘレニズムとヘブライズム、神話世界と現実などの二重世界が交錯している。フォークナーの場合も、一九一九年に発表された「半獣神の午後」にすでにこれらの交錯が見られたことは第二章で触れたとおりである。

一九二二年に発表されたエリオットの『荒地』は、第一次大戦後のまさに荒地的な状況を普遍的な形で描いた記念碑的作品であったが、一九一四年以来このエリオットを育てたパウンドは、半世紀以上にもわたって『キャントーズ』を書き続けた。この長期にわたって全世界を包含した世界を創造しようとするまさにモダニズム的な企ては、フォークナーたちにも大きな影響を与えるが、このようなパウンドの革新は、フォークナーにとってはエイケンやエリオットなどとともに多大な文学創造の刺激になったにちがいない。

二章で触れた、フォークナーのペルソナ像である牧神とピエロも、ヘニッヒハウゼンが指摘しているように、フォークナーが「二つの役割（牧神とピエロ）を演じたのは」、「バンヴィル、ボードレール、ゴーチェ、フロベール、ヴェルレーヌ、ユイスマン、ラフォルグ」などのロマン主義や後期ロマン主義、世紀末、さらに初期モダニズムの伝統に近づこうとしていた[13]ことと大いに関係がある。さらに「ペルソナ（仮面）」による語りは、パウンドが二〇世紀の詩に与えた最大の寄与として考えられるもので、その導入と新しいタイプの長編詩は、フォークナーにも大きな影響を及ぼしていくことになる。他人の声を一人称で語るペルソナの手法を用いることによって、詩人は一面的な直接性からぬけて、ある審美的とも言える距離を保った複数の視点を持つことができるとともに、詩にアイロニーの効果を醸し出すことになった。またフォークナーはW・B・イェーツの詩も好んで読んだと思われるが、そのイェーツの二面性や仮面の語りも強く訴えたはずである。エリオットについては、後で詳しく触れるが、一九一四年にパウンドに強い印象を与えたプルーフロック像は、ジュール・ラフォルグやアルチュール・ランボーたちの伝統を汲みながら生まれたもので、フォークナーはこのペルソナの視点にも新鮮な衝撃を受けている。エリオットは、アーサー・シモンズの『象徴主義の文学運動』から多大な影響を受けたことを述懐しているが、エリオット自身が象徴主義とモダニズムを同時的に抱え込んでいるのである。

『荒地』と『ユリシーズ』が発表された一九二二年は、英米のモダニズムの頂点であろうが、その文学の新しさは、何よりもまず革新的な手法の発明に多くを負っており、この手法の発明が先ほど触れたように、絵画や音楽に起こった革命、さらには映画によって触発されたものであることも注目に値する。エリオットやパウンドの詩はこれらの要素を取り入れ、神話や伝説や古典からの断片的な引用や引喩のコラージュによって構成され、そのコラージュ構成を重要な武器として現代都市の風景の荒廃ぶりを批評する作品となっている。フォークナーはこれらの芸術の先輩たちから多くを学び、コラージュ的な視点や語りをさらに押し進め、それらを統一・総合化していくことになるのである。

繰り返しになるが、フォークナーが当時身を置いていたのは、世紀末の文化思潮とモダニズムの二つの流れが合流している混沌とした、しかし豊かな文学土壌であった。フォークナーが、イギリスのビアズリー、ハウスマン、ワイルド、そして多くのフランス象徴主義詩人など、世紀末特有の荒廃、メランコリーやアンニュイと、深い象徴性などに強く惹かれ、一方で、イェーツやエリオット、ジョイス、パウンド、エイケンなどのモダニスティックな鋭敏な感受性、さらにはパロディやカリカチャーなどに強く惹かれたのは、根底では両者が同質的であったからという言い方も可能であろう。いわゆる近代主義（モダニズム）という動きは、宗教上は二〇世紀初めの、スコラ的な伝統と新しいものの調和の動きとされるが、すでに一九世紀の末には、近代劇やリアリズム文学をはじめ多くの分野で新しいうねりがあったのである。いわば二〇世紀の初頭の動きは、このような世紀末的なものと、モダニズム的なものが混淆しながら破壊と創造の動きを見せており、その中でフォークナーは独自の文学空間を追い求めようとしていたことになる。

そしてフォークナーが吸収した、象徴主義や世紀末、さらにモダニズムなどの影は、一九二〇年の末頃から次第に内面化され、深く浸透していくが、これらの時代を背景にしたフォークナー文学の大きな特徴と言えるものに、「秩序だった混沌」という自家撞着的な世界がある。その一例は、『響きと怒り』の最後の場面で、ベンジーを乗せた馬車が、郡役所の建物を通常と反対側を回るシーンで現出される、叫喚するベンジーとその後の静寂と秩序の回復された描写であろう。それは言い換えれば、断片的なもの、異質なもの、異化・矛盾・対立したものを対位法的に描きながら、最終的にはそれらを統一・総合化して、トータルな人間の生き方を描こうとする芸術創造の世界である。例えば、フォークナーは、『これら十三篇』という短編集を編集する際、「一定した音調を目指し、対位法的に統一され、一つの目的、一つの終局に収斂される統一体」[14]を目指すと言い、また後年パリでのインタビューで、「単に一つ一つの作品が意匠を持つだけではなく、芸術作品の全体も一つの意匠を持つ」[15]、と言っているが、そのあくなき総体性への意欲は、まさに世紀末やモダニズム、もっと遡れば、ロマンティシズムの中にあった、破壊と創造のダイナミックな世界把握の発想とつながっていると言ってよい。

この破壊と創造のダイナミズムは、逆説的に、文学を真剣に考えているフォークナー自らの南部意識や伝統の再確認ともつながる。七章のニューオーリンズ時代で触れるが、イマジズム運動などのモダニズムの少し後に当たる頃、H・L・メンケンの激しい南部攻撃に曝されながら、伝統的な南部文学を再創造しようとする雑誌『フュージティヴ』や『ダブル・ディーラー』の発刊が続くように、フォークナー自身もこのような混乱世界に身を置きながら文学探究を深めていくのである。

そこでいままで述べてきたことを前提にしながら、いま少し具体的にフォークナーにとって彼の詩作時代から大きな存在であった詩人たちをフォークナーの作品との関連で検討していきたい。ここであげる五人の詩人たちは、フォークナーが接した多岐にわたる詩人たちからみればほんの一部かもしれないが、特にフォークナーの初期の作家活動と、さらにフォークナー文学の本質部分と深く関わっており個別に考察していく。

四　一六歳を虜にしたチャールズ・スウィンバーン

まずスウィンバーン（一八三七—一九〇九）であるが、フォークナー自身述べているように、一六歳の時のスウィンバーンとの出会いは文学への大きな開眼であった。フォークナーは、この出会いから一〇年経た一九二四年のエッセイを、その宿命的とも言える邂逅から始めて、次に、スウィンバーンの詩に言及しながら、「明るく苦い音律以上のものであり、満足を覚えさせる、きらびやかな血とか死や黄金、さらに避けることのできない海以上のものをスウィンバーンの詩に見つけた」(16)、とその衝撃の内容を語っている。そして、スウィンバーンの海のモチーフにも惹かれたことを暗示しながら、一方で、彼が強く惹かれたのは、スウィンバーンの強烈なロマン主義的傾向や官能的な側面ではなく、「詩の形式、色、動きの中にあるエロティシズムこそ彼を惹きつけたものであり、ローレンスのような苦しみうごめく性ではない」(17)、と言っていることは注目すべきであろう。というのは、フォークナーのスウィンバーンへの傾倒は、当然背後には世紀末的な反ヴィクトリア朝的な色彩を底流にしながら、詩のパトスを支える音律や技法的な側面に強く惹かれたことを物語っており、逆にそれはスウィンバーン的な唯美主義の傾向から早くに離れていく理由とも考えられるからである。スウィンバーンの異教主義的なものに誘惑されたのは、フォークナーに限らず、青年時代のドス・パソスやF・スコット・フィッツジェラルド、あるいはオニールなどがいるが、フォークナーの場合は世紀末的、あるいは異教的な側面もさることながら、数学的な韻律や、母音押韻（assonance）を初めとする、音楽的な音韻や類似音が大きな魅力となっていたのである(18)。フォークナーはまた、スウィンバーンと同様、最初の頃は人並みにキーツやシェリーを読んだが彼らは別に心を動かさなかったと述べているが、このことも、キーツ的な真実と美の世界や、シェリー的な社会的意識の世界にはまだ没入する余裕も、詩人としての深さもなく、何よりも詩のリズムや音の響きが重要であったことを物語っている。これはまた、第一次大戦後の一時的なミシシッピ大学でのフランス文学専攻にも通底しているし、モダニズム詩人に惹かれた側面ともつながっている。

しかし一方で、二章の「輻輳する性――両性具有」や三章の「世紀末芸術からの出発」で述べたように、ボードレールやサドの崇拝者で、世紀末のデカダンスや反社会性に結びついていくスウィンバーンの詩の本質部分もまた、フォークナーが当時感じていた心情と共鳴していたと考えてよい。スウィンバーンの、人間が神々と交わる詩篇「廃園」（"A Forsaken Garden"）をはじめ、二章で述べた両性具有の詩や、四章で触れる「サッフォ風」など、フォークナーを惹きつけた技法、異教の雰囲気、あるいは「世紀末」の匂いを漂わせる「凋落の美」などもフォークナーを強く惹きつけたものであった。

ゴーチェは、ボードレールの『悪の華』の一八六八年版に序文を付して、デカダンス美学のマニフェストを行ったが、イギリスのデカダンスの先駆であるスウィンバーンの目を開いたのが、一八六一年の削除版の『悪の華』と言われている。彼は唯美主義の虜になり、「詩という芸術は教訓的な事柄とはまったく無関係であると敢えて公言する」、と言い、詩人としてボードレールに傾倒し、その愛の気持ちを手紙にしたためている。このスウィンバーンをボードレールに向かわせる下地となったのは、デジレ・ニザールが「デカダンス」と批判したユーゴーであり、スウィンバーンはイートン校で小品として与えられた『ノートルダムのせむし男』(*Notre Dame de Paris*)を愛読したのである。またスウィンバーンは、イートンを去ってから、一八五六年一月二四日、オックスフォードのベエリアス・カレッジに入るまで、約二年半の間、軍人になろうと望むが、「身体が弱く身長も短い」という理由でその望みは断たれ、結局耳が悪くなって断念するが、ここでもフォークナーの空軍の夢の挫折と谺しあっている。スウィンバーンは、一八六四年二月までに不朽の名作『アタランタのカリドン』を完成させるが、フォークナーはこの長編詩にも魅了され、その残響は『兵士の報酬』に垣間見ることができる[19]。

フォークナーは特に、『カリドンのアタランタ』の第一コーラスと「果樹園」などから、その詩法、イメジャリを自由に借用し、詩篇「サッフォ風」や「両性具有」などには、スウィンバーンの詩的圧縮や精確な詩的表現の影響が読みとれる。そして前にも述べたように、フォークナーは現代詩人の群に入り込み、やがてこれから触れるエイケンやエリオット、次にはハウスマンなどに遭遇して大きな衝撃を受け、作風の変容を繰り返しながら、スウィンバーンの世界からも離れていくが、それは作家の成長と次への新しい挑戦であった。一九二四年のエッセイでは、スウィンバーンは文学遍歴の記念碑的な位置づけで語られているが、フォークナーはスウィンバーンとはかなり早くから距離を置いている。彼は一九二〇年に、同郷の詩人W・A・パーシーの『かつて四月に』という詩集の批評を書いているが、そこではパーシーの過剰な音楽性を、「安物のバイオリンを弾くバイオリニスト」だとか、「きちんと評価しがたく、スウィンバーンのように全体の精神的な地平が曖昧だ」[20]、と批判して、かつての憧れの詩人を引き合いにしているように、この段階ですでにスウィンバーンの過度な音楽性が批判の対象になっているのである。この点は後で触れるエリオットが、『聖林』の中で書いているスウィンバーン批評で、彼の過度な音楽性に言及しているが、フォークナーのエリオットへの傾倒とスウィンバーン離れは密接に関連している。また二章でも触れたように、一九二六年の『兵士の報酬』では、「貴方と踊っていると、まるでスウィンバーンという名前のたいしたことのない詩人の書いた詩のようだ」、とドクター・グレイが言うが、ミルトンが好きというドクターの意味しているのは、レトリックの背後にある深みや内容の薄弱さであろう。

だが繰り返しになるが、フォークナーは『蚊』で、スウィンバーンの詩篇「両性具有」を換骨奪胎して作った自らの詩を、議論の俎上に載せて、詩（文学）の本質を自らに問い返したのであった。これはフォークナーがよく見せた、いままでのものをパロディ化したり、別の状況に置き換えたりして新しい創造を目指すものだが、「芸術家の肖像」を描いたこの長編で、フォークナーはスウィンバーンと客観的な距離をおくことでまた一つの階段を上ったと言えよう。フォークナーはこの『兵士の報酬』と『蚊』の二つの長編で、スウィンバーンを、パロディの形と、さらに芸術のあり方への問いかけの形で言及しながら、また新しいヨクナパトーファ世界へ向けて進むことになる。

フォークナーが、先ほど触れたパーシーの書評を『ミシシッピアン』に掲載したのは、一九二〇年で、しかも彼にとっては初めての書評であったわけであるが、この後しばらくして、後で触れるエイケンの詩集『回転と映画』を高く評価した書評を掲載する。そして次にフォークナーはエイケンから多くを学び、さらに同じようにエイケンを批判しながら、先人を乗り越えて、また新たな芸術的な境地を求めて前進するわけであるが、序論で述べたように、先人の豊かな詩の遺産は大きな糧となっていることも否定できない。センシバーは、フォークナーがスウィンバーンの「共感覚」（synesthesia）を学びながら、そこに表現されている多重視点を生かしていったことを指摘しており、同時に、フォークナーがスウィンバーンから離れていったのは、両者の人生観の違いであったと述べている。すなわち、スウィンバーンの詩想が、肯定的で、読者を現実世界から遠ざけるのに対し、フォークナーには生に対する本能的な悲劇的ビジョンがあったと述べているが[21]、それはまた彼の創造への衝動となっているのであり、フォークナーが散文へ移行する芽も徐々に顔を出し始めていたのである。

五　道しるべのA・E・ハウスマン

スウィンバーンがフォークナーにとっての文学の開眼的役割を果たしたとすれば、次にフォークナーの文学の新しい方向性に大きな啓示を与え、道しるべとなったのがハウスマン（一八五九―一九三六）であろう。フォークナーは一九二四年のエッセイで、「（騒然とした）時代を閉じてくれたのが、『シロップシアの若者』であった」[22]、と述べ、ハウスマンが、現代詩人たちが群れるカオスの中から一筋の光明を照らしてくれたことを強調している。彼はその発見の大きさに触れ、「現代詩人たちが吠え求めているものの秘密が分かった……ここにはすばらしい世界に生まれついた理由があった。堅忍のすばらしさ、木のように土壌の中に存在するものの美がある」[23]、と述べながら、時そのものの普遍性を強調して、最後はキーツに言及しながら詩人を志向する強い意気込みを述べている。

フォークナーにとって、ハウスマンは戦後のカオスに一条の光を投げかけ、新しい船出の決意を固めてくれた詩人であった。このハウスマン発見は一九二一年以降と考えられるが[24]、それはフォークナーの詩作時代の終わりと符合する。叙情詩集『シロップシアの若者』はハウスマンの三七歳の一八九六年に六三の詩篇をもって出版されているが、ハウスマンはスウィンバーンと同じように、人生のはかなさや青春の短さを詠い、生の中にあって死を凝視した詩人であった。彼が詩を書き始めたのは三五歳をすぎてからであり、それもほとんどが一八九〇年代初期、特に九五年の初めの五カ月間が創作が集中された時で、詩の多くは二〇代前半の若者を扱っている。このことは「半獣神の午後」でも触れた、「老い」ということや人生のはかなさや宿命的な人生観と深く関係するし、当然世紀末の時代感覚、さらに同性愛や両性具有とも関係している。コリンズの計算では、四七篇が死や死の願望を詠ったもので、戦争、処刑、自殺などの題材が含まれている。一六篇は兵士への幸運を祈るもので、八篇が愛（一つを除くとすべて叶わぬ恋）、六篇が望郷、一篇のみ不屈の精神を詠ったもの[25]で、フォークナーがそれらの心情に深く共感したことは容易に想像できる。フォークナーは一九五七年の段階でも、「詩人では、マーロー、キャンピオン、ヨンソン、ヘリック、ダン、キーツ、シェリーを読み、私はまだハウスマンを読んでいます」(26)、と言っているように、ハウスマンの詩は、彼の心を平穏にし、故郷の自然や大地への思慕の念をいつも思い起こさせてくれるものであった。

大沢実の表現を借りれば、ハウスマンは、「生涯、うら若い老人」で、「ロマンティシズムとシニシズム、甘美と苦渋、生の享受と嫌悪、想い出と空想と悔恨、そして人間的運命への同情、焦燥からときにどす黒いまでの怒り、ペイガニズムとストイシズム——ようするに田園詩ではなくて気分表現の詩」(27)を書き、それはまさにフォークナーが強い共感を覚えた詩心と詩情であり、人生観であった。さらにそれらの詩には、ハウスマンの人知れぬ苦悩が盛り込まれていたのである。それは、「最良の友」モーゼス・ジャックソンとの同性愛的な関係が詩の中に複雑な影を投げかけており、同性愛の罪で二年の刑を受けたワイルドに刊行されたばかりの自分の詩集『シロップシアの若者』を贈っているのもそれと無関係ではない。もちろん、フォークナーが強く惹かれた理由の一つは、数学者的なスウィンバーンと同じように、「厳密な韻律、語順倒置、孤燈を灯すように配する意味深い形容語句」(28)などに読み取れる純粋な言葉と流麗な韻律であったが、同時にハウスマンの詩に現れた、モダニズムを凌駕する土の香りとストイシズムにも強い共感を持ったはずである。

いわばハウスマンの詩が、モダニズムの後の清涼剤のようにフォークナーの中に入り込んだのは、人生のはかなさや哀愁の調べと、それを包み込んでくれる故郷の大地の香りであり、まさに「木のように土壌にあるものの美しさ」であった。その意味で、第七章の『ミシシッピ詩集』で考察するが、一九二四年に幼な友達のマートルに贈った数篇の詩には、故郷を去る前の気持ちがハウスマンばりの心情で詠われており、それ以降もフォークナーの大きな心の支えとなる。それはまた、キーツに言及しながら、「人を悲しませずして何か美しく、情熱的で、悲しいものを書く誰かがいないものか」、と一九二四年のエッセイで語ったフォークナーの文学態度にもつながっている。

このハウスマンの影響は、時期的には後で触れるエリオットとの出会いの後、すなわち一九二一年以降であり、それが具体的な形で表れたものとしては一九二二年の「丘」、そして幼友達に渡した詩篇（『ミシシッピ詩集』）と、さらに『緑の大枝』の中に見られる数篇の詩であろう。フォークナーがモダニズムの混迷の森で再発見したのは、「堅忍のすばらしさ、木のように土壌の中に存在するものの美、悲しみの中の美」であった。この「悲しみの中の美」とは、先ほど述べた、「人を悲しませずして何か美しきもの」を書いたキーツとも共振するし、前の章で述べた、フォークナーの詩の特質に見られる「老い」と楽園喪失への嘆きの心情とも通じる。そしてフォークナーは、ハウスマンの人生のはかなさや悲しみと、一方で、「堅忍のすばらしさ」や「大地の力」を己の糧にしようとしたのであり、それはやがて書かれる小説や、さらに後年のエッセイや演説で、「耐える」（"endure"）という表現をよく用いるようになるが、それはハウスマンのストイシズムとも深く関連しているのである。

また注目すべきことは、イアン・スコット＝キルヴァートが言うように、ハウスマンの「シロップシア」は、トマス・ハーディのウェセックスのように確かに存在する生まれ故郷ではなく、むしろ作者の思い出の地で、「シロップシアの丘陵は……ハウスマンが子供の頃西方の境界であった。そしてその思い出が、彼には失われた無垢と幸福の状態を暗示するもの」[29]であり、「自分の感情をはっきりさせるために、ハウスマンは恐らく想像上の場所と、自分自身でもあり、また自分自身でもない主人公が必要であったのである」[30]。その点では、やがてフォークナーが創作していく架空の地ヨクナパトーファは、ハウスマンのシロップシアより現実の地に近いが、シロップシアの「青い丘」とヨクナパトーファの「丘」は同じトポス感覚と詩情を湛えていると言ってよい。ハウスマンのシロップシアが「損なわれたアルカディア」[31]であり、「半獣神の午後」で述べたように、フォークナーも同じような「失われたアルカディア」から出発して、次には現代詩人や彼自身の混迷の森から新しい道を模索していくが、はかない人生の営みの底流に流れているストイックな静謐さは、フォークナーにとって新しい世界への道しるべとなっていくことになる。

かつての南部農本主義の主導者であったアンドリュー・ライトルは、『墓地への侵入者』の批評で、少年チックのとった行動の意義付けをしながら、「想像力豊かな南部の作家はだれでも、彼の土着の風景、とりわけその歴史的負荷に不可避的に関心を持っている……南部の作家は近代世界における自らの独自性と社会の独自性を強く意識せざるをえないのである」(32)、と書いているが、フォークナーはまず直感的にハウスマンの詩の中に、おのが故郷の土壌と南部の大地との共通性を読みとっていたと言えるであろう。

フォークナーは、ハウスマンばりの詩篇をマートルに渡して、一九二五年にはニューオーリンズに出向くわけであるが、数カ月して書いた小品「ナザレより」には、当時のハウスマン的な心情が鮮烈な形で表現されている。当時フォークナーは画家のスプラットリングと生活を共にしていたが、「ナザレより」は、そのスプラットリングと「私」がジャックソン広場で出会う、若いダヴィデ王を思わせるような若者の物語である。彼は中西部の出身で、「永遠で、大地そのもの」(33)のような風情である。みすぼらしい姿格好であるが、なんらみじめな印象はなく、彼には妊婦を思わせるものがあり、「彼を生み出した自然や大地が彼の面倒をみてくれる」(34)、という信念のようなものを持っている。そしてその彼が取り出すのは、叙情詩集『シロップシアの若者』であり、彼は「我が心に」(「四〇」)、という詩篇を口ずさむ。そして彼はもらった一ドルの代償として、彼が書いたものを渡すが、それには、世界や大自然と調和した若者の心情が描かれており、未熟だが心のままがのびのびと描かれている。

この若者は一七歳であるが、「私」は時間さえ与えれば、きっといいものが書けるようになると思う。最後の一〇章で「丘」との関わりでも触れるが、この若者の姿は、自然に根ざしながら、素朴で自由な身のまま小説を書きたいという、当時二八歳のフォークナーの一つの理想の生き方を暗示したものであろう。この作品を書いたフォークナーの当時の心情には、ハウスマンの詩情が身にしみていた頃であり、すぐこの後、『兵士の報酬』を書いた時も、その中で戦争で瀕死の負傷をおったドナルド・マーンに青春の書として『シロップシアの若者』を持たせている。こうしてフォークナーは、一九二四年に描いたハウスマン像を、ニューオーリンズでの作品に反映させるわけであるが、しかしやがてフォークナーはこのダヴィデ像を、『蚊』に登場させて完全にパロディ化していく。それは少女パトリシアに惚れ込んで、最後は哀れきわまりない姿を晒すダヴィデ像（デイヴィッド・ウェスト青年）であるが、ここでもフォークナーは、パロディ化によって次の新しい創造に向けて独特の自己変革をなしとげようとしている。

しかし、クリアンス・ブルックスが、『ニューオーリンズ・スケッチズ』から『野性の棕櫚』に至るまで、多くのハウスマンの詩句の痕跡を指摘しているように、ハウスマンの詩心は、次に触れるキーツなどとともにフォークナーの奥深くに流れ続け、作品の本質部分の重要な役割を果たしていくことになる。たとえば、『響きと怒り』でクエンティンが自殺前に父との対話を再現するとき、父の、「われわれはただ目を開けて、ほんのしばらくの間、常ならざる悪がなされるのを見ればいい」、という言葉も、ハウスマンの詩に表現されている人生観の反映である(35)。フォークナーにとってハウスマンは、厭世的な人生観と、「堅忍のすばらしさ、木のように土壌の中に存在するものの美、悲しみの中の美」を同時に教えてくれた詩人であった。九章の『緑の大枝』で触れるが、フォークナーは一九三三年にあらためてハウスマン風の詩を数篇収録しており、ハウスマンの詩情はフォークナー文学の根底に深く、しかも最後まで流れ続けていくのである。

六　美と真実の詩人ジョン・キーツ

フォークナーは一九二四年のエッセイで、キーツ（一七九五―一八二一）との初めの頃の出会いについては、「シェリーやキーツに入り込んでいったが、それくらいの年齢では誰だってあることで、彼らは私の心を動かしはしなかった」(36)、と述べているように、ごく普通のロマン主義詩人に対する接しかたであったと考えられる。しかしモダニズムの洗礼の後、フォークナーはキーツの詩句に、「現代の詩人がごまかしによって懸命に求めても、手にすることのできぬ精神的な美があり、しかもその根底には腹わたが、雄々しさがある」(37)ことを読みとり、キーツが大きな存在となっていくことになる。フォークナーが、キーツが「『エンディミオン』を書いて恋人のファニー・ブローンと結婚して薬屋を開こうとした」(38)、と言うとき、彼の脳裏には、ファニーとエステルの姿が二重写しになっていたはずである。一八一六年医師の国家試験に合格したキーツは、二年後にファニーと知り合ってお互い結ばれることになっていたが、結局一八二〇年には肺結核の兆候が顕著になって夭折してしまう。フォークナーはその二人の恋人と己の恋の運命を重ねていたにちがいないし、この短い詩人の生涯に隠された、強い芸術志向と凝縮された芸術性にうたれ、それと同じ芸術の道を彼自身も究めようという気持ちが強く働いたとしても不思議ではない。その気持ちは、前にも触れたように、フォークナーが故郷オックスフォードを離れる前に書いたエッセイの最後で、シェリーとキーツを引き合いに出し、「時はわれわれを変えるが、時自体は変わらない」、と言いながら、空気と日光はその当時と同じであり、「われわれの中には、人を悲しませずして何か美しく、情熱的で、悲しいものを書く誰かがいないものか」、という問いかけに明瞭に読みとれる。このようにフォークナーが、新しい出発を前にして、キーツに対する熱い気持ちでエッセイを締めくくっているのは、新しい芸術創造への決意表明にあたって、キーツの生涯と詩が脳裏に焼き付いていたからであろう。

フォークナーはこの新しい芸術創造への夢を、幾多のキーツの詩に重ね合わせたと思われるが、その一つは、先に「カルカソンヌ」との関係でも触れたように、キーツが一八一七年の処女詩集に入れた「睡眠と詩」であろう。そこでキーツは、「花神フローラと老いた牧神」の世界である、ロマン主義的な美と至福の世界に満足せず、彼をとりまく現実を批判して、「人間の心の苦悩と争いのある高貴な人生」を強調している。彼は最初、美しい自然に囲まれた至福の喜びを詠いながら、現状に満足することなく、高貴な詩人をめざす決意を次のように詠っている。

そこでわたしは　いま遠いところから見ている
国々を通りすぎ　その清らかな泉を
絶えず味わえるだろう　はじめわたしは　花神フローラや

老いた牧神の国土を　とおりすぎるだろう
（中略）
そうだ、わたしは　このような喜びを　人間の苦悩や
心の争いがそこにある　もっと高貴な人生に
高めねばならぬ[39]。

フォークナーがこの詩篇を読んだのは、キーツの詩作年齢と同じ頃で、同じ芸術姿勢を貫こうとしていた時期と合致する。フォークナーはエッセイで、本当にキーツが読めるようになったのはハウスマンとの衝撃的な出会いの後であった、と述懐しているが、それは自らの大地の感覚を取り戻し、キーツ同様、安逸な「花神フローラと老いた牧神」を越えて、旧弊固陋な伝統をうち破り、現実に裏打ちされた真と美の世界の探求に立ち向かおうとする新たな出発点に立とうという気持ちになっていた頃である。キーツは、常に死を意識しながら、「もし死に倒れるとしたら　ポプラの木陰の／静かな土のしたに　わたしはどうしても眠りたい」[40]、と言いながら、「だが失望よ　去れ！　悲惨な破滅よ　去れ！／高貴な目的を得ようと渇望し、いつも飢えている／人々は　失望とか破滅を知らないだろう」[41]、と自らを奮い立たせようとしている。この詩句はもちろん、『ミシシッピ詩集』の一つの詩篇の、「私は必ず帰ってくる！　死などいずくにあろう？／頭上に微睡むこの青い丘で／私が木のように根を張っている限り」[42]、という心情と通じていることは言うまでもない。そしてキーツの「人間の心の苦悩と争い」（“the agonies, the strife of human hearts”）という表現は、後年フォークナーが繰り返し強調した、「人間の心の葛藤」（“human heart in conflict with itself”）と同質のものであることも明らかであろう。この「花神フローラと老いた牧神」の世界から、さらに高貴な人間の心の深奥を求める気持ちは、キーツだけではなく、フォークナーを含む芸術家の切なる願いであった。

先ほど触れたように、フォークナーがキーツを再認識したのは、ハウスマンの発見の後であり、しかもそのハウス

マンの『シロップシアの若者』との衝撃的な出会いは、戦後のモダニズム詩人たちのカオスの体験の後と考えられる。そうすると、時期的には、六章で触れる一九二一年の『春の幻』の後で、しかも一九二二年の小品「丘」とほとんど同時かその後と考えてよい。というのは、「丘」にはまだキーツ的なイメジは希薄だが、この「丘」を二〇行の詩篇にしたものには、明らかにキーツの「ギリシャの壺に寄せる賦」に描かれた詩想に通じる、「壺の上の恐るべき姿――彼の二つの地平線の間に捕えられた」(43)姿となって鮮明に打ち出されており、またこの作品には、初め「黄昏」というタイトルがついているように、ここに描かれた黄昏の「二つの地平線」は、フォークナー文学の両義性の原点ともなるものである。

キーツの「ギリシャの壺に寄せる賦」には、激しいニンフ(乙女)追跡のモチーフが静と動の緊張した極点で描かれており、大胆に迫ろうとしている恋人は、乙女の直前で激しい動きのまま静止され、乙女は愛されたまま永遠の「汚されない花嫁」となっている。キスをしようとしたその愛の瞬間が、成就されることなく永遠に静止され、逆に彼女は美を永遠に保持したままの恋人になり、「大理石の男女」は「冷たい牧歌」となって、老いてゆく致死の運命を背負ったわれわれに、「美は真なり、真は美なり」と語りかけているのである。いわばここには、フォークナーの牧神のニンフ追跡のモチーフと、彼が目指した、現実の動の瞬間を静止させて永遠の動きにしようとした芸術創造の原点があり、この動と静の二重性は、先ほどの「二つの地平線」とともにフォークナー文学の根底に深く流れていくもので、「動いていることは生きていることである」ということと、「あらゆる芸術家の狙いは、生命である動いているものを捉えて、一〇〇年後の見知らぬ人に残す」というフォークナー文学の精髄と結びついている。

こうしてモダニズムを突き抜けた後のハウスマンとキーツは、フォークナー文学の決定的な方向づけと、内面的な深化を促した詩人となり、フォークナーはハウスマンの中に、大地や土壌の大切さを実感し、次に、「人を悲しませずして何か美しいもの」を書ける詩人を目指そうとしたのである。フォークナーにとって、ハウスマンとキーツは、時期的にも、詩心の面でも同じ感覚で捉えられていた詩人であり、その典型は、ハウスマンの世界を彷彿させる一九二二年の小品「丘」と、さらにこの詩的な散文をキーツ的な世界を加味して凝縮した二〇行の詩篇に具現化されていよう。

「丘」については、もう一度最後の一〇章の「幻想の丘からヨクナパトーファの丘へ」で、「妖精に魅せられて」とともに触れるが、この散文詩的な「丘」では、主人公が現実の生活のパンを求めるリアルな眼と、詩で描かれてきた牧神やピエロたちの眼が二重写しとなっており、フォークナーの生の不安に対する暗喩性を強く滲ませている。冒頭の場面は、一人の自由（農場）労動者が、長い影を曳きずりながら丘に登り、現実の時空を越える、何か心を満たしてくれるものを求めて「激しく心をまさぐっている」(44)姿が描かれる。だが結局心を満たしてくれるものを見いだせず、「黄昏の中」で、彼には参加できない「鋭く鳴り響く甲高い音色、シンバルのこすれる音に合わせて、ニンフと牧神たちが踊り狂うありさま」を想像し、「誰も触れることのない世界、永遠の労苦と眠れぬ夜の世界の彼方」(45)を臨み見ている。従って、この小品ではまだすべてが曖昧で、明確な方向性は暗示のままであり、「彼には何か得体の知れぬもの」を掴んだと思うが逃げられてしまう。この「何物か」は明示されていないが、「彼の心の壁を突き破って話しかけようとし」、彼の心が、「ついに、微かな抵抗しがたい力に揺り動かされた」(46)ことを考えれば、眼下に見る故郷の大地に根ざした生き方や芸術の心を囁く詩神の声であったかも知れない。しかし結局主人公は何も掴めず、「ニンフと牧神」の踊り狂う幻想の世界に留まり、時空を超越した世界を幻想し、アンドレ・ブレイカステンの言葉を用いれば、「否定のエピファニー」(47)だけを得て、理想世界と現実世界が乖離した不安定な心理状態のまま、再び労苦の現実世界へと丘を下っていく。

フォークナーは、この散文詩的な作品を二〇行の詩篇にして、いっそうキーツに接近していく。この詩篇は「丘」と同様、ニンフと牧神の幻想世界が再現されているが、最後の連では、自らがキーツ的な壺に描かれている二重世界に呪縛された凄まじい姿となっている。そしてここでは、「丘」以上に深い沈黙が押しつつみ、情景描写が極度に詩的に凝縮され、二つの地平の間に捕らえられた姿となって、まさに『大理石の牧神』やキーツの壺に描かれた牧神の如く、必死に何かを求めながら身動きできないありさまが強く打ち出されている。フォークナーのこの描写には、キーツの「ギリシャの壺」に描かれた、現実と美の永遠性、静と動、生と死、心の平安と不安などの激しい緊張関係が表現されており、これから展開していくフォークナー文学の本質を予兆させている。

この凝縮された自由労働者の囚われの詩的イメジを、さらに後年散文化したのが、二章の「輻輳する性――両性具有」でも触れた「妖精に魅せられて」であり、ハウスマンやキーツの世界を越えて散文的な肉付けがなされている。これら三つの作品には、非常に象徴的でモダニスティックな筆致と、現実の土着の丘のイメジが交錯しており、その交錯の中に自由労働者が新しい明日を模索している姿が連続し、その模索は少しずつ前進して次の作品につながっていく。それは、「妖精」に魅せられて、それを追いかけ、性のからまりや死の恐怖をかいくぐってその妖精像を通過した時、いままでの異教的な世界の直接的表現が捨象されて物語性が深化していくのである。そして、ヨクナパトーファに具現化される南部の地方色や「大地」の香りがいっそう濃密になり、ハウスマン的な「不屈の精神の壮麗さ」の認識や、「シロップシアの丘」から大地をバネとした「ミシシッピの丘」で育まれた世界へと変容していくことになる。いわば自由労働者が立つ「丘」は、「この土壌」や「この大地」に次第に接近してきているのである。

さらに「二つの地平線に捕われた」世界と並行しながら、フォークナーが見いだしたキーツの芸術追究の飛翔のモチーフも注目すべきであろう。キーツは「睡眠と詩」で、想像力を欠いた一八世紀の詩を批判し、至福の楽園を越えて自らが目指す詩の理想を詠ったが、フォークナーが同じような葛藤と詩魂の渇望を表現したのは、「カルカソンヌ」という短編である。この作品は、二章の「詩的幻想と故郷の大地」でも触れたが、フォークナーがキーツの詩を短編に翻案したと考えられるほど詩人キーツの心情が重ねられている。作品の制作は、フォークナーの将来への抱負を秘めた一九二四年のエッセイが書かれた後、ニューオーリンズの滞在時期に書かれたと思われるが、そこには、現実を越えて飛翔しようとする詩人の魂が凝縮されている。

この「カルカソンヌ」に描かれている主人公の詩心の高揚した魂は、キーツが「睡眠と詩」で描く、

このような喜びを　人間の苦悶や
心の争いがそこにある　もっと高貴な人生に
高めねばならぬ。見よ！　遙かに遠く
馬車と　乳白色のたてがみの駿馬とが
青く峨々たる山をおおう雲のうえを　駆けってゆくのが見える(48)

という想像世界への飛翔のモチーフや、

想像力の駿馬を用意して、天の光に向かって
前足で躍りあがり、雲のうえで神秘な行いを
為し遂げることは　できないものであろうか(49)

という憧憬の心情とほとんど同じものである。そしてキーツが古い体質の詩の世界を批判したように、フォークナーもまた、「駿馬」に跨って自己喪失している旧弊な世界と袂を分かち、野生の仔馬にまたがって、「青い電光のような眼ともつれた焔のようなたてがみをもち、丘を駆けのぼってこの世界の天の高みへまっしぐらに駆けあがって」(50)いく。その人馬はやがて無限の暗黒と沈黙の中で光の薄れた一つの星のようになるが、その光が消えようとする宇宙には、広く豊かな胸と厳しい脇腹を見せる、母たる大地の暗い悲劇的な姿があり、想像力で飛翔した彼を包み込んでいるのである。

この肉体の枯渇のさなかに、新しい生命を宇宙の大地の胸に抱かれ復活させるという壮大な詩想は、芸術家の、現実に屈し、瑣末主義に陥りがちな自己（骸骨）を越える、人跡未踏の芸術創造に対するすさまじい意志を表明しており、

キーツの詩の世界と同じである。それはまた、先ほど述べた、フォークナーの愛読したハウスマンの叙情詩集『シロップシアの若者』の「四三」（“The Immortal Part”）とも重なる。この詩篇は、「私」と、「私」の魂と肉体を支配する「骸骨」との、いまを生きようとする戦いであり、骸骨のような虚ろな不死の誘いに負けず、逆にはかない生を精一杯ストイックに生きようとする姿である。そこでは、「私」の中で「骸骨」が語りかけ、生身の肉体と魂のはかなさを諭すが、「私」は生きている間は、「不滅の部分」の主人になっていまを生きようと思うのである。

　フォークナーはこれらのキーツやハウスマンなどに強い共感を覚えながら、短編「丘」から連続する「妖精に魅せられて」、あるいは自伝的色彩の濃い「さて、これから何をなすべきか」といった小品に重ねるようにこの「カルカソンヌ」を書いたわけであるが、これらには、放浪と孤独の中にあって、現実の彼方にある詩神を求める姿が一貫して描かれている。フォークナーが、一九二四年のエッセイで、人為より神から授かった南部の美に触れ、「人を悲しませずして、何か美しく情熱的で、悲しい詩を書くことのできる誰かはいないものか」、と問いかけたことはいままで繰り返してきたが、それはとりもなおさず、主人公の、「何か大胆な悲劇的なきびしいこと」という発想と同じであろう。そしてやがてフォークナーはこの心情を、『蚊』でケンタウロスの蹄から響く、「荒々しい、情熱的で、悲しい」声を聞く、「情熱的に永遠」なトルソー像を彫った彫刻家のゴードンに描き込んでいくことになる。ゴードンは激しい芸術家の情熱を燃やして、「大理石」から「時間を超えたあの至福の瞬間」を創造しようと必死になっており、いわばそれはフォークナー自身の「若き日の芸術家の肖像」であった。

　フォークナーは後年、南部と北部の文学風土を比較しつつ、「カルカソンヌ」を芸術創造の象徴として用い、「南部人の生活をありのままに表すために、南部人は、自らの創造力に赴き、自らのカルカソンヌを創造しなければならない」[51]、と述べているが、ここには、「カルカソンヌ」が南部と北部という大きな文脈の中で特別の意味を賦与され、フォークナーの南部作家としての積極的な自覚が前面に打ち出されている。そしてフォークナーは、「まだ私は、己の境遇と葛藤する一人の若者の物語を書いておりました……あそこでは私は再び詩人になっていて好きな作品です」

[52]、と言ったが、主人公の「老いた牧神」は、キーツの詩の主人公と同じように「若い」作者自身であったのである。

青年時代の文学遍歴の集約と、新しい決意を表明した一九二四年のエッセイで、フォークナーは、『シロップシアの若者』を読んで霧が晴れ、あらためてキーツの、「汝、未だ穢されざる静寂の花嫁よ」を読んで、「強靱で底力があり、自らの力の故に静かで、かつ牧羊神パーンのように心を満足させる静水を見いだした」[53]、と言ったが、その牧羊神パーンには、『大理石の牧神』の牧神や、「二つの地平線の間に捕らえられた」牧神が重ねられているはずである。だが、そのキーツの牧神がフォークナー文学の神髄と呼応して、成熟していくまでにはまだしばらく時間が必要であった。というのは、フォークナーは、最初の本格的な長編『土にまみれた旗』の創作にあたって、いままで触れてきた、キーツの「汝、未だ穢されざる静寂の花嫁」のモチーフと、それを求めるエリオットのプルーフロック的なホレス・ベンボウ像を重ねながら、「渾身の力を込めて」書き、「自分が思っていたよりいいできばえ」と自信を持ったが、周囲の反応ははかばかしくなく、「初めも終わりもない、カオス的な」[54]作品だと批判される始末であった。そこには序論で述べたように、作家自身の溢れる詩情と、その受け取り側とには大きなギャップがあったのである。ホレス自身も、妹のナーシサにキーツの乙女像を求め、「平安の意味」を問いかけながら芸術家と現実の弁護士の両方を演じようとしたが、彼の描く理想像は幻想でしかなく、厳しい現実社会の前で無能をさらけだして、愛のない家にすごすごと帰っていくことになる。

このホレスの理想探求の姿は、初期からの、キーツ的な、「壺の上の恐るべき姿――彼の二つの地平線の間に捕らえられた」牧神や、短編「カルカソンヌ」の新しい創造世界に飛翔しようとしていた主人公の連続線上にある。フォークナーはさまざまな試行錯誤の後、「パーソナル」な世界に立ち返って、「老いた牧神」像にプルーフロック的パロディ像を重ねながら、『土にまみれた旗』を創作したのであったが、まだ統合性と成熟度を欠いていたのである。いわばホレス像は、一面で真剣に人生を問いかけようとしながら、他面でパロディ化を余儀なくされ、依然として幻影と現実の「二つの地平線」に捕らわれて身動きできないままであったと言ってよい。

だがそれは、まさに「二つの地平線の間に捕らえられた」作家フォークナーの模索の姿であった。フォークナーは、出版社や友人の否定的な受け取り方にもかかわらず、「私は初めて、思っていた以上に素晴らしい作品を書いており、これから書くべき長編（への径）が開かれていることを実感した」(55)、と書いているように、『土にまみれた旗』は大きな出発点となったのである。この後フォークナーは、南部文学の「告発と逃避」から、「自らが壺を作って」(56)、『響きと怒り』の少女キャディを創作していき、次には、『八月の光』のリーナ像の中に、キーツの「壺の上」の静謐な動きを描いていく。そして一〇年後には、キーツの「美と真」に裏打ちされた「人間の心の苦悶と葛藤」を、社会性と道徳性を深めながら、一九四一年に書いた中編小説「熊」と、一九四二年の『行け、モーセ』で追究することになる。

まずフォークナーは、二章の水死のモチーフでも触れたように、狩猟を許されたアイザック少年が四輪馬車でサムの待つ森に入っていく情景を、大海原の中を永遠に動くように描写しているが、それはいま触れた『八月の光』の荷馬車に乗ったリーナの描写と同じように、キーツの詩的世界と重なっている。いわばそれは夢幻の世界でもあるが、やがてこのアイザックは成長して土地相続の年齢に達して、相続拒否をめぐって従兄違いのキャロザース・マッキャスリン・エドモンズと議論することになる。そしてその時あらためてキーツの「ギリシャの壺に寄せる賦」が彼の倫理的な判断基準になるのである。

アイザックが一四歳の時、一七歳年上のマッキャスリンは、アイザックが撃たなかった大熊のオールド・ベンと、キーツの「ギリシャの壺に寄せる賦」に描かれた、愛されたままの永遠の「汚されない花嫁」に言及しながら、真実の意味を少年に教えようとする。その時父親のような従兄違いは、アイザックが大熊を撃たなかったことに理解を示し、キーツの詩を引用しながら、真実は普遍で、「心に触れるもの一切――名誉、誇り、憐憫、正義、勇気、愛――を含む」と言い含めたのであった。だが一四歳のアイザックにはキーツの語る真実は理解しがたく、その時は「ある女性について話している」(57)のだと言って深い洞察は示さなかったのである。

しかし彼の先祖の重大な罪を台帳から読み取った二一歳のアイザックは、あらためて七年前のキーツの真実の意味を思い起こしながら、今度はキーツの真実を彼の行動の規範としながら土地相続を拒否する。いわば今度は土地相続を迫るマッキャスリンと、それを拒否するアイザックのキーツ理解が反転しており、アイザックは、「美は真なり、真は美なり」というキーツの審美性の中に倫理性と愛を探り、それを罪深い祖先からの農場放棄の判断基準にしたのであった。そしてアイザックはキーツの詩句に読み込んだ理想を行動に反映させようとして、あらためて現実と理想の乖離に直面して苦しむことになる。それは南部の奴隷制の歴史を背負った者の宿命であるが、ここではアイザックの「耐える」（"endure"）生き方と、キーツの「否定の受容能力」（"negative capability"）が底深いところで共振しあっており、キーツの詩心がフォークナーの作品の中に深く浸透している。

ダグラス・キャンフィールドは、キーツのギリシャの壺は入手不可能なもので、それを理想として追い求めるアイザックは、現実を見ず幻想と神話の世界に留まったままだと厳しく批判しているが[58]、まさにキーツの壺は緊張した二重性の危うい頂点にある。過去の理想や美意識に固執し、自らの足下を見ようとせず老いて孤立していくアイザックは哀れであるが、それに執着しながら生きざるをえないのもまた現実であり、キーツはその拠り所となっているのである。

フォークナーはさらに一九五九年の『館』で、キーツの「静寂と沈黙」の花嫁像を描いている。それはスペイン戦争で聾唖になって帰ったリンダ像を、青年チャールズ・マリソンが、「静寂と沈黙の花嫁」[59]と描写している場面である。彼女は、「一四、五、六歳の時と同じように、大股で歩いているが」、「聾唖の、免疫のできた孤独の」歩き方であり、いま聴覚を失い、アヒルのようにしか声を出せない花嫁像になっている。しかしリンダは、父フレムの汚れた手や町の偏見の眼からは自由になって、逆説的に「穢れなき花嫁」となって純粋な意志のまま生きようとし、最後はミンクによる父のフレム殺しに加担するのであり、ここに至ってキーツの詩句が、悲哀の人生をたどった人物の深い心の襞を浮き彫りにしている。

フォークナーは、「芸術家というのは必要なら躊躇せずに母親からでも強奪するが、キーツの『ギリシャの壺に寄せる賦』は何人もの年配の女性に値する」[60]、と言ったが、まさに詩人キーツは芸術家フォークナーにとって汲み尽くせない壺であった。彼は、詩作時代にはキーツを芸術至上主義的な側面から捉え、後期に至って、キーツの詩の神髄を芸術創造と人間の倫理的な判断の根幹に据えながら、「人間の心の葛藤」を表現する彼独自の文学に昇華させていくのである。

以上がフォークナーとキーツとの深い関わりの一端であるが、フォークナーが一九二四年のエッセイでキーツと並べて言及している、シェリーについてもここで言及しておく必要があろう。フォークナーにとってはシェリーも大きな感銘を受けた詩人の一人であり、一九二五年当時、フォークナーがシェリーに心酔していた様子が、アンダソンが書いた「南部の出会い」でうかがい知れる。そしてそれを逆転させて書いた「気楽な芸術家」では、シェリー気取りの若者ブレアーはパロディ化されているが、しかしシェリーの詩心はキーツと同じくフォークナーの心深くに潜んでいたと考えてよい。

明確な形でのシェリーの詩への言及は、一八二二年の詩篇、「ジェーンへ——思い出」("To Jane: The Recollection")である。まず初めは、『サンクチュアリ』でホレスが、裁判の敗北とグッドウィンのリンチの後、意気消沈して結局妻のベルという篭の中に裏口から帰り、最後の気安めを求めるべくリトル・ベルに電話しようとして発する、「心の平安は希なり」[61]、という詩句である。これは、ジョエル・M・グロスマンが指摘しているように、「ジェーンへ——思い出」からの四行、静寂と平安の松林の中に、主人公が恋人ジェーンと入り込み、「汝は永遠に美しくやさしく／森は永遠に緑なれど／シェリーの心の平安はいとも希なり／目に映る水の流れの静けさに比ぶれば」という、森の平安と心の平安のなさを詠った詩篇の一節からであろう[62]。これは『土にまみれた旗』でホレスが発する「静寂の花嫁」に対するときの「平安」とほぼ同じ心境での詩句の言及であり、ホレスはキーツとシェリーを同じ状況で口ずさんでいるのである。

次にこの詩句が引用されるのは、一九四八年の『駒さばき』の「駒さばき」で、ギャヴィンが、ハリス夫人に対して発する、「心の平安は希なり」(63)、という詩句である。この二人は長い間の行き違いが解けてやがて結婚することになるが、ホレスの状況とは異なるシェリーの詩句の質的変化がおきており、それはギャヴィンの年齢と状況が産み出したものであろう。キーツに比べればフォークナーの作品でのシェリーへの言及は些細なものかもしれないが、両者はフォークナーにとっては愛と真実、さらには芸術の神髄を詩的に教えてくれた詩人であった。

七　コンラッド・エイケンの三次元の世界

ここまでフォークナーに強い影響を及ぼしたロマン主義詩人と世紀末詩人を中心に考察してきたが、同時に忘れてならないのは、短期間ではあれフォークナーを熱中させた二〇世紀のモダニズムの詩人たちである。その中には、一九二四年のエッセイで名をあげているロバート・フロストやリチャード・オールディントンから、フォークナーが具体的に詩を模倣して書いたE・E・カミングズ、広い意味で影響を与えたエズラ・パウンド(64)など多くの詩人がいるが、その中でエイケン（一八八九—一九七三）と、フォークナーがほとんど言及しなかったT・S・エリオットは、キーツとともにフォークナーに最も強い影響を与えた詩人と言ってよい。エイケンの影響はエリオットに比較すれば小さいが、後で触れるように、そのエイケンはエリオットの強い影響を受けており、フォークナーにとっては両者は単なる詩作だけではなく、時空の感覚や小説の構造、さらには人間存在のあり方への模索の面でも大きな衝撃を与えた詩人であった。

フォークナーは、一九二一年二月一六日号の『ミシシッピアン』にエイケンの詩集『回転と映画』の書評を掲載するが、そこでフォークナーは斬新で実験的な詩人エイケンを高く評価しながら、キーツの亜流を書いたり、中西部の感傷的な詩を書いている現代アメリカ詩人の未熟な精神によって立ちこめている霧の中に、青天の霹靂ともいうべきがコンラッド・エイケンの詩である……多くの詩人が、明確な科学的ルールを当てはめれば、化学物質のように立派な作品が生まれると思って書いているが……エイケンはそのような代物ではなく、柔軟な心の持ち主で、変奏、倒置、リズムの変化、韻律の巧みな使用にたけ、彼の非個性(impersonality)の描写が下手な詩にならないようにしている……彼は、脳裏に、音楽的な型を持っており、フーガ的側面を持っている……ときには彼は、ギリシャ劇に円環をなして帰っているし、フランス象徴主義詩人の微かな跡がうかがえる……たぶん彼は本物(the man)なのだ(65)。

と書いている。これはかなりの心酔ぶりと言えるが、フォークナーは、エイケンの男女の愛を主題にした、平易な詩語を駆使した音楽的な韻律に強く惹かれたと思われるし、また注目すべきは、表題となっている『回転と映画』が一五の詩篇からなる連続詩となっていることで、この連続詩の形式はフォークナーが多くを学んだものであった。さらにフォークナーがエイケンに感じ取ったのは、彼がエッセイで列挙している、「錫の鍋と鉄のスプーン」のごときヴァシェル・リンゼイ、「リトグラフのような水彩画」のアルフレッド・クラムボーグ、「センチメンタルなシカゴのプロパガンダ」(66)的なカール・サンドバーグなどではなく、さまざまな工夫を凝らして、交響楽的な音楽形式に則った三次元的な実験を試みる革新性や、音律や技法的な側面で、それはスウィンバーンに惹かれたものと同ものであったと言えるであろう。それは序論でも述べたように、交響楽的な作品構成、音楽性を持った詩的言語に対する強い関心、時代の先端をいく実験性や革新性、また過剰な情緒性を排除する非個性の表現手法などへのフォークナーの強い関心の裏返しともなっている。フォークナーはまた、エイケンの内面的な人間の無意識の世界を探る精神分析学的な手法にもしばしば傾倒し、内面世界の幻想的な一人称語りは、いままで触れてきた牧神像から始まるペルソナの語りの連続線上にあった。

このことは、先ほど述べた象徴主義や世紀末とモダニズムとの同時性とも関連しているが、フォークナーは次のエリオットの項でも触れるように、エイケンの詩に頻出する「塵」をはじめ、「黄昏」、「月光」などのイメジと、それらと重ね合わされた男女の物語に強い関心を持ったと思われる。たとえば、フォークナーは、エイケンの『フォースリンのジグ舞曲』の三部に、セオフィユ・ゴーチェの『死霊の恋』(*La Morte Amoureuse*)の翻案や、『塵の館――交響曲』(以下『塵の館』と表記)の三部に描かれる、ラフカディオ・ハーンの「屏風の乙女」("The Screen Maiden")の愛のモチーフなどにも関心を持ったと考えられるが、そこでは、夢幻と現実の間を往復する宿命的な人間の有りようが、モダニズム的な手法で生かされているのである。いわば生の有りようと表現方法を模索していたフォークナーは、エイケンの中に、それまでのヨーロッパ中心の象徴主義的審美性や芸術性と、新しいモダニズムの融合を見つけて、一つの指針を見い出そうとしていたと考えてよいであろう。

フォークナーのエイケンへの傾倒は、スウィンバーンへの関心が薄れ、モダニズム詩人たちへの一時的な熱が冷め始めた頃で、一幕劇『操り人形』を書いた後、そして、次に詳しく触れるエリオットへの傾倒の前になる。それはフォークナーがパーシーの過剰な音楽性を批判したり、「黒々とした森の中で、冷たい足跡をつけている野良犬の如く吠え求めている」現代詩人たちへの批判を強めていく時期でもある。この時期は、フォークナーが詩の音楽性や技巧に伴う、内面的な芸術性を追い求めようとする姿勢を前面に出していこうとする時で、エイケンの、登場人物のフロイト的な深層意識を交響楽的な構成にして描く実験的な詩作に強い関心を持ち、後で触れるように、一度はそれを『春の幻』で試したのであった。

二〇世紀の初頭のモダニズムの潮流の中で、特筆すべきことの一つは、フロイトの精神分析学に象徴されるような、人間心理の無意識の領域が切り拓かれたことであり、人間の意識の流れや無意識と、時間(過去)への関心が強まったことであろう。アンドレ・ブルトンは『シュルレアリスム宣言』で、フロイトの精神分析学の重要さを強調しているが、当然それは小説技法にも反映され、この動きは当時の多くの文学者や芸術家たちに強い衝撃を与え、ジェームズ・ジョイスやヴァージニア・ウルフなども強い関心を持ったものであった。そしてフォークナーがこの精神分析学的な文学実践に強い関心を持ったのは、書評でも触れている、精神分析学や、T・S・エリオットに強い影響を受けて書かれているエイケンの『フォースリンのジグ舞曲』や『塵の館』などであり、一時的にしろそれは衝撃的なエイケン体験であった。これらの詩集は一九一六年と一九一七年と相次いで出版され、それぞれ五部と四部の交響曲形式をとっており、一人の人間が夢幻と現実の世界を彷徨いながら、最終的には人間普遍の生の意味を問いかけるもので、それは『春の幻』に生かされていることになる。

フォークナーへのフロイトの影響についてはしばしば議論されるが、フロイトからの強い影響云々の議論よりも、問題にすべきは世紀末とモダニズムの項で述べたように、時間や空間に対する伝統的な形式や思考を崩し、人間の奥底にある真実を探求する方向性へのフォークナー自身の模索であろう。人間心理の奥底をえぐりだす表現が文学の大きな課題であってみれば、フロイトの深層心理を基盤にして書かれたエイケンの詩は、フォークナーにはかなり新鮮に映ったと思われる。

フォークナーは先ほど述べたように、エイケンの詩を評価しながら、「エイケン氏の作品のもっとも興味ある側面は、交響楽詩的な音楽形式に則った、抽象的な三次元の実験である」、と言っているが、スウィンバーン的な詩の音調や韻律に、実験的な詩の立体性や、深層心理的な要素をどう加味して深めていくかが次の課題であった。一九二一年のエイケンの書評でも、「柔軟な心の持ち主で、変奏、倒置、リズムの変化、韻律の巧みな使用にたけ、彼の非個性の描写で」(67)表現した作品を高く評価し、また、『納骨堂のバラ』をはじめ『フォースリンのジグ舞曲』や『塵の家』などは、「対位法的な音楽形式に則った、抽象的な三次元的詩歌を試みたもの」(68)だと書き、エイケンの実験的な作品構成とテーマの展開方法に強い関心を示している。

こうしてフォークナーは、エイケンの音楽性や革新性と実験性、人間心理の深奥の探求、物語性を持った連続詩、そしてエリオットとも共通する非個性の描写に強い感銘を受けてそれを生かそうとし、その具体的なものは、一章で触れた「ライラック」や同じ頃の制作と考えられる「死んだ踊り子」、あるいは四章で触れるミシシッピ大学時代の「ノクターン」を初めとする多くの詩篇であろう。そして、これらのうちで最大のものは六章で触れる『春の幻』であり、当時フォークナーのエイケンへの傾注はフォークナーの用いる音楽用語にも明瞭に表われている。エイケンは、一九一九年に、自らの詩（『納骨堂のバラ』）を中心にした書評を書いた時、その形式を「交響曲の形式」(69)と呼び、その意図を、「詩の対位法的効果、音調とテーマを対比させる効果、いわば相違・不同の中に同一性の基盤をおく」(70)、と述べているが、これはフォークナーの創作原理と共通している。

さらに興味深いことに、『フォースリンのジグ舞曲』の序文で、「『フォースリンのジグ舞曲』は、うまいことにはどの（文学）範疇にも入っていない。というのは、私の意図はこのような作品の必要かつ絶対の部分として多くの方法や姿勢を、各々その適切な場所（each in its proper place）に用いることであった」(71)、と述べているが、これはやがて、フォークナーの『響きと怒り』の交響楽的構造や、最後のベンジー的不協和音と静寂の世界と重なっていく。またエイケンは、フォースリンという人物の情緒的で心理的な内奥の探求の物語にするために、種々の組合わせが完全な中心によって導かれ、技法的には、「調和のある対位法が、部分的にも全体的にも配慮されており、不協和音（cacophonies）と変則なものが対比のために意図的に用いられている」(72)、と彼の作詩態度を述べているが、この創作哲学も長くフォークナーの創作の背後に流れているものである。

このように見ていくと、エイケンの影響は後年まで深く浸透していることになるが、先ほど述べたように、フォークナーのエイケンそのものに対する関心は早くに薄れていく。フォークナーは、一九二四年のエッセイで、「コンラッド・エイケンのマイナーな音色がまだ心に響いているが、もはやかつて没頭したような時期がめぐってくることはなかったであろう」(73)、と述べており、エイケンはエリオット的世界、次にハウスマン的世界などに早くにとって代わられたようだが、それは消えたと言うより、むしろエイケン的基本構造や、エイケンが内在させている審美性や詩情、非個性的超然さなどが最初の頃からフォークナーの創作世界の本質部分であり、それがさらに発展して本当の血と肉となってエイケンの影が薄くなったと言ったほうが正しいかも知れない。

フォークナーのエイケンそのものへの関心が薄まっていくのは、一つには、エイケンの描く人物たちが、フロイト的な人間の無意識の幻想性や非現実性の次元にとどまり、次第に自覚していくフォークナーの現実の南部やその土着性とのギャップが拡大していったからであろう。そして次にフォークナーの目にエリオットのようないっそう新鮮で衝撃的な世界が飛び込んできたのである。フォークナーが一時期評価した『フォースリンのジグ舞曲』や『塵の館』には、明らかにエリオットのプルーフロック像や初期の詩の影響が見られるが、いわばフォークナーは、エイケンの人物像の後、さらにその根源的な生に苦悩し逡巡する人物に出会って、新たな衝撃を受けながらエイケンから離れていったと言ってよいであろう。

初期のフォークナーの課題は、フロイト的な深層心理を詩の中に取り入れ、審美性や象徴性を深めながら、さらにそれらをどう現実に即した実験的な新しい表現につなげていくかの追究であり、その意味ではエイケンは乗り越えていくべき先輩であった。フォークナーは『春の幻』でエイケンを最大限に利用しながら、「ロマン的すぎる」部分を一度はパロディ化して、新しい文学の境地を求めながらまた一人の先人を乗り越えていくのである。その点では、フォークナーには、エイケンが小説を書いた一九二〇年代や三〇年代にはもはや興味は薄れていたであろうが、逆にエイケンのほうはフォークナーから目をそらすことはなかった。

エイケンは『蚊』の書評で非常に高い評価を与え、「南部小説家の賞賛からフォークナーへのアプローチを勧めて、一九二七年の『蚊』の作家の将来」(74)を予言しているが、その予言には、やがてヨクナパトーファ世界での南部特有の運命観がもたらす人間の生き方が暗示されているのである。さらにエイケンは、『野性の棕櫚』の出版に合わせて、一九三九年に、「小説の形式」("The Novel as Form")というタイトルの書評を『アトランティック・マンスリー』に掲載するが、それは序論で引用したように、『野性の棕櫚』を初めとするフォークナーの代表的な長編の文体に対する高い評価を標したものであった。さらにそこでエイケンは、フォークナーが一九二一年にエイケンに対する書評で用いた「フーガ的」と「交響曲」(75)という音楽用語を用いて、フォークナーの多重視点や語りの技法を高く評価している。このようにエイケンは、主要作品の、視点、時間の変化、作品構造などにこれらの音楽用語を適用して、フォークナーの実験的な文学態度に讃辞を贈っているが、これは二〇年近く前の返礼のようにさえ響く。先ほどフォークナーはエイケンの詩篇「不協和音」("Discordants")の一部をヘレンへの献辞に借用したと述べたが(注(74))、フォークナーの一時期のエイケン熱は冷めても、フォークナーの作品の根底に、「交響曲」や「フーガ」的な作品構造や多重性は最後まで残っていくのである。

さらにこのフォークナーとエイケンとの結びつきの輪は、別の大きな文学の輪を創って人間関係の妙を生み出している。というのはエリオットに強い影響を受けたエイケンは、やがてフォークナーにとっては運命の巡り合わせとも言える、マルカム・カウリーに影響を及ぼしているのである。いわばこのエイケン・エリオット・カウリーのハーヴァード大学を拠点とした三人の輪は、フォークナーと不思議な縁で結ばれていることになる。カウリーは一九二一年の六月にヨーロッパに行くが、その前の一九一八年二月にハーヴァードに戻り、ハーヴァードの先輩詩人エイケンとの交友を求める。彼は、エイケンの長詩『フォースリンのジグ舞曲』を読んで深い感銘を受け、ぜひ会いたいと思っていたのであった。カウリーは、「僕らは二人とも退廃したボストンが好きだった。フランスの象徴派詩人について論じたり、詩の中に建築や音楽の効果を織り込むこと(エイケンがすでに成功していた如く)について話し会った」(76)、と語り、また、エイケンの中に、「率直さというものが、人間として作家として、特に詩人として彼の信念の中心に近いものをなしていることを発見した。この信念は、彼の作品を総合する美学と文学倫理のシステムに発展していった……彼は人類が長年にわたって闘ってきた潜在意識と単なる本能との戦いにおける兵士になったのだ」(77)、と述べているのである。

やがてこのカウリーは、一九二四年に帰国してから、大恐慌時代に、『ニュー・リパブリック』の文学担当編集者として数々のエッセイを発表する。そしてそれ以後、資本主義経済の破綻、ファシズム、マルクス主義文学論の中で、社会意識に目覚めた創作活動に携わる必要性を感じながら、アメリカの文化論争のまっただ中に身をおくことになる。彼が関わった『ニュー・リパブリック』は、最初に触れたように、フォークナーには記念すべき「半獣神の午後」が一九一九年に発表された雑誌だったのである。

カウリーはニューヨークのヴァイキング・プレス社の文芸顧問を四〇年間務め、一九四六年の『ポータブル・フォークナー』は、アメリカの読者をフォークナーに向けさせた画期的な編著であった。彼の根底には、物質主義、実用主義に浸食されている工業化や商業化された社会から芸術の精神的価値を奪還しようとし、芸術家は社会的責任を持つという持論があり、フォークナーのヨクナパトーファの発掘は、その信念と哲学に沿ったアメリカの再認識でもあった。このカウリーの錯綜した文学・芸術回帰とフォークナー文学の再評価への道は、一九二〇年頃からのエイケンと、次に触れるエリオットの流れと深く結びついており、同時代の文学者たちが、人間関係でも芸術の上でも不思議なドラマを演出していたのである。

エイケンはフォークナーより二歳年下であったが、詩人としては早くに認められ、一九三〇年代もフロイトの影響を受けた作品を書き続けてこの世を去ったのは一九七三年であった。そして彼はフォークナーに目を注ぎ続けてきたのであるが、二人の直接的な接触が冷戦下に起こっている。それは、フォークナーが一九五六年にアイゼンハウアー大統領の呼びかけた、「世界中の人々のよりよい交流と関係改善」をねらった「民間交流計画」("People-to-People Program")の文学部門の委員長として参画したときで、計画遂行の提案を巡って質問紙を送ったとき、エイケンはフォークナーの参画そのものに強い反発を示したが、それはフォークナー文学の本質を失わせたくない気持ちの表れであったと思われる。『春の幻』で述べるように、フォークナーはこの作品でエイケンとエリオットの世界を同時に生かした作品を書き、エイケンの世界から脱皮しようとするが、これらの錯綜した作品の相互関係から生まれたフォークナーの作品の底には、エイケンの影は深く浸透していると言ってよいであろう。

八　衝撃の詩人T・S・エリオット

これまでスウィンバーンからエイケンまでを、一九二四年のエッセイに準拠しながら考察してきたが、ここで最後にとりあげるエリオット（一八八八―一九六五）は、フォークナーに強い衝撃を与え、詩作時代はもとより後の作品まで影響を及ぼしており、どうしても避けて通れない詩人である。しかしエリオットの甚大な影響にもかかわらず、フォークナーがエリオットに言及したのは、後で触れるように、一九五一年の『尼僧への鎮魂歌』制作中のことで、他の詩人や作家へのフォークナーの言及を考えると、このエリオットへの沈黙ぶりはひときわ目をひく(78)。ロタ－・ヘニッヒハウゼンは、フォークナーのエリットへの言及のなさについて、「剽窃への足跡を消すため」でもあろうが、「本当の理由は、『荒地』に描かれた、エリオットの根無し草の国際主義的な側面が、アンダソンの助けで彼が創造した故郷の土壌に根ざした南部人としての新しいペルソナと相矛盾することになったからではないか」、と分析し、「この新しいペルソナが、簡素で伝統的なハウスマンの詩に現代詩人が求めていた秘密を見つけてくれた」からではないかと憶測している(79)。すなわちフォークナーの土着性と、エリオットの根無し草的なモダニズムとは相容れなかったという考えかたである。この見方はフォークナーがエリオットから次第に距離をおくようになったことへの説明にはなるが、フォークナーが強い関心を持った多くの現代詩人や作家に言及していることを考えると、フォークナーのエリオットへの沈黙の謎は依然として残ったままである。またエリオットの『四つの四重奏』の「ドライ・サルヴェジェズ」や「イースト・コーカー」などに読みとれるように、エリオットにも何か疼くような土地への郷愁や、原風景に対する独特の土着感覚があり、決して根無し草とは言い切れない側面を持っていることも注意すべきであろう。

いままで強調してきたように、フォークナーにとっては、プルーフロックを中心としたエリオットの描く人物たちとの出会いが相当なまでに衝撃を与えたことは明白である。「ウィリアム・フォークナーの詩作時代」でも触れたように、フォークナーが、第一次大戦後のモダニズムの新鮮な芸術の動向に反応し、「戦後の不一致な平和のカオス」(80)が吹き荒れると、その激しい勢いに飲み込まれ、現代詩人の群に無我夢中で加わり、次にはエイケン的な世界に惹かれていったが、まだこの段階ではエリオットは大きな存在でなかったと考えられる。すなわち、フォークナーはまず第一次大戦後を席巻していた多くのアメリカの現代詩人の群に巻き込まれ、やがてその底の浅さと味気なさを体験した後、三次元的な実験詩を書いたエイケンの世界に入り、次に、モダニズム性と不安な時代の雰囲気、いわば底深い世紀末(象徴主義)的な詩情を同時に醸し出しているエリオットが、大きな存在として彼を捉えたのではないだろうか。それは時代を映すモダニズム性と同時に、底知れない漠然とした生の不安であり、フォークナーはそこに、新しい時代の暗い荒地的なイメジと、逆にその不安から脱して、何かを蘇生し創造しようとするエリオットを本能的に感得したにちがいない。それは二章で述べたように、ピエロ像の登場と合致しており、プルーフロックとの出会いは、ちょうど「下生えから追い剥ぎのように襲った」スウィンバーンの衝撃にも似たところがあったと言ってもよい。

そのエリオットの「J・アルフレッド・プルーフロックの恋歌」が『ポエトリー』に発表されたのが一九一五年、最初の詩集『J・アルフレッド・プルーフロックの恋歌と他の観察』がロンドンのエゴイスト・プレスから出版されたのは一九一七年で、それには一九〇九年から一五年にかけて書かれた一二篇の詩篇が収められている。一章で触れた「ライラック」にもエリオットの影響を読みとることができ、その日付が一九二〇年一月一日であるからフォークナーはすでに一九一九年にはエリオットを読んでいたと考えられる。後で触れるように、フォークナーの詩にエリオットの影響が明確に読みとれるようになるのは、一九二〇年秋の、ミシシッピ大学の演劇部の上演のために書いた『操り人形』や、さらに一九二一年の夏に完成した詩集『春の幻』である。従ってエリオットの詩は、戦後の混乱期の少なくとも最初はフォークナーの関心事ではなく、「J・アルフレッド・プルーフロックの恋歌」以降の詩が収録されている『ポエムズ』が出版されたのが一九二〇年であるから、彼とエリオットの衝撃な出会いと本格的な影響の始まりは『ポエムズ』である可能性が強い(81)。

「J・アルフレッド・プルーフロックの恋歌」が実際に書かれたのが一九一〇年、すなわち、エリオットがハーヴァード大学の大学院在学中の二二歳の頃にあたる（この年はまたヴァージニア・ウルフのモダニズム宣言の年としても記憶しておく必要がある）。一方、フォークナーが読んで衝撃を受けたのが一九一九年の終わり頃から二〇年とすると、エリオットが作詩した年齢とほとんど同じ頃であり、なおかつ時代の烈しい変化に直面した時期と重なる。さらにフォークナーが読んだ可能性の高い、エリオットの評論集『聖林』の出版が一九二〇年の一一月であり、この中に織り込まれた「伝統と個人の才能」などからは、その先人の影響を重んじる伝統主義の一貫性でも刺激を受けたことは十分想像できる。エリオット的な詩風がフォークナーの詩に明確に読みとれるのは、ほとんどすべてが「J・アルフレッド・プルーフロックの恋歌」を初めとする『ポエムズ』に掲載された詩篇であるが、フォークナーにとっての一九二〇年頃とは、失恋からカナダでの体験を初めとする多くの青春の辛酸をなめた後、「声高な」モダニズム詩人たちに失望していた頃であった。そのような時に邂逅した、都市の荒廃した風景、世紀末のヴィクトリア文化と同じような空疎な会話に代表される上流社会、中年男が描く生の不毛や倦怠、あるいは性の荒廃などを描いたり、またアルージョンや典拠をパロディ化して知的に利用したりするエリオット世界は、フォークナーには鮮烈に映ったにちがいない。エリオットが二〇歳過ぎに書いた迷える中年男の詩を、奇しくも失恋した二〇歳過ぎのフォークナーが読んでその詩の虜になり、何度もエリオットの詩を模倣したり書きなおしたりした跡を見ると、フォークナーがどれほどまでにプルーフロックの心情に共感し浸っていたかが想像できよう。

そしてこのエリオット体験の後、大きな転機を迎えるが、それを如実に物語るのが、一九二一年の夏の長詩『春の幻』である。この長詩については六章で詳しく検討するが、エイケンの詩と同様、あからさまにエリオットの詩句をなぞり、フォークナー自身を自己投影してパロディ化しながら、次に自らが進むべき方向性を模索した連続詩となっている。さらにここで注目すべきことは、この長詩がある意味でフォークナーの本格的な詩作時代の終わりを意味していることであろう。彼は、「二一歳では私は自分の詩がいいと思った。二二歳まで詩を書き続け、二三歳でやめた。

私の最善の方法は小説だと分かったからだ。私の散文は実に詩的だ」[82]、と後年語ったが、このフォークナーの言明はエステルに贈った『春の幻』の制作とその後の彼の新しい文学活動と一致する。いわばエリオットの現代詩の衝撃の度合いの大きさとフォークナーにとっての詩と散文の分水嶺的な時期が合致しているのである。

　この初期のプルーフロック像の衝撃とは、荒廃した都市文明や生の倦怠を描く、実験的で革新的な詩法、韻律、ペルソナの独白の語り、口語口調、軽妙なアイロニーやパロディなど技法的な側面であり、それはフォークナーが一時的に心酔したモダニズム詩人たちに欠けていたものであった。橋口稔が、

> Eliot の詩が新しいものとして受け入れられたのは、そのリズムがアイアンビック（弱強）のリズムを離れて、日常会話のリズムを生かしながら、頭韻や子音韻や母音韻などを巧みに用いたものだったからである。またそこには、卓抜なメタファーやイメージが生かされていて、新しい世界が描かれているという印象を与えていた。この Eliot の詩の新しさは、その後の詩人たちに濃淡の差こそあれ、何らかの形で影響を与えることになった[83]。

と分析しているように、このエリオットの詩の世界は、詩の形式とそれを支える内容がモダニズムという時代と共振しており、フォークナーにとっては衝撃と同時に大きな魅力だったにちがいない。またアーサー・シモンズの『文学における象徴主義運動』で取り上げられている、マラルメやヴェルレーヌを初めとする多くの詩人や作家の、芸術至上主義のもとに言葉の厳格さを求めた姿は、フォークナーの関心の的であったし、同時に、ラフォルグの「自由詩」の会話的な特徴がエリオットに浸透しており、それもフォークナーには大きな魅力であった。

　このように、エリオットはラフォルグから自由詩と風刺の手法を学び、ラフォルグ風の、会話体詩「風流な会話」を書いているが、フォークナーにとってこれらのエリオットの詩は、「喧噪の中で声高に叫んでいる」モダニズム詩人たちとはまったく異なった強い衝撃となったのである。それは、サンドバーグのような声高な叫びではなく、ユー

モアとアイロニーの混じった洗練された詩的表現に対する衝撃と魅力でもあり、フォークナーはエリオットをなぞり、巧みに借用もしたのである。こうして、スウィンバーンから多くの現代詩人、そしてエイケンからエリオットへの移行の過程は、フォークナーの文学成長の証でもあった(84)。

さらにこの口語体の自由詩と風刺の手法面と深く関わりながら、モダニズムの思想潮流とも深く関係するエリオットの「非個性」の発想も、先に触れたエイケンと並行しながら、フォークナーには大きな創作上の関心事であった。フォークナーが初期のペルソナ像の牧神からピエロ像に移り、次第に対象と距離を置き、自らを客観的な視座に置いていった経緯については二章で論じたが、この経緯は、ヨーロッパ中心の牧神時代から、エイケンやエリオットのピエロとプルーフロック像への流れと並行する。エリオットは、一九一九年の「伝統と個人の才能」で、

詩は、情緒の表出ではなく、情緒からの逃避である。それは個性の表現ではなく、個性からの逃避である。もちろん個性と情緒を持つ人こそがこれらの逃避の意味を知っている……芸術の情緒は非個性である。そして詩人は書かれるべき作品に全身を捧げなければこの非個性に到達することはできない(85)。

と述べているが、「情緒からの逃避」と先人の芸術作品への「自己没入」という二重の非個性の論理は、フォークナーの文学的成長には不可欠な文学態度であった。さらにこの非個性の論理は、シェイクスピアの『ハムレット』批評で触れている、エリオットの「客観的相関物」(“Objective Correlative”)という発想とも密接に関連し、フォークナーの詩作に強いインパクトを持ったと考えてよい。エリオットは「客観的相関物」を、

芸術という形式で感情を表現する唯一の方法は、「客観的相関物」を見つけることで、その客観的相関物とは、あの特異な情緒の定まった形式文となるような一連の客観物とか状況、あるいは一連の出来事で……感覚的な体

験となっていく外的な事実が与えられたらすぐ感情が喚起されるようなもの(86)。

と説明しているが、フォークナーは、この非個性と客観的相関物の考え方が反映されたエリオットの詩篇に多くのものを読みとっているはずである。しかもその客観性こそ、原石的な基盤となって逆説的に想像力を喚起するものとなる。プルーフロックを初めとするエリオットの人物の背後には、一人称語りでありながら、主観を最小限に押えた深い情感を伝えようとするものがある。

従ってフォークナーが共感したのは、パーソナルな描写対象でありながらそのパーソナルなものを越えた詩のメッセージとその表現の手法であり、当時の青年の心情と共振する時代感覚であった。そこには、先ほど触れたように、都市生活の不毛と倦怠、性的頽廃、不安な時代認識、不決断状況でのアイデンティティ追求への共感などが当時のフォークナーの個人的な心情と共振し、それをいかに非個性の詩的表現にするかの問題に直面していた頃と言ってよい。フォークナーは、逡巡する「私」の心情が、カリカチャー的に巧みに描かれながら、全体では単に小さな個人レヴェルの描写に終わらず、個人を越えた大きな「荒地」的世界が同時に描かれようとしているエリオットの世界に驚嘆したのである。それはまた、エリオットのペルソナ像とも言うべきプルーフロックと、フォークナーがよく見せた、気どり、自己劇化、あるいはポーズや演技との親近性でもあり、それを想像力世界で再創造してより拡大された普遍的なものにしようとしていく足がかりでもあった。

それは“between”の世界(87)、行為と無為の中間の不決断の世界であり、このフォークナーやエリオットの宙ぶらりんあるいは二重性の背後には、時代共通の時間と歴史認識がある。エリオットの「J・アルフレッド・プルーフロックの恋歌」にしろ、同じく一九二〇年の詩集に盛り込まれる「ゲロンチョン」にしても、かなり擬似的な「老い」が強調されており、プルーフロックがつぶやく、「私は老いる、私は老いる」というせりふはユーモラスに老いを響かせながら、個人を越えた人間普遍のペーソスが描出されており、フォークナーが好んで何度も利用した詩句である。

この「老い」については二章の「半獣神の午後」でも触れたし、『春の幻』でも触れるが、『兵士の報酬』から続く散文の世界でも描かれる重要なモチーフとなっている。

前にも触れたように、エリオットの作品の中ではもっとも退廃的と言われる詩篇「プレリュード」は、「世界は人のいない家の空き地で薪を集める老女のように回転する」、という詩行で結ばれており、永劫にむなしく回転する世界が老女に喩えられている。フォークナーはこの詩句を一九二〇年の一幕劇『操り人形』で借用し、「大地はすでに老い、大地は地味の痩せた野原で粗朶を集めている老女に似ている」、という表現に置き換えているが、ここでもエリオットの時代と時間認識がフォークナーに大きな影を落としている。『操り人形』では、恋人の背後に「老いた世界」が覆い被さり、まず季節の移り変わり自体が冬に向かい、人生の黄昏と並行しているが、それはまた、二章で触れた、「コロンビーヌの死体のそばに座って、突然鏡に映る己の姿を見る」ピエロと二重写しになっているのである。こうして二章で見たペルソナ像のフォーンが認識した「世界の老い」は、大きなモダニズムの波をかぶりながらエリオットを媒体とする、ピエロの「老い」の認識に変化していることになる。それは、一九一九年に発表された詩篇「半獣神の午後」の時間や歴史認識に、エリオット的な新しい認識が加わってまた新しいフォークナーの世界が深まっていったという言い方もできよう。

このように両者の重なりを見ていくと、フォークナーとエリオットの時代認識は、両者の出会いの前から共有されていたものであり、フォークナーの芸術心の琴線に触れたのはごく自然な成り行きであった。フォークナーが魅入られた「J・アルフレッド・プルーフロックの恋歌」の世界は、個人的に、さらに世界そのものの「老いる」ことへの不安であり、エリオットの言う「感性の分離」（"dissociation of sensibility"）は、いままで触れてきた世紀末とモダニズムの流れにも知覚されていたものであった。これは、乾燥の度合いを深める「ゲロンチョン」の世界から『荒地』へとつながっていき、エリオットの主人公たちの世界も、フォークナーの世界の人物たちも、「老いる」という意味あいの中に、世界の不安を内包し、世界の不毛さを訴えているのである。そしてその時代の「老い」の認識がフォークナーに強い衝撃となったのは、その人生観に並行した表現手法であるが、それはあるペーソスをたたえたアイロニーやパロディであり、それらと関連しながら、エリオットのいう非個性や客観的相関物的な表現が強く訴えたからであろう。

そしてもっとも大きな共通認識は、繰り返しになるが、より広い意味での時代の不安や歴史認識であろう。時代が若さを失って老いるという認識は、個人的な不安からくるものであると同時に、時代の不毛性や時間や歴史への不安からくるものである。エリオットは早くに伝統論で、「過去の現在性」("the present moment of the past") という考え方を強調し、「詩人は現在だけでなく、過去の現在性の中に生きていなければなされるべきことがわからない」(88)、と述べているが、これもまたフォークナーの「過去というものはない。あるのは現在だけだ」、という認識と共通していることは言うまでもない。エリオットの「虚ろな人々」という人間洞察と、フォークナーの南部の宿命的な時間意識や悲劇的な人間観とは幾重にも通底しているのである。さらには二章でも触れたように、一九二二年の『荒地』は、「プルーフロック」的なものをさらに深めた、「老い」や荒廃の現実に潜む生死と再生のテーマを深化させる役割を果たし、フォークナーの時間や歴史認識を深めたと考えてよいであろう。

フォークナーの、過去というものはなく、あるのはただ現在だという時間認識は、たとえば、もはやフォークナーへの影響関係が薄くなっていた『四つの四重奏』を考えても、歴史の重要性と過去の現在性を強調する両者の類似性には驚くべきものがある。このことは、二〇世紀の初めを真剣かつ深刻に生きた者にとって、世紀末とモダニズムの二つの時代の共通感覚があり、破壊と無秩序の世界、あるいは先ほどの「感性の分離」の時代から、再び統一世界を目指そうとする意識の中に生まれた時間認識の共通性と共感があったと考えてよい。

こう見ると、エリオットはフォークナーにとっては、模倣以上に深い共感と激しい衝撃を与えた詩人であり、パロディ化して消そうとしても完全には払拭不可能な詩人であった。それは逆に言えば、どうしても乗り越えなければならない詩人であり、パロディ化に奔走しながら一時は振りまわされていたと言えるかもしれない。プルーフロック像に新鮮で強烈な衝撃を受けたフォークナーが、逆にそのプルーフロックをパロディ化して乗り越えようとしながら、結果的にプルーフロック像はフォークナー文学の中から消えず、深い影を落としていくのである。もちろんそれは、エリオットがフォークナーの文学を支配しているという意味ではなく、ホレス・ベンボウやギャヴィン・スティーヴンズ、あるいは『パイロン』の新聞記者のような不安な時代を生きようとする多くの人物たちの普遍性を共有していたということであろう。プルーフロックの世界は、薄明、生と死、意識と無意識、さらには行為と無為の中間の、不決断（indecision）の世界と言えるが、フォークナーが牧神の後に創造するピエロを初め、やがてその系統をくみながら小説の主人公となっていくホレスやギャヴィンなどの場合も、過剰な自意識、そこから起こる不決断、認識と行動のアンバランスなどが滑稽に描写されている。

フォークナーはこのエリオットの衝撃の後、ハウスマンを経過しながら散文の世界に入っていくわけであるが、エリオットの影響は、詩作時代だけでなく、フォークナーの全創作を通じて影を落としていくことになる。一九二五年のニューオーリンズでの作と考えられる短編「ドン・ジョヴァンニ」の、三二歳のハービーは、プルーフロックの面影を強く引きずってやがて『蚊』に取り込まれるが、このニューオーリンズ以降エリオットはフォークナーの作品深くに浸透していく。ロセラ・マモリ・ゾルジ（Rosella Mamori Zorzi）はヨーロッパで書こうとした『エルマー』と『蚊』を重ねながら、両作品に共通するエリオットの詩句を指摘しており(89)、またクリアンス・ブルックスの多くの指摘例(90)からも明らかなように、フォークナーにとってのニューオーリンズ時代前後は、エリオットを初めとする詩人や作家の影響がもっとも核心に入り込んだ時期であり、それが以降も深くに浸透して、もはやパロディ次元を超えていると言えよう。

フォークナーが一九二七年に最大傑作だと自負した『土にまみれた旗』には、紛れもないプルーフロックの流れを汲む、薄くなる頭を気にするホレス・ベンボウが主人公となり、やがて彼は『サンクチュアリ』に受け継がれ、プルーフロックよろしく、現実と幻想世界とのギャップに悩み、時には滑稽な人物像として描かれていく。そしてこのホレスはやがてギャヴィン・スティーヴンズという年配の人物に変容し、また一つのフォークナー文学の大きな人物形成の軸となるが、このギャヴィンも、現実と幻想や理想世界との不均衡な世界にいる滑稽な人物でありながら、正義や真実のために狐軍奮闘する人物で、その二極の不釣り合いのために、逆に作品にさまざまな奥行きと色合いを与えているのである。

さらにまた、ヨクナパトーファ世界の人物以外にも、プルーフロック的人物は『パイロン』の新聞記者として登場する。この記者像は、フォークナーが『アブサロム、アブサロム！』の創作に苦悩している時に膨らんでいったものであるが、このことはプルーフロックのユーモラスさと深刻さの戯画像が、逆説的に創作のモメンタムになった一面も持っていたのではないだろうか。また「ドン・ジョヴァンニ」の最後の電話の場面は、『パイロン』で繰り返されているが、この作品のレポーターは、過去から切り離された「荒地」の非現実世界（Unreal City）で、「荒地から創り出された空港」で曲芸飛行を追いかける新聞記者の仕事をしている。彼は奇妙な飛行士たちに魅惑されて彼らを追い求め、現代都市の曲芸飛行といった現代そのものの世界で、理想主義のかけらを生きようとしているが、エリオット風の虚ろな人間像の形象を底深くに秘め、現代文明の巨大な壁に跳ね返されているのである。

フォークナーは『パイロン』を七章仕立てにして、四章と五章を「明日」と「そして明日」、そしてシューマンが湖に墜落した後、シューマンの妻に拒絶され、死体が見つかるのを待ちながら途方に暮れる記者を描く六章を、「J・A・プルーフロックの恋歌」としたが、このあからさまなエリオットの詩の演出は、もはや通常のパロディを超えた現実の大きな壁に直面している記者のプルーフロック像を描き出している。ここではむしろ「明日」と「そして明日」が逆説的な意味を帯びているが、フォークナーが「プルーフロック」の章を、「明日、また明日、また明日——希望するでもなく、待つことでさえなく——ただ耐えるだけ」(91)、と結んだとき、新聞記者は、もはやフォークナーが描いた以前のプルーフロック像ではなく、作家フォークナー自身が抱え込んだ人物像となっており、並行して書かれていた『アブサロム、アブサロム！』のクエンティン像と深く重なっているのである。

エリオットの描く人物像が、プルーフロックから「ゲロンチョン」の老人、『荒地』のティレシアス、さらには数篇の詩篇のスウィーニーなどに変容したり色づけされ、その後大きく変化したように、フォークナーもエリオットのプルーフロック像のパロディ像から次第に変容し、ホレスやギャヴィン・スティーヴンズ、さらには『パイロン』の新聞記者のような人物に色づけされたりしていっているのは注目すべきであろう。もちろんそれは模倣とかパターン化というより、作者個人を反映したペルソナ像が持つ必然的な変容であった。いわばそれは影響関係というより、時代と個性が胚胎していた共通認識を色濃く共有していたのであり、フォークナーのエリオットへの言及のなさは、この見分けのつきにくい共通性にあったと言えるのではないだろうか。

フォークナーが多分初めてエリオットの名前に言及したのは[92]、一九五一年の三月遅くで、ノーベル賞受賞の後、『尼僧への鎮魂歌』を完成して第二章のプロローグを付けようとした時であった。フォークナーは、エリオットの「エリオット氏の日曜の朝の礼拝」という一九二〇年の『詩集』に盛られた詩篇の二連の最初の行を引用するにあたって、出版社のサックス・コミンズに、エリオットが記したものが正しいかどうかを聞き合わせている。この詩篇は、自らの名前を盛り込んだタイトルのパロディ性に加えて、長老（プレスビター）の偽善性、ロゴスと肉体の葛藤、人間の醜さなど、エリオット初期の不毛性を代表する詩篇だが、フォークナーはその中の詩行、“In the beginning was the Word / Superfetation of λό ἔυ”を、ギリシャ語を含めた一部を利用できるかどうか尋ねている[93]。結局一部だけ利用して、二章のプロローグは、“The Golden Dome（Beginning was the Word）”となる。いわばフォークナーは三〇年前に魅入られた詩篇の詩行を引用しようとしたわけであるが、いつに変わらぬ人間の偽善と、テンプルに罪を贖わせようとする物語のエピグラフとして用いようとしたのであろう。

この場面は、州都ジャクソンの知事のもとで、テンプルの倫理上の裁きが展開されようとしているところであるが、フォークナーは、今度はまったくパロディ抜きでエリオットの詩の一部を生かそうとしている。彼は、人間の偽善性と、「過去の現在性」を眼目に置きながら、エリオットの詩行に、過去と現在の関係を否定するテンプルを贖罪に導くための象徴的な用語として用いようとしたのであろう。その意味でこのエリオットへの初めての言及は、フォークナーのあるオマージュ的な意味合いを持っていたと言えるかもしれないし、最後まで迷うテンプルに、「明日、そして明日、さらに明日」(94)、と言わせ、『寓話』の最後の章を「明日」にしたのも、これらの連続線上で考えてよいであろう。もちろんこの「明日」の響きは、遠く遡れば『マクベス』の主人公の最後の「明日」に始まる台詞を土台にしており、ハムレットを口にするプルーフロック像と重なり、幾重にも重なる時代認識が込められているのである。

このように見てくると、キーツと同様エリオットもまた、フォークナーの詩作時代から晩年の作品まで底深くに流れながら、作家活動の後半では、重要な倫理判断の鍵になる場面で用いられていることになる。それはエリオットの衝撃の強さとともに、時代性と芸術性の共通認識の強さを証明しており、フォークナーの意識の中にはエリオットは同時代人的ライバル意識があったとも言える。フォークナーがエリオットを脳裏に置いて、詩人は普遍的なもの、純粋でエソテリックなものを表現し、小説家は自らの伝統を書き込む、と言うとき、そこには「詩人エリオット」への強い意識が働いていたと考えてよいであろう。このように見ていくと、フォークナーのエリオットへの言及のなさは、同時代性、両者の時代認識の共振性などが輻輳し、エリオットの存在の大きさや、強いライバル意識の裏返しではなかったかと思われるのである。

第四章　ミシシッピ大学と詩人ウィリアム・フォークナー

一　士官候補生から特別学生へ

これまで序論から三章まで、フォークナーの詩作全般と散文への歩みと、フォークナーの詩の特質や彼が受けた影響関係を中心に論じてきた。次には四章から九章にかけて具体的な詩篇や詩集を検討していくことになるが、この四章では、ミシシッピ大学での具体的な詩作活動を中心に検討することになる。

フォークナーは、第一次大戦が一一月に休戦となり、一九一八年の年末にトロントから満たされない気持ちのまま帰郷するが、幸いなことにGI法によってミシシッピ大学の特別学生となり、途中退学の期間を挟みながら、一九一九年九月から一九二〇年一一月にかけて大学に在籍することになる。フォークナーとミシシッピ大学との関わりは当然のことながら深い。彼が住んでいた小さな大学町オックスフォードは、地域社会と密接に結びついており、父親も大学の仕事に携わり、キャンパスに住んでいた期間も長かった。そこでは日常生活が知的・芸術活動と結びついており、たとえば早くには、ミシシッピ大学の年報『オール・ミス』の編集者がフォークナーに挿し絵を依頼し、その一九一六―一九一七年号の「社会活動」欄に、二人の男女が踊る様子を、鋭い線で描いた、かなり様式化されたスケッチが掲載され、彼の画才の一端を証明するものになっている。

二章で触れたように、一九一九年に、フォークナーの「半獣神の午後」が初めて全国誌の『ニュー・リパブリック』に掲載され、一五ドルという原稿料を受け取ったのであるが、それはフォークナーがミシシッピ大学の特別学生になる直前であり、フォークナーの詩作を励まし後押ししていたストーンにとってもうれしい出来事であった。そして大学入学直後に、その詩篇を少し手直ししてミシシッピ大学の学生新聞『ミシシッピアン』の一〇月二九日号に掲載し、それ以降、『ミシシッピアン』や『オール・ミス』に詩篇、小品そして書評などが掲載されるようになるが、これらには、三章で触れたように、ロマン主義、フランス象徴主義、ラファエロ前派、世紀末、モダニズムなどの影響が如実に見られる。フォークナーはいったんは退学して、一九二〇年の秋に再入学するが、その時はほとんど授業には出なかったようで、目立った動きとしては、一幕劇の『操り人形』を「マリオネット」という演劇部のために書いている。そしてすぐ一一月には退学していくが、その後も『ミシシッピアン』にはウィリアム・パーシー、コンラッド・エイケン、あるいはユージン・オニールたちの書評を掲載し続け、彼の広範囲な読書量と鋭い文学の鑑賞眼が徐々に醸成されていったことを物語っている。そして一九二二年のオニールの書評では、モダニストとしてのオニールと、土着の力強い言葉を用いる土着のアメリカ人としての一面を評価し(1)、さらに別の評論では、アメリカの言葉の力強さ、単純さ、素朴さ、財産としての言葉の重要性を強調している。このようにフォークナーは、当時の新しい詩の動きと、一方で土着のアメリカの言葉の重要性と必要性を主張しており(2)、後のフォークナーのモダニズムと土着性の二面性、あるいは二律背反性を偲ばせながら、次に詳しく検討するように詩作にも力を注いでいたのである。

こうしてフォークナーは、トロントでの飛行訓練時代から、一転、学生詩人とでも言える境遇に身を置いて文学活動をするが、周囲から温かい目で見られていたわけではなかった。フォークナーは一九二四年のエッセイで、オックスフォードという小さな町で、「風変わり」な若者の姿勢を押し通しながら詩を書いたと言ったが、それはいままで触れたように、自己演技を創作の一部としていた姿の裏返しでもあり、学生詩人に対する周りの冷たい眼差しに対する対抗手段でもあった。二章で述べた牧神からピエロへの変容とも深く関連するが、フォークナーの韜晦やロールプレイも、彼のアイデンティティ追究や芸術創造と結びついており、その典型的な姿勢は、右手に持ったやや短い杖で身を支え、制帽をかむっている軍服姿であろう。いわばフォークナーは、牧神やピエロのペルソナ像を現実生活と創作行為に重ねながら、大学に入学して詩を創作していく。そして先人の作品や詩語の模倣から創造的模倣を繰り返しながら、独自の創造へと進んでいったのである。しかし一方では、このような周囲とは際だったダンディぶりや「風変わり」な姿勢は、小さな大学町の毀誉褒貶を交えたさまざまな反響や反発を呼び起こしていくことになる。この点については、カーヴェル・コリンズの『初期詩文集』や、ブロットナーの自伝や、ジュディス・センシバーの著書などに詳しく触れられているし、二章のフォークナーのロールプレイとペルソナ像との関わりで触れたが、フォークナーのミシシッピ大学時代の詩の特徴をまとめる意味で、いま一度検討しておきたい。

フォークナーは、一九一九年の一〇月二九日号の『ミシシッピアン』に掲載した「半獣神の午後」をかわきりにして、一九二〇年の春学期には九篇もの詩篇を矢継ぎ早に同紙に発表していく。これらはヴェルレーヌの翻訳も含めてフランス象徴詩の影響の強いものが多く、この「風変わり」な文学活動は、一部の「健全な優等生」の学生にとっては反発を煽るものであった。まず最初に掲載された反応は、一九二〇年二月一一日付の新聞で、「ウィル・フォークナーへの献辞」という見出しで掲載された短いものである。それは一月二八日号に掲載されたフォークナーの「失われた女のバラード」という詩篇に対して書かれたもので(3)、「多くの方の要望に応えてフォークナーの詩に対するパロディ詩を書きました」、という口上になっている(実際にはこのパロディ詩はどこにも掲載されず、後で触れるように五月一二日号で、別人によってパロディ詩が掲載されることになる)。次には、一九二〇年二月二五日号に掲載された「ファントシュ」("FANTOCHES")(4)に対して、「誰が触る」("Whotouches")という巧みな語呂合わせの風刺詩が「J」という筆名で掲載される。この「J」は名前がルイ・ジギッツ(Louis M. Jiggitts)という、ロード奨学金を目指す優秀な学生で、大学新聞の「ヘイシード便り」("Hayseed Letters")という欄を受け持っていた人物であった。この詩篇は、フォークナーがヴェルレーヌの詩を翻案したものだが、「J」は当時フォークナーのあだ名の「伯爵」（"Count"）をもじって「伯爵ジュニア」（"Count, Jr."）と署名しながら、原詩の詩的言語をすべて即物的な言葉に置き換えて、痛烈なパロディ詩にしたものとなっている。

これに対してフォークナーは、三月一七日付けの新聞に最初にして最後の反論を載せる。それは「象牙の塔」というタイトルが付けられた一文だが、そこでフォークナーは、彼の詩が先人の模倣であれば、それを再度模倣してパロディ化するのは愚の骨頂だと述べ、見当違いのパロディ詩と言葉のくだらない用法を攻撃している。さらにフォークナーは、パロディ詩がラテン語を多用している点をついて、無意味な言葉の積み重ねでまったく卑俗なものになりさがってしまっていると辛辣に皮肉っている。一方この同じ号には、フォークナーの「街路」（"Streets"）という詩篇に対する語呂合わせをしたパロディ詩の「肉」（"MEATS"）が「伯爵ジュニア、冒険屋公爵」（"Count, Jr., Duke of Takerchance"）という名前で掲載されている。そしてこのパロディ詩には、「豚を抱く」（"Hold the Pig"）という小見出しが付けられ、原作者の「ヴェルレーヌから」（"FROM PAUL VERLAINE"）の代わりに「ポール・ワセリンから」（"FROM PALL VASELINE"）というもじりが用いられ、もとの詩的言語はすべて豚の生態を事細かに描写するパロディ詩に書き換えられている。従ってこの号には、フォークナーの反論とパロディ詩が同時に掲載されており、詩人とその批判者との両者の立場を読者に見せる中立的な編集方針をうかがわせている。

次の論争は、このフォークナーの反応に対して、「J」が三月二四日号に、「キノコ詩人」（"THE 'MUSHROOM' POET"）というタイトルの文を掲載し、フォークナーの気取りや詩を槍玉にあげて強烈な反撃にでる（キノコには「成り上がり者」という意味がある）。そこでは二章のロール・プレイの箇所で引用したように、攻撃の対象になっているセーラーカラー、猿まねの帽子、あざやかなズボン、そして身を支えるステッキなど、トロント帰りの気取った軍服姿を攻撃し、また、詩篇「半獣神の午後」や「失われた女のバラード」などに使われている詩句に言及して、悩殺させる膝や、微笑むリュートの弦、色っぽい足指などの詩句を揶揄し非難している。またこの号には同時に、以前にフォークナーが反論してラテン語の使用を皮肉ったが、今度は槍玉にあげたラテン語を使った「ああ、けち詩人」（“EHEU! POETAE MISELLI”）というパロディ詩が掲載され、フォークナー攻撃はエスカレートしている。

そして次にフォークナーの詩篇に対するパロディ詩が掲載されたのは、四月七日号に掲載された、「月光」（“CLAIR DE LUNE”）（三月三日号掲載）という詩篇のやはり語呂合わせをしたパロディ詩「狂った犬」（“CANE DE LOONEY”）（Peruney Prune 作）である。この詩は以前ほど強烈なもじりにはなっていないが、タイトルの「狂気のステッキ」と、最後の、「彼女」が媚びるようにつぶやく、「ステッキをついたあの美しき（beau-u-tiful）男子はだれ？」という詩行がうまくかみ合ってウィットに満ちた詩篇となっている。そして最後に、「『伯爵』と『伯爵ジュニア』への弁明」となっているから、「J」以外の別人がフォークナー攻撃に加わったことになる。しかし同時に、この号には「F」という筆名で、「キノコ詩神と田舎の与太者」（“THE ‘MUSHROOM MUSE’ AND THE ‘HAYSEED HOODLUM’”）というかなり辛みのきいたタイトルで、フォークナーを弁護する投書が掲載されている。この投書人は、「J」を鳥にみたて、「J」バードの金切り声と鳩の愛の調べを比較しながら、詩人フォークナー弁護をした唯一のフォークナー評価となっている。彼は、詩人というのは自己弁護するのは苦手で、むしろフォークナーは彼の詩的連想を働かせながら、われわれの魂が希求している詩的な意味を韻文で伝えているのであって、それを受け取ることの大切さを訴えている。

この投書に対する返答はかなり遅れて五月五日号でなされるが、それは先ほどのフォークナーを弁護した「F」に対する個人攻撃になっており、当人をジャックソンの（精神）病院に送るべきだといういささか泥試合的な様相を呈している。そして次のパロディ詩は、五月一二日号で、「失われた女のバラード」（“UNE BALLADE DES FEMMES PERDUES”）のパロディが、「失われた牝牛のバラード」（“UNE BALLADE D'UNE VACHE PERDUE”）という詩篇となって掲載されるが、この最後の詩篇は以前のパロディ調主体のものと比較すれば味わいのある一篇になっている。この作者は「J」とは異なる詩的資質を十分に備えた人物（筆名は“LORDGREYSON”）と思われるが、今度はあの「街路」のパロディ詩の「豚」ならぬ、「失われた女」に代わって遠く家から離れて迷っている、「失われた牝牛（Betsy）」のバラードとなっているのである。このパロディ詩は、各八行ずつの三連構成で、自然の中で孤独な一匹の若い牝牛が道に迷うさまを描いており、エロティックな詩情も巧みに盛られて風刺の度合いは薄くなっている。そして二月一一日号に始まったフォークナーへのパロディ攻撃は三カ月ほど続いて、この牝牛のパロディ詩で幕を閉じることになる。

このように見てくると、これらの一連の応酬はまさに当時のフォークナーが置かれている時代や背景を物語っているし、同時に、フォークナーが貫いた「風変わり」な反抗姿勢と孤高の詩人ぶりを示しており、この孤高の距離こそ後の独自の文学の誕生を予兆していると言ってよい。さらには、この一連の非難合戦から一部巧みに利用するという離れ業をもやってのけることになる。というのは、フォークナーは「失われた牝牛（Betsy）」というパロディ詩を、まず一九三七年の「牝牛の午後」（"Afternoon of a Cow"）としてユーモラスな短編に仕上げ、次に一九四〇年の長編『村』でそれを愛の物語にして奥行きのあるものにしているのである。ここで描かれる、アイザック・スノープスと牝牛とのエピソードは、見せかけや、醜い世界を越えた両者の詩的な愛の交歓として描かれている。

このようにフォークナーのミシシッピ大学での生活を考えていくと、時には倫理・道徳面で問題にされたり、孤立し、揶揄の対象にされたりしながら、一方ではあくまで独自のペースを保ち、大学の新聞や雑誌に作品を掲載して技巧を磨いていたと言うことができる。そして当時の大学生活の一端を偲ばせる記述が長編『蚊』の中で見られる。それは、シャーウッド・アンダソンをモデルにした、ドーソン・フェアチャイルドの中西部での体験として語られているが、一部はフォークナー自身のものと考えてよいであろう。その中でフェアチャイルドは、一年通った学校で、学問そのものには興味を持ったが、教える側のドグマと偏狭に満ち、意味のない大言壮語の授業には辟易したと語っている。また、英文学のコースでは、不道徳なことを書いているシェイクスピアは減らされ、またある教師は、『失楽園』のサタンは、ダーウィンの霊感的な予言者像だと主張したと述べ、さらに、教師が、詩人バイロンには触れようとせず、スウィンバーンでは母と古い主題の海のことしか語らなかったと述べている(5)。これは確かにフェアチャイルドに語らせ、アンダソン自身の体験として語らせているが、フォークナーの体験も重ねられており、フォークナーの当時の学生生活への反応が、彼の姿勢や詩作に対する反応と呼応しているように思える。

フォークナーは大学中退後暫く執筆活動をして、やがてオックスフォードを離れてニューオーリンズに向かうわけであるが、ミシシッピ大学での文学活動はあまり好意的に見られていなかったと言ってよいであろう。フォークナーへの「餞の言葉」が一九二四年一二月五日号の「ヘイシード便り」の欄に掲載されるが、そこには、フォークナーが郵便局長の仕事をあきらめ、「噂では、ビルは、どこか熱帯の島に引退して、甘く香るあかしやの葉や瓢箪の蔓の間に寝そべって、誰もわかりもしないソネットを創作するそうだ」、と書かれており、かなり辛辣なものであった。

だがフォークナーにとっては、一九一九年から一九二四年の間、ミシシッピ大学を文学活動と生活の拠点にしながら、一六篇の詩篇、最初の短編「幸運な着陸」と散文のスケッチ、六篇の文芸批評と記事、その他多くの線画や挿し絵などを、年報、大学新聞、ユーモア誌に掲載しており、生産的な時期であったことを証明している。この時期は、学生詩人にとって模倣や実験を重ねた貴重な修行と収穫の期間であり、一九二〇年の六月には、大学の教授をしていたカルヴィン・ブラウンが創設した優れた詩に与えられる賞も貰ったのである。それと同時に、このような周囲の冷たい目に囲まれながら、彼の目はミシシッピの丘を越える広い芸術世界に向けられていたのであり、七章のニューオーリンズとの関わりで述べるように、当地の文芸雑誌『ダブル・ディーラー』などを強く意識しながら試行錯誤していたことも忘れてはならないであろう。やがてフォークナーは、ニューオーリンズ、そしてヨーロッパにしばらく目を向け、あらためて新しい芸術の息吹を吹きこむべく故郷の大地に帰還するのである。

二　ミシシッピ大学での成果

いままで触れたように、フォークナーがミシシッピ大学の特別学生として登録されるのが一九一九年の秋であり、在学中はミシシッピ大学の学生新聞に詩を投稿した学生詩人でもあった。ここで検討する詩篇は、フォークナーが大学生として登録した一九一九年九月以降に掲載されたものを中心に考えるが、これらは一九六二年にカーヴェル・コリンズが、序文をつけて編集した『初期詩文集』に収録されている。これらの詩篇を年代順に示すと、まず一九一九年では、二章で議論した「半獣神の午後」に少し手を加えたもの（Oct. 29）と、「キャセイ」（"CATHAY"）（Nov. 12）、「サッフォ風」（"SAPPHICS"）（Nov. 26）、「五〇年後」（"AFTER FIFTY YEARS"）（Dec. 10）の三篇が掲載されている。次に一九二〇年に発表されたものは九篇で、「失われた女のバラード」（"UNE BALLADE DES FEMMES PERDUES"）（Jan. 28）、「ナイアドの歌」（"NAIADS' SONG"）（Feb. 4）、「ファントシュ」（"FANTOCHES"）（Feb. 25）、「月光」（"CLAIR DE LUNE"）（March 3）、「街路」（"STREETS"）（March 17）、「ポプラ」（"A POPLAR"）（March 17）、「クリメーヌへ」（"A CLYMÈNE"）（April 14）、「勉強」（"STUDY"）（April 21）、「母校」（"ALMA MATER"）（May 12）が在学中に掲載され、これらはすべて『ミシシッピアン』に掲載されている。そして「ある女子学生へ」（"To a Co-ed"）はフォークナーが大学の籍を離れてから『オール・ミス』（一九一九—一九二〇年号）に掲載され、一九二一年では、「オール・ミスでの共学」（"CO-EDUCATION AT OLE MISS"）が『ミシシッピアン』（May 4）に、そして「ノクターン」（"NOCTURNE"）が『オール・ミス』（一九二〇—一九二一年号）に掲載されて大学での詩作活動は終わることになる。

従ってフォークナーは、大学在学中と退学後のしばらくの間に、総計で一六篇の詩篇を掲載したことになるわけだが、全体的に見ると、内容的にも素材的にも相当なばらつきがあり、いわば玉石混淆となっている。その中で一九一九年から二〇（二一）年という時期の大きな特徴の一つは、二章で詳しく触れたように、フォークナー独特のペルソナ像が牧神からピエロへ移行していることであろう。そしてそのピエロが、死んだ恋人を間に置いて鏡を凝視しながら、自らをその恋人と同一視する姿は、「五〇年後」や「ファントシュ」、あるいは「半獣神の午後」にも通じているし、六章で議論する『春の幻』からやがて散文世界にも連続していくことになる。

「半獣神の午後」についてはすでに触れたので、ここでは残りの一五篇を考察するが、多くは先人の模倣や影響が色濃く、その中でもフランス詩人のものが多い。二月二五日付けの「ファントシュ」から続けて四篇（「月光」、「街路」、「ポプラ」、「クリメーヌへ」）を掲載しており（「ファントシュ」、「月光」、「クリメーヌへ」は、一八六九年出版の、ヴェルレーヌの詩集『艶なる娯楽』［*Fêtes de Galantes*］からのもの）(6)、これらが揶揄やパロディの攻撃対象になったことは先ほど触れたとおりである。フォークナーは、アーサー・シモンズの言う、ヴェルレーヌの「形のない音楽、透明な色彩、輝く影」(7)、あるいは「聴覚と視覚がほとんど同一となり、音で描き、詩行と詩情が音楽となる」(8)詩の世界に魅了されながら、少しでも自らの表現に引き寄せようとしたのであった。またこの時代には、他にヴィヨンやマラルメの影響を思わせるものなどがある。そして次には、三章で詳しく触れたスウィンバーンの影響を感じさせるものがあり、大学時代はまだスウィンバーンに対する関心は強かったと考えられる。また詩の形式もまちまちで、さまざまな詩形も試みていたようで、「五〇年後」、「母校」「ある女子学生へ」の三篇は、八行と六行のソネット形式をとっている。以下個々の詩篇を具体的に検討していく。

「キャセイ（中国）」（"Cathay"）

「半獣神の午後」を除くと、最初に『ミシシッピアン』に掲載されたのが「キャセイ」であるが、フォークナーの詩の中では珍しく叙事詩的な壮大な心象風景が展開されており、フォークナーの早い時期の歴史観や宿命観が読みとれる。九行と一一行の二連からなる、主として弱強五歩脚の、正確な韻を踏んだ詩篇となっている。フォークナーは、かつての砂漠を駆けめぐった騎馬の華々しい栄光の情景と、いまは強者どもの亡霊が眠る砂漠の情景を対比しながら、人の世の有為転変の無情を描いている。第一連の、「名声の種」を蒔いて、「死の実り」を刈り取るという詩行に表象されている運命観は、タイトルが「キャセイ」という中国的な意味合いから東洋的な雰囲気も伝えているが、フォークナーが愛読したP・B・シェリーの「オジマンディアス」や、その他W・B・イェーツやエズラ・パウンドたちの詩情も重なっていよう。それと同時に、宿命的なはかない人間の営みの背後に悠久の自然の風や星、あるいは黄金の丘が背景に描かれており、この一瞬と永遠の対比の風景には、『土にまみれた旗』のサートリス家の盛衰の描写を想起させ、後のフォークナー文学全体にも通じるものがある。この詩篇は翌日地元の新聞『オックスフォード・イーグル』に掲載されているが、その他にも、フォークナーの大学新聞に掲載された数篇の詩が、翌日の『オックスフォード・イーグル』に引き続き掲載されており、地元では知られた学生詩人であったのである。

「サッフォ風」("Sapphics")

この詩篇は、フォークナーの最初の短編とも言える「幸運な着陸」と同じ、学生新聞の一一月二六日号に掲載されている。四行六連の構成になっているが、スウィンバーンの詩篇「サッフォ」の二〇連の長さを、フォークナーが独自に六連に凝縮した「フォークナー風」の詩篇で、押韻は時には不規則で、五歩脚と三歩脚の長短がリズム感を作っている(9)。注目すべきことは、二章で両性具有の側面から検討したように、スウィンバーンの詩篇もギリシャ詩人サッフォの同性愛を詠う「アフロディテへの賦」("Ode to Aphrodite")の翻案であり、ギリシャ神話を主題にしていることであろう。スウィンバーンの詩では、水辺で遊び、歌を詠っているレズビアンたちは、同性故に産まず女であり、見捨てられた存在となっているが、一方で大地の心臓を破るほど高らかに詠い、水辺で音楽を楽しみ詩を作っている創造行為を詠っている。ここには、レスボス生まれの抒情詩人サッフォが、貴族の娘を集めて詩と音楽を教えていたことが背景になっているが、フォークナーが翻案した語り手の「私」は、何も動じない冷厳なアフロディテ像に強い関心を寄せている。フォークナーの作詩の意図は、スウィンバーンの韻律や形式への関心もあろうが、同時に、彼女に想いを寄せ詠っているレズビアン（産まず女たち）たちを無視し、彼女たちの叫びや悲しみの声を聞き流し、何にも動じない冷厳さを保持している愛と美の女神アフロディテ像を強調することにあったと考えられる。これはフォークナーの、冷酷さと孤高を保ちながら美を表象する女神観を表現したものであろうが、九章の『緑の大枝』で議論する詩篇「オー・アティス」と同様、スウィンバーンとは異なる彼の峻厳な芸術態度を表現したものでもあろう。

「五〇年後」（"After Fifty Years"）

「五〇年後」は八行・六行のソネット形式で、かつて多くの男性を魅了した時代から五〇年たって色あせてしまった一女性（高級娼婦）の姿を描いている。前半八行では、かつては男は彼女の愛撫を得ようと白い鳥のように飛び、魅了され虜にされたが、いまの彼女の家は空疎で、心も老いて、男を捕らえる網を張ろうとしてももはや己自身しかだますことはできないという老いの悲しみが詠われている。しかし後半では、幻想的に、身繕いした彼女を写してその白さを知っている鏡が描かれ、若い男が、ただよう香水のように彼女の存在を感じ、全身がその罠にかかったように感じているさまが描かれている。いわば幻想であれ、若者の身も心も罠に閉じこめるこの妖婦は、七章のニューオーリンズでの芸術活動で触れる詩篇「ニューオーリンズ」や、『ニューオーリンズ・スケッチズ』での、「旅行者」が描く高級娼婦の描写と共通した心情の先駆けとなっており、人の老いとその宿命のモチーフは「キャセイ」にも流れていた。ここに描かれている、過去の栄光と現在の人生の哀れさと無情、そして幻想や想い出の中でかつての美を蘇生させるというテーマは、ニューオーリンズでさらに強化されその流れは最後まで流れ続けていく。

「失われた女のバラード」（"Une Ballade des Femmes Perdues"）

この詩篇以降は一九二〇年代の掲載になる。この作品は、ブロットナーが指摘するように、フランソワ・ヴィヨンの詩篇、「去りし女のバラード」（"Ballade des dames du temps jadis"）を下地にしており、直接的にはヴィヨンに魅入られたスウィンバーンが翻訳したものを下地にした可能性が強い(10)。詩形はかなり不規則になっているが、フランソワ・ヴィヨンの詩篇のタイトルとその下に書かれた一行、（「されど去年の雪はいまいずこに」［"Mais où sons les neiges d'antan"］）がそのまま残されている。この詩篇がミシシッピ大学で攻撃の標的にされ、パロディ化されたことはさきほど触れたが、青春時代に愛した乙女たちを老いた身で追憶しながら詠うその叙情が、一般の学生たちに、浮かれて現実離れした印象で受け取られたことは容易に想像がつく。先輩の詩篇をなぞったフォークナーも意識したうえでのことであろうが、タイス（Thais）やエロイーズ（Helois）を語るヴィヨンの詩想を生かしながら、いまは老いて孤独な「私」を語り手にして、かつて恋した女性たちへの追憶の情と、恋の亡霊がリュートの絃に合わせて踊るという哀愁の情を平易な形で詠っている。この詩篇は、先ほどの「五〇年後」の情景や心情と共通しており、これは「報われぬ恋」や老いと若さを対比して描いたもので、フランス象徴詩や世紀末詩人たちの詩を文学の糧にしているさまがうかがえる。

「ナイアドの歌」（"Naiads' Song"）

二章注（5）で触れたように、"Come ye sorrowful and..."という連の最初の行を初めとする多くの行が、ロバート・ニコルズの「フォーンの休日」からの引用や翻案であり、内容的にもニコルズの詩情がほとんどそのまま感じられる詩篇である。伝統的な牧神のニンフ追跡のモチーフとは逆の、「われわれ」というニンフの一人称語りによる、水辺に遊ぶニンフたちの甘美な、悲しみ悩む者たちへの誘いかけが詠われており、それだけにゆったりとした自然のリズム感が全体を覆っている。技法的にも、均整のとれた完成度の高いものになっており、全体が一四・一〇・一二・一二行の四連構成で、連の初めは強弱五歩脚で始まりすぐに弱強脚に移行しながら二行連句の正確な韻を踏んでいる。「悲しむ者みなここに来なさい、それから……」という水辺の妖精たちの甘美な呼びかけで始まり、各連の最初の対句の

keep / sleep, weep / steep, sleep / sweep という頭韻からも見られるように、清澄で軽やかな響きを全体に浸透させ、水の妖精たちが、悲しみに沈む人たちを水辺の夢と眠りに誘う雰囲気を見事に醸し出している。それは一幅の絵であり、一九一八、九年当時の、ニンフの誘いかけに一人ため息をつき葦笛を吹く、フォークナー独自の森の神パーンがここにも描かれている。

このパーンは二章で触れた「半獣神の午後」と、次の章で触れる『大理石の牧神』のパーンと密接につながっている。第三連の詩行、「パーンがため息をつきながら葦笛をふき／天と地の間にあって／じっと佇みパーンの音色に耳を傾ける」は、次の章で検討する『大理石の牧神』の牧神が嘆息する、「物事を知っているのに、本当に知ることができない／天と地の間にあって」や、やはり妖精と牧神を詠う『緑の大枝』の「二〇」の詩行、「壺の上で恐ろしい姿のまま／二つの地平に捕らえられている」という詩行とも響きあっている。これらの天上と地上の狭間に宙づりになっているモチーフは、当時のフォークナーの心情を物語るものであり、やがてこれは散文の「丘」に引き継がれながらフォークナー独自の文学モチーフとなっていくものである。この詩篇も、翌日『オックスフォード・イーグル』に掲載されるように、大学のキャンパスを出ても十分読む価値のあるすぐれた詩篇の一つと言ってよいであろう。

「ファントシュ」（"Fantoches"）(11)

先ほど注（6）で触れたように、この詩篇にだけ「ヴェルレーヌへ」と書かれており、ヴェルレーヌの愛の詩篇をフォークナー流に翻案した詩である。この「ファントシュ」というのは、フォークナーの大きな文学上のモチーフの一つである「操り人形」と深く通底しており、冒頭で紹介される道化のスカラムーシュ（Scaramouche）やピューシネラ（Pucinella）は、二章のピエロとの関連で述べたように、コメディア・デラルテに由来する人物である。ピューシネラは長い鼻をした人物で、イギリスではパンチと呼ばれるずんぐりした人物であるが、フォークナーは伝統的なピューシネラの性を男性から女性に変えてスカラムーシュの恋人に仕立て、二人が恋の導き手となっている。そしてボゴナ（原詩ではボローニヤ）の医者が薬草を探している間に、その娘がこっそりカリブ海から来た海賊に会うために家を抜け出るさまを描いて、親と娘の対比をユーモラスに描いている。こうしてフォークナーは恋の火遊びをユーモラスに描写しながら、最後の連では、原詩の、男前のスペインの海賊がナイチンゲールのような声で彼の恋の苦しみを表す描写にかえて、カリブ海生まれの恋人が情熱で医者の娘を戦慄させる、と書き換え、さらに"La lune ne garde aucune rancune"（「月はいかなる恨みもなし」）を最後に加えている。この一行は、T・S・エリオットの詩篇「風の吹く夜のラプソディ」で描かれる真夜中の月光を描写したもので[12]、ヴェルレーヌの詩趣とは無関係にフォークナーが付け加えたものであるが、この月光の舞台設定は一幕劇『操り人形』でも描かれ、フォークナーの初期の特徴を表している。先人の詩を翻訳して最後に別の詩人の一行を加えて、「ヴェルレーヌへ」と書くのはいささか人を喰ったやり方に見えるが、しかしこれに続く詩篇の翻訳の忠実さを見ると、フランス象徴主義詩人への敬慕と挑戦の気持ちも強くうかがえる。

フォークナーは最後の詩行の"La lune ne garde aucune rancune"を五年後、『兵士の報酬』で繰り返している。それはジャニュアリアス・ジョーンズが、言葉を弄びながらままならぬエミーに呼びかけ、"Emmy, Emeline, Emmylune, Lune — '*La lune en grade* (sic) *aucune rancune*'"[13]、と語っている部分であるが、ここでもフォークナーのパロディとユーモアの才が発揮され、それはまた次の創作につながっていくことになる。

「月光」（"Clair de Lune"）

フォークナーは「ファントシュ」に続いて、「月光」、「街路」、「ポプラ」、「クリメーヌへ」の四篇を続けて掲載しており、「ポプラ」を除いて各詩とも最初に「ヴェルレーヌの詩より」という但し書きが付いている。いわばヴェルレーヌの詩を、フォークナー流の翻訳詩にすべく、押韻やリズムを整合させ、さらに詩語の選択をしてそれを生かそうとしているのである。「月光」は、先ほどの「ファントシュ」と異なり、ヴェルレーヌの四行の三連構成のソネットをかなり忠実に翻訳している（ただし、一連目の"a sealed garden"が"a lovely garden"に[14]、"the sad light of the moon"が"In the calm moonlight"など形容詞に変更が見られる）。原詩は詩集『艶なる宴』の最初の詩篇で、ヴェルレーヌの最初の純粋な象徴詩と言われ[15]、恋人の魂を美しい庭園に喩えた讃歌である。その恋人の庭園では美しい音楽が響き、月光下での小鳥の夢見る鳴き声が聞こえる。そして最後の連で、フォークナーらしい詩句を配し、庭の彫像の間で夢見る泉と、ほっそりとした噴水の銀色のエクスタシーの比喩は卓抜で、月光下の美しい情景描写となっている。この詩篇も先ほどの「ファントシュ」と同様、噴水のある庭で、仮面をつけた人物や月光下の美人を詠う情景は、『操り人形』や、さらには『大理石の牧神』の舞台設定とも共通しており、フォークナーが先人の文学土壌を糧にしていくさまがうかがえる。

「街路」（"Streets"）

「街路」は、「ジグ舞曲を踊ろう」（"Dance the Jig!"）という呼びかけの詩行の間に、一連三行から構成された四連を交互に挟む構成となっているが、この構成はヴェルレーヌのものをそのまま踏襲している。星空より美しい彼女の瞳、貧しい心を涙で満たしてくれる彼女の優美な気取りぶりを思い出し、一緒にいた二人の時間を永遠にとどめようとする「私」の気持ちを詠ったもの。原詩の四脚を一部三脚に縮小しながら、最後にフォークナーは、以前の恋人の魅力を詠い、いまは恋心が動じないものになったという原詩のくだりを、恋人の顔が私の心の永遠の中に生き続ける点を強調しながら、「彼女が硬貨を割って片割れを私に与えた」という、奇想ともいえる詩句を用いて愛の絆を表現している。

「ポプラ」（"A Poplar"）[16]

「ポプラ」は短い詩篇であるが、日光の中でふるえるポプラの木を、衣服を剥ぎ取られた「白い露わな少女」に擬人化して美しく詠ったもので、フォークナーの翻訳の食指を動かしたのも頷ける。六行と四行の二連で、白い川と道路の間に立つ一本のポプラを、燦々と日光を浴びながら控えめの中に恍惚としている姿を絵画的に生き生きと捉えており、その描写の手法は相当なまでに洗練されたものである。このポプラのイメジは、他にもフォークナーの中性的な女性の形容や、時には理想的な姿に見い出され、また「白」のイメジも、初期の理想的な含蓄から次第に複雑な意味を持つことになる。

「クリメーヌへ」（"A Clymène"）

「クリメーヌへ」も、ヴェルレーヌの四行五連の形式を踏襲し、愛しい恋人への愛の歌をさまざまな比喩表現を用いながら忠実に再現している。クリメーヌはギリシャ・ローマ神話のニンフの名前であるが、それを愛しい恋人と重ねて強い愛を詠っている。ただこの詩篇でも、フォークナーは後半部分を自由に翻案していることは注目に値する。第四連は、「私の存在の一切は、呼吸するときも見るときも、あなたの時間の花のごとく漂っている」、と変えられ、また最後の連も、「私の心の中で踊る永遠の後光となっていくだろう」、と詠われ、永遠に憧れの女性像が短い詩行で憧憬的に美しく語られている。その点では原詩の女性への憧れの情を最後にフォークナーの比喩で強めたことになるが、このような翻案的な詩作の方法はこの一篇をもって終わることになる。

「勉強」（"Study"）

「クリメーヌへ」の一週間後に掲載された「勉強」は、連続して掲載していたヴェルレーヌを離れ、フォークナーの大学での身近な素材をテーマにした詩篇である。この詩篇が書かれたのは、先ほど触れたミシシッピ大学での「まじめ派」との批難や論争のほとぼりが冷めた頃にあたる。フォークナーも攻撃の的となったヴェルレーヌの愛の歌から離れて、自らの素材や詩風に目を向けて自らの詩句で作詩をし始めたのであろうか。そのはしりとも言える「勉強」

は、学生の「私」を語り手にして、試験という身近な素材を用いながら勉強に集中できない学生の心情を巧みに詠っている。試験の緊張感で、「私」はどこか自然ののどかな情景を思い浮かべたり、恋人の金髪や瞳に映る夕日を想像したり、ブラックバードが森で詠うさまを想像する。しかし現実には苦手の試験が目の前に迫っており、括弧で括られた独白調の最後の連では、耐えきれず、死ねばあらゆるものは永遠に同じであり、頭部全体が胸像になってしまえばいいとさえ思う心情が描かれている。このようにフォークナーは、いままでの詩風とは異なる、身近な試験前の焦燥の心理を描こうとしており、さらに六行三連と最後の八行構成の詩行に、試験勉強中の周囲の自然の描写と、学生の苦しみの独白や内的描写を描きながら、散文的なものを詩の中にどう表現していくかを模索している詩篇となっている。

「母校」("Alma Mater")

「母校」は八行・六行のソネット形式で、母校礼賛の一篇である。詩人は母校を擬人化して「汝」と呼びかけながら、前半ではいかに母校が、夢を育くんでくれ、「生命と仕事」が一つになるまで無限の導き手となってくれているかを語っている。さらに後半では、母校は終わりではなく始まりであり、いかなるものも消すことのできない、われわれ学生の心に染みこんだ想い出とともに歩もうと訴え、最後は、やさしく抱かれながら穏和なる顔に口づけを、と結んでいる。この詩篇は一九二〇年五月一二日号に掲載されるが、それはフォークナーにとって特別学生としては最後の掲載であり、詩人の心にはやがて去る母校への感慨が込められて、高揚した心理状態になって作詩したと考えてもよいであろう。退学するのは秋であるが、講義の終わる頃である。フォークナーには紆余曲折のあった特別学生時代であったが、それは懐かしく、貴重な体験の日々であり、惜別の情と、前に進もうとする気概が、フォークナーにはめずらしく心が高揚した礼賛の形で表現されているように思われる。

「ある女子学生へ」（"To a Co-ed"）

「ある女子学生へ」もソネット形式で、弱強五歩脚の詩篇である。先ほどの「母校」に似て、ある女子学生を絶賛した詩篇で、密かに思う恋人への歌というより、いかに彼女の美しさを巧みに表現するかに力点が置かれている。一女学生の、黎明（dawn）やヴィーナスにも優る彼女の優美さ、美しさ、また彼女の夢を運ぶ声のすばらしさを詠った後、後半でも比較の対象に、ヘレン、ベアトリーチェ、さらにはアレキサンダー大王の妾タイスまで持ち出してこの女学生の美しさを際だたせている。最後は彼女の顔が星のように、「時」の美しいアラス織りをいざなっているさまを詠っており、この形容と絶賛ぶりは他の詩篇と比較すると際だっている。フォークナーはソネット形式を利用しながら、神話や歴史上の有名な女性と比較して、一人の女学生の美しさをどう表現するかを探求しながら作詩を楽しんでいるようで、技巧や華美な表現が先行している詩篇となっている。

「オール・ミスでの共学」（"Co-Education at Ole Miss"）

「オール・ミスでの共学」は、『ミシシッピアン』での掲載では最後の詩篇であるが、アーネスタインという女性にアーネストという男性が愛の告白をする歌である。「汝わがいとしの女王」というアーネストの独白口調で始まる一一行の詩篇は、すでに名前の語呂合わせから軽いユーモア感がただよっている。三歩脚と弱強二歩脚を交え、長母音の韻をうまく踏ませながらフォークナーが工夫を凝らした詩篇である。最後にアーネストが、相思相愛なのだからグレトナ・グリーンに行こうと語りかけているが、グレトナ・グリーンというのは、イングランドと国境を接するスコットランドの村の名前で、駆け落ちした男女がそこで結婚したということで有名な場所である。フォークナーは、実験的な詩を試みながら、余裕を持って彼自身のエステルへの気持ちも込めているように思われるが、次への新しい出発への気持ちも込められているであろう。

「ノクターン」（"Nocturne"）

「ノクターン」で注目すべきことは、いままでの学生新聞『ミシシッピアン』と異なり、掲載誌が『オール・ミス』（一九二〇―一九二一年号）であること、また一九二〇年秋の一幕劇の『操り人形』と同じくそれまでの牧神像に代わってピエロが登場していることであり、フォークナーの作風の変化が顕著に見られることであろう。二章のピエロのペルソナ像で触れたように、フォークナーはこの詩篇の掲載の前に、『操り人形』のための「操り人形」というキャプションのはいったボーダーを掲載していたが、それには人物たちが操り糸につながれ、さらにはピエロらしき人物の仮面も挿入されていた。そしてこの詩篇はそのすぐ後に発表されているが、六章で論究する『春の幻』に組み込まれることになるこの詩篇の特徴は、いままで触れてきた牧神のニンフ追跡のモチーフとは異なり、恋人に惨めにはねつけられるピエロ像が描かれている。そしてピエロとコロンビーヌという組み合わせは、二章で述べた、パンタローネの従者のハーレクィンがコロンビーヌに恋するパターンの一変形とも考えてよい。またピエロは、この頃の制作と考えられる、「ピエロ、コロンビーヌの死体のそばに座って、突然鏡に映る己の姿を見る」という詩篇にも登場するが、ここでは死んだコロンビーヌを前にして、鏡に映る自分を眺めているという設定になっている。この設定は、一幕劇『操り人形』での、カーテンが降りた最後に置かれている挿し絵そのものであり、その他の点でも一九二〇年や二一年に描かれたピエロに強いドラマ性が賦与されていることは注目すべきであろう。

さらにこの詩篇は背景に白黒の絵が描かれた特異なものである。背景には、月と一面に星が鏤められた中に蝋燭が数本立っており、その二本の上にコロンビーヌとピエロがまっすぐ立った姿が描かれている。タイトルの「ノクターン」に使われている書体は『操り人形』のものと同じで、この背景と詩風全体は世紀末とモダニズムの両方の雰囲気を漂わせている。詩の内容は動きの烈しいもので、コロンビーヌがピエロに、紙のバラを投げつけ、ピエロはくるくる旋回し、闇の中で白い蛾のように舞う。月光の夜、星は氷のようにまたたき、周囲も固く氷り凍てついたようで、それらはピエロの冷えた心そのものである。これは、ラフォルグが描く月の女神とも重なっており、そこではピエロは、不毛の淑女の冷めた光の周りを蛾のようにはばたいて飛ぶ姿となっていたことは、前にも述べたとおりである。ここには、エリオットの、思いを寄せる女性にひじ鉄を食らう情景や、エイケンの町を彷徨うフォースリン像が重ねられ、それだけ自省的で自虐的なピエロ像となっている。従ってこれらの情景は、本来静かな夜の気分を表現する叙情的な形式である「夜想曲」とは裏腹に、ピエロにとってのコロンビーヌは、『操り人形』のマリエッタと同じ冷たい恋人であり、彼の孤独をいっそう強めているのである。いわばこの大学に関わった時代の最後とも言える詩篇には、三章で触れたフランス象徴主義、世紀末、そしてモダニズムの影が深く刻まれ、制作当時のフォークナーの孤独なピエロの心境が反映されていると考えてよいであろう。

この詩篇については六章の『春の幻』でもう一度触れるが、フォークナーの韻文の中ではかなり自由詩的で物語性を持ち、行数や脚韻、あるいは押韻も不規則な形で『春の幻』に組み込まれていく。そしてピエロの孤独と失望の心情を受け継ぎながら、『春の幻』で次第に変容して、フォークナーの詩作と散文との一つの分水嶺的な意味を持っていくことになるのである。

以上ミシシッピ大学と関係の深い一五篇の詩篇を中心に検討してきたが、これらの詩篇は、大きくは「学生詩人フォークナー」としての前半と後半、そしてそこからの脱皮という三期に分類できる。一九一九年の一〇月から始まったフォークナーと『ミシシッピアン』との関係は、「風変わり」でダンディな「伯爵」が掲載する詩で一般学生を驚嘆させることになるが、それらは、ヨーロッパの詩人の翻案、翻訳、あるいは模倣的な要素が強く、それだけ学生仲間での揶揄や皮肉の対象にもなったのである。しかし、後半とも言える一九二〇年四月二一日号の詩篇「勉強」の頃から、フォークナーの目が、次第にヨーロッパから自国アメリカや身近なミシシッピ大学に向けられ始めている。この詩篇以降のフォークナーの詩篇や批評を見ていくと、「母校」、「ある女子学生へ」（『オール・ミス』）、一九二一年では、「オール・ミスでの共学」（『ミシシッピアン』）と続き、いわば ローカルな「学生詩人」になって、身近な現実性を帯びた素材が中心となっている。そして大学関係の雑誌の最後に掲載された「ノクターン」（『オール・ミス』）は、ピエロ像を扱いながら「学生詩人」の枠を越えようとしたものであった。フォークナーはこの演劇的な要素を織り交ぜたピエロ像を描いた「ノクターン」を最後に、大学での詩の掲載に終止符を打つわけであるが、その後フォークナーは書評を書いてそれらを『ミシシッピアン』に掲載していく。

ピエロの登場がフォークナーの文学にとって一つの質的変化を標したことは前にも述べたが、この動きと並行しながらフォークナーが評論を書き始めたのは注目すべきことであろう。これは素早い変身であり、フォークナーは詩人に加えて、幅広い評論家の立場をとり、冷静に他人の作品を見る眼識も涵養していたのである。最初の書評（ウォーカー・パーシーの『かつて四月に』）が一九二〇年の一一月一〇日号に掲載され、それ以降一九二二年一二月一五日号まで全部で六回の書評を載せ、それらはいずれも身近な詩人や劇作家のものである。それら書評や文学態度は当然自らに跳ね返るものであり、自らを作家という立場に置いて批評したものであった(17)。そして実際に一九二二年三月一〇日号に短編「丘」を書いて掲載しており、この小品については後に詳しく触れるようにフォークナーの大きな一歩を標す作品であった。

このようにフォークナーのミシシッピ時代を見ていくと、短期間の内に少しずつ新しい方向へ向かって模索していることがうかがいしれる。このミシシッピ大学の日々は、フォークナーにとっては貴重な準備と修業期間であり、特に詩作で試みた言葉に対する鋭い感覚は何にも代え難い貴重な財産となったと言ってよいであろう。そこには、七章で触れるように、この流れの中にはニューオーリンズで発刊された『ダブル・ディーラー』が次第にフォークナーの文学創作の中に大きな意味を持ち始める。そしてフォークナーはこの後、一九二一年秋にニューヨークの書店に勤めて新しい文学風土に接し、再びミシシッピ大学で郵便局長をしながら読書の日々を過ごした後、一九二五年には、新たな文学の世界を求めて異郷の地ニューオーリンズへ旅立っていくのである。

第五章　牧神の憂鬱
――『大理石の牧神』

一　『大理石の牧神』の出版と旅立ち

『大理石の牧神』の出版は一九二四年であるから、順序としては先に一九二一年に書かれた『春の幻』を議論すべきであろうが、次のような理由で『春の幻』より先に論じる。まず、エステルが結婚した一九一八年の秋と翌年の春にこの詩集のための詩篇をフォークナーが書き続けていたさまざまな草稿があり(1)、明らかにエステルの里帰り（一九一九年六月）を意識して書かれている。さらに、フォークナーがこの詩集の最後に、一九一九年四、五、六月と書き入れていること、またこの詩集は、二章でも強調したように、「半獣神の午後」と同じような牧神のペルソナ像を主人公にしており、次の章で論究する『春の幻』には、牧神の次に登場するピエロが中心に描かれている点でも時間的には先に書かれていると考えられからである。

フィル・ストーンとフォークナーは、時には戯れも含めて、何度も詩篇を出版社に送付していた。だがうまくいったのは、前にも述べたように「半獣神の午後」だけで、公になったものとしては、四章で触れたミシシッピ大学での学生新聞が掲載の中心であった。そして一九二二年にニューオーリンズの『ダブル・ディーラー』にヘミングウェイの短い詩と一緒に、「肖像（ポートレイト）」という詩篇が掲載されるが、それ以降は、ストーンを中心とするフォークナーの売り出しはなかなか効を奏しなかったのが実情である。一章で触れたが、一九二四年当時、フォークナーはミシシッピ大学の郵便局長の仕事を三年ちかく勤めており、自らの将来を真剣に考える時期であった。また彼の郵便局での勤務ぶり、郵便物の紛失、公私混同などに対する激しい非難と不平の数々や、ボーイスカウトの仕事に対しても飲酒癖を中心に非難の声があがったりしており、大学の仕事も辞める潮時であった。やがて二七歳を迎えるフォークナーのしていることと言えば、二篇の詩篇が印刷されただけという現実であり、本人はもとより、庇護的な立場にいるストーンにしても気がかりな状態であった。

ストーンがフォー・シーズ・カンパニーに手紙を書いて、詩集の出版を依頼したのが、一九二四年五月一三日である。彼は、フォークナーが五年前に書いた詩篇をサイクルにして書き直したものを出版社に送ったのであるが、幸いにも出版社から四〇〇ドルで一〇〇〇部を出版する承諾の返事がくる。ストーンは無名の詩人の売り出しに乗り出し、フォークナーに簡単な略歴を書かしているが、そこには『大理石の牧神』が一九一九年春に書かれたと記している(2)。やがて出版社から『大理石の牧神』の校正原稿が返り始め、一〇月一六日までには校正ゲラが無事ボストンに届いている。ストーンはその時も、フォークナーがそれまでに書いた詩を、秘書に日付をタイプさせて同封し、必要なら利用するように出版社に依頼している。その中には、一九二四年一〇月一七日という日付の入った「ミシシッピの丘――わが墓碑銘」も入っており、この詩篇については七章で詳しく触れることになる。こうしてストーンは、一九二四年の一〇月、一一月を中心に、フォークナーの名前を売り出そうとして奮闘していたのである(3)。そして一一月一三日には、地元の新聞『オックスフォード・イーグル』がフォークナーの郵便局長の辞任とヨーロッパ旅行の件を伝え、それに続いて詩集は一二月一五日に出版され、またストーンは、フォークナーの留守中の文学関係の事務もできるように取り計らうべく準備をする。

このように、フォークナーとストーンにとって、一九二四年の秋頃から年末まではあわただしい数カ月であったが、七章で触れるように、この出版直後の詩集『大理石の牧神』や、一二篇の詩篇、さらにエッセイの「古い詩と生まれつつある詩——ある遍歴」などを幼友達のマートル・ラミーに贈り、翌年の一月四日にはニューオーリンズに出立するが、この一連の流れは新しい出発へ向けての集大成的意味を持つものであった。そしてフォークナーがマートルに贈った『大理石の牧神』には、出版に際して尽力をしたストーンが、一九二四年九月二三日という日付で序文を書いており、そこには序論でも触れたように、彼のフォークナーに対する思い入れが書き込まれている。

ストーンが書いた序文でまず目をひくのは、かなり弁護的な口調になっていることであろう。彼はこの長詩が、青春の素朴な心情から生まれたもので、直接、日光、木々、空、青い丘に反応して書かれた詩であり、まさにフォークナーが生まれた土壌が産んだ詩である、と切り出している。そして次にストーンは、この長詩が、青春の詩ゆえに欠点もあり、未熟な域を出ていないことに触れながら、一方で、将来を約束させるものだということを繰り返し強調している。それは、言葉に対する特別な情感、言葉の音楽性、柔らかな母音への愛着、本能的な色感やリズム感、そして時に見られる、「将来を予見させるたくましい力わざと眼識」(4)などに見られるというのである。

ストーンにしてみれば、この序文で、フォークナーを少しでも評価して名前を売り出そうとする意図があったのは当然であろうが、積極的に宣伝するにはまだ不十分だと感じたのであろうか、彼の姿勢は、思慮深く、したてに出ている印象を与えている。そして、興味深いのは、フォークナーの詩の未熟さを指摘しながら、一方で、「正直」という言葉を繰り返して、フォークナーの長詩の特徴を捉えていることである。彼は、「頑な自己への実直さ」("rigid self-honesty")、「ひるまぬ正直さ」("unflinching honesty")、「非常に抜け目のない、ユーモアのある正直な心」("a mind so shrewdly and humorously honest")(5)、という表現を使ってフォークナーの詩の特徴を強調しているが、それは、牧神というペルソナを通して、「愚直」なまでにひたむきにアイデンティティを追求するフォークナーの創作態度への励ましと将来への期待の表現でもあろう。ストーンはまた、フォークナーが多くの先人の詩人たちに学んだことを強調して、この長詩にもそれらの痕跡があることはやむをえないことで、むしろその修行こそが偉大な詩人の独自な花を咲かせる道なのだと述べているのである(6)。

このようにストーンは、フォークナーの第一作目の詩集に対して、弁解と将来性を周到に織り交ぜながらフォークナーの「愚直さ」を強調して序文を終わっているが、フォークナーが描いたヨーロッパ的な文学背景と、ストーンの強調するミシシッピの土壌とにはある乖離がある。それはむしろ乖離というより、混淆であろうが、ストーンは明確にフォークナーのミシシッピの土壌を前面に押し出して、あらゆる普遍的な芸術はまず地方的であると主張しているのに対して、実際のフォークナーの長詩の背景は、牧神と牧羊神パーンの住むギリシャ・ローマの神話的な森、山野、そして庭園と果樹園となっている。従ってフォークナーが本当の意味でストーン的な土着性やヨクナパトーファの世界へ入るのはまだ先のことであるが、その萌芽はすでに明確になっていると言ってよい。

また、ペルソナの牧神と森を統べるパーンという二人が登場して、身動きのできない大理石の「囚人」となっている牧神が、森の牧羊神パーンに憧れと共感を覚えるという詩想は、フォークナー独特のものであろう(7)。これは、二章で触れた牧神のペルソナ像を主人公にして、森の牧羊神パーンを自由な憧れの対象にしたもので、そこには牧神のアイデンティティと芸術追究の姿を描こうとした構図があり、当時のフォークナーの心情表現と考えてよい。牧神は、大地の温かさは感じるが、地中からはまだ春の兆しはなく、漠然とは周囲のことは分っても、ものの正体がつかみきれない状態に置かれている。そこには牧神の不安と悲しみが繰り返し強調されているが、この心情は、一章で触れた幻想的な「ライラック」の二重性や、キーツの「ギリシャの壺へ寄せる賦」の世界など多くのフォークナーの両面価値的世界と結びついており、それはフォークナーにとって芸術を求めるものへの永遠の葛藤であり、試練であった(8)。

この心情はまた、先ほど述べたように、一九一九年当時のフォークナーのエステルへの複雑な心情が反映されていたことを考慮に入れる必要がある。フォークナーはエステルが九月にホノルルに帰るに際して、自作の詩篇や署名入りの本を彼女に贈っているが、それは、『大理石の牧神』を書いた心情と複雑に絡んでいると考えてよいであろう。

その後エステルは一九二一年の五月に二度目の里帰りをするが、六章で触れるように、フォークナーは帰郷した彼女にわざわざ『春の幻』を書いて贈ったのである。

そしてこの間、フォークナーは一九二〇年の秋にミシシッピ大学に再入学して、『操り人形』を書くわけであるが、センシバーが指摘しているように、このドラマと『大理石の牧神』の間には多くの共通点がある。設定場面が、様式化された泉のある庭園で、不動の人物像による夢想的な場面展開は類似しており、『操り人形』の挿絵のマリエッタ像は明らかにエステル像と二重写しになっている(9)。いわば『大理石の牧神』、『操り人形』、『春の幻』の三作品の背後にはエステルの影が大きく覆っていることになるが、それと同時に、『大理石の牧神』が一九二四年に出版されたことも考慮に入れる必要があろう。というのは詩人フォークナーにとっての五年間は大きな成長の時期で、『大理石の牧神』が最終的に完成される過程には、その成熟した詩人の技量や心情も追加や修正の形で反映されていることは十分考えられるからである。そのことはまたこの詩集が、「わが母へ」("To My Mother") という献辞を付けて母親に贈られていることと無関係ではないであろう。フォークナーはやがて新しい文学を求めて一時的に故郷を旅立っていくが、その献辞には、それまで見守ってくれた母親への感謝と、独り立ちの気持ちが込められていよう。

フォークナーは、一九二四年の秋に出版された『大理石の牧神』を手にし、年末にマートルに会ってニューオーリンズに出立するわけであるが、その南部の都にはアンダソンやその仲間たちが待ち受けていた。その中には、以前からの知り合いで、『ダブル・ディーラー』の編集主任のジョン・マクルアーがおり、その彼が『タイムズ＝ピカユーン』に『大理石の牧神』の書評を書くのである。そしてフォークナーは、二章で触れたように、長編の『蚊』に、このマクルアーを初め多くの芸術仲間たちを書き込むことになり、フォークナーの文学の輪は次第に広がっていくが、縛り付けられた囚人の呪縛が解かれるのはまだ先のことである。

二　憂愁の囚われ人

『大理石の牧神』は、一九一九年の制作から五年後に出版されるわけだが、全体では八一〇行にも及ぶもので、全体構成はプロローグとエピローグを加えると一九の連（詩群）からなる、いわゆる伝統的な四季をめぐる「パストラル」（"pastoral eclogue"）である。そしてプロローグとエピローグ以外は具体的に区切りを示す数字はなく、四季を単位とした段落と内容で区切られている（一九の連に番号は付いていないがここでは便宜上「二」から「一八」の番号を付けて説明する）。各連の長さは、二四行から七四行までというかなり変則的であり、ジョージ・ガレットが述べているようにこの不統一さはこの詩集の欠点でもあろう(10)。しかし同時に手法的な緻密さも大きな特徴となっている。ガレットが分析しているように、各連（二四行から七四行）はさらに区分されて、六行から二六行にわたって一四種類ぐらいのさまざまなヴァリエーションがある。全体の八一〇行は、二行連句の規則正しい韻を踏み、各詩行は弱強四歩脚を基本としている。また男性韻が主であるが、その中に女性韻や中間韻、また無韻を交錯させながら詩が単調になるのを避けており、この長い連続詩にこのような工夫を凝らして一貫性を持たそうとしたのは驚くべきことであろう(11)。

フォークナーは、これらを「パストラル」に準じておよその春夏秋冬の四季に分けて牧神の意識を追いかける。一九の連を四季で見ると、春の描写が、枠組みのプロローグ、エピローグと「二」から「六」、夏が「七」から「一二」、秋が「一三」から「一五」、そして冬が「一六」、「一七」となっており、「一八」は牧神の最後の瞑想となっているが、花への言及を考えると季節は春であろう。全般的にも四季は必ずしも秩序だっているわけではなく「九」なども春と思われ、また、春も晩春か初夏の情景が多い。全体の枠組みを見ると、大枠になっているプロローグとエピローグの季節は春で（エピローグでは五月と明記されている）、その間を四季が巡るという構造になっている。この季節の構造は、詩の最後に書かれている、執筆時期の「一九一九年四、五、六月」とも一部重なりあう。しかも、この枠組みで考えられることは、この四季の循環は現実のものというより、牧神の自由になりたいという心情が反映された幻想の中での進行であり、「半獣神の午後」の牧神がニンフを追う構図とは異なる。この構図は、三章で触れた、エイケンの描く夢幻と現実の間を彷徨う主人公と、交響楽形式を反映したものであり、また一九二〇年の『操り人形』の構図と類似していることにも注目すべきであろう。ノエル・ポークは、『操り人形』は泥酔して眠るピエロの幻想の中で展開していると推測しているが(12)、それと同じように、この長詩でも、身動きできない牧神の憧れの気持ちが、幻想となってドラマが展開しており、自らの内面の鏡にそれを映していることになる。

そしてこの心情は、二章の「半獣神の午後」で述べた、春が移ろい「老いる」ことへの牧神の憂鬱と同じものであろう。そこには、自由奔放な森の牧羊神パーンのもとで、牧神とニンフが跳梁していた以前のアルカディアが衰退しているという認識があり、牧神の身動きでない閉塞状態は詩人フォークナー自身の心情そのものが反映されていると考えてよい。皮肉なことに、牧神は不死のまま固定され、周囲の生死の移り変わりに悲しみを覚え、「知っていながらしかし知ることができない」という状況、いわば「知の無力さと自然の生命の活力の間」(13)に挟まれた苦悩に苛まれているのである。それは必然的に動と静や沈黙と音楽、春と冬や老いと若さ、あるいは幻想と現実の二重性に挟まれて佇む姿であり、それは当時のフォークナーの心情そのものの表れであろう。それは同時に、二章で触れた『蚊』の芸術家ゴードンが彫像した、手足のない少女像の、完成一歩手前の状態で、詩人と牧神の閉塞状況を表していると同時に、それは永遠の芸術を求める詩人の願望の表現であり、フォークナー文学の基本構造の表象でもある。以下、四季の順に詩行を追っていく。

全体は、「プロローグ」と「エピローグ」が前後に置かれて大枠となっており、まず「プロローグ」では、古い庭で風に揺れるポプラの葉の描写から始まって、さまざまな木々や花の咲く平和な庭の情景が描かれる。しかし牧神は、その暖かい陽ざしのもとで蛇は自由に出入りしているのに、己の身は縛られたままでなぜかくも物悲しいのかと問いかける。そして自問自答の形で、悲しいのは、縛られた「大理石の牧神」のままで、「上の空と大地の間にあって」、「知っているものを夢想しながら……しかし知ることができない」不安定な心情のままだからと認識するのである。それは先に述べた「半獣神の午後」の牧神と同じように、自らのアイデンティティを見つけることができない憂鬱であろう。

次に牧神は「二」で、「自由な身であれば、最初の春まだき冷たい風が吹く所へいきたい」という願望を詠いながら、春の世界へ飛び出していくが、この段階で幻想世界に入り込んだと考えてよい。そしてこの夢幻性は、二章の「半獣神の午後」に描かれた、森を彷徨う牧神の心情と同じものであろう。生の兆しを見せる春の森の中に飛び出した牧神は、森の神パーンの蹄の蹟を見つけ、そこに「生けるものよ、動き、目覚めよ」というメッセージを読みとり、甲高く響き渡るパーンの葦笛を聴く。いわばこの連は、幻想で飛び込んだ春の序章とも言える情景を序曲的に詠ったものとなっている。次の「三」では、牧神は葦笛のする茂みの中をのぞきこむ。すると灰色と老いた冷たい岩に世界の創始以来座っているパーンがおり、彼はため息をつきながら葦笛を吹いている。パーンの笛の音が森全体を覆い、世界がそれにじっと耳を傾けているが、春と森を統べるパーンの姿はあたりにもの悲しさを伝えている。「四」は、雨の果樹園の中での牧神自身の心情が中心に描かれる。牧神は雨に濡れた春の情景に満足しているが、しかし希望も意志も曖昧で雨雲の垂れる空に縛り付けられて目は虚ろである。「五」では、牧神は美しく形容された木々の森の中を、笛を吹いていたパーンの後を一人追いかける。パーンは森の小鳥たちに笛を吹き、ブラックバードの澄みきった鳴き声が森に響き、この連は笛や鳥の鳴き声が響き渡っている。次の「六」では、昼間の静かな情景が強調され、パーンが葦笛を吹きながら牧神に語りかける声が響いている。ここでは牧神の心の平安があたりの森の木々や鳥の声と調和しており、理想郷的な春の雰囲気が支配している。

次の「七」で夏に移るが、牧神は空想をかけめぐらせながら緑の葉をつけた木々の間をくぐり、動き回る牧神の心はまだ平安のように見える。牧神は水浴するニンフたちを木の葉越しに見るが、彼女たちの春の白い肌はいまは日焼けしている。牧神は森を駆けめぐり、やがて日没になって平和な眠りに入る。この「七」までは、牧神の気持ちは春の情景に満たされ心も平和なように思えるが、「八」では次第に森の黄昏の描写が詳細になり、それは牧神のもの悲しい内面を反映したものとなっている。そして「九」ではその流れを受け継いで、「悲しいのにその理由がわからない」牧神は、生と死の巡る世界に心が乱され、その理由をただしても答えがなく、悲しいままである。やがて夕暮れから時間が夜になる。この連では、牧神が複数になり、林間の空き地にいる牧神たちは不変だが、周囲のものすべてが色あせ朽ち果てていくことへの悲しみが詠われている。またフォークナー独特の「老いた大地」というイメジが悲しみと重ねられ、「暮れていく日が悲しむもの全てに明日を与える」、というかすかな明日への希望が詠われている。

「一〇」は月光下、白や銀色の世界がひときわ強調されており、その老いた月が語る物語は萎え過ぎ去っていき、その光の下にある大地も老いているさまが描写されている。その白銀の中で、月光に輝くハナミズキの白い花が描写されており、季節的には春から初夏の風景である。「一一」も沈黙の世界が強調されている。音楽の比喩を用いながらパーンの世界や大地が描写されているが、ここでも移り変わる年月や、老いた大地と牧神の悲しみの感情が重ねられている。だがこの老いた大地の悲しみと牧神の悲しみの二重性こそ、「明日」へ結びつくフォークナー独特の世界であり、牧神は大地の胸に肢体を押しつけると、彼の乾いた心は痛切な喜びに溢れるのである。「一二」も静寂の世界である。ここでは牧羊神パーンの悲しみの葦笛の音がピロメラの悲しみの歌と重ねられ、パーンの葦笛がピロメラの悲しみを薄め、森中に響いて遠くの風の音を鎮め、夜泣き鶯の鳴き声を鎮めているさまが描写されている。いわばあらゆるものが静かに眠れるように音と静寂が同時にあたりを覆っている。

「一三」から季節は秋に変化していく。この連は明るい雰囲気に満ちて、牧神が連日実った果樹園の間を走り回る様子が描かれ、彼は腹這いになって、大地の鼓動する冷たさに触れながら、鋭く燃える胸で休息をとる。それは大地の実りの時期であり、果樹園は豊かな果物に溢れ、心も満たされ、平安な気持ちになる時である。「一四」では、秋の収穫期の風景が描写され、この秋の情景はキーツの「秋に寄せる賦」をも想起させるもので、木々は紅葉し、果物がたわわに実り、日光はさんさんと降り注いでいる。実りの秋の情景の色と果物の立体的な形が豊かなイメジを作りだしている。だが「一五」になると、青白い月光下で、実り豊かな秋にも時は迫り、木の葉は落ち、霜がおり、次第に自然が裸になっていくさまが描かれる。牧神は再び身動きできない姿を意識し、やがて秋が終わっていく一年の流れに悲しみを覚えながら、秋冷の空の下で苦痛の声を月に向かって投げかける。落ち葉が牧神に落ちかかり、悲しみはさらに増し、世界は暮れゆく年とともに死んだようにじっと佇むのである。

「一六」では静寂の冬の情景がいっそう強調されるが、やがて神のイメジが現れ、その神が頭上から牧神の冷たく堅くなった悲しみを憐憫や愛の涙で和らげてくれる。この神は牧羊神のパーンではなく、春の訪れを知っている神である。だが冬の静寂の中で牧神は縛られたままで、大地も希望も意志もないように静まりかえっている。空から降りしきる白い雪があたりを覆い、泉も氷に覆われる。その雪は牧神の頬にも冷たく降りかかり、目を曇らせ、地面をベールのように覆っていく。「一七」は牧神の自問自答する激しい心の動きが描かれる。冒頭から牧神は、なぜわれわれはこの平安な冬の広大な世界に浸ってじっとしておられないのだろうかと問いかける。しかし優雅さや洗練さを欠いた踊りの喧噪や紙蝋燭の明かり、楽団の高らかに鳴りわたる音楽に心が乱される。そしてかつての静寂といまを引き比べながら、やがて訪れる夜明けを待つのである。いわばこの連は、冬の静寂から再び喧噪の世界へ引き戻される牧神像が描かれているが、ここで使われている紙蝋燭のイメジは、四章の「ノクターン」で触れたピエロ像を想起させる。その詩篇では、コロンビーヌに紙のバラを投げつけられたピエロはくるくる旋回し、闇の中で白い蛾のように舞っていたが、「一七」の牧神はそのピエロの前身とも言える人物像となっていることは注目に値する。

次の「エピローグ」の前に位置する「一八」で注目すべきことは、冒頭の「プロローグ」で囚われの身を嘆く大理石の牧神がかこつ、「上の空と大地の間にあって」、「物事を知っているのに、本当に知ることができない」、という悲しみの主題が繰りかえされていることであろう。季節も春と思われ、牧神は立っていた大理石の台座を離れて、また巡ってきた春の世界に飛び込み、大地の草を温める生命となって花と同化し、大地で眠って永遠に目覚めることがないように思う。従ってここでは、牧神が縛り付けられたまま周囲で巡る季節（世界）の移り変わりを幻想しながら、同時に自然との一体感が生じている。牧神は「知ることができなくても」、悲しみを知るパーンが温かいまなざしを注ぎ、明日への眠りを与えてくれるから、「上の空と下の大地の間にあって」泣くことはないと思う。もちろんこれは幻想でしかなく、牧神は依然として「縛り付けられた囚人」のままであるが、巡ってきた春と一体となった高揚感が強められ、最後の「エピローグ」に移行していく。

そして最後のエピローグは五月となっており、プロローグとつながる。先ほど触れた「一八」連では巡ってきた春との一体感があり、かすかな曙光があったが、この「エピローグ」では再び囚われの身としての悲しみが全体を覆っている。季節が一巡するが、やはり牧神の心は冬だけを知っている状態のままであり、「悲しい、縛り付けられた囚人」という大理石の状態は変わっていない。不動の牧神の目の前では、四季は永遠に移り変わり、それに呼応した牧神の悲しみが繰り返されることになる。いわばこの長詩は、悲しみと四季のサイクルが永遠に繰り返されて、「知ることができない」不安と悲しみは消えることはないのである。

この牧神の心情は、最初に述べたように、当時のフォークナーの心情をそのまま反映したものであり、牧神の「私」は詩人フォークナー自身と言ってもよい。「一八」では、微かな春の光、救いの調べが感じられた。しかし最後の「エピローグ」は「プロローグ」と重なり、牧神の不安と悲しみは円環をなして繰り返されている。そしてそこにはエステルを思うフォークナーの心情が反映されており、さらに「囚われ」の「大理石」像の憂鬱と悲しみは、フォークナー自身の心情の反映と考えてよいであろう。そしてこのエステルへの愛の心情は、同じような季節の循環を描く次の『春の幻』に受け継がれていく。

第六章　ピエロの迷いと曙光
――『春の幻』

一　『春の幻』の構想

この手製の詩集は、一九二一年の夏に、ハワイからオックスフォードへ帰郷していたエステルに贈ったもので⑴、『大理石の牧神』と同様彼女への憧れと求愛の歌でもある。エステルは三年前にハワイに去っていったが、フォークナーの脳裡から決して消えることのなかった女性であった。当時のフォークナーの文学遍歴については三章でも触れたが、フォークナーがこの詩集を書いたと考えられる一九二一年は、ミシシッピ大学を退学した後で、一九二一年秋にニューヨークへ出向く前にあたる。彼は再入学した大学を一九二〇年一一月に退学するが、四章で触れたように、在学中は多くの詩を書き、さらにその後一九二〇年にはフィル・ストーンに贈るべく詩集の『ライラック』をまとめ、またピエロを主人公にした一幕劇の『操り人形』を書いている。これらの作品には三章で触れたような多くのヨーロッパの文学や芸術が反映されているが、同時にフォークナーは、以前にも増して実験的で幅広い文学への方向を鮮明にしており、その文学姿勢が一九二一年の秋のニューヨーク体験へとつながるのである。フォークナーは同郷のアマーストの英語教師であったスターク・ヤングのすすめで、彼の友人で書店のマネージャーのプロール女史のところに出かけるが、それは『春の幻』をエステルに贈った数カ月後であった。

このような経過を考えると、『春の幻』の底流には、フォークナーのエステルへのままならぬ愛に対する憂鬱の心情が流れていようが、一方で変わらぬ強い執着と希望も持っており、それがこの詩集の最後に反映されていると考えられる。さらに重要なことは、個人的な愛の心情と、前身の牧神像を受け継いだ主人公ピエロのアイデンティティの危機とその超克への軌跡が大きなテーマとなっていることであろう。その意味ではこの詩集は、詩人フォークナー自らの文学的模索の一環であり、さきほど触れた『大理石の牧神』をはじめ、次の章で触れる、マートル・ラミーに贈った『ミシシッピ詩集』や、ヘレン・ベアードに贈った『ヘレン――ある求愛』と多くの共通点を持っている。また前にも触れたが、フォークナーは後年、「二一歳の時は自分の詩が優れていると思ったが、二三歳の時にやめた。最高の手段がフィクションだと分かったからだ。私の散文は実質的には詩だ」(2)、という言葉に表現される趣旨の発言を繰り返しており、その二三歳とは、『春の幻』を書いた一九二一年初めの頃を指すと考えてよいであろう。もちろん七章の『ミシシッピ詩集』でも述べるように、その後もフォークナーは詩を書き続けるが、『大理石の牧神』や『春の幻』のようなゆるやかな統一テーマに貫かれた、長い連鎖詩的なものは一九二一年で終わっており、一つの集約的な意味を持つ詩集でもあった。

『大理石の牧神』から『春の幻』に至る変化の詳細についてはこれから論究していくが、一九二〇年を境とする大きな変化の一つは、いままで論じてきたように、神話的な牧神像から、屈折したより人間的なピエロ像への移行、そして『大理石の牧神』で考察した、閉ざされた冬から春への予兆と新しい方向への展望であろう。『大理石の牧神』の牧神は、不動のまま、周囲の季節の変遷を目にしながら、自らの囚われの運命を嘆いていたが、『春の幻』でのピエロは、最初のエイケンのフォースリンを思わせる夢想的な人物像から、やがて逡巡するエリオットのプルーフロック像的色彩を強めていく。全体としては、「ニンフ的な幻影、孤独感や無力感、実現されず、歪んだ、満たされない欲望の数々を通して」(3)自己探求をするピエロ像が全体を支配しており、フロイト的な深層意識の幻想世界や、三章で述べた、プルーフロックの二重世界が主旋律となっている。その意味では生と死、光と闇の対比や幻想性が強いが、作品の進行とともにプルーフロック像の曖昧な「春の幻」は、徐々に変化しながらより現実的な人物像に成長し、最後は曖昧だが春の薄日を思わせるような希望のある終わりかたになっている。二章のペルソナ像でも触れたように、このピエロ像は、この詩集以降は大きく変容してやがて散文世界で生かされていくが、その点でも『春の幻』のピエロ像はフォークナー文学の大きな分水嶺として捉えることができる。

また詩風は一面非常に幻想的でありながら、『大理石の牧神』のような伝統的な定型詩ではなく、韻を踏みながらも自由詩的な特徴を持っている。そしてこの詩風と関連して注目すべきことは、いままでフォークナーがたどってきた一九世紀のキーツやシェリー、次の世代のスウィンバーンや象徴主義の詩人たちもさることながら、ここでは、明らかにエイケンとエリオットというモダニズムの二人の詩人に対する強い意識が働いていることである。両者の影響関係については三章で詳しく触れたが、フォークナーは『春の幻』に、まず『フォースリンのジグ舞曲』のフォースリン像と重ね合わせたエイケン的なピエロ像を登場させている。エイケンは『フォースリンのジグ舞曲』に序文を付け、そこで、実験的な方法論をとり、さまざまな方法や態度を「各々適した場所に」適用したと述べている。さらに続けてエイケンは、この作品が、ほとんどあらゆる詩作の技法と音調を融合したもので、テーマは、文明人が彼の願望を代理的に達成させていく過程を描くもので、その過程で彼の人生を豊かにし、情緒の均衡を獲得していくものだと述べている。そして物語の内容を要約して、「彼の情緒や精神の奥底や、不可能な幻想や夢幻のおとぎの国の探求であり、その範囲は、肉体が精神を完全に支配しようとする願望の極から、逆に精神が肉体を完全に支配しようとする極限にまでわたっている」、と述べて主人公の幻想や夢幻の世界を描こうとし、「これらの典型的な夢、あるいはさまざまな代理的な冒険を、滔々とした絶え間ない流れとして関係づけて語ろうとした」(4)、と語っている。

フォークナーは、このエイケンの序文に盛られているような実験的な人物像を、自らの幻想や夢幻の世界のピエロ像に造型していったと考えられる。フォークナーが『春の幻』を書いた時期と、エイケンの詩評の掲載はほとんど同じ時期であることも、当時のエイケンとフォークナーの関連の深さを物語っている。そして三章でも述べたように、フォークナーはすでにこの長編詩で、エイケン的な世界を脱してまた新しい文学の境地を追い求めていくことになる。それは、パロディ風に造型されたエリオットのプルーフロック像であり、エイケンのフォースリン像と二重写しにされながら次の新しい世界へ変容していく。

フォークナーが人物を次々にパロディ化して、それらを止揚しながら独自な文学創造を積み重ねていったことについては前にも触れたが、フォークナーの創作過程で、フォークナーが強い関心を寄せた先輩詩人の人物をこのような長詩に明白な形で重ね合わせたのはこの作品が初めてではないだろうか。それはフォークナーがエイケンとエリオットの両者を強く意識して描いたということであり、いままでの伝統的なピエロ像に、エイケンやエリオットの現代的なフォースリンやプルーフロック像を重ね、それらを梃子にしてフォークナー独自の人物を創作しようとする積極的な姿勢がこの詩作の大きな動機になっていると考えてよいであろう。

フォークナーがエイケンの書評を掲載したのが、学生新聞『ミシシッピアン』の一九二一年二月一六日号であるが、そこではエイケンの『フォースリンのジグ舞曲』と『塵の館』を、「ポリフォニックな音楽形式で作られた三次元的な詩」だと賞賛したことは三章で触れたとおりである。『フォースリンのジグ舞曲』では、語りはフォークナーが踏襲したように、三人称語りから一人称語りへと移行しながら主人公の内面の語りが中心になっている。この五部構成のエイケンの詩では、音楽とダンスのモチーフが効果的に用いられており、主人公のフォースリンは、エリオットのプルーフロックのように、禿頭を気にする男で、黄昏の町に彷徨い出て、カフェに入って音楽を聞き、女性に会い、ダンスを見ながら最後には幻想世界に入り込む人物像として描かれている。あるいは『塵の館』は題名からもわかるように、フォークナーの『土にまみれた旗』や『墓地への侵入者』などで多用される、運命的な生に纏わる「塵」のイメジに多大な影響を与えたと思われるが、この作品もフロイトの精神分析学を反映した心理描写を中心にした詩である。これらはいずれも、人間の深層心理とその動きを交響楽的な構成で追いながら、一つの連続した心理物語にしていくもので、実験的な詩作であった。

フォークナーはこれらに影響を受けながら、エイケンの詩句を織り交ぜた「ノクターン」を一九二〇年の末か二一年の初めに書き、次に『春の幻』を書いたのがその夏であるから、すでにその段階では、エイケンの交響曲的な詩の形式を一部なぞりながら、エイケンの創作世界を自ら書き直そうとしていることになる。それは驚くべき素早い独自な創作への転換である。センシバーは、この詩集が、「フォークナーが平凡な詩人で夢想家から潜在的な優れた小説家への変身を標している」[5]として高く評価しているが、その成功の裏にはピエロ像の使用がある。この詩集にエイケン流の形式的な構造とピエロ像を採用することで、自己を夢から引き離して本当に自己の声を見いだすことが可能になり、このピエロは、やがてフォークナーが散文で塑像する、多面的な視点や声を持った人物の原型にもなっていくことになる。

フォークナーがエステルに『春の幻』を贈ったとき、出版を前提にしていたかどうかは明確ではないが、まず何よりも、フォークナー自身の詩人としての心情を彼女に訴えたかったのではないだろうか。繰り返しになるが、『春の幻』でのピエロの一人称語りには、三人称語りや対話が入り込んで、フォークナー自身の自己パロディ像を重ね合わせながら、自己を模索している姿がある。また『春の幻』も詩集全体がサイクル構造になっているが、それは『大理石の牧神』のような静的な四季の循環ではなく、「春の幻」から、人物像とともに周囲も変化し、最後は本当の「春」の兆しへと前進するサイクルである。もちろん大理石の牧神の幻想世界と同じように、ピエロの世界も自然時間が推移するというより、彼の内面の「幻」の時間推移が主であるが、しかし終わりに近づくにつれて、より現実の自然や人間像に近くなっている。

先ほども述べたように、フォークナーにとってはこの一九二一年の『春の幻』は、韻文と散文との一つの分水嶺的な意味を持つ作品であった。それはセンシバーも指摘しているように[6]、フォークナーはエイケンの物語的な要素を持つ叙情詩で、交響楽的な連鎖詩という作品構造を『春の幻』に応用したわけであるが、その韻文形式（構成）にもかかわらず、ピエロ像の変化に散文的要素が次第に加味されようとしている。すなわち、登場人物の意識の流れが、エイケン的な人物からエリオットのプルーフロック的人物へ、さらにはより人間的なペルソナ像へ変容していくとき、その変容に呼応するように散文的な色彩が深まっているのである。それは言い換えれば、静的な詩的想像の次元から、動的な、倫理規範を伴った行動次元に少しずつ傾斜しようとしているということである。センシバーは、フォークナーの小説家への過程は、短編から長編よりも、短詩から連鎖詩へ、そして小説への流れを強調しているが(7)、『春の幻』の交響楽的な構造や多重の声を響かせる語りと視点などは、すぐにも初期の長編の構造や語りと重なり合っているのである。

また、『春の幻』の最後に置かれた「春の幻」でも述べるが、この詩集の最後は、「どこかで」春の兆しが感じられ、この枠構造は、最初の長編の『兵士の報酬』から、次の『蚊』での喧噪の後に聞こえる「どこか世界にひそむ春」(8)を経過しながら、『土にまみれた旗』に続いている。特に『土にまみれた旗』は『春の幻』的な構造が散文化された一つの典型であろう。この長編はエイケンの交響曲的な五部構成で、ヤング・ベヤードとホレスを中心とした大きな二つのプロットが対位法的に進行し、それに多くの小さなプロットがフーガ的に並行しながら交錯して、最後にこれらが悲劇的なクライマックスに至る物語構成となっている。そしてこの交響曲的な構成に一年の四季が重ねられ、さらに人間の生と死、あるいは死と誕生や復活のテーマが並行しているのである。この構造や生命の循環のモチーフは『大理石の牧神』とも類似しており、フォークナーの韻文と散文の近さを暗示していることに注目すべきであろう。またこの作品構造と語りの構造は、序論で述べたように、フォークナーの文体と形式の不可分性や、プロットより詩想や音楽性、あるいは心象風景や内面心理(内的独白)への傾斜にもつながっているが、このこともフォークナーの韻文と散文の同時性を物語っている。フォークナーはこの『春の幻』で、韻文の限界も感じながら、エイケンやエリオットの世界を乗り越えて、新たな文学境地に入ろうとしているのである。

二　コンラッド・エイケンとT・S・エリオットの世界からの脱皮

フォークナーがエステルに贈った一四の詩篇で構成された手製の詩集『春の幻』は、八八頁の長さで、紫のリボンのカーボン・タイプスクリプトのままの形で残っており、『大理石の牧神』と同じように、春が一巡するサイクルになっている。その順序は、「一」が「春の幻」（"Vision in Spring"）（五二行）、「二」が「間奏」（"Interlude"）（四九行）、「三」が「世界とピエロ――ノクターン」（"The World and Pierrot. A Nocturne"）（一三四行）、「四」が「演奏会の後」（"After the Concert"）（三九行）、「五」が「肖像」（"Portrait"）（二四行）、「六」は無題（四七行）、「七」が「交響曲」（"A Symphony"）（一一六行）[9]、「八」は無題（九二行）、「九」が「恋歌」（"Love Song"）（一一六行）、「一〇」が「踊り子」（"The Dancer"）（二〇行）、「一一」は無題（一〇二行）、「一二」が「オルフェウス」（"Orpheus"）（七九行）、「一三」が「哲学」（"Philosophy"）（三〇行）、「一四」が「四月」（"April"）（四〇行）となっており、「三」の「世界とピエロ――ノクターン」だけが細分化されて「一」から「八」のローマ数字で分節されている。

このように一四の詩群は行数や区分のしかたから考えると著しく不均衡になっているが、ストーリーとしては連続しており、ピエロ像の変容過程に則して、四つの詩群に分けることができる。個々の詩群は後で詳細に触れるが、全体を見ると、最初の詩群は「春の幻」（「一」）から「ノクターン」（「三」）（三二五行）で、初めにエイケンの詩に登場する人物像に近いピエロが三人称語りと並行しながら「私」という一人称語りで登場して、「三」ではエリオットのプルーフロック的な性格を持つピエロが三人称で描かれている。これを序曲とすれば、次の第二と第三の詩群が主旋律となっている。第二詩群は「演奏会の後」（「四」）から「八」（三一八行）で、「四」から「七」は「われわれ」（「私」と恋人の二人）という一人称語りで、「八」だけは、「私」が恋人に諫めるように語りかける形式になっている。次の主旋律は「恋歌」（「九」）から「オルフェウス」（「一二」）（三一七行）までで、まず「恋歌」（「九」）がエリオットのプルーフロックの性格をもろに引き継いだ「私」の語りで始まる。そしてそれを引き継いで「踊り子」(「一〇」)も「私」の語りを前面に押し出す動の姿勢が強調されている。しかし次の「一一」は、エリオットの「ある婦人の肖像」を象った三人称語りで男女の愛憎が描かれ、「オルフェウス」では反転して愛の歌が蘇っている。最後は終曲(フィナーレ)の「哲学」(「一三」)から「四月」(「一四」)(七〇行)であるが、この詩群からは一人称語り(ピエロ)は消えて、清澄な調べから春の予兆が語られている。

いわばこの四部構成は、ピエロの登場から、ピエロと恋人の道行き、次にピエロの深い内省から、最後は三人称語りで春の兆しへと移行する構造になっている。それはピエロ像の内面の変化過程でもあり、最初のエイケンの詩で登場するフォースリン的人物を模したピエロ像が、次にはエリオットのプルーフロック的なピエロに変容し、そのピエロを自己認識に導きながら最後は春の光の兆しへ至る過程を描こうとしているのである。

タイトルの『春の幻』は、スウィンバーンの「冬の春の幻」("A Vision of Spring in Winter")から詩想を得ていると考えてよいであろうが、ただスウィンバーンの場合はタイトルそのものからも想像できるように、冬に春を思う自然の色彩が色濃く残っている。フォークナーは、この自然を強調した季節より、それと重ねながら、現代的なピエロの内面の世界に入り込み、自らの再生的意味合いを強くしていったのである。

この連鎖詩の「世界とピエロ——ノクターン」の「二」に当たる部分は、四章の「ミシシッピ大学での成果」で触れた、ミシシッピ大学時代の年報に掲載した「ノクターン」と同じものであるが、他の詩篇も何篇かは以前に書いていたものをこの詩集に組み込んでいったと考えられる[10]。そしてこれらは長くエステルの手元に置かれていたが、「肖像」(「五」)は一九二二年六月の『ダブル・ディーラー』に発表され、また、「春の幻」(「一」)は一九三二年二月の『コンテンポ』に、「一一」と「オルフェウス」(「一二」)、そして「哲学」(「一三」)の三篇は、一九三三年の『緑の大枝』に収録されることになる。その意味では、『春の幻』の詩篇は、『大理石の牧神』ほど緊密な連続性と統一性を持っている詩集ではないが、テーマ的にはこれから詳しく検討するように、「春の幻」から最後の「四月」までは、ゆるやかだが、ペルソナ像ピエロと「詩人」の意識の変化と精神的な成長が盛り込まれており、そこには一九二一年当時の、フォークナー自身の精神状態と、文学創造への意気込みが込められていると言ってよい。

このように見ていくと、フォークナーはエイケンやエリオットの詩に描かれた主人公を脳裏に置きながら、牧神のニンフ追跡のモチーフをピエロと恋人（コロンビーヌ）に置き換え、フォークナー自身の「幻想」と生き方を描き込んでいると考えてよいであろう。そして「ノクターン」のような、エステルを脳裏にして書いた詩篇を取り込んでいるように、この詩集でもフォークナー自身とペルソナ像ピエロ、そしてエステルとコロンビーヌは重なっており、その個人的なものをいかに芸術的な創造に高めていくかの模索でもあった。以下具体的に詩を追っていく。

（二）「春の幻」（"Vision in Spring"）

いままで触れてきたように、この詩集にはエイケンとエリオットの影が色濃く反映されており、エイケンの『フォースリンのジグ舞曲』や『塵の館』などの構成や人物像は『春の幻』の創作に大いに影響したと思われる。エイケンが序文で、『フォースリンのジグ舞曲』は、ほとんどあらゆる詩作の技法と音調を融合したものだと述べ、テーマは、主人公が代理的に彼の願望を達成させていく過程で、人生を豊かにし情緒の均衡を獲得していくという趣旨のことを語っていたことは先に触れたが、フォークナーはこのエイケンの方法を、『春の幻』で生かし彼独自なものにしようとしたと考えられる。

「そしてとうとう」という出だしで始まる冒頭の「春の幻」は、己の内面の声に誘われて来たというピエロが登場する。季節は春で夜の帳が下りる時刻のある街角の風景で、ピエロの内面的な夢想と幻想世界に焦点が置かれている。純粋に客観的な三人称語りではなく、三人称語りとピエロの独白的な語りが混淆し、時には海の情景や牧歌的な心象風景にもなる。これはエイケンの描く人物やエリオットのプルーフロック的な語りと共通した、一人称の内面視点を秘めた重層化された語りに通じるものである。最初、ドラマの始まりであるかのように鐘の音が響くが、この鐘の音は、二章で述べた「半獣神の午後」の牧神が聞く、「大きな深い鐘の響きのような音」と共鳴して連続していると考えてよい。というのは、ピエロは、「なにか突然の漠然とした痛み」を感じるが、それは、「私の心臓、私の古い心臓が破裂した」からだと言う。これは失恋の胸の痛みでもあるが、明らかに、「半獣神の午後」で牧神が森で聞いた、「大地の大きな心臓が、世界が老いる前に、春に向かって破れた音」に対する矮小化でもあろう。それは森の牧神から都会のピエロに変容したフォークナー独特のパロディ像であろうが、もはや森で手を携えたニンフは消え、都会の夢幻世界を一人彷徨うピエロは、安住の地を失い、心が空っぽになり、「老い、疲れ、孤独に」[11]なって何かを求めているのである。この「老い」のモチーフもまた「半獣神の午後」以来の「世界の老い」であり、春の夜がピエロを壁のように押し包む。ピエロは春なのに、さびれた都会の夜を孤独と老いを感じながら彷徨い、いま、「春の幻」の世界が鐘の音とともに展開されようとしているのである。

「三」「間奏」("Interlude")

「間奏」とは、器楽(楽器)のみで演奏する、短い中間楽章という意味であるが、最初の「春の幻」が序曲で、次の三番目の詩篇が「ノクターン」(夜想曲)であってみれば、フォークナーは、ここでもエイケンの交響楽的な構成を意識して作品構成を考えているということになる。語りは三人称であるが、ピエロ自身の内面描写と並行している。全体に音楽と踊りのモチーフが顕著で、楽器の響きが支配している。そして柔和な星のまたたく夜が深まり、そのまたたく星が棺桶の上を吹く蝋燭の炎に形容されているが、この蝋燭のイメジは次の「ノクターン」でさらに強化され、ピエロはいつかは自らも死んでいく身だと思うように、死の感覚が彼を取り巻く。人通りは絶えて孤独も深まり、閉塞的な通りや壁のイメジ[12]が強化されている。やがてピエロは若い女性の存在を意識して、静かな痛みに祝福されてキスを望むがその勇気もなく、ピエロは夢幻の歩道を歩き、人気のない空っぽの歩道を足で踏み鳴らす。

「三」「世界とピエロ――ノクターン」（“The World and Pierrot. A Nocturne”）

一四の詩群のうちで最も長く、二二四行が「一」から「八」に分節され、四章でも触れたように『オール・ミス』に掲載された「ノクターン」が、「三」にそっくり組み込まれている。そしてここに至って初めて登場人物にピエロという具体的な名前が与えられ、このピエロ像には、エイケンのフォースリンやエリオットのプルーフロック像が入り組んでいるが、次第に重心がエリオットのプルーフロック像に移っていく。

「ノクターン」については四章で触れたように、コロンビーヌがピエロに、紙のバラを投げつけ、ピエロはくるくる旋回し、闇の中で白い蛾のように舞って、ピエロの冷えた心を伝えていたが、ここでも初めから蛾のイメジが強調されている。そして「世界とピエロ」というタイトルが物語っているように、ピエロはエリオットのプルーフロック同様、己を茫漠とした世界と対比させている自己卑下的な心情が描写されいている。プルーフロックが小心翼々の精神状態と、宇宙的な大言壮語との間で滑稽に揺れていたように、「世界」と対比されたピエロ像は自ずとパロディ化され操り人形的にならざるをえない。冷たい夜に孤独な蛾のように旋回してくるくる回る姿は「一」から描かれ、「三」では不死の枯れることのない紙のバラのイメジが言及され、「四」で死を意識したピエロと対照されている。「ノクターン」でコロンビーヌが投げつけた紙のバラは、不死の人工性を象徴していようが、それは愛情のない乾いた人間の冷たさも表しており、ピエロの孤独は深まっていく。「五」では、心臓が破裂して心が粉々に砕けて全身が冷え込んでいき、「八」では絶望の度合いはいっそう強まり、彼は闇を見つめ、ため息をつきながら夢の世界に入っていく。そしてこの三章の「ノクターン」の最後は、ピエロはエリオットのプルーフロック的世界に入りきったように、エリオットの詩句を変容させてなぞりながら「僕は誰？」[13]と問いかけ、ピエロの迷いと自己探求は死をも意識した暗黒の頂点に達していく。

「四」「演奏会の後」（"After the Concert"）

こうして「僕は誰？」と問いかけ、ピエロは混迷の度合いを深めながら自己探求を続けるが、フォークナーはここでエイケン的な孤独な一人の人物像から、エリオットのプルーフロック的なピエロ像に変えて場面転換を図ろうとしている。すなわち「三」までをピエロの登場と彼の苦悩を描く序曲とすれば、「演奏会の後」以降は主旋律となってピエロ像に大きな変化が見られる。「三」までは、三人称とピエロの独白の語りであり、特に「ノクターン」の章では孤独にうち沈み、都会の夜を一人彷徨うピエロの孤独な姿が頂点に達していたが、「演奏会の後」では詩風が変化して、「私（ピエロ）」という一人称が、複数の「われわれ」と交錯して、ピエロが恋人と手を携えて「歩く」というモチーフが繰り返して強調されている。そして演奏会の後の音楽の再体験と記憶が恋人同士の間で語られ、日常的な人生の喜怒哀楽をも語りながら二人が町を歩いているさまが描写されており、次第に男女が現実に近い姿になっている。

「五」「肖像」（"Portrait"）

この詩群も「演奏会の後」と連続して、先ほどの二人の恋人が町を歩いているが、ここでは語り手の男性が恋人に語りかけ、忠告する形をとっている。男性は「老い」を意識し、世界の暗さ、孤独さを身にしみて感じているが、彼は、女性は若く、純粋で、この世のことを信じており、彼女には暗い重い壁も美で輝いていると言いながら、相手を褒めそやす。しかし一方で、その純粋さ、単純さに対して、もっと現実を知り、人生の深奥を知る必要があると諭す。最後の連でも、「ほとんどものを見ていない顔に手をあげて／目からぼんやりとした幕を取り去り、／人生や単純な真実を深く語りなさい／あなたの声が率直な驚きで澄んでいる間に」[14]、という忠告をして、恋人のうぶさを指摘している。そして、前の詩と継続しながら「歩く」モチーフと、若い間に美しさを生かせ（恋をせよ）という人生教訓となっているように、全体構造の中では特異な位置づけになっている。それは、フォークナーが一九二二年の『ダブル・ディーラー』にヘミングウェイの詩と一緒に掲載された詩篇をここに配置したことに起因するが、同時にフォークナー自身の恋人（エステル）への愛のささやきが込められており、これは八章で検討する『ヘレン――ある求愛』で、ヘレンに「命短し、恋せよ乙女」と呼びかける詩篇に受け継がれていく。

「六」（無題）

「五」での人生教訓の後、あらためて一緒に音楽を聴きながら、エリオット的な「私とあなた」の二人で夜の町を歩くモチーフがいっそう強化される。「四」と「五」がピエロによる人生教訓的な内容の語りで構成されていたが、この男女の会話の後の「六」では、以前にも増してプルーフロック的性格の強いピエロ像が再登場しており、「それでは夕闇が迫る中、君と僕と一緒に出かけよう」という詩行で始まる詩群は、エリオットの「J・アルフレッド・プルーフロックの恋歌」のパロディ的な意味合いを響かせている。

「七」「交響曲」（"A Symphony"）

「七」と「八」は、エリオットのプルーフロック的世界と同時に、エイケン的世界も再現される。この「七」は、全体構造のうえではちょうど中間に位置しており、「交響曲」というタイトルが示すように、次の章とともにこの詩集全体の重要なテーマ（主旋律）が語られる章である。構造的にもエイケン的な三次元の「交響曲」的構想の重要な章であり、内容的にも音楽の響きに合わせて宿命的な人生観が語られている。章全体に交響曲で用いられる管弦楽や打楽器のさまざまな楽器が響いて、夜の町に音の彩りを添えているが、注目すべきことは、「六」のプルーフロック的幻想的視点からより広く具体的な視点に変わり、交響曲の奏でる楽器の音色と現実の人生の有為転変が重ねられていることであろう。さまざまな楽器が奏でる高らかな音色は、「人生と呼ばれる放縦（extravagance）」に合わせて響き、同時に、エイケンの詩の世界を反映した塵から生まれ塵に帰る人間の生命の有りようと呼応している。一つ一つの楽器の音と共鳴するように、人生の複雑さと、本当の喜びや生の充実は容易なものではないことが述べられ、人生の闇、絶望、失望が交錯する。そして闇が落ちれば人生の一瞬の輝きもかき消され、最後は、不気味なほどのかすかな声となった竪琴や、フルート、バイオリンの音色を、冷たい崩れ落ちた石の下をまさぐりながら人は耳を傾けるのであり、「交響曲」は暗い幕を閉じることになる。

「八」（無題）

主題の上では「交響曲」を受け継ぎながら、交響曲の楽器に代わってまず降る雨が強調され、眠りから目覚めた「彼（ピエロ）」に鐘の音が響くが、その鐘の音は冒頭のピエロの心臓の破裂音と共鳴するもので、人間の暗い宿命の響きを伝えている。この雨のリフレインと鐘の音はエイケンの『塵の館』の詩句と重なりあい、さらに「塵」のイメジがいっそう強化され、エイケンの『フォースリンのジグ舞曲』や『塵の館』の影響が明瞭に読みとれる。塵から生まれ塵に帰る人間の宿命が描かれ、それが海の波のイメジで強化され、この世の中で、何も完結することはなく、聖なる労働体験も崩れ落ち、建てた家も子供が引き継いでまた崩壊していくのである。全体の中でも絶望的で人生のはかなさを徹底的に描写した詩篇で、「塵」のイメジが繰り返され、人間の一切の営みのはかなさや無益さが強調されている。雨で始まるこの詩篇は、前の章の二人の「われわれ」の人称から再び一人称の独白口調になり、絶望感はいっそう深くなる。そしてその比喩が今度は海辺での波とそれが崩れてこなごなになる様子が、人間の営みのはかなさに対比されている。従って「演奏会の後」で始まった主旋律とも言えるこれらの章は、海辺でのピエロの死を連想させる詩句で頂点に達する。

このように「八」は雨で始まって水死のイメジで終わっているが、これは二章で触れた水死とも深くつながっており、その意味では「ライラック」や『操り人形』との近似性はもとより、『兵士の報酬』での数々の喪失感や絶望感、そして『響きと怒り』のクエンティンの水死とも結びついていく。さらにこれらの水のイメジとともに、語りと視点が、すぐにも強い宿命観を語る散文世界につながっており、『土にまみれた旗』で、マッカラム農場で雨の音を聞きながら、人生の宿命を反芻するヤング・ベヤードの夜の心情などはこの詩篇の直接的な散文化と思えるほどである。

「九」「恋歌」（"Love Song"）

「七」と「八」では塵や死の宿命的な暗い色彩が全体を覆っていたが、一転して「九」は「恋歌」のタイトルどおり、エリオットの詩篇「J・アルフレッド・プルーフロックの恋歌」の多くの詩行が巧みに利用された心憎いほどのパロディ調に変化する。いわば過去の深刻なピエロが消え、「われわれは深遠な事柄の回廊を通過して」[15]、いままでの暗い絶望的な内に沈んだ独白口調を軸にした静から動に移り、おどけやパロディ的な人称の語りに変化している。だがもちろん孤独を脱して何かを会得したり成長したピエロではなく、エリオットのプルーフロックをなぞりながら、自己を前面に出して具体的な行動に出ようとする姿である。そして現実には、「変化また変化――世界は巡り巡る」[16]中を、あらためて一人になって「老い」を強く意識し、プルーフロック同様薄くなる髪を意識しながら彷徨っており、そこには自虐的な側面と精神的な「老いと死」を強く意識せざるをえないピエロが入り交じっている。最後はエリオットのプルーフロックよろしく、「私は床のないホールの牧師になるべきであった」と思い、その牧師が人生の本の頁をめくりながら暗闇の迫る中で死んでいくのを想像するように、やはりピエロ的な声をパロディ化したコミック・リリーフ的な姿にも死の運命が覆っているのである。

「一〇」「踊り子」（"The Dancer"）

先ほどの、床のないホールにいる牧師になりたいと望んでいたピエロは再度生まれ変わる。「恋歌」でプルーフロック的な逡巡をしていたピエロは、「私は青年で、すばやく動き、とても白くほっそりとしている」[17]、と言いながら、恋人に強く訴えかけている。この短い詩篇で登場する「青年」ピエロは、「恋歌」の「老いる」ピエロ像とは対照的であり、快活に動くが、彼の望みはパフォーマンスを交えたピエロの描く恋人と一体化することである。こうしてピエロは現実に即した女性と向き合い、大人の性体験への興味と欲望を見せ始める。この沈黙の中での「老い」に代わっての「青春」との対話は、新しい人生の認識への一歩であろう。ここでは「恋歌」と同様、自己パロディ化しながら自己認識をたどるピエロが描かれているが、次は一転悲劇的な世界に入り込んでいく。

「一一」（無題）

初めは「結婚」というタイトルが付けられており、改訂されながら一〇数行短くして『緑の大枝』にも収録されていく[18]。「結婚」というタイトルは内容的には男女の皮肉な関係を表しているが、エイケンの詩篇「勝ち誇る大地」（"Earth Triumphant"）や特にエリオットの「ある婦人の肖像」の背景が色濃く反映されている。しかしエリオットの「ある婦人の肖像」では夫婦二人の会話が中心になって結婚の破綻を思わせる進行になっているが、フォークナーの「結婚」はエリオットの洗練とごまかしの男女の会話とはまったく趣が異なる。ここでは「結婚」した二人というより、男性主人公の恋人への想いが内面化され、官能的な幻想世界が描かれている。三人称語りになっており、暖炉のゆらめく火が壁や天井に映っている部屋で、ゆったりした安楽椅子に「寝そべって」いる人物の内面が描写されている。彼は女性がピアノを弾くのを聴きながら彼女の官能的な姿態を幻想して、激しく心が乱れ脳が微塵に砕ける。そして次々にピアノを弾いてくれと頼みながら男性の心は千々に乱れているが、この男性の心情にはフォークナーのエステルへの思いが伝わってくる。さらに階段を上って去っていく、身軽でしなやかな姿で振り返る視線には、強い憎悪が読みとれるが、そこには恋人を失うあきらめと絶望が描写されている。男の身体は狂気のように回り、火花が頭の中でぐるぐる渦巻くが、それは前に立ちはだかる暗い闇の壁に立ち向かう姿でもある。従ってここには、詩篇「ノクターン」のピエロとコロンビーヌや、『操り人形』のピエロとマリエッタの関係がよりいっそう強化されており、先ほどの「恋歌」や「踊り子」の若い恋人たちの姿が、再び悲劇的な男女関係で彩られているが、構造的には次の静の世界への前触れとなっている。『緑の大枝』に収録され、「二二」となるが、注（18）で述べたように、手直しされてより洗練化されていると言える(19)。

「二二」「オルフェウス」（"Orpheus"）

冒頭は三人称語りの、「彼はここに立ち、永遠の夕べが落ちかかる」、という詩句で始まり、最後も「灰色の壁に挟まれて夢のような」心境で、「ドアの前のなめらかな緑の芽ばえの中で立って詠う」(20) オルフェウスの姿で締めくくられ、詩人オルフェウスの詠う姿が大枠になっている。そしてその三人称語りの大枠に挟む形で、一人称語りの、「私は彼女」と「私は彼」というオルフェウスの語る七連が配置されている。前のピアノを弾きそれに耳を傾ける二人の「結婚」の男女を引き継ぎながら、いまオルフェウスが詠う歌は、恋人のためであり、分離した男女ではなく「彼女」と一体化しようとして詠っている。

こうして前章の激しい男女の憎悪と「失われた恋人」の情景は、一転して詩人オルフェウスのバイオリンを弾いて詠う静かな調べになるわけであるが、その底流には地獄に失ったエウリデスを歌で救い出そうとする神話が重ねられている。同時にその神話は、ハワイに失った恋人エステルの愛を取り戻したい現実のフォークナー自身の心情と二重写しになっていると考えてよい。さらに、詩人オルフェウスの自己の回復と芸術創造への志向もまた詩人フォークナーの意図するところであり、この流れが次の終曲の「哲学」と「四月」へ受け継がれていく。この詩篇は『緑の大枝』に収録され「二〇」となる。

「二三」「哲学」（"Philosophy"）

オルフェウスの一人称語りの後は、静かな三人称語りとなり、否定語が支配している日没時の静かな情景である。草むらを揺らすニンフもじっと息を潜め、足音も消えた静寂の世界であり、その静寂は、森の茂みから、墓地、光のない影、そして最後は、人間の喜怒哀楽を欠いた情景へと移る。いまはピエロの幻（幻想）も声も消えて、動の世界から静寂の世界へ移っている。特に最後は、タイトルの「哲学」を暗示するように、「喜びと悲しみの闘いで、鎮めようとする熱い胸もなく、枯れて冷たくなり、音の消えた丘や谷を燃やす生命もない」[21]情景で終わっている。これらは静寂・埋葬・死を示す冬枯れの情景でもあるが、これは『大理石の牧神』でも見たように、季節の循環をたどる牧神の置かれた冬の状況である。こうして生命の消えた冬枯れとともにピエロの幻想やピエロ自身も姿を消していくが、その後、次に述べるように最後に「四月」という詩篇を置いて、漠然とではあるが一つの希望を提示している。その意味ではこの「哲学」は、次の現実世界の生命の実感に至る前の静の一瞬でもある。『緑の大枝』に収録され「五」となる。

「一四」「四月」（"April"）

四連構成であるが、三連の詩行が「どこかで（Somewhere）」で始まり、各々が、そよ風、ツグミの鳴き声、緑をかむった白樺の白さ、星の夜の春と空を背景にした花の風景で、どことなくゆったりとしたリズム感と、春の雰囲気が全体に浸透している。そしてこの春の情景の中には、いままでのピエロの影は一切なく、あるのは、「どこかでほっそりとした白装束の少女が、暗くなる前に羊飼いを迎えに行く」[22]情景であり、後はすべて自然の風景だけである。すべては自然の時間に沿った牧歌的な自然の営みであり、これらがある距離を持った三人称で語られている。それはいままでの一人称語りの、複雑な感情に彩られたものとは変わり、あるゆとりとかすかながら未来への希望のようなものが感じられる。フォークナーは最終段階で、視点をピエロの一人称から三人称にしたが、このことはフォークナー自身の視点を、作品創造の世界で反省し、思考し始めたことを意味するし、彼自身の文学的態度への変化を示している。いわばいままでのペルソナ的な詩人の語りが消え、フォークナー自らの視点に立った新しい文学の境地を拓こうとしているのである。

こうしてあらためて一四篇の連鎖詩を見ていくと、全体を一貫しているのは、ピエロの理想の愛とアイデンティティを求める姿と、その困難な過程で彼の脳裏に去来する生死の幻影であり、それがまさにタイトルの『春の幻』の意味であろう。ピエロはそこで人生の塵に帰るはかなさや宿命観を感じ、世界の不毛性や壁のような閉塞感を感じながら愛の成就に対して絶望的になり、それがまた幻想性を膨らませている。いわばこの幻想と現実の狭間にあるのがこの『春の幻』であり、その中での春への兆しは幻想から現実への方向性を暗示しており、冬枯れの後の春の曙光へ一歩近づこうとしているのである。それは『大理石の牧神』でも見たように、季節の循環的な構造の中に見られるかすかな復活や再生への期待であり、このパターンはフォークナー文学の底深く流れているもので、この基本構造は最初に言及したようにやがて散文の基軸の構造とテーマとしても生かされていく。

この項のタイトルを「コンラッド・エイケンとT・S・エリオットの世界からの脱皮」として、先人を超えようとするフォークナーの軌跡をたどったが、エリオットの「伝統と個人の才能」や、三章のエリオットの項でも述べたように、強烈な衝撃や影響は決して消えることはなかったと言ってよいであろう。むしろ貴重な糧となってさらに大きなものを産み出していく様々な梃子の役を果たしており、この詩集はその一つの過程であった。

第七章　母なる大地から異郷の地へ

——『ミシシッピ詩集』とニューオーリンズ

一　新しい旅立ちと贈り物

いままで繰り返し述べたように、一九二四年は、フォークナーにとっては青春時代の文学活動の総括的な意味と、新しい旅立ちを標す年であった。彼はロバート・フロストやヘミングウェイたちと同じように、一度は海を渡ってミシシッピの丘の遙か彼方にある芸術世界を体験すべく、ヨーロッパ旅行への最後の準備をしていた。そしてその年の大晦日の前日に、長年の文学の庇護者ともいうべきフィル・ストーンが、マートル・ラミーというフォークナーの小学校時代からの特別の級友を、彼の事務所に招いて送別のお膳立てをしていたのである。マートルが約束通りに事務所に行くと、フォークナーも待っており、彼は彼女に、「級友のマートル・ラミーへ／ビル・フォークナー」という献辞が書かれた『大理石の牧神』と一二篇の詩篇、さらに翌年四月に『ダブル・ディーラー』に発表されることになる、カーボンの七頁のエッセイ、「古い詩と生まれつつある詩——ある遍歴」を贈ったのである。

一二篇の詩篇は羊皮紙にタイプでカーボンコピーされたもので、表紙とも言える羊皮紙には、「ミシシッピ詩集」というタイトルがタイプされている。さらに「オックスフォード、ミシシッピ、一九二四年一〇月」というタイプの後に、「マートル・ラミーのために記す、一九二四年一二月三〇日、ウィリアム・フォークナー」と自著され、前もって用意されたことがわかる。またエッセイにも、最後に「オックスフォード、ミシシッピ、一九二四年一〇月」とタイプされており、これらの詩篇とエッセイは、時期的にも内容的にも密接な関係があることを物語っている。また『大理石の牧神』は、難産の末に一九二四年の一二月にフォークナーの出発を祝うかのようなタイミングで出版されたもので、フィル・ストーンの序文が付けられ、これらを贈ったフォークナーの強い意気込みのほどがうかがえるのである。

このマートルという女性は、『蚊』の出版一年前にフレデリック・ヴァン・デマレスト（Frederick Van B. Demarest）という若者と結婚していくが、フォークナーには忘れがたい一人の幼友達であった。彼女は一九〇六年の九月にオックスフォードの小学校の三学年に入学するが、その時成績優秀で二学年を飛び級で三学年にあがっていた物静かな少年フォークナーに出会うことになる。彼女は病弱であったが、知的で、感受性に富み、意志の強い少女であった。フォークナー少年はその少女に惹かれ、よくスケッチや詩、短編などを見せたり、一緒に本を読み合ったりする仲であった(1)。しかし第一一学年（当時一二学年はなかった）の頃にはフォークナーは次第に学校の授業に嫌気がさし始め、退学していくことになるが、その頃フォークナーはたくさんのペン画も描いてマートルに贈り物として与えている。そのうちの一つに、一九一六年に贈った、若い男女が踊るペン画があるが(2)、これはやがてフォークナーがミシシッピ大学に掲載するスケッチの先駆けとなるものである。

いわばマートルは一九一八年に失ったエステルと異なり、以前からの幼馴染みの恋人とでも言える存在であった。従って、ストーンが、小学校以来一〇数年にわたっての友人であった彼女を事務所に呼んで、出立前のフォークナーに会わせたのは粋な計らいであったし、フォークナーが自ら選んだ作品を贈ったのも、彼の彼女への深い親愛の情を伝えようとしたものであろう。もちろんフォークナーが手渡した詩篇やエッセイは、以前のように、エステルを脳裏に置いて作詩されたり、八章で述べる『ヘレン――ある求愛』のような類のものではないが、マートルに贈るための作品選択には彼の熱い思い入れがあったことは容易に推察できる。それは次に詳しく触れるように、フォークナーが選んだ詩篇には、不安や憂鬱の情、故郷を想う心と新しい世界への期待、そして再び故郷へ帰る強い決意の心情が詠われているのである。しかもこれらの詩篇の多くは、同じ時期に書かれたエッセイ、「古い詩と生まれつつある詩――ある遍歴」と共鳴しあっていることは注目すべきことであろう。フォークナーはそのエッセイで、彼のそれまでの文学遍歴を述べた後、「人を悲しませずして何か美しく、情熱的で、悲しいものを書く誰かがいないものか」、と問いかけ、ハウスマンへの強い親近性と、キーツやシェリーのような詩人を志向する気持ちを強く表しているが、そこには、フォークナーの二七歳頃の強い決意のほどを読みとることができるのである。フォークナーは年が明けるとすぐに故郷を後にするが、一九二四年は色々な意味でフォークナーの文学人生の大きな転機となる重要な年として記憶されるべきであろう。

フォークナーがマートルに一二篇の詩篇とエッセイを贈った時点では、まだフォークナーの心には詩人の意識が強く残っていたことは容易に推察できる。彼は後年、詩は、「人間の条件を完全な本質にまで蒸留するなにか感動的で、情熱的な瞬間を」捉えるものだと言ったが、その心情はいささかも消えていなかったと考えてよい。現実には次のニューオーリンズで、原稿料や生活の問題、大都会での文学環境などさまざまな要因のもとに、徐々に散文の方向に向いていくが、詩人の魂は失うことなく創作活動を続けていくことになる。この一二篇の詩に関しては、八篇までが一九三三年の『緑の大枝』に組み込まれ（そのうち「三月」は次の『ヘレン――ある求愛』にも利用される）、一〇年後に再び詩人の総括をしたことになる。フォークナーは終生詩人の魂を失うことはなかったのである。以下そのフォークナーの詩人の心情を一二篇の詩を具体的に追いながら検討し、さらにその連続線上にあるニューオーリンズでのフォークナーの芸術探求の軌跡を追ってみたい。

二　選ばれた一二篇の詩

フォークナーがマートルに贈った一二篇は、後年ジョセフ・ブロットナーが編集して一九七九年に『ミシシッピ詩集』として限定出版され、さらに一九八一年には『ヘレン――ある求愛』と合本されて出版される。それらは、フォークナーが別れる幼な友達への記念のよすがとして選詩して贈ったものであり、全体がきちんとしたテーマに一貫されていたり、緊密な構成を持っているわけではない。タイトルの様式もまちまちで、一二篇にはローマ数字だけのもの、ローマ数字と具体的なタイトルの付けられたもの、そしてタイトルだけのものの三種が混じっており、順番に並べると、「一」、「二」、「三」（「小春日和」［"Indian Summer"］）、「四」（「野生の雁」［"Wild Geese"］）、「五」、「六」（「詩人が盲目になる」［"The Poet Goes Blind"］）、「七」（「ミシシッピの丘――わが墓碑銘」［"Mississippi Hills: My Epitaph"］）、「一二月――エリーズへ」（"December: To Elise"）、「三月」（"March"）、「一一月一一日」（"November 11th"）、「絞首台」（"The Gallows"）、「妊娠」（"Pregnacy"）となっている。ブロットナーによる編集の順番も、一部を除けば必ずしもフォークナーの意図であったとは言えない[3]。

フォークナーは郵便局長を辞める頃、多くの作詩をしているようであるが、これら一二篇の詩もほとんどが一九二四年の後半に書かれたか、それ以前のものを書き直したものであろう。一二篇のうち六篇（「詩人が盲目になる」、「一二月――エリーズへ」、「三月」、「一一月一一日」、「絞首台」、「妊娠」）には詩の最後に一〇月二九日から一二月一五日までの日付が入っている（「一」には一九二四年一〇月一八日、「二」には一九二四年九月一〇日の日付のあるヴァージョンが残されている）。一二篇のうち七篇が、四行一連の四連構成（一六行）で、他にはソネット形式のものもある。そしてほとんどが弱強五歩脚でababかabbc形式の正確な韻を踏んでおり、フォークナーはある程度行数の揃った定型詩的な一二篇を選詩している。フォークナーにしてみれば、当時の彼の心情を伝えるべく、マートルにもっともふさわしいと判断したものを贈ったのであろう。

テーマ的には一貫した物語性や統一性を欠いているが、しかしほとんどの詩篇の基調は、まず自然や大地を背景にしながら、前半に死とか絶望を秘めた憂愁や哀愁の情を詠い、最後に、春とも関連させながら将来への期待と決意を描く詩篇を配置している。この構造は他でも述べたように、ほとんどの詩集や小説構造に類似したものである。また数篇の詩篇に見られる死や絶望の心情と時間意識との結びつきは、やがて『メイデイ』をはじめ『土にまみれた旗』のヤング・ベヤードやホレス・ベンボウ、あるいは『響きと怒り』のクエンティンなどに描かれていき、特に大地との結びつきや罪の意識、荒涼とした自然とそこに反映される孤独な人間の心情、あるいはその自然に宿されてやがて芽吹く種子のイメジなどは、『死の床に横たわりて』のアディ、ダール、そしてデューイ・デルなどの置かれた状況に驚くほど似ているのである。これらに関しては、二章の「輻輳する性――両性具有」でも触れたし、次の章の『ヘレン――ある求愛』でも触れることになる。ただこれらの中で唯一例外なのは、五番目の詩篇で、バラード風の明るい内容で、長さの点でも他と異なっている。

このように多くの詩篇には、ミシシッピの自然を背景にした深い憂愁の情が詠われているが、最後は死とか絶望を乗り越えて新しい展望を開こうというフォークナーの強い志向へと変化して、それが全体のテーマともなっている。例えば最初の詩篇では、「年をとったとき、この木を、この丘を思い出すだろうか」、と問いかけ、「世界の冷たい、古くからの悲しみにまたがって」(4)生きようとする歌になっている。そして最後の「妊娠」という詩篇では、人間の妊娠と自然の春が生命を身ごもる姿を二重写しにして、春の兆しを全体に響かせながら全体の統一を保とうとしており、その中からフォークナーの秘めた心情が伝わってくるのである。この心情は前にも述べたとおり、エッセイ「古い詩と生まれつつある詩――ある遍歴」に盛られている心情と同じであり、フォークナーの故郷の大地や自然の世界とあい通じるハウスマン的世界が色濃く反映されている。その意味ではこの『ミシシッピ詩集』に盛られた心情は、後のフォークナー文学の原型的な自然観と人生観を表していると言ってよく、それほど一九二四年という年はフォークナー文学を知る上では重要な時と考えてよい。またこの前後は韻文から散文へと移行する分水嶺的な時期でもあった。フォークナーは、一九二四年という新たな出発への決意と、彼自身の憂鬱の情とそれには負けない決意とを伝え得る詩を選んで、その心情を伝えるべく、幼な馴染みに手渡したのである。以下これらの心情を湛えた一二篇の詩を検討していく。

「二」

この詩篇には、一九二四年一〇月一八日の日付がついているが、創作はもっと初期の可能性がある。四行四連の規則正しい韻を踏むこの冒頭の詩篇は、後で述べる七番目の「ミシシッピの丘――わが墓碑銘」と密接に結びついており、詩人の慣れ親しんだ故郷の自然を去る前の複雑な心情と、多難な船出への決意を伝えている。まず第一連で、実に巧みに詩人の周囲の自然とおのが心情を重ねながら、「年をとって、私はこの木を、この丘を思い出すだろうか」、と循環する美しい自然とそれを記憶する身体に呼びかける。そして二連で故郷を去って思い出すさまを陽の光のもとで熟成する葡萄酒に喩え、また三連で上空で吹く風が、故郷の谷や丘がなくなっても、その風がその谷や丘で心を揺さぶってくれるだろうと思う。

だが詩人は最後の連で、その静かな風に満足せず、「美の絶頂に生まれ、ギリシャから渦巻きながら飛び出した風のケンタウロスに跨り、古くからの世界の冷たい悲しみの背に跨らせよ」(5)、と悲壮にも響く新たな門出の気持ちを詠っている。この心情は、先ほど述べたように七番目の詩篇、そしてやがて組み込まれる『緑の大枝』の最後の詩篇「四四」と同じであり、それはまた「古い詩と生まれつつある詩――ある遍歴」でキーツやシェリーを引き合いに出して表明した決意や、さらには短編「カルカソンヌ」で触れた詩人の心情と通底している。それらには共通して、悲しみや憂鬱と自然の木(大地)と「丘」が対比され、『ミシシッピ詩集』の冒頭を飾るに相応しい詩篇となっている。

「二」

この詩篇には、前の詩篇とは異なり、深い憂鬱の情と死の影がさし、母なる大地への執着が描かれている。「私」を取り巻く周囲は、荒涼とし、「死の月、まばゆい絶望の月が照り、その銀色の海深くに大地が溺れている」。そして「私」が目覚めるたびに、キリストと同じような脇腹の傷口の痛みを感じ、「まるで『時』と私が入れ替わって、磔刑にされたキリストのいた冷たい場所にいる」のだろうかと問いかける。さらに三連で、人の一生や死を含むあらゆるものの象徴でもある「時」が、濡れた口も吸いつくしてしまうのかと問いかける。しかし最後の連で、すべてのものの相続人たる「時」に対して希望をを託し、「母なる大地」に優しくしてくれと訴える。このようにこの二番目の詩篇では、母たる大地と、古くからの死と絶望を含むすべてのものを体現している「時」とが巧みに対比されているが、この詩想は、例えば『死の床に横たわりて』でアディが体感する大地感覚と同じであり、フォークナー文学の根底に深く潜むものである。

「三」「小春日和」(“Indian Summer”)

「小春日和」というタイトルのついたこの詩篇は、後年『緑の大枝』に収録されるが、まず注目すべきは、四章の「ミシシッピ大学での成果」で触れた「五〇年後」と同じ老いのモチーフを詠っていることである。さらには、この章の最後で触れるニューオーリンズでの、未発表の詩篇「ニューオーリンズ」に描かれる高級娼婦の死や、さらには『ダブル・ディーラー』に発表された小品「ニューオーリンズ」に描かれている娼婦像とも共通していることも目を引く。この詩篇では、高級娼婦の死に見られる人間の有為転変が、自然の運命的な循環と重ねられており、一二篇全体を貫くテーマと詩情を伝えている。

次に注目すべきはソネット的な論理構造であろう。最初の連では、仕草の細やかですばらしかった高級娼婦の死と彼女の死に際が描かれ、二連では、また別の女王が君臨していくこと、三連では、一人の人間の死を自然界の循環の摂理に拡大して、冬になれば冷たく死の世界に変わってゆく理が描かれている。そして最後の結論部分の二行では、薪の煙のように古い悲しみが漂って、もとの悲しみがたゆたっているが、同時に春も来て希望の兆しがあることを伝えている。従ってこの詩篇でも、悲しみとそれを乗り越えようとするパターンが描かれているが、興味深いのは、「小春日和」というタイトルと、内容が高級娼婦の死と冬の季節が重ねられ、彼女の死と冬枯れが重ねられていることである。フォークナーはやがてニューオーリンズに出向くわけであるが、その都市像と高級娼婦像は、フォークナーの文学的想像力によっていっそう深められていくことになる。

「四」「野生の雁」（"Wild Geese"）

この詩篇は、「野生の雁」というタイトルが表しているように、空を翔ける雁の飛行が大きなモチーフになっている。最初の連では、荒涼とした一一月、世界のへり（縁）を越えて飛ぶ雁と、その孤独な鳴き声に、人間存在の根源が揺り動かされるさまが描かれる。そして次にはその雁たちが詩人の前世と、土から創造された地上の人間の孤独を思わせ、ここでも孤独と失望が全体を覆っており、その孤独な鳴き声が詩人のフラストレーションと孤独の心情をいっそう強める。だが最後で詩人は、この野生の渡り鳥たちが空を翔け、赤く死にかけた月をいっぱいに横切って世界のへりを渡っていく鳥影に、高邁な望みを託している。空を駆け、月面を横切り、さらに飛翔する雁の姿と、詩人のいまの孤独の心情とが、四行四連の詩形で巧みに対比されている。いわば自在に世界のへりを飛翔する雁の姿に苦闘する詩人を重ねて、詩人の限りない夢を雁に託した詩篇であろうが、この心境は、三章でキーツと関連させながら詳しく述べた、あの詩人の仔馬に乗って空翔ける詩人を描いた短編「カルカソンヌ」に通じている。

この詩篇のテーマは、一九二七年の三月一四日という日付のある詩篇「彼の心を諌める」（"Admonishes His Heart"）でも描かれており、この厳しい芸術追究の内面の自己との対話は、以降も繰り返され長く続いていく。詩人は、野生の雁と、いまは生活のために土塊の奴隷の身となっている己とを比較しながら、「翔けゆけ、荒涼として孤独なものよ！私には嘲りが、／おまえたちには死の栄光と速度と清冽がある」(6)、と激しく詠っているが、この詩情はフォークナー特有の天と地の宙づりの空間、さらには丘といった空間軸の芸術探求のモチーフであり、やがて『土にまみれた旗』や『死の床に横たわりて』などに描き込まれていくのである。

「五」

他の詩篇と比べると例外的に四行八連の長い詩で、しかもテーマがいままでのものと異なり、大地を耕す農夫の平安な姿を描写した詩篇である。土壌を耕し、その労働に対しては自らが稼いだ食べ物があり、自給自足の心の平安が随所に感じられる。自然の森や野原の爽やかな風が薫るのどかさに囲まれ、鳥がさえずり、幸福な風と太陽と眠りがある。この詩風は、自然にとけ込んだ自由労働者を詠った短編「ナザレより」の若者を想起させ、また、自らの手で生活の糧を得る姿は小品「丘」の系譜に連なる。しかしこの詩集の前後の憂鬱や絶望的なイメジに彩られている詩の中で、このような明るい詩情はフォークナーの作品では特異な存在に映る。それはフォークナーが意図して全体の中間に位置すべく選詩したとも考えられるが、最後の、「一人の男が、自らの手足でパンの糧を得る」(7)姿に、「ナザレより」の若者と同様の生き方にほっと安堵するフォークナーの姿を読み取ることができよう。この詩篇は、後年『緑の大枝』に組み入れられて「八」となる。

「六」「詩人が盲目になる」（"The Poet Goes Blind"）

「詩人が盲目になる」というタイトルには、現実に陽の光を奪われるという直接的な意味と、詩人の「目」を奪われるという意味が込められている。そして詩人が呼びかけている「お前（You）」とは、人間の運命を司る女神であろうし、詩人に詩的霊感を与えるミューズでもあろう。詩人はその存在者に、息吹（生）を奪い取っても「我が黄金の世界」を返してくれと叫んでいる。最初の連では、視力のない詩人は、朝、目覚めても世界は見えず、運命の戯れとしか考えられない人間の営みの無力さを詠い、次の二連で、七〇年の歳月を費やしても自然を学ぶ時間のなさを嘆きながら、小川や丘の情景を心に焼き付ける時間をくれと言う。三連では、やはり自然の目に見えない営みに対して絶望するが、「わが心を羽ばたかせて金色の部屋の大気を飛ぶための」(8)目だけは残してくれと願い、最終連では、再び宇宙の創造者に詩人の目を奪わないように懇願している。いわば詩人は、いままで自然の美をまだ学びきっておらず、「目」を失っているが、「お前」という私を引き裂き絶望に追いやる宇宙的な存在者に、たとえ足腰をもがれ、肉体的なものを奪い取られても、ものを見る「目」、いわば芸術探求の「目」だけは奪わないでくれと懇願している詩である。それは裏返せば、詩人が失ったみずみずしい目と金色の世界を取り戻そうとする心情を盛り込んだ詩篇であり、これもフォークナーの新しい出発に向けての気概を語ったものであろう。

「七」「ミシシッピの丘――わが墓碑銘」("Mississippi Hills: My Epitaph")

この詩篇「ミシシッピの丘――わが墓碑銘」については、二章の「詩的幻想と故郷の大地」でも触れたし、また最後の一〇章でも言及するが、一九三三年の『緑の大枝』の掉尾を飾るように、フォークナー文学全体に深く関わっており、非常に重要な詩篇である。この詩篇は、一九二四年にマートル・ラミーに贈られた後、最初は『コンテンポ』(一九三二年二月一日)に、「わが墓碑銘」として発表されるが、他に「この大地」、そして「たとえ悲しみがあっても」という違ったタイトルも付けられている(9)。ここには、ハウスマンの詠った詩篇と同じ、少年時代の懐かしい自然の風景であると同時に、いま現実の荒波の中に旅立とうとする前の不安な気持ちが入り交じっている。さらには、前途への不安と同時に、故郷の自然に対する強い執着と、懐かしい故郷の大地に再び帰り、その大地に抱かれる望郷の念が詠われており、一九二四年の出発の時の気持ちをマートルへ伝える、一二篇全体に通じる心情が込められた詩篇である。

この望郷の念と、丘や大地のイメジは、ハウスマンの『シロップシアの若者』の「四〇」と深く関わっている。フォークナーにとってハウスマンは、新しい文学の出発点になった詩人であるし、最後の章でも触れるが、フォークナーのヨクナパトーファ世界の丘と大地の意味を心底教えてくれた詩人であった。ハウスマンは「四〇」で、少年時代の牧歌、青い思い出の丘や尖塔や農場を想うが、それは、故郷を離れた流浪の身で、「失われた満足の国」("land of lost content") となって、もはや帰ることのできない ("cannot come again") ノスタルジアとなって詠われている。

私の心にある　やるせない思いをさそう風が
　はるかに遠い国から吹いて来る、
あれらの青い思い出の山は何か
　あれらは何の尖塔か　何の農場か。

あれはいま失われた満足の国だ
　あざやかに輝いて見える
かつて歩いたが再び行くことのできない
　幸福な大道だ(10)。

フォークナーの「ミシシッピの丘――わが墓碑銘」でも、ハウスマンの青い想い出の丘と同じように、「空高く微睡むこの青い丘」が、「私をしっかり抱きしめているこの土壌が私に息吹を見つけてくれる」(11)ものとして詠われている。そこでは、ハウスマンと同じように、少年時代の懐かしい「青い丘」を中心にした自然の風景がある。しかし注目すべきことは、「私は必ず帰ってくる！　死などいずくにあろう」(12)、と詠っているように、それは失われた単なるノスタルジアの地に留まらず、ハウスマンの世界をのり越えて、再び帰る地となっていることであろう。そこには不安と、望郷の念と、故郷の大地に抱かれる夢が詠われており、この心情は、一つの円環をなしながらフォークナーの作品全体に流れているのである。

「この土壌（soil）」は後に『緑の大枝』に収録されて掉尾を飾るべく最後に置かれた時は、「この大地（earth）」という、意味が拡大された語に置き換えられるが、「この土壌」は、詩人を育くみ、異国の地にあっても再び帰るところで、死後も温かく抱きしめてくれるものであった。そして「この土壌」と不可分の「青い丘」は、後でも触れるように、フォークナーの多くの作品の重要な想像空間の表象となっていくことになる。このように、「ミシシッピの丘——わが墓碑銘」には、シロップシアの丘の響きと共に、暫しの故郷との別離と新しい自己の再生、そして帰還の意志が込められている。実にこの詩篇は、ハウスマンの「不屈の精神の壮麗さ」を秘めながら、最後の章で触れるように、「丘」を重要なトポスとして展開するヨクナパトーファ物語の地理的、精神的基盤となっていくのである。

「一二月——エリーズへ」（"December: To Elise"）

一九二四年一二月一五日の日付がついており、それはニューオリンズへの出発前ぎりぎりの日付である。この八番目以降はローマ数字はなく、各々具体的なタイトルが付けられている。この詩篇では、冬（一二月）と春（恋人エリーズ）が鮮明に対比され、冬枯れの自然の中での詩人の失望や不安と、いまはいない恋人への恋情が詠われている。最初の二連で、かつての春の二人での楽しい一時の思い出と、それと対比された現在の荒涼とした自然と寂しさや後悔の念が語られ、三連でも恋人の思いが強く語られており、まだ明るい春や初夏の初々しさと現在の憂鬱な暗い心情が一貫して対比されている。最後の連では、「春、五月、六月のすべてだった」[13]恋人が去ってしまったいまは、周囲は「雨と死」の暗い世界と化しており、それに対して詩人は、「ああ、美しき（人）」という感嘆で結んでいる。このように、恋人のいた春への恋情と、一二月の冬枯れの絶望的な情景の対比が強調されているが、そこには、異国へ旅立つフォークナーの一抹の寂しさと、エステルを初めとする恋人たちとの過ぎし日々の感傷も込められているであろう。この詩篇は、一九二五年六月に『ヘレン——ある求愛』の一部になっていき、次はヘレンを慕うフォークナーの心情に合致した詩篇となる。

「三月」（"March"）

この詩篇は、次の章で論究する『ヘレン――ある求愛』の「一二」、さらに『緑の大枝』にも収録されて「四二」となっており、少しずつ異同[14]はあるがほとんど同じである。ある原稿には一九二四年一二月一二日という日付で、また別のものには一九二四年一二月一五日の日付で「三月」というタイトルがついており、先ほど触れた「一二月――エリーズへ」と同時期に書かれたものであろう。あるヴァージョンには「ソネット」というタイトルもあり、これはまさにソネット形式を指しているが、「三月」というタイトルには、自然の三月の渡り鳥の北へ帰行する鳴き声が、人間の焔のような性の欲求と重ねられており、いままで触れた憂鬱や不安、あるいは絶望と自然の季節とを対比したものとは作品傾向が異なる。

原初的な罪のモチーフに焦点を当てながら、この詩篇は、ギリシャ・ローマ神話の古い神々が敗退して、ユダヤ・キリスト教の蛇が王座につくが、その蛇に誘惑されてアダムが禁断の実を食べ、自意識のある性的人間になったことを描いている。第一連ではイヴの体に巻き付く蛇が描かれ、二連では、人間は冬の夜に犯した罪の許しを得ようとしたり、生まれながらにして「血（性欲）の船」の子孫であることを忘れて呪物でそれを鎮めようとしている。そして最後の連では、古い神々が衰退し、「火のかけらを食べてさらに煽る」[15]黄金のリンゴを手にした蛇が君臨しているさまが描かれて、最後は、千鳥や鷹の北寄行のさまが描かれている。

コリンズは、この詩篇は、人間に巣食う性を原初から描いたもので、「創世記」の蛇は、情熱と官能の喜びの象徴となり、人間世界にもそれが浸透することになる[16]、と解釈しているが、確かにこの詩篇には、いままで二章の「輻輳する性――両性具有」などで述べてきた、フォークナー特有の生と死、あるいはエロスとタナトスに加えて、あからさまな男女の性と罪の意識が顕著になっている。この詩篇の最後の情景の、北へ向かう鳥の鳴き声は、『死の床に横たわりて』の、教師時代のアディが、北へ向かう雁を追いながら、生徒をむち打って烈しい性のフラストレーションを払いのけようとする情景を想起させるが、この詩篇には、ローマ・ギリシャ神話の世界に加えて、ユダヤ・キリスト教の、性と罪、あるいは時間意識がからまっており、この後すぐにニューオーリンズで書かれる散文世界に近いものがある。この点についてはニ章の「半獣神の午後」でも触れたし、最後の一〇章でも述べるように、最初の長編小説の『兵士の報酬』にこの二つの世界が描かれており、イヴにまつわる原罪感覚は、次第に深まっていく。この詩篇は、罪という意識を軸とした詩と散文の分水嶺的な位置づけを持つ注目すべき作品であり、フォークナーがこの後『ヘレン――ある求愛』と『緑の大枝』に再度収録していく意図も十分に首肯できる。

「一一月一一日」("November 11th")

「一一月一一日」とは、フォークナーがトロントで突然予期しない第一次大戦の休戦を迎えた一九一八年の一日をさしている。失望のうちに故郷に帰ったフォークナーの心情が背後にあろうが、その兵士の姿がフォークナー特有の冬枯れの季節と重ねられ、詩人の失望、悲しみ、憂鬱の心情が露わに表現されている。声を残して南に去った燕や、北に向かう千鳥や鷲の鳴き声を引き継ぎながら、冬枯れの憂鬱はさらに深まっている。そしてこの荒涼とした自然の情景はそのまま詩人の心情であり、四連全てにこの冬枯れの暗さが描き込まれている。最後の、「打ちひしがれた木の中を吹く静かな風の嘆きは／小道の草を震わせ／『悲しみ』と『時』は潮の満ち引きのない黄金の海／静かに、静かに！彼が再び帰ってきた」(17)、という詩句は、最初の長編『兵士の報酬』でエピグラフの一部となっており、負傷帰還兵ドナルド・マーンの帰還の姿に重ねられているし、この冬枯れの憂鬱と暗さは、『土にまみれた旗』の、ヤング・ベヤードの一一月のすさんだ心情と深く通底しており、狩猟の時期を含めてこの特有の季節の憂鬱はフォークナー文学の底に深く流れている。この詩篇は『緑の大枝』の「三〇」として収録されるが、この詩篇でいままでのこの詩集の大きなパターンである、憂鬱や絶望の心情と季節とを重ねていくパターンは終わり、残りの二つの詩篇はこれらと異なった詩風になっている。

「絞首台」（"The Gallows"）

この詩篇は、ハウスマンの「絞首刑」にまつわる詩篇（『シロップシアの若者』の「九」と「四七」）の影響をはっきり感じさせる作品で、フォークナーにとっていかにハウスマンの詩が大きな影響力を持っていたかを物語っている。構成のうえでも三連構成（六・八・六行）で、他の詩篇と異なっており、後で触れるようにハウスマンの「四七」（「大工の息子」）[18]と同様に、もともとはもっと長いものであった。かつては母親が息子を最も素晴らしい若者になるよう期待し、慈しみ育て、死後は世界の人が嘆くほどの人物になるよう願ったのであるが、ある運命の曲がり角で不幸の道を歩むことになってしまった息子を嘆く詩である。理由は一切触れられていないし、この詩篇だけではタイトルからだけしか内容が推測しにくいが、運命の逆を歩んでしまった息子に対する悲しみが具体的な細かい動作の描写で切々と伝わってくる。一二篇全体から見ると、処刑される息子を母親が嘆く内容はいままで触れてきた詩風とは相当異なっているが、人間の宿命的な哀しさと優しさを、独特のアイロニーで伝えているハウスマンの詩の真髄を深く読みとったフォークナーの詩である。この詩篇は、次の詩篇の、「妊娠」という詩篇が、新しい生命を宿す内容のものであってみれば、死と生をめぐる生命の循環のモチーフが背後にある。

この詩篇は、『緑の大枝』に収録されて「一四」となるが、九章でも触れるように、そこではハウスマン的な詩篇が前後に配されている。さらにこの一九三三年版では、『ミシシッピ詩集』で省略されていた一二行が付け加えられ、内容がいっそう明瞭になる。ここでは、かつては純粋で勇敢な若者が、いまは極道と呼ばれて絞首刑台から吊されている。そしてもはや死んだ身であれば、お互い許し合ってねんごろに葬ってやらなければ恨みを重ねることになると話者が結んでいる。その意味では、この一二行は全体の説明的な要素と結論の役割を果たしており、一九二四年段階では、詩的想像力を重視して省略したことも考えられる。

「妊娠」(“Pregnacy”)(19)

最後の詩篇「妊娠」は、妊娠した女性の身体の変化を音楽に喩えながら、最後で春を身ごもった大地と対比して、一縷の希望の明かりがともされるという語りになっている。まず一連で、語り手が、太古の深い沈黙の音楽に合わせるように、彼女の妊娠した種子が身体の底深くに宿され、三つの冷たい星が壁に一つ一つ埋められ、「雨と、火と、死の三つ」(20)が彼女のドアの上にかけられた、と語る。これらの三つの星や、「雨、火、死」の象徴性は理解しにくいが、やはり人間の運命や生死を暗示していると考えられる。二連では、妊娠の前の竪琴の音が、各々の弦がただ音を出しただけだったが、妊娠した体は奇妙な激しい竪琴の音に絞られているように感じる。そして三連で、いろいろな悲しみが入り交じる中で、明日の調べが昨日の汚れなき単独の歌の償いをどのようにするのだろうかと問いかけ、最後の連ではそれに一つの答えを出している。ここでは、再び三つの星に言及して、冬の後、雨の中で緑が萌え出て、深い大地の底に春の兆しがあるように、身ごもった身体には、目覚めれば明るい星が光り、母体の中の生命が動いている、と語る。

この詩篇は、一二篇全体の掉尾を飾る詩篇であるが、死や絶望と希望のパターンを一部残しながら、重心は大きく春と生命の希望に移っている。従ってこの最後の詩篇は、暗い人生の淵の中から、冬から春が巡りくるように、新しい生命の誕生が期待され、全体の詩篇の最後の締めくくりとなっており、全体の暗い色調の中で、春と新しい生命を孕んだ、一筋の希望を与える内容で終わっているのである。それは先ほどの「絞首台」という詩篇で述べたように、失った生命に代わる新しい蘇りの生命であり、もう一度「ミシシッピの丘――わが墓碑銘」に帰れば、「私が死んでも、この土壌は私をしっかり抱きしめて、息吹」を与えてくれるのであり、フォークナーはこの気持ちを携えて故郷を去っていくことになる。そして、一九二四年の年末にマートルにこれらの詩篇やエッセイを贈った後、年が明けてすぐにニューオーリンズに旅立つわけであるが、詩人フォークナーとニューオーリンズは深い関係にあり、いま少しフォークナーの南部の都会での文学活動に触れておきたい。

三　異郷の都ニューオーリンズでの芸術探求

いままで一二篇の詩篇を検討してきたが、フォークナーにとってはこれらの詩篇とマートルに贈ったエッセイは、故郷オックスフォードの丘や大地の歌であると同時に、新しい門出への集大成と決意を示すものでもあった。そして、フォークナーの目は、故郷の丘を越えたニューオーリンズ、さらにはヨーロッパに向けられ、一九二五年の一月早々にニューオーリンズに出向き、ヨーロッパに発つ準備をすることになる。そしてこれらの仲介を積極的にしていくのが、文学の庇護者ともなっていたフィル・ストーン、あるいはスターク・ヤングやベン・ワッソンたちで、オックスフォードやミシシッピとゆかりの深いこの三人はフォークナーを励まし、文学の道への大きな後押しになっている人たちである。

ニューヨークとの関係は一章でも少し触れたが、エリザベス・プロールとの出会いがアンダソンとの幸運な関係につながっていくし、しばらく経験したグリニッジ・ヴィレッジ周辺の生活は彼の芸術感覚を刺激したにちがいない。しかし、南部文化との親近性や、南部人を意識させたのはなんといってもニューオーリンズであり、フォークナーにとっては一九二一年の一月に創刊号が出た、当地の文芸雑誌『ダブル・ディーラー』は格別な存在であった。彼はニューヨークで書店を辞めてオックスフォードに帰った月（一九二一年一二月）には、書きためた詩を携え、ニューオーリンズに赴いて『ダブル・ディーラー』の事務所を訪れて、その一室で作家たちとウイスキーを飲んでいるのが目撃されている(21)。その時は郵便局長としての仕事が決まって、将来の計画を含めていろいろな思惑が働いていたと考えられる。しかも翌年の一九二二年六月号には、一九二二年の『春の幻』の「五」に当たる詩篇が、「肖像」というタイトルで、すでに名前が知られるようになっていたヘミングウェイの短い詩篇と同じ頁に掲載されており、この事実は、やがて『蚊』でモデル的な形で登場する編集者ジュリアス・フレンドや『ダブル・ディーラー』との関係が急速に深まっていることを物語っている。

この雑誌は、一章の経歴の箇所でも少し触れたように、当時「ボザートのサハラ」(“The Sahara of the Bozart”)を書いたH・L・メンケンの、「芸術、知性、文化的にサハラ砂漠同様不毛」な南部という、厳しい攻撃に代表される北部を意識しながら、南部文芸復興をめざしていた。この姿勢は、ヴァンダビルト大学を拠点とした「フュージティヴ」の文学運動とも並行する。そして終刊までに二九三名の執筆者を得て[22]、いわば南部文芸復興の大きな礎となったと言ってよいであろう。

創刊号の巻頭言には、まず『ダブル・ディーラー』の由来は、一六九三年の王政復古期のウィリアム・コングリーヴの喜劇『ダブル・ディーラー』に因むもので、その精神に沿った再演であると切り出している。そして雑誌の精神は、「真実を語ることでだます」ことであると宣言しているが、その逆説表現には、一歩距離を置いたユーモアと余裕を持った編集姿勢がうかがえる。また掲載の内容に関しては、短編小説、エッセイ、書評、スケッチ、詩、警句などで、韻文では形式よりも中身の「真髄」に重点を置きたいと述べて実質重視をうたっている。

またこの創刊号で注目すべきことは、当時の南部文学の大御所とも言える、ジェームズ・ブランチ・キャベルの発刊への祝儀の言葉を掲載していることや、さらにラフカディオ・ハーンのかなり長いエッセイを掲載していることであろう。ハーンは一八七七年にニューオーリンズに来て、主に新聞記者として活躍するわけであるが、アイルランドとギリシャの血を引く「奇妙なコズモポリタン」で、古い異国的なものに惹かれ、滞在中は文学仲間からはほとんど揶揄され、反抗的な態度をとる大学教師に無視されていたが、いまは欠点のない名匠の技法を愛でる人々の聖所にいる、ウォルター・ペーターやチャールズ・ラムと並び立つ作家だと評価し、襟を正して彼のエッセイ、「ニューオーリンズ最後の剣術士たち」(“The Last of the New Orleans Fencing Masters”)をここに掲載すると述べている。

フォークナーは当然これらに強い関心を持って読んでいるはずであるが、偶然とはいえ三章で述べたエイケンの長編詩『塵の館』には、ハーンの日本での著作の「衝立の乙女」(“The Screen Maiden”)の物語がほとんどそのまま利用されている。これは浮世絵師が衛立の乙女に恋をして、その少女が現身となって幸せな結婚生活をする若い二人の愛の物語であり、当時のフォークナーの心情にも訴えるものであったと考えられる(23)。フォークナーがエイケンの詩を高く評価して書評を掲載したのが『ミシシッピアン』の一九二一年二月一六日号であったが、このフォークナーの書評は『ダブル・ディーラー』の創刊号を読んでから書かれたとも考えられ(24)、フォークナーは幻想的な異郷世界を放浪するエイケンの主人公と、異郷の地で作家活動をしたハーンやその作品の人物を結びつけていたという推測もあながち誤りとは言えないであろう。

こうしてフォークナーとニューオーリンズの関係は、『ダブル・ディーラー』を通じて醸成・拡大され、故郷のオックスフォードとは異なる、クリオール性(25)の強い南部世界へ入り込んでいくのである。そして現実のニューオーリンズでは、アンダソンや多くの文学・芸術仲間との出会いと交友という幸運な巡り合わせともつながることになるが、エッセイ「古い詩と生まれつつある詩――ある遍歴」は、南部文芸復興のための『ダブル・ディーラー』を脳裡に置いて書いたと考えられ、事実フォークナーはニューオーリンズで多くの糧を得ることになる。

この章の最初に、フォークナーは一九二四年の年末にマートルに、このエッセイと一二篇の詩篇を渡したことに触れたが、注目すべきことに、これらと同じ時期に書かれたと考えられる一篇に、「ニューオーリンズ」というペトラルカ風のソネットがある。すなわち、フォークナーがすでにオックスフォードで具体的なニューオーリンズの詩的イメジを作り上げて詩作をしていたことを示しており、しかもそのイメジは一過性のものではなく、しっかりとした美意識で捉えられ、ニューオーリンズ以降の作品に描き込まれているものなのである。この詩篇は、どの撰集にも収録されていないので、ニューオーリンズと芸術との関係で少し詳しく触れておく必要があろう。

この詩篇には、オックスフォード、一九二四年一〇月三〇日という付記があり、出発前に着想していた詩作であることを示している。フォークナーはここで、ニューオーリンズを老いと交錯する高級娼婦に喩えているが、そのイメジは、フォークナーがニューオーリンズに着いてすぐに『ダブル・ディーラー』（一九二五年一・二月号）に発表される、小品「ニューオーリンズ」の一一人目の「旅行者」の視点で描かれたイメジと同じである。この大都会を、高級娼婦に喩える視点はやがて長編の『蚊』でも描き込まれるが、これはフォークナーがニューオーリンズ出発前に、芸術探求の思いを込めて詠ったものであり、そこには、いままで触れてきたフォークナーの性と芸術の密接な結びつきが描き込まれている。この「ニューオーリンズ」という詩篇は、生誕一〇〇年を記念して限定出版されたものであるが、老いた娼婦と欠けていく月のイメジから始まって、中間で若いうぶな娘と対比しながら、最後は過去の追憶がさまざまな比喩と暗喩を用いて語られている。

「ニューオーリンズ」

夏の月がかけ、彼女は老いている。
芥子の吐息は彼女の吐息、赤い芥子が
彼女のすばやい唇に何度もきつい口づけをした。彼女の頭を
彼女の漆黒の疲れた翼のような髪が包む。

おぼこ娘の髪は褐色でも金色でもない。
青白くなりかけで、彼女の生命の血は、
口づけの返礼を受けようと急ぐこともなかった。恋する男は
彼女の、白くとがった、冷たい胸で死ぬことはない。

生命が、壁に息吹いているこの庭では、

夜が明けてから、誰がその日を全うしないものがあろうか。
いずこにいるのか、わからずやは
彼女の呪縛を解いて一時の若さを求めても、
みなまた彼女のもとへ囚われの身をこがれて帰るのに
彼女が物憂い扇越しに微笑めば(26)。

この高級娼婦や「成熟した女」の暗喩に彩られたイメジは、一九二五年の「ニューオーリンズ」という一一人の町の人物たちの最後の「旅行者」に次のように再現されている。

――ニューオーリンズ。

そいつは娼婦さ、年増じゃないけど、うら若くもない。幻のような昔の栄華を後生大事にしまいこみ、おてんと様の光を避けるやつさ。そいつの家の鏡はみんな曇り、外枠も光を失っている。でも家だけは年とともにかすみながら美しくなるんだ。女は色槌せた錦織りの長椅子に優雅にからだを沈め、そこかしこにかぐわしい香水の匂いを漂わせ、ドレスの襞には、昔ながらの折目が見事に入る。この女、とうに過ぎ去った優雅な時代の雰囲気の中で息をしているのだ……。

ニューオーリンズ……そいつは娼婦さ。その支配力は世なれた男に広く及び、若者はその魅力のとりこになってしまう。そこから立ち去る者はみんな、おぼこ娘の、茶色でも金色でもない髪の色、恋する男でもそのために死のうとはしない、青白い氷のようなその胸を一度は追い求めてみはするものの、娼婦のもの憂げな扇の陰から送る微笑を見つけると、彼女のもとへと戻ってくる……(27)。

これは遠くは、四章で触れた、フォークナーがミシシッピ大学時代の詩篇「五〇年後」に描かれた、かつては女王のように振る舞った老いた女性像とも重なっていることにも注意する必要がある。さらには、『ミシシッピ詩集』で触れた、三番目の高級娼婦を描いた「小春日和」(『緑の大枝』の「三五」)のモチーフともつながっており、フォークナーにとっては、ニューオーリンズという都会が秘めた、人間の妖しげな美しさとはかなさ、そしてそれらを表象する芸術とは早くから大きな文学テーマとなっていたのである。いわば、ミシシッピの土壌や、緑の丘などの自然の世界と、都会的な芸術の雰囲気や、頽廃とモダニズム的意識が早くからフォークナーの創作世界に混淆していたことになる。「ニューオーリンズ」というスケッチでは、先にも触れた「金持ちのユダヤ人」を初めとする一一人の語り手がいるが、そのテーマは、老い、過去や若さの思い出、悲しみ、憧れなどで、これら人生の黄昏、運命の曲がり角や老いがニューオーリンズのイメジと重なっている。いわばフォークナーにとって一九二五年のニューオーリンズは、老いや世紀末的雰囲気、そして新しい芸術への憧れが渦巻き、それがミシシッピの土着的なものとぶつかり混淆しながら、フォークナーの散文への傾斜を強めていったのではないだろうか。

このニューオーリンズと高級娼婦のイメジは再び『蚊』で繰り返されるが、それはいままで私が「半獣神の午後」で述べてきた、フォークナーの世界観や歴史観ともつながり、さらにこのニューオーリンズが、あのミシシッピの緑の丘と都会の老いや人間模様と重なる場所となっているのは注目すべきことであろう。こうしてフォークナーは巷の人間模様を観察しながら散文への傾向をさらに強めていき、ニューオーリンズでは散文が主で、一九二二年に『ダブル・ディーラー』に掲載した詩以外では、「瀕死の剣闘士」("Dying Gladiator")が『ダブル・ディーラー』の一九二五年の一・二月号に、そして「フォーン」("The Faun")が一九二五年の四月号に掲載されるだけである。「フォーン」はフォークナーが一九二六年にヘレンに贈った詩集の『ヘレン──ある求愛』の三番目に組み込まれるのでそこで触れる(28)。

フォークナーが強い決意で新しい芸術を求めて来た異郷の地での心情は、「ニューオーリンズ」の一一篇の九番目の「芸術家」でもその一端をうかがうことができる。この芸術家は、「大理石、音、画布、あるいは紙に形を与え息吹を吹きこむ血潮」(29)を体に感じ、「創造するという情念の炎を持たぬ者にこの歓びはわからない」(30)、と強い創造の血をたぎらしているが、それはニューオーリンズでの芸術家フォークナーの熱い心情の裏返しと言ってよい。そしてフォークナーは、その芸術家の創造の本質を、冒頭で三つの信条を語る「裕福なユダヤ人」の姿に反映させているのである。

『ダブル・ディーラー』の編集長のフレンドが、小品集「ニューオーリンズ」を受け取ったのはフォークナーの到着一カ月後の二月の初めであった。都会に住む市井の最初の人物が「裕福なユダヤ人」で、彼は、「三つのもの、金、大理石、紫――壮麗、堅固、色――を愛する」(31)、と言うが、これは二章の「輻輳する性――両性具有」でも触れたように、芸術至上主義者のセオフィユ・ゴーチェの、『モーパン嬢――愛と情熱のロマンス』という作品からの引用である。この芸術至上主義者の作品の引用は、一つにはジェームズ・ワトソン(32)が指摘しているように、『ダブル・ディーラー』のフレンドの人間性や価値観を反映しており、それへの全面的な共感ではないにしても、やはり「堅固な芸術」を求めるフォークナー自身の探求の姿勢が二重写しになっていると考えてよいであろう。

このフォークナーのニューオーリンズ時代の芸術探求の成果は、彼がヨーロッパから帰国してから書く『蚊』に表れるが、フォークナーはそこに、「ニューオーリンズ」の「芸術家」や「裕福なユダヤ人」の心情を盛り込みながら彫刻家ゴードンを塑像したのであった。フォークナーが、ヨーロッパで未完の『エルマー』も脳裏において『蚊』を書こうとしたとき、主人公の芸術家像を画家ではなく彫刻家にしたのは、二章でも触れたように、スウィンバーンやゴーチェの作品が深く関わっているのである。芸術至上主義を強調するゴーチェはまず『モーパン嬢』で、

私の叛乱する身体は魂の優越性を認めないし、私の肉体は禁欲を制することを認めない。私は地上を天上と同じように考えているし、形状の正確さこそ美徳だと思っている。精神性は私には合わない。私には幻影より彫像を、黄昏より昼間のほうがよい。三つのものが私を喜ばせる。それらは、金、大理石、紫、壮麗さ、堅固さそして色

だ。私の夢はそれらからできており、私の幻想の宮殿はこれらの素材でできている(33)。と登場人物に語らせている。フォークナーはこのくだりを「ニューオーリンズ」と『蚊』に利用したわけだが、さらに彼は、高級娼婦のイメジと彫刻家の発想もこのゴーチェの作品からヒントを得た可能性が強い。ゴーチェの詩人と画家を備えた人物が、美人を見て表現する言葉の不足を嘆き、

私は断じて彫刻家になるべきだと信じる。というのは、こんな美人をどのようにしても表現できないと、ひとはいらいらして狂気になる。韻文は美の幻影を表現できるだけで美そのものではない。画家はそれより正確に模倣できるが、それでも類似にしかすぎない。彫刻にはまったく偽りのものを表現できる現実性がある。彫刻は多面的な側面を持っており、影を投げかけ、さわることもできる(34)。

と言っているが、ここには韻文や絵画を越える彫刻芸術が優先され、『蚊』のゴードンは彫刻家としてニューオーリンズの町で芸術家たらんとして苦悶するのである。この彫刻家ゴードンの芸術探求の姿は、三章のキーツの項で、「カルカソンヌ」と共に触れたので詳細は省くが、この彫刻家に託されたゴードン像が、フォークナー自身のミシシッピからニューオーリンズ、ヨーロッパそして再びニューオーリンズに至る芸術探究の、いまだ未完成の姿だと言ってよい。彫刻家ゴードンは、作家フォークナーの心情を反映しながら、芸術家として表現に苦しみ、町を彷徨いながら、「心の受難週、永遠の美の瞬間」を求めるのである。彼は、一九二四年の、「人を悲しませずして、何か美しく情熱的で、悲しい詩を書くことのできる誰かはいないものか」、という作家の問いかけを続けながら、「何か大胆な悲劇的なきびしいこと」を求めて、ケンタウロスの蹄から響く、「荒々しい、情熱的で、悲しい」声を聞く。ゴードンは激しい芸術家の情熱を燃やして、「大理石」から「時間を超えたあの至福の瞬間」を創造しようとしながら、最後は売春宿に

身を投げ出す未完の芸術家のままで終わることになる。この『蚊』の後、フォークナーはヨクナパトーファ世界創造への道をたどることになるが、やがてこのゴードン像は弱々しい芸術家のホレス・ベンボウに引き継がれることになる。

またアンダソンとの交友は、フォークナーのニューオーリンズでの具体的な文学活動を考えるうえで、大きな意味を持つものであった。アンダソンは一九二二年にはニューオーリンズに住み、『ダブル・ディーラー』に、彼のエッセイ「ニューオーリンズ、『ダブル・ディーラー』そしてアメリカの現代の動向」が掲載され(35)、当時すでに有名作家であってみればフォークナーも大いに注目していたはずである。アンダソンは、エッセイで、アメリカの機械文明の発達や標準化を嘆き、アメリカ人のまじめさの過剰ぶりと、余裕、人生の快楽の勧め、そのためにはニューオーリンズが一番いいと書き、さらに人間の基本的なことの表現の大事さを強調している。フォークナーは一九二四年の一一月の初めにニューオーリンズに出かけ、かつてニューヨークの書店で世話になったエリザベスは、ポンタルバ・ホテルに住んでいたアンダソンをフォークナーに引き合わせ、フォークナーにとっては予想外の邂逅となる。フォークナーはあらためて一九二五年の一月四日ニューオーリンズに来て、それ以降、ニューオーリンズの生活の中でアンダソンとの交流が大きな意味を持ち、フォークナーはいやがうえにも散文の方向へ傾斜していくことになる。それは遡れば、一九二一年の段階でのニューオーリンズとの関係が徐々に散文への道筋をつけていたことになる。そして一〇章でも触れるが、アンダソンとの交流の一つの果実は最初の長編『兵士の報酬』として結実することになる。さらに二人の交流の一端が、長編の『蚊』で、「アル・ジャックソン」のようなトール・テールの形となって表れるが、一方でフェアチャイルドとして一部戯画化されているように、フォークナーはアンダソンを乗り越えてまた新しい世界へ進むことになるのである。

フォークナーはこのアンダソンを初めとする文人たちと交流しながら、彼の創作を『ダブル・ディーラー』を中心に掲載していくわけであるが、一九二五年一・二月号には、「ニューオーリンズ」と、「批評について」と「瀕死の剣闘士」

の三篇を、四月号には「古い詩と生まれつつある詩――ある遍歴」を掲載し、さらに六月号には「ライラック」を掲載している(36)。この文芸誌にはアンダソンもしばしば掲載しているが、この南部の文芸を代表する雑誌の常連であってみればフォークナーには大きな自信となったに違いない。「ライラック」については一章で触れたが、この第一次大戦の負傷兵と、水面の白い女の追跡のモチーフは、すぐにも長編『兵士の報酬』の中心モチーフとなり、その後の作品にも生かされていくもので、この詩の存在の大きさの証明でもあり、当時の作品群の相互の文学モチーフの密接さを物語っている。

このようにニューオーリンズは、『ダブル・ディーラー』を中心にした文芸思潮やアンダソンとの交流をはじめ、都市そのものが実り豊かなフォークナーの文学土壌であった。三章で述べたように、一面では徹底した芸術至上主義的性格を持ちつつ、一方で現実に対応しながら、韻文から散文への傾斜の度合いを強めていったのである。そしてさらに、この芸術探究とフォークナーの創作の根源にある観察・体験・想像力があいまって、「妖精に魅せられて」でも議論したように、「生と死」さらに「性」の問題が輻輳化し深化するのもこのニューオーリンズであった。

その意味では、フォークナーにとってのニューオーリンズとは、「無為伯爵」と冷たい目で見られたオックスフォードとは異なり、「ニューオーリンズ」というスケッチの、多様な一人一人の語り手の物語や他の作品に見られるように、多岐にわたってクリオール的色彩を目の当たりにした場所であり、色濃い文化の香りが漂う町であった。そこは、故郷の土壌たる「丘」や「木」の世界に、都会の洗練や世俗性、混沌、あるいは異質・異教の世界が混入していく地であり、両者の接点は『蚊』を初めとする幾多の創造世界を経ながら、やがて『アブサロム、アブサロム!』のヘンリー・サトペンの世界とチャールズ・ボンに象徴される二重世界で一つの頂点となっていく。フォークナーは、故郷ミシシッピとゆかりの深い詩篇と、新しい決意を込めたエッセイを幼馴染みのマートルに渡して別れのよすがとし、異国の地で違った芸術の風を吹きこみながら、この都会をアポクリファルな芸術世界の創造への大きな足がかりとしたのである。

第八章　愛のメッセージ
――『ヘレン――ある求愛』

一　ヘレン・ベアードとの出会い

フォークナーにとってのニューオーリンズは、二章や七章で触れたように、実に豊かな文学土壌となり、本格的なヨクナパトーファ世界創造への大きな足場となっている。そしてやがて『土にまみれた旗』の創作へと進むことになるが、その前にいましばらくこの南部の都は小説と同時に求愛の詩の舞台となる。フォークナーは、パリで中断した作品の書き直しの仕事をかかえ、一九二五年ニューオーリンズで出会い、それ以来脳裡を離れることのなかったヘレン・ベアードへの恋情を抱いたまま再度ニューオーリンズを訪れるのである。彼は一九二五年の一二月に半年のヨーロッパ滞在から帰国して、しばらく故郷で骨休めしてから、翌年の早くにニューオーリンズに出かけ、シャーウッド・アンダソン、ウィリアム・スプラットリング、あるいは「有名なクリオールたち」と旧交を温めたり新たな交友を始めたりしている。そして一九二六年二月には『兵士の報酬』が出版され、その後もフォークナーの文学活動はもっぱら小説に集中し、パリで断念した『エルマー』に代わって『蚊』を執筆することになるのである。しかし恋人ヘレン・ベアードへの気持ちも抑えがたく、しばし詩人にかえって彼女に贈る詩集『ヘレン――ある求愛』を六月に編集したのであった。そして九月には『蚊』を完成させ、そこにも「ヘレンへ」（初めの原稿では「美しく賢明なヘレンへ」と書かれていた）という献辞を付けてヘレンへの愛の心情を盛り込むという念の入れようであった(1)。

一章の「フォークナーの恋と詩作」でも触れたが、フォークナーとヘレンの最初の出会いは、一九二五年の早くで、フォークナーがニューオーリンズに到着して間もなくのことである。当時ヘレンは二一歳でフォークナーは二七歳、アンダソンの影響もあって最初の長編『兵士の報酬』を執筆中であった。一九二五年の五月末までには作品をほぼ完成していたようだが、その後六月六日にはパスカグーラに出向き、ヘレンと海岸で数日間楽しい時を過ごしている。この二人が一夏を過ごしたパスカグーラは、ニューオーリンズの東約一〇〇マイルに位置しており、そこにヘレン一家の別荘があり、ヘレンたちが一九二五年の六月から七月にかけて滞在していたのである。フォークナーはこの妖精のような活発な女性に強く惹かれたが、逆にヘレンや家族にとっては、職業もはっきりせず、経済的にも不安定で、ヘレン自身も作家という職業に関心も薄くフォークナーの片思いの様相であった。

フォークナーはそのヘレンに求愛するが、色好い返事をもらえないまま一九二五年七月七日にヨーロッパに向けて出帆することになる。そしてこの後のヘレン一家がいつヨーロッパに発ったかは諸説があるが、ともかくヘレンと母はフォークナーのパリ滞在中に近くにいたのである(2)。しかしフォークナーはそこで彼女に会うことはままならず、一九二五年一二月一九日にニューヨークに到着する。ところが驚いたことにそこでヘレンに遭遇したというのである。ただその時のフォークナーの風采は、髭を伸ばし、みすぼらしい姿でヘレンを驚かすことになる。このようなパリでの行き違いは、『エルマー』（「エルマーの肖像」）では実に滑稽な遭遇と惨めな結末として描かれているが、フォークナーにとってヘレンの存在は、一九二五年の初めの出会い以来、長く脳裡から離れず、後で触れるように、『蚊』や『野性の棕櫚』にまで続いていくことになる。

先ほど述べたように、フォークナーは一九二六年二月二五日にはニューオーリンズを再訪し、アンダソンやスプラットリングらとの旧交を温める。また同じ頃、中編の寓意ロマンス『メイデイ』の原稿を完成し（一九二六年一月二七日付け)、それをヨーロッパに出発しようとしていたヘレンに贈っており、それには、「ああ、賢明にして美しき汝に、この書、闇のまさぐりを捧ぐ」(“to thee / O wise and lovely / this: a fumbling in darkness”)(3)と書いてヘレンへの思慕の情を書き込んでいる。この寓意ロマンス『メイデイ』は、理想の女性を求めて行脚の旅に出た騎士ギャルウィン卿が、最後に憧れの女性像を見つけたと思うが、しかし「まったく若々しい色白の、陽の光を受けた美しい水柱のような長いきらきら輝いている髪の毛をした」(4)その女性が、「妹という死」だと聖フランシスから教えられ、結局失望して入水自殺していく物語である。これは二章の「水と水死のモチーフ」で詳しく論じたように、水と性、さらにはエロスとタナトスが渦巻く世界であり、底流には理想のヘレン像と叶わぬ恋情が盛り込まれていると考えてよい。さらにこのヘレンとの失恋体験は、エルマー・ホッジという画家を主人公とする未完の『エルマー』やそれを書き直して短くした「エルマーの肖像」(“A Portrait of Elmer”)の物語で、マートルという女性像に描かれ、彼女とマートルとの関係がいま触れた『メイデイ』より赤裸々に描き込まれている。そして次には長編二作目の『蚊』では、彫刻家ゴードンが心底惚れる少女パトリシアとして描かれ、ブロットナーによれば、この長編にはヘレンの兄弟も一緒に描き込まれているのである。またパトリシアの叔母のモーリア夫人は、ヘレンの母の姉妹マーサ・マーティン夫人がモデルとされているが、彼女は作品のモーリア夫人の不幸な生い立ちと性格とはまったく異なり、作品の中で潤色されている。

このヘレンはさらに後年、『野性の棕櫚』に生かされることになる。コリンズは、この長編のシャーロットには多くのヘレンの性格や、目の色、顔色、姿恰好、火傷、直截さ、活発さ、強いるような魅力、あるいは小さなものを作って売る習慣などが織り込まれており、フォークナーはこのシャーロットを深い同情と賞賛の意気込みで相当なまでに描きこんでいると分析している(5)。『野性の棕櫚』は一九三九年に出版されるが、インターンのハリー・ウィルボーンと、激しく純粋な愛を求める人妻のシャーロット・リッテンマイヤーが駆け落ちして方々を転々とした後、最後は妊娠したシャーロットの堕胎手術に失敗して彼女は死ぬ。その後ハリーはシャーロットの夫から勧められる逃亡や毒による自殺を拒んで、牢獄で愛について考えるが、最後に、「無」より「悲しみ」を選択しようとするのである。彼は悲しみを選んで、シャーロットの記憶を胸に抱いて生きようと決意するが、それは失った恋人への最大の愛の姿勢であり、そこにはヘレンへの慕情が深く関わっていたはずである（フォークナーが帰国してニューヨークでヘレンに遭遇したのは、彼女が作った人形や彫像を売ろうとしていたときで、この点も作品に生かされている）。

だがこのヘレンも、前のエステルに似て、一九二七年にはガイ・キャンベル・ライマンという男性と結婚してしまう。しかしコリンズによれば、結婚後もフォークナーとライマン一家とのつき合いは続いていたようである。そしてヘレンと逢瀬を重ねたパスカグーラは、やがて結婚するかつての恋人エステルとの新婚旅行の場所となり、また、スノープス三部作の最後の作品『館』では、ギャヴィンの恋人でもあるユーラの形見とも言える娘リンダが、造船所の錨打ちの仕事をしていた場所であり、ギャヴィンは万感の思いを胸に彼女を訪れるのである。いわばこのパスカグーラは、フォークナーにとっては失われたヘレンと過ごした想い出の地で、フォークナーの女性の原型的イメジの一つが醸成されたところでもある。それだけにフォークナーが贈った詩集『ヘレン――ある求愛』には、彼の複雑な心情が盛り込まれていることは容易に想像できるが、それと同時に、ほとんどの詩篇は以前に書かれていたものを編纂したもので、最初の詩以外はすべてソネット形式のもとに一つのまとまった全体構造を持っていることにも注目すべきであろう。というのは、この詩集には、ヘレンへの愛の心情と同時に、当時のフォークナーの驚くほどの緻密な詩的技巧と、後の作品に盛り込まれていく数々の重要なモチーフやテーマが読みとれ、並行して書かれていた『蚊』とも深く関わっているのである。これらの一六篇のうち、四篇が一九三三年出版の『緑の大枝』に収録されることになる。

個々の詩篇については次の項で論究していくが、全般的に言えば、まず一六篇は最初のものを除くとすべてソネットで、本来ほとんどが独立して書かれたものである。そして最初の七篇には「パスカグーラ・一九二五年・六月」（"Pascagoula-June-1925"）というパスカグーラという二人にとって大切な地名と日付、さらに次からの詩篇にはフォークナーがたどったヨーロッパ各地の地名と日付、そして最後の詩篇には、「パリ・一九二五年・九月」（"Paris-

September-1925")と記されており、これに従えば、一六篇はヨーロッパ出発直前と、ヨーロッパ滞在中に書いたという形式にしてまとめ、ヘレンに贈るに際してフォークナーなりの連続性を持たせたものと思われる。従ってこの一六篇の詩篇には、一九二五年のニューオーリンズとヨーロッパという、時代と文学環境が大きく関わっていると考えてよいであろう。

ただ注意すべきことは、この詩集の「二」は、『ミシシッピ詩集』で解説した「三月」と同じもので、「四」とともに一九二四年の作であり、「三」は初めは「フォーン」("The Faun")というタイトルで『ダブル・ディーラー』（一九二五年四月号）に発表され、ニューヨーク市立図書館所蔵の「バーグ・コレクション（The Berg Collection）」にある最後の詩篇「五〇」の原稿には一九二五年三月二五日という日付がついており、全部がフォークナーが記載している地名や日付と合致しないことである。従ってこの詩集は、ヘレンのために新しく書いたり、選詩と編集をして形式を整えたものであるが(6)、最初を除いて残りが全部ソネットというふうに、四章から七章まで論究してきた詩篇や詩集とはかなり趣を異にしている。二章の「輻輳する性――両性具有」の項で、フォークナーが長編『蚊』に、自らの詩三篇を議論の俎上に乗せたことに触れたが、これらの詩篇も同様に、技法や論理構造面でかなり理知的な側面を持っており、先ほど述べたように長編『蚊』と深く関わっていることも注目すべきであろう。

フォークナーは、ニューオーリンズ時代にほぼ完全に散文へ移行していく時期を迎えるが、ただ、『ダブル・ディーラー』に「フォーン」と「瀕死の剣闘士」を一九二五年の早くに掲載し（一九二五年六月号に「ライラック」を掲載するがこれは五年前のものである）、また『ヘレン――ある求愛』の最後の詩篇には一九二五年三月二五日の日付が付けられ、詩作もしていたことを証明している。しかし、詩篇「三」は、フォークナーが「フォーン」の作詩でいきづまっていた時に、フォークナーがニューオーリンズで知り合った文学仲間ハロルド・レヴィ（Harold Levy［H.L.］）の助けを借りて完成していることからわかるように、雑誌掲載のために技巧に腐心している姿がある。すなわちそこには、当時のフォークナーの、新聞・雑誌へのあらゆるジャンルの文学作品の投稿を考えている状況を物語っている。

またこの時期を仔細に見ると、最初の長編『兵士の報酬』と次の『蚊』の間には、ニューオーリンズとヨーロッパでの文学修行という重要な要因が介在しており、その両長編の相違、あるいは変質をこれらの詩篇は能弁に語っているように思える。すなわち、これら一九二五年の詩篇の数々は、いままで四章のミシシッピ大学での詩篇から、七章の『ミシシッピ詩集』までに論じてきたものと比べれば、フォークナーがたどったヨーロッパの影響から、次第に自らの詩語の世界を探りながら、さらに論理性や理知性を備えた独自の世界へ入ろうとする傾向が顕著である。

それはミシシッピ大学時代から五年間のフォークナーの独自な世界への深化ぶりを如実に語っているし、『蚊』と連動する芸術追究のより積極的な姿勢を映し出している。逆に言えば、それだけ技法や形式が重要視され、これから論究する詩篇も、ソネット特有の、「提示部」、「説明部」、「結論部」という構成を基本とする詩形であってみれば、単なる牧歌や情景描写ではなく、詩的凝縮と何らかのメッセージを理論的あるいは理知的な形で伝えようとする構造となっている。それは一六篇全体の構成にも及び、最初の詩的な情景から、神話のヘレンと現実のヘレンとの巧みな対比、後半の二つ（二人）の論理から恋人を誘う論理展開、そしてフォークナー独特の春や希望の予兆をにおわす最後のしめくくりとなっているのも、フォークナーの思考形態の深化ぶりを示している。

従って一九二六年一月末に完成してヘレンに贈った『メイデイ』、六月に完成した詩集『ヘレン――ある求愛』、そしてほとんど同時に着手して九月に完成させた長編の第二作『蚊』という一連の創作の流れを見ると、あらためてフォークナーのヘレンへの強い気持ちと、さらに次への芸術性追究の一貫した姿勢が浮かび上がってくるのである。フォークナーがこの年の一二月に、『シャーウッド・アンダソンと有名なクリオールたち』をスプラットリングと出版して、アンダソンを怒らせたのもこの流れにあることは容易に理解できよう。

二　愛とグリーフと希望の詩

「一九二六年六月、オックスフォード・ミシシッピ」、という作成場所と日付が付いた『ヘレン――ある求愛』は、一六篇の詩篇を集めた手製の薄い本で、一六篇中九篇は何らかの形でいままで出版されており、七篇がこの詩集で初出のものである。最初の「泳ぐヘレンへ」だけは、四行連句の一二行の構成になっており、唯一ソネット形式をとっていない。またこの最初の詩篇には番号がなく、海で泳ぐヘレンの姿を描写した全体の序の役目を果たしており、次の詩篇からはすべて四・四・六行のソネット形式で、「一」から「一五」までの続き番号が付けられている。そして、この一五篇中、最初の「一」には「ビル」（"BILL"）という見出しが付けられ、フォークナー自身の姿がペルソナ像として紹介される。「五」には「結婚の申し込み」（"PROPOSAL"）という見出しが付き、次の「六」とともにフォークナーのヘレンへの結婚申し込みがユーモラスに語られている。「七」では神話のケンタウロスとヘレンを描きながらそこから現実のヘレンへの橋渡しをして、「八」には「処女」（"VIRGINITY"）という見出しで、かなり抽象的な処女概念が語られる。「九」以下「一二」までは「処女」を引き継ぎながら、「二」という数字を基軸語にして、ヘレンへの愛を迫る詩篇が配置されているが、ここでは「二」と、「眠り」と「死」（この二つは「横たわる」というモチーフとも結びつけられている）のモチーフが論理的に描かれている。そして「一三」で一転して激しい鷹の愛の行為を描き、「一四」では漠然とした春の予兆が語られ、最後の詩篇では、死から再生への強い思いが語られる構成になっている。従って全体としては、ヘレンへの愛を詠う詩集の形をとりながら、最終的には詩人の生きかたを問いかける詩となっているのである。

以下一六篇の詩篇を具体的に考察していくが、この詩集を総括的に論じたものとしては、カーヴェル・コリンズが編集した、『ヘレン――ある求愛』と『ミシシッピ詩集』の合冊のための序文しかなく、ここではそれを参考にしながら論究することになる。ただ先ほど述べたようにソネット形式で、情緒より論理志向の難解なものも多々ある。コリンズも序文に多くの頁を割いているが、個々の詩そのものの議論よりフォークナーの自伝的な記述が主で、各詩篇については私なりの解釈が中心になる。

「泳ぐヘレンへ」("TO HELEN, SWIMMING")

この冒頭の詩篇は、以前に発表された形跡がなく、この詩集のために書いたものであろうが、全体の序曲的な役割を果たしている。四行三連の構成で、弱強五歩脚の詩行を主として正確な韻を踏んでおり、脚韻のための語順が工夫されている。海岸の風景はパスカグーラで、泳ぐ女性はヘレンであるが、彼女の泳ぐ姿態と波のリズムが、ゆったりと周囲に融合しており、それが詩人の愛情の眼差しで捉えられている。二連目の、彼女の姿態を描く、「少年のような胸と、少年のような腰つき」(7) の描写は、『蚊』でもパトリシアに対して同じような「少年の体つき」という表現で繰り返されているが、この描写は、『兵士の報酬』や『エルマー』などでも思慕の対象になる女性表象としても用いられているもので、初期からフォークナーが多用したイメジである。また三連目の褐色の音楽のようなリズムをかなでる彼女の膝と、細かい波の動きがマッチして自然の中に融合した美しい情景となっているが、それはフォークナーの愛情が詩行に深く刻み込まれた結果であろう。

「一」「ビル」("Bill")

泳ぐヘレンを描写した後の「一」は、「ビル」というタイトルが付けられた最初のソネットで、この詩篇もフォークナーが詩集のために書いたと考えられる。このソネットでまず注目すべきことは、人称を一人称ではなく三人称にして詩人自らのことを語る形式をとっており、一歩距離を置いて自己分析をしていることであろう。第一連では、自らを大地の子と称し、そこから生まれた詩人の夢は、空疎な言葉ではなく、自らの眼で見て空間と光で実現することであったが、いつしか言葉の才能に溺れて多弁になってしまったと反省している。そして二連では、傲慢にも星から星明かりをとってしまい、木から風を取り去り、愛と死から不毛な呪文のような言葉を作りだして、沈黙の何かを忘れてしまっていたと語る。しかし三連で、星明かりが顔を持つように、沈黙も「名前」を持つことに気づき、再びあるがままの自然に帰り、いまは沈黙と静かな平安にあると結んでいる。この言葉への率直な反省は、ニューオーリンズで書いた「ナザレより」の自然の中に生きるデーヴィッドを思わせ、コリンズの言うように(8)、二連目に書かれている陳腐な言葉への誤った自負心への反省は、フォークナーの初期の言葉だけが先走りした作品への自省であろう。そして、フォークナーはこの詩集の編集と並行して、『蚊』を執筆していたわけであるが、そこには、沈黙の彫刻家ゴードンと、彼をとりまく「言葉の才能に呪われた」面々が饒舌の世界を展開しており、この詩篇の作詩者「ビル（フォークナー）」とゴードンは響き合っている。

［三］

この詩篇は七章の『ミシシッピ詩集』で触れたのでここでは詳しくは議論しないが、フォークナーが一九二四年にマートルに贈った詩を、『ヘレン――ある求愛』の三番目に置いた意図は何であろうか。内容的には、ギリシャ・ローマの神々に代わって、「創世記」に描かれた蛇が人間を誘惑して、人間は性の情念の炎を燃やし、罪の意識を強く持つようになったことは前に述べたとおりである。フォークナーは、二番目の「ビル」という詩篇で、自己紹介的に沈黙の大切さを悟った詩人を描いた後、原初以来の人間の宿命とも言える性の欲求の本質を語り、そこに普遍的な原罪意識を対比させて、まず愛と罪の現在性を、この詩集全体のテーマである愛の展開に盛り込もうとしたのではないだろうか。

〔三〕

『ダブル・ディーラー』に発表された時は「フォーン」（"The Faun"）というタイトルであったことはさきに触れたとおりである。そして、ハロルド・レヴィが作詩の際に手助けをしたもので、初めは「H・L・へ」（"To H. L."）という献辞がついており、その意味では特殊な経過をたどった詩篇である。だがそれは手法的な側面であり、詩趣は当然フォークナー自身のものであろう。そしてこの詩集に組み込む際に多少の詩句に変更を加えて意味を明瞭にしている。二章でフォークナーが牧神から『春の幻』と前後して次第にピエロの世界に移行していったと述べたが、ニンフを追い、愛を求めそれを語る詩篇ではピエロに代え難く、この牧神像（フォーン）はさまざまな作品の主人公に生き続け、この詩篇の後にやがて書かれる『蚊』のゴードンに強い面影が残っている。

この詩篇には、牧神が木の精ドライアドを求める追跡のモチーフがあり、五月の緑なす木の精を憧れながら待つ牧神の心情は、ヘレンを求める詩集に相応しいものである。コリンズは、スウィンバーンの詩『カリドンのアタランタ』の「コーラス」の影響を指摘しているが(9)、フォークナーは以下のスウィンバーンの詩行を愛し、特別に印を入れ、何度も引用し（「四」と「五」にも短く引用し、『エルマー』でも利用している）、よほど気に入っていた詩行であったようである。

ツタがバッカナルの髪の毛とともに
彼女の眉あたりに落ちかかり目を隠す――
野生の蔓が裸の葉を滑り降り
彼女の輝く胸が小さいため息になる……(10)

フォークナーはこのスウィンバーンの詩を利用しながら、木の葉の間を縫いながら木の精を求めるフォーンの愛の心情を描いている。そして、木の精ドライアドが体現する木の葉と胸を見事に対照しながら、そこで目ざめる人間の感覚的な喜びと、性の欲望との葛藤が詠われており、すぐれた詩篇となっている。

「四」

一部焼失した原稿の中に「老いたサチュロス」（"Old Satyr"）というタイトルの詩篇があり、一九二四年の執筆になっている。牧神の妖精を求めるモチーフという点では「三」と連続しているが、フォークナーはここでは「牧神」と好色漢の「サチュロス」を明確に区別して両者を登場させている。最初の連では七人の牧神が若い妖精の唇を求め、二連では姿を隠したサチュロスが木の葉の間に口だけ出して、彼のもとに妖精が飛び込んでくるのを夢想している。そして最後の連では、大胆な牧神の一人が妖精の胸に手を潜り込ませている情景に落胆し、なにもできないサチュロスが、夜一人でもだえる姿が描かれている。このアイロニックな構図は、『兵士の報酬』の、かつては牧神でもあったドナルドと妖精に擬せられたエミー、そして彼女をつけねらうサチュロス的ジャヌアリアス・ジョーンズを思わせるが、ここではヘレンを思う詩人ビル（フォークナー）の複雑な心情が、大胆な牧神の行動に肝を冷やすサチュロスの心情に反映されていると考えてよいであろう。フォークナーはこの詩篇まで牧神やサチュロスの妖精への求愛を描き、次の「五」で、神話の森の情景を現実の世界に変えながら、詩人の「私」が結婚申し込みの準備をする序曲的な詩篇にしている。後に『緑の大枝』に収録され「四一」となる。

「五」「結婚の申し込み」（"Proposal"）

この詩篇には一九二五年の日付があり、この詩集のための創作とも考えられる。しかしコリンズによれば、ストーン家の火事の残骸から見つかった、「一九二三年の詩篇の束」の中の一部として残っていた詩篇と類似したもので、「春の若者の幻想」（"In Spring a Young Man's Fancy"）というタイトルのものがあり、この詩篇の制作年代に関しては不明の部分がある(11)。この詩篇は、前半は前の詩篇の、妖精に群がる蜂（牧神）のイメジを引き継ぎながらも、詩人個人の恋人に対する性的な欲求が直接に詠われ、単刀直入な次元に進んでいる。二連では具体的に眠っている恋人の部屋（身体）に入っていくエロティックな場面が想像され、まさに詩人が直接生身で恋人に迫る直截な性的表現がなされている。最後の連は「結婚申し込み」で始まるが、おどけとコミカルな語り口調になり、ヘレンの母への哀訴となっている。詩人は恋人を思いながら母と想像上に会話を交わして、娘への愛を告白するが、母の答えは、「あの、お体の調子は、お金は、如何ですの？」(12)というユーモラスな返答で、詩人はひじ鉄を食らうことになる。この詩篇は形を変えて『緑の大枝』に収録されて「四三」となる。

「六」

この詩篇は一九二五年に書かれた可能性が強いが、いまの「五」の詩篇に連続しながら、「私」は母親の健康についての質問に応える。「私の体の調子」は、恋に熱っぽく燃える苦悩（病）と答えながら、ヘレンの身体美や動作を賞賛し、その彼女を孕み産んだ母親の喜びに思いを馳せる。その中でヘレンの「膝」と「胸」への物神崇拝的なまでのエロティックな表現も直接的である。前の詩篇で、フォークナーは、カリス（杯）のような恋人の膝を賞賛していたが、この詩篇でもその部分を詩的に高揚して詠っている。またこの「膝」に対する表現は、『ミシシッピアン』に掲載されて攻撃された、「半獣神の午後」の三行目の、「好色な夢見るような膝」という表現と共通しており、エロティックなイメジとなっていることも注意すべきであろう。同じく、「少年のような胸」もここで前の詩同様繰り返して詠われており、この二つのイメジは、冒頭の「泳ぐヘレンへ」から連続して用いられている。

「七」

ユーモラスな「結婚申し込み」は一転して、次はギリシャ・ローマ神話にまつわるケンタウロスのヘレンの愛を求める詩篇となる。この詩篇の焼けた原稿には「ヘレンとケンタウロス」（"Helen and the Centaur"）というタイトルが付いており、フォークナーはこのトロイ戦争の争点になったヘレンの詩(13)を利用して、現実のヘレン・ベアードと重ねながら、彼女の美を詠い追い求めているのである。第一連では上半身が人間、下半身が馬の形をしたギリシャ神話のケンタウロスが、陽の光を浴びながら竪琴で虚ろな火のあばら骨（情欲）をかき立てている。第二連では、そのケンタウロスが雌馬を襲って逃げられながら、ついには捕まえる様子が描かれる。そして第三連では、ヘレンが自らの美を賞賛しながらケンタウロスの攻撃を阻止しようとする。それに対して詩人は、美が不変であるという錯覚を持ったヘレンに対して、ひとたび手を触れた夢ははかなく消え、必定の眠りが訪れることを忘れてしまっていると訴え、それは恋人ヘレンへの忠告となっている。この詩篇に現れた眠りのモチーフは、次の詩篇「処女」から次第に拡大されていき死のテーマとも密接に結びついていく。ケンタウロスについては、二章の「輻輳する性――両性具有」のところで触れたが、『蚊』で、「荒々しい、情熱的で、悲しい」ケンタウロスの声を聴くゴードンには、激しい愛と芸術家の情熱を燃やすフォークナー像が重なっていると考えてよいであろう。また次に述べる「八」にも「ヘレンと処女」（"Helen and Virginity"）というタイトルがついて、両者は深い関連性を持っている。

「八」「処女」（"Virginity"）

この詩篇には「処女」というタイトルが付けられ、パスカグーラを去って初めての日付と場所（マジョルカ）が印されている。焼けた原稿には「ウェスト・アイビス船上で」となっており、ヨーロッパへの船旅の途中で書かれていることになる。「ヘレンと処女」と「処女へ」（"To a Virgin"）という二つのタイトルが付けられたヴァージョンがあり、『緑の大枝』に組み込まれて「三九」となる。コリンズは、第二連あたりまでは、詩の内容と意図は、ホラチュウスの「その日を楽しめ（carpe diem）」という主題が書かれているが、最後の連は理解困難であるとしてほとんど解釈をしていない。

詩人は最初の二連で、前の詩篇のヘレンを受け継いで、愛のささやきに動じようとしない若い乙女の姿勢を、まず躊躇する新緑の若木に喩えながら、次にさっと逃げ去る、にわかに形作られる雨雲、飛ぶことを夢見ながら飛ぼうとしない鳥、種を蒔こうとせず収穫を得られない人に喩える。しかし三連では、その曖昧な態度を諫めるように、自然の営みの理を語る。すなわち、「美や金や紅色」でもやがて長い眠りに陥り、これらが勇敢で明るい息吹（生命）を買い取り、灰色の寝取られ亭主の「時」は「死」に崇められているようだが、次にはその「死」も知らぬ間に寝取られ亭主になっている、とすべてが過ぎ去る「時」の持つ宿命を語る。そして、「あの蛇以来『妹』でなくなった(unsistered)[14]イヴたちによって蒔かれて、それまで盗まれてきたパンを収穫せよ」と忠告し、二連の最後の行で、「種蒔がいやな者には収穫がない」[15]と言っているように、詩人（フォークナー）はヘレンに、過去の経験を生かし、時を失して若さと美を無駄にしてはいけないと訴えているのである。

「九」

この詩篇は初出の可能性がある。コリンズが理解困難な詩であることを強調しているように非常に謎を含んだ詩篇である。色々な解釈の可能性があるが、まずこの詩篇で注目すべきことは、「二」というモチーフが全体を貫いていることであろう。そしてこの詩篇の構造を見ると、最初の、「さよなら、おやすみ」という呼びかけと、最後の、「おやすみ、さよなら」という逆にした挨拶の枠組みでくくられており、この「二つ」の挨拶が比喩的に用いられて、詩人は曖昧な二つ（二人）の中から、どちらかを選ばねばならないという主題が一貫している。詩人は「二人の妹」に求婚しなければならないというが、この「二（姉妹）」は一義的には「さよなら」と「おやみを」を、そして比喩的に「別れ（失恋）」と「未練（執着）」を意味し、さらに「おやすみ」は二人の添い寝を想像していると考えられないであろうか。

二連では恋人ヘレンの態度の曖昧さ、煮えきらなさが描かれ、前の詩篇の「処女」で訴えていたヘレンの躊躇する姿勢と連続している。そして三連では、詩人は寝取られる夫の心境にある夫婦関係に喩えながら、ヘレンの曖昧さと自らのじれったさを詠っている。「添い寝」を思う詩人に、ヘレンはそんなことはしないし、明日来た時には殺してあげます、と言う。それに対して、殺されれば三度も寝取られることになるとユーモラスに答え、「おやすみ、さよなら」と言うが、実に巧みな「二」のモチーフとなっており、さらに次に引き継がれていく。

「一〇」

「二人」で「添い寝をする」という前の「二」の主題が引き継がれ、最初の連ではヘレンが「二人の」の床を拒否する問答が続く。次に二連で、いままでのヘレンの態度を引き継ぎながら、彼女の拒否する態度を早春の蕾のようなうぶな乙女に喩える。そして最後の連でその春の主題を受け継いで、本当の春は、「黄色の双子になり(golden-twinned)」ながら「独り立ちして(self-sistered)」[16]一日中お日様のために一緒になって詠っていると、二人の合体を強調する。さらに詩人は、黄昏と露の間も結ばれているように、ヘレンももはや処女ではなく詩人と一緒になっているのだと言う。すなわち詩人は春とお日様、黄昏と露の関係と同じように、ヘレンと「毎夜一緒に添い寝をしており」、二人は結ばれていると訴えているのである。

「一一」

詩人はその添い寝のモチーフを引き継ぎ、「あの眠りが永遠に続く」ことを願う。この「一一」から最後の五つのソネットには、どれも眠りと死という主題が関わっており、その意味合いが次第に度合いを深めていく。前の詩篇で、いままで引っ込み思案の処女の心情から、ついに空想の中で恋人と一人添い寝をするわけであるが、ここでは合一した甘美な眠りから二人が離れないで(untwinned)目覚めて欲しいと望む。そして不死身の黄金のヘレンが髪を梳く姿を思い、現実のヘレンも神話のヘレンも、寄り添っていなければどんな天国も無用だと思う。最後の連で、詩人が今度目覚めるときは、ヘレンの世界全体の美を担う細い甘い肩、そして、野で眠る小鳥のような厳かな小さな胸を忘れたときであって欲しいと思うのである。ここでは、夢想の中ではあっても、愛しい恋人との合一の夢が実現されている。この詩篇が書かれた地がパビアとなっているが、それはイタリアの地で、ジェノアからスイスを経由してパリにいくときに数日間滞在した所である。

「一二」

こうして二人になった後を引き継いで、第一連では、二人の愛を二つの口に喩えながら、長く一緒にくっついていた口に簡単に「さようなら」があってはならないし、「別れ」は人生が灰色になってからでいいという。二連では、身体を骨格、息を肉体に喩えながら、愛はそれらを固め新たにする火だという。そしてこれらがうまく組み合わさっておれば、別れは紙の（切れない）刀のようなもので、何も恐れるに足りないという。最後の三連では、その愛の火は燃料を足して燃える限りは、寝床では豊饒で、思慮深く、びくともしない。だが、燃料がなくなり火の活力がなくなれば消えてしまう。いわば、「あなたとわたし」の愛情という燃料を絶やしてしまえば死ぬことになり、別れだけが価値あるものになってしまうのである。こうして「七」と「八」から始まった眠りと愛と死のテーマはここで一つの頂点をなし、別れと死のモチーフが凝縮された、実に巧みなソネット形式の真価を見せている優れた詩となっている。

「一三」

いままでの具体的な恋人との想像上の合一とその頂点から、愛と死の主題を「二匹の鷹」のイメジでいっそう深め凝縮した詩篇である。これまで「二つ（人）」が愛の主題であったが、この詩篇では、同じ愛の主題を、激しく純粋な愛の行為を空中で交わす「二匹の鷹」とその「孤高」の姿で表現している。フォークナーはこの詩篇を、ヨーロッパ紀行の前に書いているが、最初の手書きの原稿ではタイトルが、“Leaving Her”となっており、コリンズも指摘しているように、最初は二行目に"geese"という語を使っていたが、後に"hawks"に書き換えている(17)。この変更は、七章で述べた空を翔る「野生の雁」ともつながっていることを示しており、自由に何者にも束縛されず飛ぶ雁の姿を、空中で激しい愛の行為を交わす「鷹」に変えて愛を強調している。

さらにこの詩篇では、鷹の孤独と誇りが詩人の心情であると言い切っており、情熱的な孤高の姿と己を重ねながら愛と死を詠っているのである。これはまさにエロスとタナトスの極限状況を詠っている詩篇であるが、その強い口調には、単なる男女の愛を超えた詩人の魂がある。『蚊』で登場する彫刻家のゴードンは、しばしば鷹のように表現されているが、孤高の尊大な彼の姿は、まぎれもないこの詩篇で描かれている鷹の像であり、それはフォークナー自身の心情の反映である。従ってこの詩篇には、詩人という芸術家の空飛ぶ鷹や鷲を理想とする、孤高、尊大（誇り）、エロスとタナトス的エクスタシーの状態を憧れる心情が凝縮して表現されている。

この詩篇は九章で触れる『緑の大枝』の「一七」と「二五」とも深く関連しているが、前者では「鷹」の孤高で激しい愛の行為が描かれており、後者（初め「エロス」というタイトルが付けられていた）では「鷲」の空中を翔る孤高の姿の中に、芸術や生命の瞬間が凝縮されて描かれている。『兵士の報酬』で、ジャヌアリアス・ジョーンズが、人間の愚かな愛の姿態と、鷹の愛のエクスタシーを比較しているが、この「鷹」に加えて、「鷲」や「雁」も、空を翔る野生の猛々しい、孤高のイメジを持っており、それは、生き方や、愛のあり方、さらに真剣な芸術追究の姿と重なっている。ミシェル・グレッセが、「鷹」のイメジを初期の第一次大戦の飛行士像と結びつけ、さらにフォークナー自身のさまざまなペルソナ像とも結びつけているように(18)、自由に空を飛ぶ猛禽のイメジは、牧神やピエロの逆の激しいエロスとタナトスの側面を映し出しているのである。

「一四」

激しい鷹の愛の行為を描いた詩篇の後は、一転して静を表現した詩篇となり、春の兆しと詩人の冬の心とが対比されている。詩人の周囲では、どこかに春の兆しが感じられ、どこかに青春の息吹が感じられるが、詩人は恋人のいない状態で横になっているだけである。どこかに青春の兆しがあって、厳かな接吻する甘美な唇があるが、それは詩人のためのものではないと思う。これは『大理石の牧神』の牧神の心情で、周囲の季節の変化をただ見送るだけの、大理石となった囚われの身の牧神である。『春の幻』で述べた、「春がどこかに」で始まる希望の兆しは見られない。第二連で、詩人は、二一歳では荒々しい大地が私を匿ってくれていた、と語っているが、次の最後の詩篇との関連を考えると、ヘレンへの恋だけでなく、詩人の生きることへの絶望的な心情が詠われていることになる。この詩篇は『緑の大枝』の「二三」として収録されるが、そのときは前半の八行を省略して、最後の連の六行（sestet）だけにして、身動きできない心情が集約された形になっている。

「一五」

最後の詩篇は「僕はかつて愛を知ったのか？　あれは愛なのか／悲しみなのか」という詩行で始まる。この調べは、前の詩篇の詩情を受け継ぎながら、『ヘレン――ある求愛』の最初からのヘレンへの愛のテーマとは少しずれ、ヘレンとは距離を置いた人生そのものを考える自己内省的な詩篇になっている。それは一つには作詩の時期が一九二五年頃[19]で、ヘレンを知る前のことであることや、この詩集そのものも、ヘレンへの愛と献辞的な意味と同時に、フォークナー自身の過ぎ去った日々とこれからあるべき姿への決意が語られているからであろう。

ここでは生と死の循環が描かれ、まず初めに頑固な木の葉の一葉と喩えた「わが心」は、根っこも枝も切り取られても、決して死なないという心情が吐露される。そして最後の連でも、「『死』の胸に温かく抱かれ、もう一つの胸が僕の横たわっている所を忘れ、木の幹から生命の葉をもぎ取られても」、やはり最後の一葉が残り、「荒々しく辛い大地で、夜明け毎に死を、黄昏ごとにまた誕生を繰り返す」[20]、と結んでいる。フォークナーがさまざまな詩やエッセイで、青春の生をしばしば自然の緑の丘や木で表象してきたことはいままで繰り返し述べてきたが、この詩篇でも、木の葉が生と死のメタファーに用いられ、強く生きることの決意が込められている。ここにはフォークナーが心酔したハウスマン的なストイシズムが見られ、ハウスマンが詩篇に書いた死と対峙しながらストイックに生きる姿がある。

三章や他でも触れたように、フォークナーはエッセイ「古い詩と生まれつつある詩――ある遍歴」で、ハウスマンの発見に触れて、「幻滅の風や死や絶望が木の葉をもぎ取って木を荒涼とした姿にしようとも」、「堅忍のすばらしさ、木のように土壌の中に存在するものの美」を見い出したと述べたが、その木の形容とあるべき詩人の姿はまったく同じものである。ここではさらに自身が木となって、「根も枝」も殺され、「幹は木の葉をはぎ取られて」も、最後の一葉（「わが心」）を生きる決意が語られ、全体のまとめとしている。いわばこの生きる意志と、ヘレンへの愛がこの詩集の結論であり、「泳ぐヘレンへ」から始まった一六篇の詩篇も大きな死と生のサイクルを描いていることになる。

第九章　詩作のまとめ
――『緑の大枝』

一　詩人の魂

フォークナーが『緑の大枝』を出版したのは一九三三年四月で、前年の一〇月には『八月の光』を出版し、当時はすでに小説家として確立し、かなりの名声もできていた頃である。フォークナーが詩人の魂を持ち続けていたことはいままで繰り返し強調してきたとおりであるが、『土にまみれた旗』執筆当時もそれまで作詩したものをまとめたい気持ちをホレス・リベライトに伝えている。フォークナーは、『土にまみれた旗』をかなり書き進んだ一九二七年七月の段階で、「ついに私は素材を制御できるようになった」と強い自信をのぞかせ、リベライトへの手紙の最後に、一冊の詩集となるべく原稿をたくさん持っており、出版を打診している。その時は『緑になりゆく大枝』というタイトルを考えていたようである(1)。

しかし秋に完成した『土にまみれた旗』は散々な評価で、ホレス・リベライトとの関係も絶つことになり、詩集の企てはしばらく中断されることになる。そして再び出版に熱意を示し始めたのは一九三二年の経済的にかなり困窮していた頃で、まず短編を可能な限り売って糊口をしのぎ、あわよくば詩集も出版して、経済的な足しになればという趣旨の手紙を次の交渉相手のハリソン・スミスに送っている(2)。フォークナーは、手書き原稿や、タイプ原稿をはじめ、過去に書いたものは後で無駄にせずできる限り再利用する習慣を持っていたが、『緑の大枝』の場合も例外ではなく、タイミングを見計らってのことであった。もちろんその計算と芸術性は矛盾するものではなく、ましてや『八月の光』を書きあげていた作家であった。こうしてフォークナーは、初期の『アラバマ詩集』から『ヘレン――ある求愛』に至るまでの手作りの詩集、および『コンテンポ』、『ニュー・リパブリック』に書いた詩篇の中から四四篇を選び、リンド・ウォード（Lynd Ward）の挿画をつけて、ハリソン・スミス&ロバート・ハースから出版したのであった。

そして『緑の大枝』の冒頭には、一章で触れた「ライラック」が置かれているが、この詩篇は、かつてはフィル・ストーンに贈る予定の『ライラック』の冒頭に置かれていた重要な一篇であった。また、二章の「輻輳する性――両性具有」で述べた、長編『蚊』で言及されているモダニスティックな三篇も完全な形でこの詩集に収録されている。そして四四篇の最後には、かつてマートルに渡したミシシッピ詩集の一篇「七」の、「ミシシッピの丘――わが墓碑銘」（「この大地」）の核心部分を置いて掉尾を飾っている。こうしてフォークナーは、日の目を見なかったものを見直し、また過去に発表されたものも加えて詩集の一部として編纂しながら、「詩人フォークナー」の集大成にしたいという希望を実現させたのである。その意気込みは、一九三二年の秋、タイトルを、「自身としては『詩篇』（"Poems"）のほうが好きだが、あるいは『緑の大枝』（"A Green Bough"）のほうがいいかな」と尋ねながら、「僕は（詩の）原稿の中から最上のものを選んで、ちょうど一冊の小説のように仕上げた」(3)、というハリソン・スミスへの手紙にも読みとることができる。

フォークナーはまたこの頃、『響きと怒り』の序文を書き、そこで南部文学の不毛性と、新たな文学創造の意気込みを表明しているが、この『緑の大枝』の出版はその心情とも無縁ではないであろう。『響きと怒り』のための序文でフォークナーは、南部の芸術が、「淑女か虎のように猛々しいか、芸術家であるか男性であるか」(4)の二者選択を迫るものでしかないと、南部の尚武の伝統を批評している。そして南部における芸術が、「オラトリー（雄弁）」を基本に置いており、「個人個人のただ激しい息吹（言葉）で、同時代の風景を激しく告発するか」、「どこにも存在しない刀、マグノリアと物まね鳥の虚構の領域へ逃避するか」(5)のどちらかだと言っているが、この南部の伝統に逆らう気持ちが『緑の大枝』の編集にも反映されているはずである。一章で詳しく触れた、フォークナー独特の負傷飛行士と、牧神とニンフ追跡のモチーフを書き込んだ詩篇を冒頭に配し、最後に、それまでの彼の文学活動の集大成と、新しい道への強い決意を込めて書いた詩篇「この大地」を凝縮して置いたのも、フォークナーらしい全体構造を念頭にしてのことであった。まさに冒頭の詩篇は、フォークナー文学の本質を体現しており、最後の詩篇は一九二四年当時の新しい出発の決意と、やはりフォークナー文学の根幹をなす大地の重要性を伝えるもので、全体を幻想性と土着性の大枠でくくる壮大な作品意図を感じさせている。

また先ほど述べたように、フォークナーは「緑の大枝」というタイトルや表現に強い執着を持っているが、それは詩集の最後の「この大地」で描かれている、フォークナーの初期からの丘や木、そして大地のイメジなどと直結している。そしてその奥深くでは、ジョン・フレイザーの著書に描かれている「黄金の枝」や、愛読したW・B・イェーツの、「生命の木」と「善悪の木」の「燃え上がる緑の大枝」の二重性を描いた「二本の木」などに通じる象徴性を込めていたと考えてよいであろう(6)。その意味では、この詩集はいままで受けた多くの影響をはじめ、フォークナーの創作世界の総仕上げ的な側面と、次の文学創作への展望をも盛り込んだ詩集であったと言ってよい。

この詩集に収録された四四篇全体を見ると、まず目を引くのは、いままで触れてきた、「ライラック」というタイトルが付けられていた「一」と、「結婚」というタイトルがついていた「二」が初めに置かれていることであろう。これらはエリオットの影響を強く感じさせる初期の詩であるが、テーマの上ではフォークナーの韻文から散文へ至る重要な文学テーマを持った詩篇であることはこれまでも強調してきた。この二つの詩は強い幻想性と男女の愛憎を描いたものだが、四四編の詩風は実に多岐にわたっている。非常に実験的なモダニスティックな詩もあり、またハウスマン的な牧歌や憂愁の情を詠う詩も多い。また死や運命的な心情を表わしたり、人の運命の皮肉や有為転変を描いたり、救いやアイデンティティを追求するものも多いが、一つにはそれらの多くが一九二四年から一九二五年頃に書かれたということにも起因しており、フォークナーが選詩した頃の心情が反映されていることもあろう。出版後最初に評価をしたハリー・ラニヤンは、「荒地」の詩が世紀末風に表現されて、カミングズ、エリオット、ハウスマン、ロゼッティ、スウィンバーンが全体を支配している、という指摘をしている(7)。

またジョージ・ガレットは、ラニヤンの言うように、「未熟なロマンティシズム」ではないとしながら、四四篇の詩篇を分析して、一七篇がフランス象徴主義、一二篇がエリザベス朝風、七篇がハウスマン風、民謡調のもの一篇、伝統的なものが三篇、カミングズ、ジョイス、ロビンソン、イェーツ風の現代詩が七篇という分類をしている。またモダニズム的なものには、用語、新語、造語、組み合わせ、形式などに実験的な詩法が見られる(8)。さらにガレットは、影響を感じさせる詩人として、ブラウニング二篇、カミングズ四篇、デ・ラ・メア二篇、エリオット六篇、ハウスマン七篇、ジョイス一篇、キーツ一篇、マラルメ一篇、スウィンバーン一篇、ロビンソン一篇、ヴェルレーヌ一篇、イェーツ一篇などを具体的にあげている(9)。

長さや詩形の点でもバラエティに富み、非常に短い六行詩(sestet、「一二」、「一三」、「三二」)、四行二連(「六」、「一五」、「三二」、「四四」)から、冒頭の九四行にいたるものなどまちまちである。「三四」から「四二」までの九篇はソネット形式の一四行詩である。またこれらの多くの詩が以前に発表されており、いままで論じてきた、『春の幻』、『ミシシッピ詩集』、『ヘレン——ある求愛』をはじめ、『コンテンポ』などに発表されたものから多く収録されている。その中でもっとも多いのは『ミシシッピ詩集』からであり、それは、『ミシシッピ詩集』に収められた一一篇は、まだばらばらのままマートルの手元に保管されていたわけであるから、フォークナーには棄てがたい詩篇であったことになる。また、個々の詩篇でも触れるが、この詩集に収録された詩篇には、書かれた当初はタイトルが付いていたものが多く、当然これらは何らかの詩集に収録しようとしていたことが考えられる。

このように、この詩集に収録された諸詩篇は、詩風、長さ、詩形、内容など多岐にわたっているが、フォークナーなりの総体性と統一性が意図されていたと考えてよい。その統一性はソネット形式に顕著に見られるが、いままで論じてきた詩集との比較で考えれば、冬から春、死（眠り）から生（夢）、絶望・失望から希望や新たな決意のパターンが、個々の詩篇と全体に読みとることができる。そしてこれらは、『ヘレン――ある求愛』で触れた「二つ」のモチーフ、あるいは黄昏のイメジや、二つの壁、あるいは天と地の二つの地平と深く結びついているし、この詩集ではこのパターンが複雑さを増している。詩篇「一〇」については一章の「少年時代から旅立ちまで」で触れたし、一〇章でも触れるが、まさにこの詩篇は、散文「丘」が詩的に凝縮されたものであるし、次に散文化される「妖精に魅せられて」、さらにそこから小説世界に拡大していくフォークナー文学の核のようなものである。そして他にもフォークナー文学の本質部分を表象している詩篇も多々あり、実験的なものが多いこともさることながら、メタファーや象徴的表現の多用、それに伴う語順の極端な不規則性などが顕著である。このことは、時期的に重複する『八月の光』に見られる、沈黙や壁、さらには回廊などのイメジの深化とも無関係ではないであろう。言葉を換えれば、このようなフォークナーの多重なメタファーを用いた間接的で輻輳した表現は、詩だけではなく、彼の文学そのものの特質であり、ちょうど『ヘレン――ある求愛』が当時の散文と相互照射していたように、『緑の大枝』に盛られた詩の特徴は、多分に当時の散文の特質をも体現していると言ってよい。

先ほど述べたように、この詩集の諸篇はほとんどが一九二四年と二五年に書かれたもので、フォークナーの詩作が相当なまでに洗練されて一つの完成域に達していた時期であり、散文との接点を持ち始めた頃のものである。さらに言えば、一九三三年段階で出版しても十分に鑑賞に堪えられるという自負があったと思われるし、フォークナーが小説仕立てと言っているように、この詩集はフォークナー文学全体を視野に置いて検討することが必要であり、そうすることによってフォークナー文学のより深い理解にもつながっていくと言っても過言ではないであろう。

二　四四篇の詩の世界

これから各々の詩篇を検討していくが、これまで議論してきた諸詩篇に関しては、ここでは具体的に触れない。「三八」については二章の「輻輳する性――両性具有」で、「一」は一章で、「四四」[10]は、二章や七章で触れたし最後の一〇章でも触れることになる。また『春の幻』に収録されている「二」[11]、「五」、「二〇」[12]、『ミシシッピ詩集』に収録されている「八」、「一四」、「二八」、「二九」、「三〇」、「三五」、そして『ヘレン――ある求愛』に収録されている「三三」、「三九」、「四一」、「四二」、「四三」についてもすでに論究した。従ってすでに一七篇はいままで検討しており、それらについては、原則として詩の番号の次に詩のタイトル（原題や無題も含む）と、扱った詩集か本書の章だけを括弧内に示した。そしてこれら以外の二七篇を以下具体的に検討する。

「一」
「ライラック」（“The Lilacs”）（一章）

「二」
「結婚」（“Marriage”）（『春の幻』）

「三」
まず最初に三番目の詩篇から検討していくが、最初、「洞窟」（“The Cave”）と「フロイド・コリンズ」（“Floyd Collins”）というタイトルが付けられており、この詩篇は、一九二五年一月三〇日に実際に起こった事故を素材にしている。場所はケンタッキーの中心部にあるマンモス洞窟の近くで、フロイド・コリンズという数々の洞窟を発見した有名な探検家が、サンド・ケイブを探索中、洞窟の中で落ちてきた岩の間に足を挟まれ、いろいろな救助の手だても功を奏せず死亡するという、全米の大きな関心を呼んだものであった(13)。一九二五年の一月末に事件が起こっているから、ニューオーリンズでニュースを聞いて作詩したものであろう。九二行にわたるブランク・ヴァースの内容は、具体的な遭難の描写は一切なく、遭難者を閉じこめた洞窟と、死を前にした行動が幻想的に描かれている。一〇章で人生を全うしたミンクの心境と比較してもう一度言及するが、頭上で浪々と海が荒れ狂う暗黒世界に喩えられた洞窟は、コリンズには恐怖と絶望が渦巻く無情な牢獄である。フォークナーはこの死を前にした人物の心情を、「沈黙」と、洞窟の音楽を初めとする激しい自然現象や動物たちの動きと対比させながら、想像力次元でさまざまなイメジを膨らませて叙事的に描いている。さらにフォークナーは、七つの光や七つの谺などの神秘数を使い、罪に疲れた王や司祭がいびきをかくありさまを描写しながら、死と直面する人物との大きな断絶を描き、人間の持つ醜い面も描いている。この激しいまでの描写の連続性と物語性は、ニューオーリンズでの詩から散文への過渡期を如実に物語っているように思われる。

「四」

二章の「輻輳する性――両性具有」で少し触れたが、初めは「案内書」(“Guidebook”)というタイトルが付いていた。パリで書かれたと考えられ(Paris. Aug. 27, 1925 という日付が付けられていた)、実験的で前衛的な詩篇である。すべて小文字で、造語やドイツ語なども混じっており、E・E・カミングズの詩が脳裡にあったはずで、行の工夫や空白のとりかたなど、音声だけでなく視覚的な実験も試みている。このように、視覚や聴覚的な詩の効果を前面に出せば、『蚊』でフェアチャイルドたちが議論していた詩の内容(思想)的な要素は薄まり、形式や視覚的側面が優先するであろう。詩篇のもとのタイトルが「案内書」であるが、それはフォークナーがヨーロッパ、パリを訪問したときの観光案内的な側面と、彼の作品に流れる第一次大戦の背景が描かれ、カミングズ風に戦後のフランスの風景をいささかアイロニカルに詠っているのではないだろうか。それは風刺と厳粛さ、第一次大戦の飛行士のイメジとつながる。いわば第一次大戦後のヨーロッパは、短編「北西風」（"Mistral"）や「雪」（"Snow"）を初め、第一次大戦に関するものを書かせたが、それらとも共通性を持っている詩篇と言ってよいであろう。

「五」

「哲学」（"Philosophy"）（『春の幻』）

「六」

初めは「人は来たりて、人は去る」（"Man Comes, Man Goes"）というタイトルがついていた。フォークナーは、人間は愛憎の馬をだまして、それに乗って欲望の極みまで行こうとすると言いながら、馬を人間の欲心に喩えている。だがその欲望が満たされた時は、実はだまされたのは人間のほうで、その欲望の馬は死という厩につながれている、という人生の皮肉が、四行二連の短い詩篇に凝縮されている。これは人間の宿痾と諦観を語るもので、二章の「詩的幻想と故郷の大地」で述べた、ハウスマンの「不死の魂」（"The Immortal Part"）という詩篇のテーマと共通している。このテーマは「静かな死」への願望をあらわす「彼の骸骨」と、それにあらがう「彼」自身との対話にも見られ、ここで描かれる馬は、二章で触れた「カルカソンヌ」の野生の仔馬とは大きく異なって、人間の業を凝視する目のメタファーとなっている。

「七」

初めは「夜の一篇」（"Night Piece"）というタイトルがついていた。一四、一二、八、六行の四連という形式にも詩人の順序だった語りの構成がなされている。最初の連では、輝く太陽が沈む情景から、夜のとばりが降りて月が昇り、夜警の「死」が見守る中、人が許しを受けて眠るさまが描かれ、自然の黄昏と夜が人生の黄昏と重ねられている。そしてこの第一連の黄昏から夜に至る情景描写から、第二連では月光下の放浪者（the outcast）、第三連は盗人（the thief）、第四連は殺人者（the murderer）がメタフォリックに用いられて、最後の、「息吹（生）は人間にとって、結局ものを欲しがり、欲望のために人間の一生を苦しめるものだ」[14]、という人生観を補強している。「世界」がフォークナー特有の擬人化された老いた女性として捉えられ、その世界を照らす月光が生身の人間のはかない営みを目撃しており、月光下で展開されているのは、死ぬべき生身のすべての戦いであり、それは結局眠りと死への道へ通じている。これは先ほど触れた詩篇と同じように、ハウスマンの強い諦観の人生観に溢れている詩篇である。

「八」
（『ミシシッピ詩集』）

「九」

「八」は『ミシシッピ詩集』で解説したとおり、土を耕す農夫の満ち足りた心境を描いた詩篇であったが、この詩篇もやはり農夫の平穏な気持ちを伝えている。太陽の影が丘に長くかかりはじめ、農夫は家路に向かう。あたりの羊の群れや牝牛たちもまた家路に向かう。やがて日が沈むと、あたりの輝きが消え、平和な静寂が支配し、農夫は黄昏の中、ただ家での単純な香りや音に休息を見いだし、これこそ最高の幸せだと思うのである。「八」と同様に、四行詩（四連）のゆっくりしたリズムで、ハウスマンの明るい側面を描いた詩を想起させる詩である。また、トマス・グレイのゆっくりした田園風景を思い出させながら、一方で、ロバート・ブラウニングの「ピパの歌」を思い出させる詩でもある。

「一〇」

よく引き合いに出されるこの二〇行の詩篇については、三章でキーツとの関係で触れたし、一〇章でも「丘」と「妖精に魅せられて」との関連で触れるが、ここではフォークナーの文学全体の位置づけの中で再度触れておきたい。この詩篇は一九二二年の小品「丘」を敷衍して韻文にしたもので、明らかにキーツの「ギリシャの壺に寄せる賦」に描かれた詩想に通じる、「壺の上の恐るべき姿――彼の二つの地平線の間に捕えられて」、「戻るすべとてないことを忘れている」("Forgetting that he cant return")(15)姿になって描かれている。この姿は、『大理石の牧神』で触れた、囚われの牧神が、「上の空と下の大地に間にあって」、二つの地平に身動きできず嘆いている姿に通じている。いわば詩篇「一〇」の主人公は、この牧神の流れを汲み、「丘」の主人公、また『春の幻』の「オルフェウス」で述べた、黄昏時の二つの壁の間に佇む彷徨える典型としての人物であり、次に「妖精に魅せられて」でより現実的な人物になっていく。この詩篇には初めフォークナー文学の象徴とも言える「黄昏」というタイトルがついており、そこに描かれた「沈黙」と「二つの壁」、あるいは黄昏の「二つの地平」は、詩的神髄として散文世界に敷衍されていくことになる。

「一一」

この詩篇と次の二つの詩篇は四行四連のバラッド風の詩篇であり、リチャードとジェーンという愛する二人の若者の愛の詩篇である。二人の愛の行為がさまざまなメタファーを用いて描写され、静まった夜の情景から始まる。二連では春も罠にかけられ、井戸(泉)が日々の糧になるという比喩的な表現で二人の愛が形容され、三連ではその恋は、烈しい火のような恋情が突風と木とを一つにするほどになったと描写されている。最後の連では、青春と、闇と春から、壊れたりだめになったりしない器を作るべく、小さな白い腹が浮き上がったという表現を通して、愛の行為の成就を表現した詩篇となっている。省略された原稿の二連目の四行には、二人が木陰で抱きあって、接吻をするさまが描かれており、二人の愛が直截に描写されている。

「一二」

前作と同様バラッド風で、若いリチャードという青年と乙女のメアリーの愛の歌である。リチャードはメアリーを求めて出かけて行くが、欲望の鋭い風が大きな音を立てて吹くと心がピンと張るのを覚える。二連でも乙女のもとに出向く若者の激しい欲望が、針金でむち打つという比喩で表現されている。そして三連では音楽と楽器のメタファーが用いられ、ギターがハープに合一するように二人が合体するさまが表現され、四連でも二人が火のように熱く燃えるさまが描写されている。このように、詩篇「一一」と「一二」は、さまざまなメタファーを巧みに用いた、若者の愛をあからさまに詠った詩篇となっている。

「一三」

この詩篇は女性の一人称語りでハウスマン的な詩篇となっている。「私」が若くて、誇り高く快活なときには、たくさんの少年の友達がおり、彼らは少女が誰かを選んでくれると思いながら待っていた。しかし若いときには選択すべき世界はあまりに広く、誰かを決めるような準備はなく、また人生の経験者の話を聞いて自ら一人を選ぶことはしなかった。そしてやがて己自身の人生の本を読み、それを理解してジョニーと結婚したというのである。これは成熟した女性が回想する詩篇であろうが、頭韻や押韻を巧みに駆使したリズミックな口語調の詩篇になっている。特に、人生を経験しながら理解し読みといていくさまが、「読み解く（人生の）一頁」（“a page to spell”）を初めとする比喩表現が巧みに用いられた優れた愛の詩篇になっている。

「一四」

「絞首台」（“The Gallows”）（『ミシシッピ詩集』）

「一五」

「私」を語り手にした、ハウスマン的な四行二連の短い詩篇であり、"bonny"(「美しい」)という語の繰り返しと、音と韻と意味が二連の間で技法的にうまく対照され、しゃれた詩篇である。前半の、「リンゴの木の間に日光や雨が降り注ぐありさまは、私がまだ寝ているときに美しかった」、という過去形と、「そのリンゴの木々の間に降り注ぐ雨と日光は、これから長く寝てしまった後も美しいだろう」[16]、という未来像との対照も自然でうまく響き合っている。再び長く眠ってしまうというのは、ハウスマン的な死をも暗示した鎮魂の歌でもあろう。

「一六」

最初は「パックと死」と「若者の鏡」("Puck and Death" / "Mirror of Youth")というタイトルがついていた詩篇。従って、この詩篇は「パック」青年と「死」("old spectre")との対話であり、「若者の鏡」というタイトルには、人生の何かを知らない青年の心情を映す鏡という意味が込められている。まず青年は、羽根飾りの帽子と上着(ダブレット)を纏い、青春と希望と闘いを映す鏡となって、人生という舞台を闊歩するのだと豪語する。だが、亡霊は、それ自体が死すべき人間の姿で、平安も静寂も沈黙もすべてちっぽけな振る舞いの影にしかすぎないと言う。それにたいして若者は、死の暗い運命からは無縁で、自分は「星であり、太陽、月、笑い」[17]であると反論する。だが、亡霊は、それらはすべて永遠ではなく、欠けてゆくものであり、使い果たしてしまって結局空っぽになるのだと反論する。やがて若者はいらいらしだし、お前のような奴が、私を裸にして、鏡に自らの顔を映して、その顔とつまらぬ対話をさせるのだと非難する。そして最後に亡霊は、お前が舞台で人生の芝居を演じ終えて静かになり、眠るのを待つのだと言い、そうすればお前は溺死できるのだと言う。これはマクベスの「響きと怒り」の世界が重ねられているであろうし、さらに青年と死や骸骨との対話はハウスマンの世界、あるいは最後の「溺死(drown)」のモチーフはエリオットの世界を彷彿させ、フォークナーの生と死の世界観や宿命観を反映した詩篇であり、フォークナーの初期から最後まで一貫する主題を反映した詩篇であろう。

「一七」

初め、「初めて翼のある勝利の女神像を見て」（"On Seeing the Winged Victory for the First Time"）というタイトルが付けられていたもので、ブロットナーは、フォークナーがニューヨーク滞在中に、当時メトロポリタン美術館に陳列されていた「サマトラーケ（勝利）女神像」を見て詠った短詩(18)だとしている。またマーガレット・ヨンスは、女神アティスを詠ったギリシャ詩人サッフォの詩篇を、スウィンバーンが翻案して、女神と鳥が一体となっているアティスを讃える「崖の上で」（"On the Cliffs"）という詩篇を書いており、フォークナーはそこから詩趣を得たのではないかと推測している(19)。二章の「輻輳する性——両性具有」で述べた詩篇や、四章で述べたミシシッピ大学時代のスウィンバーンの詩篇を翻案した「サッフォ風」という詩篇などとの連続性で考えていくと、この詩篇にもスウィンバーンの影は強く残り、同性愛と芸術の二つの主題が重なっていよう。レスボス生まれで貴族の娘を集めて詩と音楽を教えていた抒情詩人サッフォについては、同性愛、悲恋の投身自殺など種々の伝説が生まれているが、フォークナーはその詩人を重ねながら、女神アティスと鷹のイメジを結びつけて、その両者の峻厳な緊張関係を詠っている。三行と六行の二連詩は、一切大文字や句読点がなく、感嘆詞と呼びかけを多用した実験的なモダニズム詩となっているが、その根底には、鷲（鷹）のイメジに込められた生死をものともしない愛と芸術追求の心情がこめられている。そして『兵士の報酬』では、ジャニュアリアス・ジョーンズがこの詩篇を引用し、鷹の激しい空中での愛の行為に対して、地上の人間の愚かな姿態を皮肉を込めて語っている(20)。

「一八」

初めは「死んだパイロット」（"A Dead Pilot"）と「少年と鷲」（"Boy and Eagle"）というタイトルが付けられていた。

「死んだパイロット」というタイトルは、フォークナーの第一次大戦の負傷兵というペルソナ像を考えると非常に暗示的である。一方で「少年と鷲」というタイトルが示しているように、かつては丘の上から悠々と積雲の中を飛ぶ鷲を見て夢を羽ばたかせていた少年像が描かれ、その少年のいまの孤独な心境が「死んだパイロット」と重ねられている。少年にとって孤高の空を飛ぶ鷲の姿は心を和ませその光景だけで十分であった。しかし、いまは、少年の眼前からは鋭く風を切る鷲も消え、「丘」の上で寝そべり、無気力で、希望もなく、無為な時間を過ごす若者の姿となっている。従って二つのタイトルから考えると、この詩篇の前半が上空の鷲を目にして生命力に溢れていた少年時代と、後半が空を飛ぶ気力の失せた青年の心境を詠っており、これは、初期の短編や『兵士の報酬』、『土にまみれた旗』（『サートリス』）などの、いまをどうすることもできないパイロットの失意の心情を描いていることになる。

「一九」

この詩篇には、最初「溺死」（"Drowning"）、「水は青く」（"Green is the Water"）、さらに「水中に――一人の男」（"Overboard: A Man"）というタイトルがあり、最初のものには、一九二五年四月二日という日付がある。「溺死」というタイトルから憶測すれば、この詩篇は、一人の船員が船外に落ち、海と太陽が豊かな色彩と音響で織りなす世界に沈んでいく情景を幻想的に描いたものと考えられる。真っ青な海と陽の光が波間にたゆたう男を包みこみ、彼は太陽が醸す音の世界に心を鎮められながら陽の光に埋もれる。フォークナーは、太陽の光が奏でる音楽と、絵画的な海を強調しながら、男と解け合っている絵画的な状況を豊かな彩りと音で巧みな詩篇にしている。ここにはエロスとタナトスが同時的に描かれ、二章の「水と水死のモチーフ」でも触れたが、一九二五年頃から水死のモチーフが次第に顕著になり、この詩篇も特にエロス的色彩の濃い詩篇となっている。

［二〇］

「オルフェウス」、「ここに彼は立つ」（"Orpheus" / "Here He Stands"）（『春の幻』）

［二一］

初め、「ロラン」（"Roland"）というタイトルがあり、勇将ロランの死を嘆く人々を諫める詩篇である。すなわち勇敢な人物ロランは不死ではなく、生命があるからこそ死んだのであり、彼のブロンズのような固い名声は記録やハープの調べが支えている。またロランのように愛や闘いで悲しませる勇将はこれからも出てくるし、また女親から生まれた身であれば、敵としてもまた相交える人物が出てくる。だから、死んだロランを嘆くのではなく、むしろ死後、歌や物語となって名声がしっかり残り、無数の智天使と安楽に包まれ、栄光のうちに眠っているのを羨めと諭しているのである。これは不死より、命の限りのある者のほうが幸せであるという逆説であり、フォークナーの死生観の一端でもあろう。

［二二］

六行（sestet）の短い恋人への呼びかけの詩篇である。「私」は、忘却と記憶の二重世界の黄昏から恋しい人の顔を見ている。それは音楽の響く暗く冷たい回廊のようなもので、ぼんやりとして見にくいが、それを通ってドアに近づくと、静かな音に包まれた恋人に出会えて私に喜びをもたらしてくれるというものである。この詩篇では、薄暗がりの廊下を通って、静かな音に包まれた恋人のいる所へ導かれる連想がうまく表現されている。

［二三］

この詩篇も六行の短い詩で、ハウスマン的に己を諫め抑制している詩である。どこかで月が輝いているが、「私」

はその光にも見いだされることもなく、どこかに失われた緑の傷が残ったままだが、忘れられた心の荒廃よりましだと思う。そしてどこかに甘い想い出の口吻をする唇があるが、それはおまえのための唇ではない、と己に言い聞かせている。この詩篇ではフォークナーは、まず「どこかで」という語を巧みに三度用いながら、傷ついた心や、甘い恋への憧れが遮られるさまをユーモアも交えながら描いている。

「二四」

一三行の詩篇であるが、押韻はせず、歩格も不規則で、語順も時にはあまり論理的でなく非定型の特異な作品である。しかし、興味深いことに、この詩篇は後で触れる、初めは「彼女は横になって眠っている」というタイトルの付いていた「四〇」と内容的に類似しており、この散文的な詩篇を後でソネット形式に書き直した可能性が高い。この詩篇は恋する男が、恋する女との添い寝を幻想的に描写したものである。まず、恋人のすぐ側で添い寝しても、警戒もせずよくこれで貞節のままいられるのかという「私」の驚きが語られる。次には美しい彼女の側で私の悲しみも去り、銀の鈴のような彼女の名前が響き平安な心情が語られる。そして私は恋人のほうに顔を向けるだけで喜びが戻り、私の手が彼女の小さな胸の上で夢想し、手の下で彼女の肢体が脈打ち、彼女の眠っている口づけが私を幸せにしてくれるのである。これは幻想的な愛の詩篇であるが、フォークナーが技巧を凝らした実験的な詩篇である。

「二五」

初めは「エロス」（"Eros"）というタイトルがついていた。詩人が愛の夢を見て、その目覚めを悲しむ詩篇である。夢の内容は、海辺の月明かりの夜で、砂と月と水がマッチした美しい夜であった。清々しい風が吹き、音楽の調べが流れ、美しい星月夜である。そしてそこに究極の鷹が、極限の天空を自在に、嘴をしっかりくっつけたようなカーブを描いて降下する姿を見る。しかしすぐに目覚めてしまって、口吻は砂を這い、あの究極の美の瞬間は弛緩してしまう。これはエロスの極点を夢想しながら現実に失望する姿であるが、「一七」の鷹のイメジとも関連しながら、理想の芸術や緊迫した生の瞬間とその困難さを物語るものであろう。「一七」で述べたように、『兵士の報酬』で、ジャニュアリアス・ジョーンズが、鷹の激しい空中での究極のエロスの行為と、地上の人間の愚かな姿態を皮肉を込めて語っているが、やはりこの詩篇でも、鷹のイメジに込められた生死をものともしない理想の愛の行為が夢として描かれている。

「二六」

九行の詩篇で、最初は「エロスの後」(“Eros After”)と「そして後」(“And After”)というタイトルが付いていた。前の詩篇が「エロス」であるからその後を描写した詩篇ということになる。いま触れた「二四」では、夢で見たエクスタシーの瞬間と目覚めた後の現実に失望する気持ちが詠われていたが、この詩篇では性行為(エロス)の終わった後、「ある」、「あった」、「ない」という時間意識で冷静に行為を振り返る肉体感覚が描かれている。そして、冷たく変わらぬ月の女神が、疲れた海辺と鍛えられた海との間にあってあまねく照らしている自然描写が重ねられているが、これはエロスの後の肉体感覚の分離した満たされない空虚な気持ちの表現であろう。ここでもフォークナーは、一つ(の心)であるべきものが二つに分離するありさまを論理的に表現しようとしており、それは『ヘレン――ある求愛』の「一〇」に通じる。

「二七」

タイトルはないが、一つのヴァージョンには一九二五年三月一日という日付が付いており、二章の『蚊』での自作自演の詩三編」で触れたように、エリオットの「ナイチンゲールの中のスウィーニー」を土台にした四行七連の実験的な詩篇である。エリオットの詩篇は、プルーフロックとは正反対の即物的で動物的な人物スウィーニーを、殺された神話の英雄アガメムノンと対比させながら、男と女の企みによる悲劇を描いたものだが、フォークナーはそこに登場する鴉とナイチンゲールに焦点を合わせる。エリオットの鴉は星座をさしているが、フォークナーはそれを現実の木にとまっている鴉とピロメラに置き換えて、お互い啼きながら糞を落としている情景を描いている。すなわち、エリオットの詩篇の最終連の、「二匹は血塗られた森の中でうたい／アガメムノンは大声で叫ぶ／そして液体の落下物を落とし／こわばった威厳を傷つけられた白装束を汚す」(21)、という詩句を受け継いでフォークナーの実験的なユーモラスでもある。ピロメラは、「時と潮と愛と死」の情熱的な聖歌隊員の間で、飛ぼうと夢を見るが結局動かない。詩篇に仕上げているのである。第一連と最後の連がほとんど同じで、この組み合わせは現実と神話の混淆となって鴉は時というものに絶望しながらピロメラに歌を歌わせ、ピロメラのほうは詠うことで苦痛がなくなる。そして二匹は糞をバラの花や梨の木の上に落としている情景が最初と最後の連で詠われ、二匹の間には奇妙な愛情関係があることが暗示されているが、この愛情は堕落した不自然な愛であろう。

この詩篇は先に触れたように、『蚊』で、『星明かりのサチュリコン』という詩集の「原作者」のワイズマン夫人が、「韻文に意味（思想）を求めるのは馬鹿だけだ」、と言いながら、「詩の主題は愛と死」だと強調し、一方カウフマンに、この詩篇が一種の言葉のカクテルとも言うべき、言葉だけで成り立っている内容のない詩篇だと言わせしめた詩篇である。いわばこの詩篇は、エリオットの意味ある詩篇を換骨奪胎して脱神話化しており、そこに実質的な内容を吟味して「意味」を見い出すのは無駄かもしれない。むしろエリオットの詩篇を書き直してなおかつ根底に「愛と死」を描く詩の力があるかどうかの問題であろう。フォークナーは『大理石の牧神』で、牧羊神パーンとピロメラを登場させ、パーンの笛がピロメラの悲しみの歌を薄めていたが、その情景は一九二五年の段階で手法的にも内容的にも大きく進展していることを示す詩篇である。

［二八］

「野生の雁」、「世界のへり」（“Wild Geese” / “Over the World Rim”）（『ミシシッピ詩集』）

［二九］

「妊娠」（“Pregnacy”）（『ミシシッピ詩集』）

［三〇］

「一一月一一日」、「灰色の日」、「兵士」（“November 11th” / “Gray the Day” / “Soldier”）（『ミシシッピ詩集』）。第四連が『兵士の報酬』のエピグラフに用いられる（一九二四年に書かれたときは「休戦日の詩」と題されていた）。

［三一］

当初は「休戦」（“Armistice”）と「農夫」（“The Husbandman”）というタイトルがついており、四行二連の短いものである。前の「三〇」が「休戦日の詩」であったが、この短い詩篇では、武器としての銃剣や銃で、籾殻のふるいをかけたり種を植え、戦場が自然の野原になっている。そしていまは兵士が農夫になって、足で踏んづけながら種を植えたりしている。これも兵士が農夫になって戦場を農場にかえているさまが描かれて、いわば第一次大戦の帰還兵の主題と大地とが重ねられており、第一次大戦の主題を扱った詩篇の中ではハウスマン的な詩情があり、この詩集『緑の大枝』の冒頭の詩篇（「ライラック」）や、「一八」（「死んだパイロット」）などとは異なり新しい変化を感じさせる詩篇である。

［三二］

「月はいかなる恨みもなし」（"La Lune ne Grade［sic］Aucune Rancune"）というタイトルが付けられていた。ティモシー・コンリーはシェイクスピアやジョージ・ムーアの影響を指摘しているが(22)、「愛」を主題にした四行と二行二連の短い詩篇で、すべて小文字からなる実験的な詩篇である。月の女神シンシアに呼びかける形式で、愛を永遠なものにしようとしたアベラールと、愛を巡って後悔をしているパリスを引き合いに出しながら、蛆虫は肉体に寄生して太っても、愛で太るのではないという愛の賛歌である。四章で触れたように、フォークナーは「ファントッシュ」というヴェルレーヌ風の詩篇を書いたことがあったが、その最後にこのタイトルの一行が書かれていた。そしてフォークナーは『兵士の報酬』でも「月はいかなる恨みもなし」という語句を繰り返し用いたが、フォークナーにとって「月」は初期の作品では非常に重要な役割を果たしており、概して「冷たい月光」のイメジとして多用されているが、その冷たさにはこのような「恨みもない」月のイメジと重なっている場合が多い。

［三三］

「かつては愛を知っていた？」（"Knew I Love Once"）（『ヘレン――ある求愛』）

この詩篇は『ヘレン――ある求愛』で論究したのでここでは詳述しないが、『ヘレン――ある求愛』ではなぜか二連の四行が省略されて四・四・二行の形になっている。一九二五年三月二五日付けのものには、一〇行ではなく一四行のソネット形式のものがあり、かなり書き直した形跡がある(23)。この詩篇は『ミシシッピ詩集』の冒頭の詩篇に似て、個人的な心情と、強い決意が詠われている。

［三四］

「誕生」（"Nativity"）、「母と子」（"Mother and Child"）と「夜の船」（"The Ship of Night"）の三つのタイトルがある。

四・四・八行のソネットであるが、この詩篇から続く九篇はさまざまな形式を持つソネットが連続しており、最後の二篇だけが異なった形式の詩篇となっている。タイトルからも推測できるように、キリストの生誕と彼を胸に抱く聖母マリア像が中心モチーフであり、新しい世界の誕生がテーマであろう。「夜の船」というタイトルの意味も、マタイ伝第二章に書かれた、聖母マリアと大工の聖ヨセフの子供として生まれたばかりのイエスの誕生を祝うために東方からやってきた三人の博士たちの見た星のメタファーと考えられる。旅立った博士たちは星の動きに導かれて、聖母マリアとともにいたキリストの前に跪き、黄金、乳香、没薬の入った宝箱を進呈したのであった。第一連ではキリストを抱くマリア像が描かれ、二連では黄昏時のマリアと星が麝香の香りを砕いて、死後長い眠りについていた王たちを目覚めさす。そして最終連では、天上の階段では、沈黙の声が夢うつつの王たちを一人一人起こしている。そこでは夜明けがマリアの乳房を膨らませるミルクとなり、彼女の七つの悲しみには合唱する輪環の冠がかぶせられ、キリストの目には星が瞬いている。従ってこの詩篇は、キリストの生誕を実に豊かなメタファーを使いながら祝っているものと考えてよいであろう。

[三五]

「小春日和」、「娼婦は死んだ」（"Indian Summer" / "The Courtesan Is Dead"）（『ミシシッピ詩集』）

[三六]

「春」（"Spring"）というタイトルが付いて、一九二四年一二月一三日の日付が見られる。ガレットも指摘しているように、もともとの冒頭の大文字がほとんど小文字に書き換えられており、文を終止せず連続させながら(24)、春の烈しい風を、農場を耕す種馬にたとえて詠ったものである。青空のもとに突風が吹き、鍬で耕した後に馬が草を食むように、農場や木々を吹きさらした後には静かな風になり、木の葉がふくらむ。丘の上では木の葉がこすれ、木から烈しさが取り去られ、風も静かになる。そして風は木の葉を吹き飛ばした木々の間にとどまり、草木のはびこった丘で馬が足踏みをしていないなくように風が吹く、という情景である。P・B・シェリーの西風を想起させるような烈しい風を、農場の自然と対比させながら、馬の動きを巧みに合わせた実験的な詩篇である。

「三七」

初めは「クレオパトラ」("Cleopatra")と「人種の輝き」("The Race's Splendor")というタイトルで、一九二四年一二月九日の日付がついており、当初のヒロインはリリスではなくクレオパトラとなっていた。リリスは、ユダヤ伝説では、イヴの作られる前のアダムの妻で、魔物の母であり、フォークナーはクレオパトラをリリスに変更することで、リリスと男性の対立構造をいっそう強調している。リリスが死んで、岩の中に埋葬されて封じ込められたいま、軽蔑の眼差しはあってももはや男性は恐れることはない。オオカミが沈黙すれば羊たちが安心して草を食むように、男性たちはまたもとの土地に種を植え付けて刈り取ることになる。だがそれほどおめでたいことではなく、リリスは不死のバラであり、死んで男性のブドウの木から果実をゆっくり味わう、というリリスの魔性と死後も持続する彼女の強さを詠う詩篇である。非常に暗喩性の強い詩篇であるが、「三五」の高級娼婦の死を描いた詩篇に似ており、そのような娼婦と罪意識を持つ男性との複雑な心情が描かれている。男性は、安心してまた女性を求めようとしているが、実はその男性の心を食べているのはリリスのほうだという逆説が暗示されているのである。

「三八」

「両性具有」("Hermaphroditus")(二章)

「三九」

「処女へ」（"To a Virgin"）（『ヘレン――ある求愛』）

「四〇」

初めは「彼女は横になって眠っている」（"She Lies Sleeping"）というタイトルが付いており、詩作の時期は明確ではないが、一九二四年から一九二五年に制作された作品の特徴を強く持っている。「二四」で述べたように、この詩篇は内容的に「二四」と類似しているが、ソネット形式になってより論理的な構成となっている。叙情よりも知的なコンシート（奇想）の色彩が強く、フォークナーが技法と言葉の結びつきを実験しながら制作した詩篇であろう。第一連は、詩人の愛しい人が、静かな眠りの花嫁となって自らの美しさの囚人となり、彼女の柔らかい無防備の胸の白い砦を守る守備隊の虜になっている、とその美しさを賞賛する。二連では、その乙女は、敵に言い寄られ、時にはだまされてきたが、二つに引き裂かれることなく、時には神々や運命の女神に愛されている、とここでも彼女が賞賛の的になっている。そして最後の連では、「二四」の叙述より抽象化されているが、まずその乙女が純潔かと問いかける。というのは、私は幻想の中で彼女が去ったベッドで孤独な独り寝をして、寝台を恋人代わりに抱いており、彼女は敵を受け入れ、寝たままで、彼女の唇は敵の唇に重ねられており、純潔ではないというのである。この二人の添い寝は幻想であり、恋する男の乙女礼賛と叶わぬ恋を詠う詩篇であろうが、ここでも「二二」のモチーフが生かされ、パトスより技巧が先行した一篇である。

「四一」

「老いたサチュロス」（"Old Satyr"）（『ヘレン――ある求愛』）

「四二」

「ソネット」、「三月」（"Sonnet" / "March"）（『ミシシッピ詩集』、『ヘレン——ある求愛』）

「四三」

『ヘレン——ある求愛』の、「結婚申し込み」（「五」）で触れたが、「春の若者の幻想」というタイトルがついていた。そして両詩集では内容的には同じだが、詩形と、具体的に第一連の後半の二行(25)で相違がある。『ヘレン——ある求愛』のものでは、四・四・六行のソネット形式だが、ここでは、四・四・一・四・一行形式で、なおかつすべてが小文字で書かれ実験的な作品となっている。

「四四」

「ミシシッピの丘——わが墓碑銘」（"Mississippi Hills: My Epitaph"）（二章）

以上、四四篇中、二七篇を中心に検討したことになるが、ハウスマンを思わせる牧歌的なものや、叙情的な詩がある一方で、極度に前衛的なモダニズムを体現したもの、またソネット形式の詩に見られる技巧などさまざまである。これは最初に触れたように、微妙な時期の差だが、『ミシシッピ詩集』を中心とした一九二四年の秋やその前の詩篇と、一九二四年の年末から、『ヘレン——ある求愛』に多く見られる一九二五年の初めやそれ以降に書かれた詩篇では、かなり傾向が異なる。それは繰り返して言えば、フォークナーの変容と成長を物語っているし、韻文から散文への移行とも深く関わっているのである。また序論でも触れたが、この詩集でもフォークナーなりの統一体としての全体構成を考慮しており、グレッセが大まかに分類しているが(26)、最初の「戦争後」を詠う詩群から、最後の春や生命を思わせる詩群と、最後の「四四」のまとめには、ゆるやかな総体性と次への創作意図をうかがわせるものがある。その意味で次の最後の章では、いままで追究してきた数々の詩の総体性と散文の連続性を考察しながらフォークナー文学の深奥の部分に触れてみたい。

第一〇章　アポクリファルな創造世界

一　「挫折した詩人」と小説家

これまで九章にわたってフォークナーの詩作時代の初期から『緑の大枝』までをたどってきたわけであるが、最後に残された本書の重要な課題は、フォークナーの韻文と散文の有機的な関わりを探りながら、フォークナー文学の全体像を探ることである。これまで繰り返し述べてきたが、フォークナーは詩人という意識を最後まで持ち続けていた作家であった。そして彼は折りに触れて詩と小説の関係に言及しているが、その一つは、まだ一般には広く名前を知られていなかった作家時代の一九四七年のものである。フォークナーはミシシッピ大学の教室で、「一七歳から二六歳が詩を書く一番いい年齢です。詩作は上空にあげる打ち上げ花火のようなもので、一つのかんしゃく玉にすべての炎（fire）が詰まっている……そしてほとんどの優れた詩は若者によって書かれています」、と述べ、さらに前にも引用したが、「二一歳の時は自分の詩が優れていると思ったが、二三歳の時にやめた。最高の手段がフィクションだと分かったからだ。私の散文は実質的には詩だ」(1)、と述べている。ここでフォークナーが言及している一七歳は、高校中退と多くの詩人や作家との出会い、二一歳は故郷を離れて英国空軍に入隊する年、二三歳は、『春の幻』を書いた一九二一年、そして二六歳はニューオーリンズへの旅立ちの前を指すと考えてよいであろう。そしてこの大学での質疑の一九四七年というのは、まだ広く世に知られる前の段階であり、翌年の『墓地への侵入者』の出版から徐々に高まっていくフォークナーの評価を考えると、詩に対する執着は相当なもので、この気持ちは最後まで衰えることはなかったのである。

このフォークナーの詩への執着は生涯さまざまな発言となっていくが、作家として高い評価を得てからの発言は以前とニュアンスが異なってくる。それは「序論」でも触れたが、次第にフォークナーは「挫折した詩人」という表現を繰り返し強調するようになり、彼の文学全体を俯瞰した姿勢を明確にし始める。フォークナーは、「たぶんどんな小説家でも最初は詩を書こうと思います。それがダメだと分かると、短編を書こうとします。それは詩に次いでもっとも厳しい形式を要求するからです」、という言い方をして、詩を文学形式の第一に置き、また「詩というのは、人間の状況の感動的で情熱的な瞬間が蒸留されて、絶対の本質になったものだ」(2)、と述べたことは前にも触れたとおりである。これは敷衍すれば、本書の初めに触れた、「各々の作品が一つの意匠を持つだけではなく、一芸術家の作品の全体、あるいは総体も意匠を持たなくてはいけない」、という彼の創作原理ともつながっている。また九章でも触れたが、一九三二年に『緑の大枝』を編纂するとき、「原稿の中から最上のものを選んで、ちょうど一冊の小説のように仕上げた」、とハリソン・スミスに書き送っているように、フォークナーの脳裡には、個々の作品はなんらかの全体構想と総体性が企図されているのである。事実『大理石の牧神』から『緑の大枝』まで、フォークナーの脳裡には長詩、あるいは連続詩的なものの発想がいつもあった。

フォークナーは、自称「挫折した詩人」という主張を、一九五〇年以降に繰り返し強調しているわけであるが、そこでは詩・短編・長編の区別はジャンルというより、彼にとっては手段（medium）であろう。彼は、表現形式の厳密さ・緊密さの点で詩→短編→長編というランク付けをしながら、詩人になりたかったがそれに失敗して小説家になった「挫折した詩人」であること、しかし、詩人としての精神は消えることなく、真実の表現ということについては、ジャンルは関係がないということを強調している。またフォークナーは短編についても、「短編小説というのは、任意に選択されているが、結晶化された瞬間であり、その中で人物が、他の人物や環境、あるいは自らと葛藤する……短編は詩に次いでもっとも難しい芸術様式だ」(3)、と言っているが、この短編の捉え方は先ほどの詩の発想と同じである。すなわちフォークナーにとっては、詩と短編は同質であり、さらには長編はその詩と短編の厳密な形式の延長線上にあったと言えるであろう。いわば、詩、短編、長編の相違は、一語・一行・一文・あるいは一瞬の中に表現すべきことを盛り込む凝縮性の度合いの違いであり、詩人になりたかったがそれに失敗して小説家になった「挫折した詩人」は、永遠の詩人であったという逆説的な言い方が可能であろう(4)。

これは詩・短編・長編の同質性、あるいは同時性というフォークナー文学の特質に関わるが、時期的な詩と散文の同時性もさることながら、ある時期の短編と長編の同時性も注目に値する。特に詩作時代の強い影を引き継いだ、一九二七年から一九三二年頃までの、初期の優れた創作時期を具体的に考察していくと、まず長編では、一九二七年秋の『土にまみれた旗』の完成から、「驚異の年」と言われた一九二九年の大作『響きと怒り』を経て『サンクチュアリ』へと続き、さらに『死の床に横たわりて』、そしてこの時期を締めくくる大作となる一九三二年出版の『八月の光』に至るが、一方短編制作を見ていくと、およそこの四年間は、これらの長編と並行しながら優れた短編が陸続と書かれている時期なのである。この期の珠玉の短編は『これら一三篇』となって一九三一年に出版されるが、他にも実に多くの短編が書かれている。当時の短編制作の様子は、送付した短編作品と出版社名の投稿記録をきめ細かに記録している、一九三二年作成の厚紙の「送付表」が多くを物語っているが、その表には全部で四二篇の短編が一覧にされ、フォークナーの傑作と言われる初期の短編は全部入っている。

このような一九二七年以降の創作の流れと、最初に述べた詩・短編・長編の同時性との関連は、言葉を換えれば、長編は短編的な性格を、逆に短編は長編への可能性を秘めており、その根底に詩があるということである。マルカム・カウリーは一九四六年の『ポータブル・フォークナー』の序文で、フォークナーのほとんどの長編は、「一本のひもに通されたビーズ玉のような一連のエピソード」(5)の構造を内在させていると述べているが、それは短編と長編の同時性と同質性の特徴をうまく言い当てている。そしてこれをさらに敷衍していけば、短編と長編の同時性や同質性は、フォークナーが最初に目指した詩作や、厳密な形式や言葉の凝縮性と必然的に結びついていくことになる。フォークナーは、先ほど引用したように、詩は、「人間の状況の感動的で情熱的な瞬間が蒸留されて、絶対の本質になったものだ」、と言い、同時に、短編は、「結晶化された瞬間であり……短編は詩に次いでもっとも難しい芸術様式だ」、と言っているが、まさにここでは詩と短編が同じ次元で捉えられており、フォークナーにとっては長編はその詩と短編の厳密な形式の延長線上にあったのである。それは短編が詩的な凝縮性と同時に、長編的な拡張性を持っており、逆に、長編が短編的性格を持っているという可逆性ともつながり、詩→短編→長編という図式はやはりフォークナーの創作の根底に流れていると言ってよいであろう。フォークナーの創作にはいつも詩が脳裏にあり、いきおい詩的言語や詩的発想が顕著で、詩的な凝縮性や言葉の音楽性と、交響曲やソネット形式などの音楽的構成や厳密な形式が密接につながっているのである。

　このようにフォークナーは最後まで詩に執着し、詩の本質を追究したわけであるが、『春の幻』でも述べたように、この一九二一年の詩集の完成が、彼にとっての詩人と小説家の大きな分水嶺となり、それは先ほどのフォークナーの発言で裏打ちされている。もちろんフォークナーはその後も詩を書き続け、特に一九二四年にマートルに渡した一二篇の詩篇（『ミシシッピ詩集』）には見るべきものが多くあるが、量的にも少なく、二七歳という年齢や周囲の状況を考えれば、詩人としての将来像には不安があったにちがいない。そして七章で述べたように、当時フォークナーの念頭にあったのは、故郷のオックスフォードを一時的に離れて、ヨーロッパで作家修行をすることであった。フォークナーは一九二四年の暮れに、新しい出発のよすがとして、エッセイ「古い詩と生まれつつある詩——ある遍歴」と、出発の前の彼の心情を書き込んだ詩篇も交えた一二篇の詩をマートルに手渡して、「ミシシッピの丘——わが墓碑銘」で詠われた、「私は必ず帰ってくる！」という、故郷の大地への帰還の心情をマートルに伝えてニューオーリンズへ旅だったのである。

従ってフォークナーの詩作活動は、一度は『春の幻』で一つの転機を迎え、次に新しい文学の世界を求めて、一九二四年のマニフェスト的エッセイを書いた時がまた一つの転機であった。その意味では、彼の詩作の終わりをニューオーリンズからパリ時代と考え、パリ時代の延長の終止符と言える『蚊』の完成で、決定的な終止符をうったと考えてよいであろう。確かに帰国して、ヘレン・ベアードに愛の印として、『ヘレン――ある求愛』という愛の詩集を贈るが、八章で述べたように、それらの創作の時期は、フォークナーの記述から判断する限り、全てヨーロッパ滞在中かその前のものである。また『蚊』の中で言及されるモダニスティックな詩もパリ時代かその前後のものであった。その他にも数篇の詩をパリで書いたようだが、パリで集中して書こうとしたのは最初に『エルマー』、次に「蚊」や数編の短編であった。そして帰国してからも集中したのは長編小説（『蚊』）の完成であり、さらに数々の短編を書きながら次に彼の南部の土壌に密着した長編（『土にまみれた旗』）に着手していくのである。こうして詩人フォークナーは、「古い詩と生まれつつある詩――ある遍歴」で書いているように、世紀末や象徴主義から、モダニズム、そしてハウスマンから古典的なイギリス文学などを通って、円環をなすようにキーツ的世界に入り、そこから新たに独自の文学世界に深化させながら小説家フォークナーに変容していくことになる。

二　幻想の丘からヨクナパトーファの丘へ

こうしてフォークナーは詩人から小説家へ変容していくわけであるが、いままで触れてきたように、初期からの数々の詩的モチーフやイメジ、あるいは人物像は晩年まで一貫して底深く流れていく。そしてさらにこれらのフォークナー世界を奥深く押し包んでいるものの一つは、自然を機軸にしたコズミックな四季の循環構造であろう。一九一九年に書かれたと考えられる『大理石の牧神』や、次の『春の幻』では明確な春から春への循環構造があり、不規則だがそれは『ヘレン――ある求愛』にも読みとれる。また、この季節的な構造パターンは『ミシシッピ詩集』にも見られ、冬や絶望のモチーフと、それに耐えながら春を待つ循環構造がある。あるいは拾遺的な寄せ集めと思える『緑の大枝』でさえ、最初にエリオットの「荒地」を思わせる二編を置き、最後に詩篇「ミシシッピの丘――わが墓碑銘」を配置して、人がよって立つ大地(土壌)とそこに根付く「緑の木」へ収斂をもくろむ意図が読みとれる。そしてこれらの四季の構造パターンは、一九二〇年のドラマ『操り人形』でも生と死と四季が絡んでおり、最初の長編『兵士の報酬』や、六章で触れたように三作目の『土にまみれた旗』にはそれらが顕著に見られるのである。またこれらに続く他の作品でも、季節の循環と登場人物の生き方や心境とが並行している情景が多く書き込まれていることもいままで見たとおりである。

この大自然の季節の循環や大地とそこに根付く木は、人の生と死、あるいは死と復活（誕生）と重なりながらフォークナーの文学に一貫して流れている深遠な心象風景だが、これらと密接に結びついてフォークナーの世界に底深く流れているのが丘のイメジである。この丘は初期の詩作時代ではヨーロッパ的な意味合いを持っていたが、特にハウスマンとの出逢い以降は非常に土着的な色彩を帯び、小品「丘」から徐々にヨクナパトーファの丘へ変容していき、それはまた初期からの庭園イメジとも深く関わっていく。そして、もう一つ忘れてはならないのは、初期の詩や小品に見られる、天と地の境界域と丘のイメジとの密接な関係であろう。『緑の大枝』の詩篇「一〇」の主人公は、「二つの地平に捕えられて」おり、『大理石の牧神』の主人公は、「私は囚人となって天空と地上の間にあって夢を見、ため息」をついている。このように、初期の森や丘で彷徨う主人公（牧神）は、二つの世界に挟まれてアイデンティティを求めており、このコズミックなモチーフが「丘」の地理的世界と結びついて、やがて土着的なヨクナパトーファ世界を支えるものとなっていくのである。

フォークナーの最初の丘の地理感覚は、ギリシャ・ローマ神話や、ヨーロッパ的なものが中心であり、スウィンバーンや、ビアズリーたちの唯美的で、世紀末的な性的色彩の強い丘のイメジであった。また、強い衝撃を受けたハウスマンの丘の前には、コンラッド・エイケンの丘[6]の情景も入り込み、フォークナーの丘は、アクチュアルなものと性の連想を含めた想像的なものとが交錯して、土着的なミシシッピの「丘」や「大地」に至るまでにはさまざまな経緯をたどっている。そしてヨーロッパ的な丘と、土着的な丘との接点に位置するのが、いままで繰り返し言及してきた一九二二年の小品「丘」であろう。この頃は詩作が一段落して、大学で書き始めた文学批評にも見られるように、散文の分野にも鋭い客観的な観察眼を示し始めた頃である。「丘」の主人公の意識には、現実の生活の糧を求めるリアルな眼と、いままで詩を中心に描かれてきた牧神やピエロたちの眼が二重写しとなっている。そしてこの小品は後に詩篇に凝縮して書き直され、『緑の大枝』の「一〇」となり、さらに一九二五年の初めにそれらを敷衍して再び散文に書き直したのが「妖精に魅せられて」となったことは前に触れたとおりである。

従って「妖精に魅せられて」は、詩から散文への第二期とも言える時期の作品で、小品「丘」から詩篇「一〇」の牧神的な世界にとりついていた憑き物のようなものを払拭し、一九二四年の心境の変化以上に散文への傾斜を物語っていると考えてよい。この「妖精に魅せられて」でも、まだ無名の自由労働者が丘に登るが、前二作より丘の描写がいっそう具体化する。二つの急な丘の間には谷があり、眼下には、リラの木の陰に佇む村がある。彼は丘の上で、単調な生活、苦悩の労働、眠りや、死んだような音楽を想起させる女の子のことを考え、また明日の苦役のことを考える。しかしこの作品では、小品「丘」と異なり、タイトルの意味する「妖精に魅せられた」ある具体的な事件が起こる。彼は、夕日の中、黒々とした松林の中で少女か女に似たものが動くのを目撃し、不気味な森の木々や周囲に恐怖感に似たものを感じながら丘を下り、その何者かを求めながら森の中をさ迷う。やがて彼は、谷間の川に辿り着き、丸木橋を渡ろうとして足をすべらせ水中に落ち、水中であがくが、その時何ものかに触れる。それはきらきら輝く女の姿をした「死」との接触であり、彼も死ぬのではないかと恐れる。彼はやっとのことで、水（死）から這いあがり、その女の姿を追いかけるが見失ってしまう。その後彼は再び丘から眼下の村をのぞみ、日常に思いを馳せ、いつに変わらぬ「時と生の昔ながらの絶望」[7]を感じつつ、まだ濡れている足についた土埃を感じながらゆっくりと丘を下りて行く。この情景は、第一次大戦中のパイロットが、上空から「白い女」を見つけてそれを求めて撃墜される（水死する）「ライラック」とも強い近似性を持っているが、一方で以前の幻想性が、かなり具象的な現実性を帯びようとしているのである。

この作品は、前身の「丘」や詩篇「一〇」と比べると、より具体的な性的なものが土着の丘のイメジと交錯しており、フォークナーは明らかに地理的な丘と女性の身体部分のイメジを重ねて描いている。主人公は山の斜面を下り、二つの丘の間の川にはまりこんでそこで生死の体験をするが、その生死とは、取り憑かれた不気味な存在となっていた「妖精（性）」との水中でのからまりあいと脱出への闘いである。いわば「妖精」に魅せられていた主人公は、山中で彼女に出会い、それを追いかけ、（水）死と性的に一体となった恐怖をかいくぐってその妖精から離れる。主人公は水から這い上がってまだ未練の残る妖精を追いかけるが、一方では妖精との生死の瞬間を逃れて、ある憑き物がとれた安堵感が流れている。それはまた牧神のニンフ追跡のモチーフや、トラウマ的な性のしがらみからの離脱であり、初期の牧神とニンフの幻想的な「丘」からの別離であろう。主人公は、逃げられたことに対する強い失望の気持ちを持ちながら、「僕は彼女に触れたのだ」[8]、と強い口調で繰り返している。

それは二章で触れた、心をまさぐりながら、「彼には何か得体の知れぬもの」を掴んだと思うが逃げられて、丘を下った一九二二年とは明らかに変化している。いわば、丘の上で二つの地平にあって、牧神たちの声に耳を傾けて、「帰らねばならないことを忘れて」佇み、あるいは詩篇「一〇」のように、ギリシャの壺の上で、二つの地平に捕えられて身動きできない主人公は、いま新たな境地に立って、恐怖となっていた憑き物がとれて丘を下り、より現実に近い世界へ立ち戻るのである。ここでは、自由労働者が立つ「丘」は、次第に「この土壌」や「この大地」に接近して、ヨクナパトーファに具体化される南部の地方色や「大地」の香りが漂い始めており、ハウスマン的ストイックな、「不屈の精神の壮麗さ」の認識、シロップシアの「丘」から、大地をバネとした「ミシシッピの丘」につながろうとしているのである。それは、作家フォークナーの心情変化と物語性の深化を物語っており、詩から散文への質的な変化を物語っている。

このニンフとの幻想的な水（死）体験は、二章で触れた、輻輳する性とも深く関わっているし、一章で触れた、詩篇「ライラック」の、飛行士が出会い追跡する「白い女」の姿、いわばナルキッソスや「運命の女」との出会いと死とも密接に関連している。それは「ライラック」との連続で言えば、理想と思えた白い女を追って飛行機を撃墜された飛行士が、五年後に水から上がって、現実のミリューの中で一つの新しい生き方を模索する姿でもある。あるいは『メイデイ』の、理想の女性を求めて失望して水死したギャルウィン卿の変容とも考えてよいであろう。このニンフとの性をめぐる水死体験が、現実の南部というミリューに置かれて、『響きと怒り』のクエンティンの水死に発展するまでにはまだ時間を要するが、ちょうどこの頃、二章の「水死のモチーフ」で触れた、水死と水に濡れて輝く髪の毛のモチーフが数々の作品で表現されていたのであった。従ってこの時期は、牧神のニンフ追跡のモチーフと、水（死）と輝く髪の毛のモチーフが大きく変容していく時期で、かつての追跡のモチーフの対象となったニンフは、少しずつ運命（妖魔）的色彩を加えて現実的な色合いを持つようになり、散文世界へ向かっていくのである。

こうしてこの丘のコズミックな二重世界を内包させながら、次第に幻想から離れ、現実の土壌や大地の色合いを濃くしていくことになる。そしてニューオーリンズで書かれた小品「ナザレより」という作品があるが、ここでもフォークナーは自らの創作の一部を放浪者のデーヴィッドの作品として挿入し、そこに理想像を描き込もうとしている。フォークナーはこの作品で初めて放浪者（自由労働者）に、デーヴィッドという現実と神話世界を共有した具体的な名前を付し、彼の愛読書が『シロップシアの若者』としながら「丘」の描写を再現している。「私（フォークナー）」とスプラットリングはフレンチ・クオーターのジャックソン広場で若者デーヴィッドに会うが、彼はポケットからぼろぼろになった『シロップシアの若者』を取り出し、それを「私」に渡しながら、ハウスマンの丘を偲ばせる詩句を口ずさむ。そして挿入されたデーヴィッドの小品は、「野原を背景にして、遠くの小高い丘がある。高い丘でないが、青い霞がかかった波打つような姿をしている」(9) 丘の情景で始められており、それはいわば小品「丘」や「妖精に魅せられて」の主人公が立ったあの「丘」であろう。そして「ナザレより」に登場するディヴィドという名前は、後年『蚊』で完全なパロディの対象となって消えていくまでは、いままでの牧神やピエロのペルソナ像に代わって、フォークナーの分身的な役割を果たし、幻想や神話世界から、まさに土着の現実世界にいたる人物像の橋渡し的な人物となっているが、このディヴィド像と丘のイメジこそ、いろいろな意味で、やがて書かれることになるヨクナパトーファの「丘」とつながっていくのである。

ここでもう一度、丘の詩的幻想から現実への流れをたどると、フォークナーの土着の土壌とハウスマンの郷愁の土壌との結びつきが深まるにつれて散文への傾向を強めていることがわかる。ハウスマンの詩篇「四〇」の、「失われた満足の地……そして二度と帰ることのできない」("cannot come again")という望郷の想いは、小品「丘」とそれと相前後して作られ、『緑の大枝』に組み込まれた詩篇「一〇」に深く流れている。詩篇では、主人公は二つの地平に捕えられ、「帰れぬことを忘れている」("Forgetting that he cant return")(10)。そして、散文詩の終わりでは、「一瞬帰らなくてはいけないことを忘れていた」("forgetting, for a space, that he must return")が、やがて主人公は、「ゆっくり丘を下っていく」(11)。さらに「妖精に魅せられて」では、先ほど論じたように、以前より強い現実の世界を志向しながら丘を下っていくのである。

そして初期のこれらの人物を背景にした「丘」のイメジと、南部の文字どおりヨクナパトーファの「丘」が結びついていくのが『土にまみれた旗』である。この長編では、まだヨクナパトーファという具体的な名前は使われていないが、明確にヨクナパトーファ郡ジェファソンの丘がいままでの集約的でトポス的な空間的・地理的イメジとなっており、「なだらかに切れ目なく続く丘を背に、緩やかな傾斜から、やがて道路が、静かで豊かに微睡む野原のある谷に下がっていくと、そこは小高い丘の土地であった」(12)、と描写されている。しかもその丘を背景に、南部の歴史を表象するヤング・ベヤードとともに、小品の「丘」や、数々の詩篇の人物の流れを汲むホレス・ベンボウが丘と結びつきながら新しい主人公として登場し、『サンクチュアリ』でも、丘と切り離せない人物となる(13)。また『死の床に横たわりて』では、この「丘」は強い性的な色彩を施されている。バンドレン一家が丘に登ってそこで町を一望した後、丘を下り、そこでダールが、「生命は谷間で創られたものだ。それは昔からの恐怖、欲望、絶望に乗って丘の上に吹き上げられたのだ」[14]、と言い、その後妊娠しているデューイ・デルの秘密の行動が描かれているが、明らかにここでの「谷」と「丘」のイメジには「妖精に魅せられて」の場合と同様、強い性的な意味合いが込められ、作品のテーマに深い陰影を与えている。

また『八月の光』で、リーナが丘の上から見る二筋の煙は、小品「丘」の主人公が眼下に見る、細く立ち昇る煙を連想させながら、これから町で展開される悲劇の前触れの一切を象徴的に語っているし（クリスマスも、殺人の前に丘に登って夜の町を眼下にするし、町を去るバイロン・バンチが見る丘からの眺望も印象的である）、バイロン・バンチが登る丘も、詩篇「一〇」を彷彿させる描写である。それはまるで「無の中へ乗りこんでゆく」みたいであり、その丘の頂の向うに木立があって、そこには「血に動かされている限り、仮借のない大地の、二つの逃れるすべとてない地平線に挟まれて彼が永遠に回らなければならぬ、凄じい、退屈な距離」[15]が横たわっている。「納屋の放火」の少年サーティは、真夜中に丘の頂に座り、次に「暗い森の方へ向かって丘を下り」[16]、振り返らず父とは別の方向に向かう。さらに『町』のギャヴィンが昇る丘はいっそう象徴的である。彼はフレムから、ユーラやリンダを守るべく奔走しながら疲れ、ユーラと最後に会う前に、彼の前身のホレス同様心の安らぎを求めて丘に上がるが、そこから見下ろす、町の中心から放射状に広がるヨクナパトーファ郡の風景は、「人間の情熱、希望、悲惨さ、野心、恐怖、欲望、勇気、抑制、憐憫、名誉、罪、誇り」[17]、といった人間の営みと重なり合い、一つの小宇宙を象っている。ミシェル・グレッセは、この丘の上に立つギャヴィンの心境を、六〇歳を前にした作家自身と重ね合わせながら、眼下の情景描写をいままでの「丘」の集約と評言しているが[18]、まさにこの丘からの郡役所のある風景は、かつての自由労働者が眺めた郡役所のある風景の拡大図、そしてその後創作された「ヨクナパトーファ郡」の縮図であり、そこに生起する人間の営みの根源を秘めた世界であろう。この小宇宙は『墓地への侵入者』のチックの描く、自然と丘のイメジが重なった町の広場から、四方へ拡大するアメリカの風景へ、さらに『尼僧への鎮魂歌』の「ゴールデン・ドーム」の中心イメジから、『寓話』のパリの放射状の壮大なイメジや、伍長と父親との丘の上での、理想と現実の対決へと拡大されていく、ヨクナパトーファ世界の中心イメジとも言えるもので、フォークナーの地理空間と、想像力（神話）空間との実に豊かな接点となっている。そしてこの幻想的な丘のイメジと、アクチュアルな丘のイメジは詩作時代から連続しながら散文の世界で豊かな文学的メタファーとして昇華され、後に「アポクリファルな創造世界」でもう一度触れるように、ヨクナパトーファ世界のアポクリファルな創造世界を彩っているのである。

三　最初の長編『兵士の報酬』の詩的世界

フォークナーが詩から小説への新たな模索を始めたのは、一九二四年以降で、ニューオーリンズ時代からヨーロッパ滞在にかけてであろうが、その一つの成果が七月のヨーロッパへ出立する前に完成された『兵士の報酬』であった。出版は帰国してから（一九二六年二月）であるが、この長編には、いままで触れてきたようなフォークナーの初期の詩的世界がときには生のまま散文化され、詩的な情緒が色濃く出ている。物語は、第一章の、第一次大戦が終わって帰郷する帰還兵たちが中心になって繰り広げる汽車の中での情景と、二章から九章までの、ドナルド・マーンという沈黙した帰郷負傷兵を囲む周囲の人々の間で展開するものだが、そこにはいままで触れたフォークナーの詩的世界が横溢している。

詩作時代との連続でまず顕著なのは、二章の「半獣神の午後」で述べたような、牧神のニンフ追跡のモチーフが顕著であり、さらにそこで描かれる、無垢で自由な「アルカディア的な若い世界」と「老いた世界」という二つの世界が、第一次大戦という破壊のモチーフで分断されていることであろう。いわばこの長編には、新たに第一次大戦という二〇世紀のモダニズム的要素が加わり、「若々しかったが、同時に、ひどい傷痕の下で天地ほどに老けた」混沌世界が描出されているのである。従ってこの長編には、それまでの、ギリシャ・ローマ神話の異教的要素とユダヤ・キリスト教世界、世紀末的で頽廃的な要素、それらに加えてモダニズム的な世界が同時に描き込まれていることになる。このモダニズム的要素で特に重要なのは、「ライラック」で述べたように、一九一九年の終わりに描かれた、フォークナーのオブセションともいうべき第一次大戦の負傷帰還兵というモチーフである。そして、最初からあった牧神を中心とした追跡のモチーフと、第一次大戦の負傷兵のモチーフに、水と水死のモチーフが深く浸透し、フォークナー文学の幻想性と奥行きを深めている。これらのモチーフが複雑に撚り合わさって幻想性が深まるのは、時期的にはニューオーリンズ時代（一九二五年）の最初であり、その延長上に『兵士の報酬』が書かれたと言ってよい。この長編の最大のテーマは、アイロニカルな「兵士の報酬」ということであり、水や水死のモチーフは希薄になっているが、しかしいま述べた三つのモチーフは絡み合って流れており、その根底では詩作時代からの「生と性（愛）と死」というテーマが不即不離に重なっているのである。

「ライラック」という詩篇については一章で詳しく論じたが、フォークナーはこの詩篇と、さらに七章で論じた詩篇「一一月一一日」に描かれた第一次大戦のモチーフを最初の長編に組み込んだのであるが、そこには、四章の「ミシシッピ大学での成果」でも触れた、フォークナー自身の第一次大戦の帰還兵としてのペルソナ像も投影されている。そして、「ライラック」で見たとおり、主人公は、「白い女、気まぐれな存在を見つけ、それを追ううちに左胸を撃たれて」生死の境で語るという形式をとっているが、この構造は『兵士の報酬』にも受け継がれて、ドナルト・マーンという沈黙の中心の周りでさまざまな追跡のモチーフが展開する重層構造となっている。

最初の長編には、このような詩作時代からのモチーフやテーマ、また構造的な連続性が明白であるが、もう一つ見落としてならないのは、先ほど詳しく触れた季節の循環というモチーフであろう。これはその連続としての「丘」や、最後に触れる「大地」や「楽園」とも密接に結びついているものだが、現実の土壌に密着したものから、象徴次元にわたるフォークナー文学全体を覆うモチーフというべきものである。『兵士の報酬』の季節は三月の終わりから、花の咲き乱れる四月と五月にかけてであるが、第一次大戦の負傷兵という「死」と「生」（春）の対比は明らかに意識されたもので、多くの詩篇や連続詩と類似したパターンである。「ライラック」では、撃墜の時期が五月の終わりであり、エリオットの「残酷な四月」という逆説的な響きとも共鳴している。また詩篇の「一一月一一日」は、タイトルそのものが示すように、死と冬が強調される荒涼とした季節と結びついているが、その裏側には、四月、五月、六月という春（生の息吹）の響きが込められている。これはジェームズ・フレイザーの『金枝編』などに描かれている死と再生のテーマをはじめエリオットの「荒地」的世界が意識されていると考えてよいであろう(19)。また七章の『ミシシッピ詩集』や九章の『緑の大枝』で触れた数々の詩篇でも、冬枯れの季節と人間の死や運命が重ねられ、それに対する春や生の循環が描かれており、『緑の大枝』でも触れたが、「緑になりゆく大枝」そのものが内蔵させている含意も生命の復活の象徴となっていよう。あるいは連続詩の『大理石の牧神』と『春の幻』にも、循環する冬と春に表象される「生と死」のテーマなど、『兵士の報酬』とは不可分の関係にある。

この四季の循環ということは当然「時（Time）」ということと深く関係する。そしてこの「時」とは、特にフォークナーの場合は、冬（晩秋）と春、そしてそれに重なる生と死、あるいは死と再生と深く結びついている。フォークナーの詩にはこの「時」という言葉は繰り返し用いられ、『春の幻』では、エイケンやエリオットの作品の文脈で頻出しているし、『緑の大枝』の多くの詩でも冬（晩秋）の季節が大きな位置を占めている。そして、この時間感覚は『兵士の報酬』でも同じで、時には大文字のままTimeが用いられ、ゆったりした自然時間、田園時間、黒人たちの持つ時間と、ドナルド・マーンをめぐるモダニズムの洗礼を受けた現代人たちの時間とが対比され、この対照的な二つの時間は「半獣神の午後」以来ずっと流れ続けているものである。またこの季節や時間の循環は、「時と死」を脳裏に置いて書いた『土にまみれた旗』では、南部の歴史や時間という文脈の中でいっそう深まっていくことになる。作品の始まりの季節は、ジェニーが花壇で花を摘んで、土を耕しているが、それはスイカズラの咲く前の五月頃、そして最後のヤング・ベヤードの墜落死は五月であり、ちょうど一年のサイクルで語られている。ベヤードが落ち着くのは種苗の時期であり、大地のリズムを身体に感じるときである。ベヤードとナーシサの結婚・妊娠は秋の収穫時期に合わされており、有名な騾馬の描写部分でも収穫と大地のリズムが流れている。そして詩篇「一一月一一日」を想起させる一一月の寒い憂鬱な雨の降る頃から、ベヤードやホレスの心はすさんでいき、孤独の回廊を歩むことになる。こうして最後に死と復活を迎える人間の営みは、季節の循環と合致しており、多くの詩やその後の小説世界でもフォークナー独自の作品構造となっているのである。

この季節や時間の循環は、『大理石の牧神』では、身動きのできない「大理石の牧神」が、「悲しい、縛り付けられた囚人」となって、悲しみと冬の心で巡る四季を観察する姿として描かれていたが、この姿は牧神の変容とも言える『兵士の報酬』の負傷兵マーン、そしていま触れた『土にまみれた旗』のベヤードやホレスの状況と重なっている。またこの連続詩の最後に、一九一九年、四月、五月、六月というふうに、花の咲き乱れる時期に執筆したという一行が加えられているが、これも季節の循環のモチーフと無縁ではないであろう。この四季の循環は、牧神の自由を求める心情が反映された幻想の中で進行するが、この語りの構造も『兵士の報酬』の語りの一部と共通する。この牧神は、不死のまま固定され、周囲の生死の移り変わりに悲しみを覚えているのである。牧神は、「上空と大地の間にあって」、「知っているものを夢見ながら」、「しかし知ることができない」悲しみを吐露しているが、それは先に述べた「半獣神の午後」の牧神と同じように、「老いた世界」にあって、自らのアイデンティティを見つけることのできない悲しみである。

また『春の幻』で描かれるエイケンやエリオットの世界は、「塵（死）」と「生（春）」というテーマが軸になっており、それは『兵士の報酬』の負傷兵のマーンの悲劇性と最後の救済的な終わり方の構造性とも類似している。『春の幻』の情景は、エイケンやエリオットの都会の夜であるが、そこでアイデンティティの模索をするピエロには、「運命」や「時」、「生死」、「塵」などのテーマが強調され、根底では、失望のうちに故郷に帰った兵士とその周辺が織りなす世界と重なっているのである。『春の幻』の構造は、エイケン的な深奥の意識世界から、エリオット的なピエロ世界、さらにそこから春の幻想的な未来世界をかすかに展望する「四月」の章で終わっているが、このパターンは、フォークナーの多くの詩で見られる、自然の四季の巡りと、死と生の循環と重なっており、その基本構造は最初の長編に受け継がれている。

またこの長詩『春の幻』では、牧神時代からの、アイデンティティへの不安から脱出しようとするピエロ像が強調されており、全体としては前身の牧神像を受け継ぎながら、主人公ピエロのアイデンティティの危機とその超克への軌跡が大きなテーマとなっている。そしてこのアイデンティティの危機とその超克というテーマは、『兵士の報酬』でも流れているのではないだろうか。それは、『春の幻』の最終連と、「妖精に魅せられて」の最後の場面、そして『兵士の報酬』の最後の場面を比較して見ると明瞭になってくる。

まず、『春の幻』の全体像については六章で触れたが、「どこかで（Somewhere）」という詩句で始まる最後の「四月」の四連は、各々が、そよ風、ツグミの鳴き声、緑の頭布をした白樺の白さ、星の夜の春と空を背景にした花やナイチンゲールが啼く風景で、ゆっくりとしたリズム感と春の雰囲気が全体に浸透している。いわば長編『兵士の報酬』で用いられている「時（Time）」の自然で牧歌的な時間が流れ、これらがある距離を持った三人称で観察され語られ、最後の連は、かすかながら未来への希望のようなものを漂わせている。

どこかでひっそりと幾列もの星が
巡り行く空に生まれて花開き
ナイチンゲールの歌は流れ
空高く駈け、細い月に
当たって銀色に砕け散る。薄闇の道では
真っ直ぐでしなやかなポプラを霜の中で

風の溜め息が捕まえて揺さぶり
やがて伸ばしたその手を放すと
風と空はかがんで口づける
その気取らぬ、冷たく白い息を止めた顔に(20)。

この『春の幻』の交響詩的構造と、最後に「四月」をおく四季の循環構造は、『兵士の報酬』のそれとある類似点を持っていることは注目してよい。この長編の最後の場面は、ギリガンが求愛したマーガレット・パワーズが去った後、牧師とギリガンは、小高い「丘」を登り、そこから下って黒人街の近くに行くが、二人の耳に、黒人たちのゆたかな賛美歌が聞こえてくる。それは月光下で二人の魂に響くもので、ゆっくりした時間が二人に流れ、二人が踵を返して家路に向かう場面は、『春の幻』と同じように、何かを未来に託す希望の兆しがぼんやりと感じられる。

二人して耳を傾け、あのみすぼらしい教会が情熱と悲哀の入りまじる柔らかな祈りの歌声に乗って、次第次第に激しく変わってゆくさまをじっと眺めていた。やがて歌声が止み、それは月明かりの土地の彼方に小さく消えてゆく。月明かりの土地、それは否応なしに明日が訪れ、労働が課せられ、そして性と死と堕地獄が待ちうける土地である。そして二人は、靴の中に土埃を感じながら、踵を返し月光の下を町に向かって戻ってゆくのだった(21)。

さらにこの最後の情景はすぐにも、一九二五年の初めにニューオーリンズで書かれた「妖精に魅せられて」と重なっていることにも注目すべきであろう。

彼はただ、粗末な寝台でくつろいでいる肉体と、眼醒めと、飢えと労働のことだけを考えていた……月光の下、長く、単調な通りが、彼の前に延びていた。いまや彼の影は、つき従う犬のように彼の背後にあり、その向こうには、一日の労働と汗があった……彼の背後に労働があり、彼の前に労働があった。時と呼吸から生ずるすべての昔からの絶望がまわりにあった。星は黒い水面を漂う粉々に砕けた花のようで、西空に寄り集まっていた。そして、まだ濡れた足に挨を纏いつかせたまま、彼はゆっくりと丘を下って行った(22)。

これらの長詩と二つの散文を比べて見ると、いずれの季節も春である。詩の場合は、春の兆しであるが、「妖精に魅せられて」と『兵士の報酬』では五月で、梨やリンゴの花が咲き乱れる時期に設定されている。三作とも「塵」のイメジが大きな意味を持っているが、『春の幻』の場合は、主人公のピエロが、エイケンの「塵」の世界やエリオットの「荒地」の世界を彷徨しながら、いま新たな春の季節を待つという構造になっている。『春の幻』では最後はピエロの名前が消え、新たなアイデンティティへの模索が暗示されていることは四章で述べたが、それは「妖精に魅せられて」の、日常の汗という「明日」の世界へ向かって丘を下る心境と、ギリガンや牧師が、ドナルドの死や、マーガレットとの別れの後、黒人の教会から流れてくる魂に響く声を聞きながら、家路に向かう心境と同じであろう。

この長編の最後と、「妖精に魅せられて」を、前身の小品「丘」や詩篇「一〇」と比較すれば類似性はいっそう鮮明になる。一九二二年の小品「丘」では、季節労働者に水死のモチーフはなく、彼に何かが接近したが逃げられ、ゆっくりと丘を下る。そして詩篇「一〇」では、性的な要素も消え、ギリシャの壺の上で、二つの地平に捕えられた不動の主人公は、身動きができない。しかし、「妖精に魅せられて」では、主人公は、逃げられたことに対する強い失望の気持ちを持ちながら、「僕は彼女に触れたのだ」と強い口調で繰り返していたことは前に強調したとおりである。彼は丘という二つの地平の間にあって、牧神たちの声に耳を傾けて、「帰らねばならないことを忘れて」佇み、あるいは詩篇「一〇」の、ギリシャの壺の人物のように、二つの地平に捕えられて身動きができなかったが、いま一九二五年の段階で、憑き物がとれて丘を下るのである。いわばこの原型的な、追跡から生と死の体験を通過して、足や靴に「塵」を付けて丘をゆっくり下ったり、「明日と汗」の待つ家の方角へ足を向けたりするパターンは、小品「丘」からの深化ぶりを如実に表している。

このように、『大理石の牧神』の牧神の不動の姿勢と周囲の四季の循環、『春の幻』のピエロの意識の中で展開する孤独や「荒地」的な都会の放浪から春への歩み、あるいは、他の詩篇に見られる同じようなモチーフやイメジをたどりながら、次に小品「丘」や「妖精に魅せられて」などをたどっていくと、それは『兵士の報酬』の全体構造にたどり着くと言ってよい。こうして、自由労働者が立つ「丘」は、次第に「この土壌」や「この大地」に接近してきており、ヨクナパトーファに具体化される南部の地方色や「大地」の香りが漂い始めているのではないだろうか。そしてハウスマン的ストイックな、「不屈の精神の壮麗さ」の認識、シロップシアの「丘」から大地をバネとした「ミシシッピの丘」につながっていくことになる。

従って最初の長編『兵士の報酬』には、詩作時代の四季の循環構造をはじめ詩的な叙情性が色濃く残っているが、生（性）と死、現実性と幻想性、二つの壁、「黄昏・沈黙・停止・死・眠り」と「動・生・春」などの二重性は、より根源的な「生と死」の二重性まで深化・拡大されている。それはまた、冬と春、天と地、黄昏、動と静といった時空的なものから、フォークナー文学全般で言えば、韻文と散文、リアリズムと幻想性、次に作品の背景や構造から言えば、第一次大戦の前と後で対比される田園性と人工性、さらに作品の内面に焦点を当てれば、意識と無意識、過去と現在、語りの二重性（一人称と三人称の二重性）、そして引用や引喩を初めとする表現の二重性や曖昧性（象徴性）など多岐にわたっているのである。

従ってこの作品では、ぎこちなさや未熟さが残り、それは作品の弱点と言えようが、一方で、叙情溢れる詩的世界と、いままで触れてきた深い二重性は後に描かれるフォークナーの文学世界の大きな橋渡しとなっている。この幻想と現実の世界、詩的世界と散文世界の混淆とは、フォークナー独自の小説世界であり、最後まで続く両面価値的なフォークナー独特の創造空間となっていく。

四　アポクリファルな創造世界へ

このように最初の長編『兵士の報酬』は、詩作時代の尾骶骨を露わに残した過渡期的な作品であり、また二作目の『蚊』の場合も二章で述べたように、詩作時代の名残を残した、芸術表現のあり方を真剣に問いかけた作品であった。この後フォークナーは、ヨクナパトーファという架空の郡を創造し、彼個人のミリューを取り込んだ三作目の『土にまみれた旗』を書くことになるが、この作品も随所で強調したように、初期の詩の影がかなり直接的な形で残っている。しかし一方でこの作品は、詩と散文、美（芸術）と現実社会との関係をさらに深く掘り下げ、その緊張関係を止揚しながら、アポクリファルな世界の創造に向かおうとする、壮大な意図のもとに書かれた記念碑的な作品でもあった。三章でも触れたが、フォークナーはここで初めて登場するホレス・ベンボウの中に、キーツ的な永遠の美と真実に象徴される詩的世界と、現実の南部の土着の世界を二大プロットにして描き込もうとしたのである。

この三作目の長編の構想には、以前に書こうとしていた『父アブラハム』のプロットの一部や、ヨーロッパで中断していた『エルマー』の対位法的なプロットなどが骨格にあったと考えてよいが、フォークナーはそれを一九二七年の秋に完成する。そして方々に出版の依頼をするが断られ、結局ベン・ワッソンが編集し直して一九二九年の一月に『サートリス』として出版されることになる。この作品の対位法的な大きな二つのプロットと、フーガ的な副旋律の数々のプロットとの組み合わせや、自然の四季の循環と重なり合った交響曲的な構造についてはすでに論じたが、作品全体に詩作時代のモチーフやイメジが多用されて詩情に満ちあふれた作品であった。

フォークナーは、特に第一次大戦という彼のトラウマとも言えるプロットを底流に、サートリス双子兄弟とホレスの二つの大きなプロットを絡ませ、ジェファソンという、架空ではあるが実質は彼の故郷の土壌を基盤にして、過去と現在を錯綜させながら時代の苦悩を描く一大構想に大きな自信を持っていたにちがいない。そして、キーツの「ギリシャの壺に寄せる賦」に象徴される、永遠の「汚れなき花嫁」をナーシサに重ね合わせ、美を永遠に保持したままの恋人になっている「大理石の男女」を幻影にしながら、現実世界に挑戦しようとするホレスを描こうとしたと思われる。フォークナーはこの長編の最後の、ナーシサが黄昏時にピアノを弾いている場面で、キーツの詩句、「汝静寂のまだ汚れなき花嫁、沈黙と遅い時間の養子(やしないご)」に呼応して、窓越しの情景を、「風のない（静かな）リラの夢、静寂と平安の養い親」(23)という語句で締めくくっている。それはフォークナーの詩的世界がヨクナパトーファ世界に馴化されようとする過程の象徴的な描写と言ってよいであろうが、逆に批判を招いた最初のヨクナパトーファ物語の詩的な曖昧性でもあった。キーツの詩では、「美は真なり、真は美なり」という究極の結論があるが、ホレスには、ガラス細工や妹のナーシサ、さらには弁護士業と、彼がめざす美と真実は大きな齟齬をきたしている。それはこの長編が最初の長編同様、以前の詩的世界をふんだんに描き込んで、詩的情緒の色濃い作品にしているからであろうし、また牧神からピエロの系譜で述べてきた、自意識の強い語りがまだ物語性を凌駕しているからであろう。

フォークナーは『土にまみれた旗』の完成近い七月の終わり頃、リベライトへの手紙で、「ついに私は素材を制御できることを学び、それを合理的な真実のようなものに合致できるようになった」(24)、と書き、さらに一〇月一六日には、「今年誰もが見たこともないような最高の作品」(25)、と書いて完成した作品に強い満足感と自信を露わにしている。そして完成した原稿をまずボニー&リベライトに送るが拒否され、続けて他の出版社にも送るがすべて拒否されて、最初の自信作はさんざんな反応で迎えられるのである。その拒否の大きな理由は、フォークナーが書いた序文によれば、「六つの物語」が分立していて全体が散漫で、一貫性を欠いているということであった。

こうして「最大の傑作」だと自負した『土にまみれた旗』を三分の一も削られ、フォークナーの脳裏には、ホレスの詩的人物像をなんとかもう一度生かしたい気持ちがあったことは十分考えられる。いわば詩的世界を薄めて、弁護士という社会的側面を前面に出して現実世界に生きるホレス像を描こうとしたのである。だがそのホレス像を中心に描いた『サンクチュアリ』は、『土にまみれた旗』と同じように、内面描写と情緒性が前面に出すぎて物語性と現実年の二月に出版したのであった。

性を欠き、フォークナーは、『響きと怒り』と『死の床に横たわりて』を「辱めない」作品に書き直して、一九三一年の二月に出版したのであった。

フォークナーは書き直して冒頭にホレスとポパイを泉を挟んで対峙させるが、両者が対峙する泉は、詩作時代からの水や泉のイメジを受け継ぎ、さらに、『操り人形』のピエロ像で触れたように、自らの映っている鏡を前にしたピエロの構図と重なっている。本を携えるホレスは、二章で述べたペルソナ像の牧神とピエロの流れを汲んだ、キーツ的な美や真実を理想とするロマンティックな中年の男性であり、対峙するのはその破壊者ポパイであった。ホレスは、荒廃した森と泉の中に迷い込み、かつての自然の楽園が失われた「荒地」で、その自然の破壊の象徴とも言えるポパイと対峙する。いわば『大理石の牧神』の様式化された庭園から、詩人のホレスが『サンクチュアリ』の荒廃したフレンチマンズ・ベンドという庭園に入り込むが、その庭園には、七章で触れた、あの「古い神々」を押しやって王冠をかむった蛇（ポパイ）がおり、ホレスは社会の邪悪さと対峙するという構図になっている。だが実際には詩人ホレスと現実の邪悪な社会との対決は名のみで、ホレス程度の社会意識では太刀打ちできず、ホレスはピエロよろしく、その庭園から這々の体で逃げ出していくことになる。

そしてこの詩的な庭園は、さらに自然の荒廃や大地の破壊の経過を辿りながら、より深く南部の庭園神話に変容していき、やがて一九四二年の『行け、モーセ』でのマッキャスリン農場の相続を巡る物語で頂点を迎えることはキーツとの関係で議論した。そしてアイザック・マッキャスリンは後年、かつての大熊がいた森林を訪れ、いまはド・スペインが売った森林で材木を運ぶ貨車を見送った後、一瞬過去に沈潜し永遠の時間に我を忘れるが、その瞬間、この森林（庭園）に古来から住む蛇が出現し、アイザックは宿命的とも言える性と罪の世界に連れ戻される。この蛇は一九五四年の『寓話』にも描かれているが、アイザックが理想とする、キーツ的な壺の永遠の静止の瞬間は、厳しい現実によって混沌に投げ込まれているのである。これらは、二章の「半獣神の午後」やキーツの項を初めとして随所で詳しく論じたように、あの詩作時代の牧神や牧羊神パーン、さらにはピエロ像を引き継いでいる、ホレス・ベンボウやギャヴィン・スティーヴンズ、あるいはアイザック・マッキャスリンを初めとする失われた理想の「庭園」を取り戻そうとする人物たちの苦悩の遍歴とも言えるものである。

こうしてフォークナーは、詩作時代から散文の世界に入って、これらの苦悩する人物たちを通して、独自なアポクリファルな想像世界を創作してきたわけであるが、その創造世界を象っているのは、なんといってもそれを支えているヨクナパトーファの土壌であり、その中心は先ほど触れたように「丘」であった。この地理的アポクリファとも言える「丘」も、詩作時代から連続しながら南部の「庭園」とも深く関わるものであり、これらの一切が象徴的に描かれたアポクリファルな創造世界が、『行け、モーセ』の大熊やライオンたちの眠る森の墓場や、『館』のミンクが吸い込まれていく大地であろう。

小品「丘」と「妖精に魅せられて」で詳しく論じたように、フォークナーにとっては、「丘」とは彼自身の住んだ土地そのもので、『土にまみれた旗』（『サートリス』）で描かれている、「一面に広がっている丘の緑を背にして、なだらかな傾斜にそって横たわる丘の上にある地」(26)であった。外に出るときは越えるべき丘、そして町に入るときは丘から盆地になったオックスフォードを眺める丘であり、架空の町ジェファソンの町を囲む丘とは二重写しとなって、フォークナーの現実の地理空間と、想像力（神話）空間との実に豊かな接点となっているものである。それはまた、ハウスマンの青い丘と結びつき、フォークナー自身を育んだ丘そのもので、しかも丘を越えればすぐに、アメリカの南部、北部、アメリカ全体、さらには世界的・宇宙的な拡がりを持つ世界が広がり、同時に宇宙的なものは再びジェファソンの丘に収斂されるものであった。従ってそこでは、ヨーロッパ的なものとフォークナーの南部、ロマン主義的なものとモダニズム的なもの、外的空間と内的な土着的なもの、あるいは人工と自然などの対峙と融合が繰り返され、そこにすべてを押し包む大自然の大地が底深くに横たわっているのである。

『館』の最後の場面で描かれるミンクの世界は、これらの象徴的な融合点ではないだろうか。三八年間のフレムとミンクを中心とするスノープス三部作の完成とは、これらの時空を舞台にした、一人の作家活動の集大成であり、人間の「心の葛藤」の一つの結論であったはずである。初めに述べたように、フォークナーのペルソナたる牧神は、『大理石の牧神』で、「大地の鋭い燃えるような胸に／私は腹ばいになり、その冷たい／決して老いることのない大地の鼓動を感じ」[27]、『緑の大枝』の掉尾を飾る詩篇「四四」(「ミシシッピの丘――わが墓碑銘」)では、「死などいずこにあろう?／頭上に微睡む青い丘で、／私が木のように根付いている限り。たとえ死んでも、／私をしっかり抱きしめていくれる大地が息吹を与えてくるのだ」[28]、と詠ったが、はからずもフォークナーがこの詩を詠ったのが一九二四年とすると、『館』完成から三五年前であり、ミンクが大地に吸い込まれていくのは、三八年の刑期を終えてすべての仕事を終えてからであった。この時間はまたフォークナーが『館』の序文で触れている、「一九二五年に胚胎して完成した三四年間」とも共振する。さらに言えば、一九二五年とは、九章で述べたように、砂の洞窟に閉じこめられて死んでいく探検家の幻想的な詩篇「フロイド・コリンズ」(『緑の大枝』「三」)をニューオーリンズで書いて、人間の厳しい宿命を詠った年である。そして死を前にした探検家は、「彼の周りでいびきをかく／罪に疲れた王たちと冠をかむった司教たち／自らも倦んだ天の夢を見ている」[29]のを目撃するが、いま人生を全うしようとするミンクにとっては、「ヘレンや司教たち、王や家なき天使たち、冷笑的でわきまえのない熾天使たち」[30]もみな同じ仲間であった。

ミンクが、

> かつて苦しみ、いまは自由になっている人々ですでにいっぱいで、激情や希望や恐怖、正義や不正義や悲しみに、悩み、心労し、苦しまなくてはいけないのはただ土と泥だけで、人々は、気持ちよく、気楽に、すっかり混ざりあい、もはや誰がどれかなど知ろうともせず、気にしようともせず、彼自身もみんなの仲間になり、だれとも平等で……[31]

と考える最後の場面は、何か超絶的であり、神秘的ですらある。これはフォークナーの言う、アポクリファルな創造世界の核心であろうが、このミンクを包み込む大地の背後には、さらに大きな自然が覆っている。そしてミンクが「自由の身」になって、いまこそ「西へ」向かって歩けるんだと思うのは仏教的な涅槃すら想起させる。このように、いままで論究してきたフォークナーの詩の世界は、何度も繰り返したが、人間の生死の営みと四季の循環が一体となっているのである。

繰り返せば、『大理石の牧神』には四季の変遷が作品のテーマと並行し、『ミシシッピ詩集』、『ヘレン――ある求愛』、あるいは『緑の大枝』などの多くの詩篇に見られる自然の循環は、詩人の生き方と密接に関わっている。そしてこれらの詩におけるテーマと循環する季節との併置は、散文世界でも同じ傾向を持っており、フォークナー文学の底深くに流れているのである。最初の長編『兵士の報酬』には、詩作時代の「様式化された庭園」と南部の四季の自然が混じり合い、『土にまみれた旗』に描かれる春（初夏）と初冬の風景は、登場人物の意識や作品のテーマと密接に結びついている。また、『サンクチュアリ』や『行け、モーセ』でも、詩作時代の自然は底深く流れていたし、他の作品でもこれらの自然は根底にあり、しかもそれらは先ほどから述べている丘と大地と結びついているのである。こうしてフォークナーの文学世界は、「小さな郵便切手」のような土地を舞台にした大自然の四季の循環の中で、詩と散文の循環をゆっくりと繰り返しながら、徐々に、作家の才能を最大限に発揮して、「現実の出来事」（"the actual"）を「アポクリファルな世界」（"the apocryphal"）に昇華することによって、「私だけの小宇宙を創造した」のである(32)。

このことは、フォークナー特有の南部の大地やそこで織りなす四季の循環が、人間の生死や運命と分かちがたく撚り合わさっているということであろう。この大自然の循環はフォークナーの対位法や交響曲的な作品構造と重なっており、それがフォークナーの南部神話とも重なっている。すなわち、「半獣神の午後」に始まるフォークナーの詩や連続詩の多くに見られた、四季の循環と人間の生死の営みや再生のメタファーは、散文世界に連続しているのである。最初の長編『兵士の報酬』の自然と人工の時間の対比は先ほどみたとおりであるし、季節や時間の循環は、『土にまみれた旗』では南部の歴史や時間の文脈の中でいっそう深まり、この基調は最後の作品まで連続している。いわばどの作品でも、季節の循環と人間の生死が対位法や交響楽的な作品構造と密接に関連しながら描かれ、そこには円環的・循環的な時間が流れているのである。

さらに、丘や大地、そして季節の循環と同じように、フォークナーがよって立つ文学の礎のメタファーとして、大地に根を張る木のイメジはいままで繰り返し述べてきたが、それは生命の息吹や再生の感覚を与えるものであった。しかもそれらは、想像的、あるいは象徴的次元に拡大していくもので、芸術創造と深く関わっていくものである。前にも述べたように、『土にまみれた旗』の序文でフォークナーが言及している女性の再生産と芸術創造の比喩は、いままで触れてきた季節の循環と新しい生命の誕生にも深く通底しており、これらは、詩作時代以来のフォークナーの創造の根底にあったものであった。人間の生と死の営みに重ねられた季節の循環の中で、「再生産（再現）」した世界をいかに芸術の水準に高めるかの探求があったのである。ここには、「土」に帰る人間の定められた時間と、大自然の永遠に循環する時間と、さらに芸術家が言葉を通じて永遠化する時間の三つの相が重なっている。この永遠化する時間は、ベルグソン的な「持続」の時間と同じものであり、ホレスが求めるキーツ的な永遠の美の追究でもある。流動する瞬間を芸術的な手段で一時的に停止させ、読者の目に触れれば動き出す状態にしておくことは、フォークナーの芸術追究の究極的な目的であった。

エリオットの議論でも触れたように（三章の注（78））、一九五五年に日本で、詩人と散文作家（小説家）の違いに言及して、前者が普遍的なものを、後者は小説家自らの伝統を扱う（表現する）という言い方をしているが、その意味では、「挫折した詩人」が自らの南部の伝統を基盤にした小説家になったのも一つの必然であった。それと同時に、序論で詳しく述べたように、フォークナーが目指した、「大文字から始まってピリオドで終わる一文」の中、あるいは「人間の状況の感動的で情熱的な瞬間」の中に全てを投げ込もうとしたのである。それは別の言葉で言えば、詩的な一点の中に全てを言い尽くそうとしたあくなき挑戦であり、永遠に詩人たろうとした「挫折した詩人」の言葉から生まれた文学世界であったと言ってよいであろう。

こうして「挫折した詩人」は一九二〇年の後半から多くの小説を創作していったわけであるが、後年になってもキーツやハウスマンなどに言及しているように、詩（人）を離れることはなかった。ただ質疑応答を含めて次第に小説家への言及が多くなり、フォークナーの小説創作の深化につれて関心は、小説家に移っていったのも自然な流れであった。それはまた必然的に社会と関わる人間の生き方への真剣な問いかけの深化とも並行する。フォークナーが「失敗」を恐れない創作姿勢でトマス・ウルフを高く評価したのはよく知られているが、しかしフォークナー文学の神髄と根源的なところでもっとも深く通じ合うのは、シェイクスピアのドラマやジョセフ・コンラッドやメルヴィル、あるいは旧約聖書やドストエフスキーなどであり、結局それは、「人間の状況の感動的で情熱的な瞬間」を言葉に凝縮して、「いままでになかったものを創造する」（ノーベル賞受賞演説）創作姿勢そのものであろう。

あとがき

フォークナーは一九五〇年一二月のノーベル文学賞受賞演説で、「詩人（poet）の声は、人間の記録であるだけではなく、人間の支えの一つになり、人間が耐え勝ち誇る助けをする」、と述べているが、その時、作家とか小説家と言わずに、「詩人」という表現を用いているのは意味深長である。ここでフォークナーが意味する「詩人」は、「人間の心の葛藤」をあらゆる言語表象を駆使して最高のものを表現する人をさしており、「人間の最後の運命の鐘が鳴っても」、「人間の小さい不屈の声がまだ話し続けている」詩人の声を「詩」に表現しようとする姿勢の表れであろう。それは序論で述べた、「私はまだ挫折した詩人だと思っています」、という一九五五年の声と共鳴するし、演説の一部を一九五三年の『寓話』に挿入した、「詩人の小さな、しかし不屈の声がまだ話し続け、まだ計画している」(1)、という声ともつながっている。そしてそれは文学（言語表現）の根底に詩を置き、言葉を純粋な音の世界や沈黙の世界に蒸留して動きを止め、いつでも動き出せるようにしようとしたフォークナー文学の本質でもあろう。フォークナーは詩人にならずに散文作家として名を馳せたが、それは「人間の心の葛藤」を描くにはやはり散文で表現することが彼にとって最善の手段であったからであろう。だが繰り返せば、その根底にはあくまで詩があるのである。

フォークナーと詩を考察しながらいまさらに強く感じるのは、詩人フォークナーにあるパーソナル（個人的）なものと、表現形式としてのインパーソナル（非個性的）なものとの関わりである（ここではフォークナーが『兵士の報酬』などの作品で人物描写に用いている「無関心な」[“impersonal”] というニュアンスではない）。フォークナーの文学創作の過程を見ると、繰り返し述べたように、初期の詩作を中心とした頃は、直接的なパーソナル（個人的）な感情を、牧神やピエロというペルソナ、いわば擬似的非個性とでも言える仮面（自己劇化）を通して自己抑制をしながら間接的に表現したものが圧倒的である。そして多くの詩篇は、愛（性）とその報いられないことへの失望や絶望に通じる死が大きな主題となっており、生と死、愛（性）と死、そして愛（性）と芸術追究という関係が重要なパターンとなっている。またそれらは初期の散文の時代まで引き継がれていることも事実である。

そこでは勢いフォークナーの個人的な感情がもろに透けて見えるものが多い。言葉を換えれば、初期の詩作は主題も人物もパーソナルな感情がかなり生の形で詩の中に投げ込まれており、抑圧された感情の詩的表現と芸術追究はいつも裏腹の関係となっているのである。本書で扱った多くの詩篇には、具体的な恋人を想定したものが多いことは多くの批評家が指摘しているし、本書でもその点は繰り返し強調した。フォークナーは韻文を最高の文学形式と考え、伝統的な詩の形式を踏襲したり、独自な形式を工夫しながらパーソナルなものを盛り込んで芸術作品に昇華しようと試みたのである。

二章で触れたように、フォークナーは『蚊』で、自らの詩を、「詩人ワイズマン夫人」作として議論の俎上に載せ、彼女に、「詩の主題は愛と死」だと言わせているが、まさにここにフォークナーのパーソナルな「愛と死」を詠う次元と、創造（想像）次元でのインパーソナルなものとの葛藤が見られ、早晩解決を迫られるものであった。本文でも言及したウィラード・ハンティントン・ライトは、「芸術のもろもろの事がらが個人から無関係になる、すなわち個人的な思考から分離されて初めて知性が審美に耐えうるようになる。インパーソナルなものだけが不死に到達する」(2)、と述べており、また、本文で引用したエリオットの、「詩は、情緒の表出ではなく、情緒からの逃避である。それは個性の表現ではなく、個性からの逃避である……芸術の情緒は非個性である。そして詩人は書かれるべき作品に全身を捧げなければこの非個性に到達することはできない」、という言葉もフォークナーは早くから意識しており、エリオットの非個性や、エイケンの非個性に惹かれ、ペルソナ像を用い、手法的な工夫を凝らしてきたのである。だがその熟成は時間を要する課題であった。そして長編の第二作目の『蚊』はその分水嶺に位置し、パーソナルとインパーソナルを整理しながら本当の意味での芸術表現を考えようとした作品であったと言えよう。

フォークナーは韻文と散文の境界を行き来しながら、ニューオーリンズ時代には散文の世界へ入り込んでいくが、主題と表現形態をめぐって韻文と散文の境界で模索した時期は長い。最初の長編『兵士の報酬』の大きな主題は「性と死――世界の表玄関と裏口」(3)、あるいは一〇章で引用した「性と死と堕地獄」(4)であり、それは詩作時代のテーマと直結している。また第二作目の『蚊』でも、二章で触れたように、「性と死、性が青白い壁に影を投げかけ、その影こそ人生」という「当代随一の詩人」フロストの言葉で見られるように、詩作時代の痕跡を強く引きずりながら芸術追究を続けたのである。

その意味でいままで述べたパーソナルとインパーソナルなものが大きく変容するのは、最初のヨクナパトーファ物語の『土にまみれた旗』の執筆においてであろう。フォークナーは執筆当時の心境を綴った未完の序文に、この葛藤と、別の意味でのパーソナルな世界への方向性が示されている。それは繰り返せば、「あるとき、時と死についてぼんやり考えているうちに」、「いまのようなありきたりな生活を続けておれば、かつては眼を開かれたような、世の中の単純な生活の原理」にも反応しなくなるのではないかと恐れ、「自分が失い、惜しむことになるとすでに覚悟し始めていた世界を再創造する他ないと考え創作を始めた」と語りながら、芸術創造を哺乳動物（女性）による子供の産褥と同じ「再生産（リプロダクション）」と位置づけて、その再生産ほど個人的（パーソナル）なものが他にあり得るだろうかと問いかけていることである。さらにフォークナーは比喩を敷衍して、芸術創造とは、「骨が成長して、自我から生まれ、抵抗しながら肉体を解き放って孕まれて生きているものと別れる」ときの感触を持ちたいと望む女性原理と同じものだと考えたのである。

ここでは、ワイズマン夫人に言わせた「愛と死」の主題の重点が、「時と死」に移っており、詩作時代のパーソナルなものが大きく変質しようとしている。パーソナルという言葉が彼自身の現実生活の表象であると同時に、まさに産みの苦しみを伴う子供（芸術作品）の誕生（再創造）と重ね合わされ、さらに現実の歴史や時間に敷衍されているのである。こうしてフォークナーは、詩作時代のヨーロッパ的な「楽園喪失」の次元から、次第に彼自身の南部の土壌に立ち返って、作家自身のミリューに立脚しながらヨクナパトーファ世界を深めていくことになる。

このように考えていくと、初期のペルソナ的な詩人の言葉と、ノーベル賞演説に盛り込まれている、「人間が耐え勝ち誇る助けをする詩人の言葉」との懸隔は、パーソナルなものとインパーソナルなものとの葛藤を通じて、「アクチュアルなものをアポクリファルなものに昇華」していく創造過程そのものであろう。その意味では、フォークナー文学は、詩作時代を綿密にたどると、パーソナルな次元から出発しながら、最後はその詩的言語が深遠な創造次元に昇華し、いま一度ノーベル賞演説の言葉を引用すれば、「いままでになかったものを創造した」のであり、その道程は長く深遠な変容の過程であった。フォークナー全体の文学を俯瞰すると、随所で強調したように、フォークナーのパーソナルな心情を反映した、詩作時代の牧神やピエロのペルソナ像と彼らを取り巻くニンフや女性像は、小説世界で登場する多くの人物像に引き継がれており、フォークナーは時間をかけてかれらを文学的に昇華していったのである。そしてフォークナーが、「挫折した（failed）詩人」と自称し、自らの文学をあくなき文学創作の挑戦の「失敗（failure）」として、いくどとなくその頭に最上級の修飾語（the best, the most magnificent, the most splendid, the most gallant, the most glorious）(5) を冠して語るのを聞くと、あらためてフォークナー文学の詩作時代からの連続性とその重要さが浮き彫りになっているのに気づかされるのである。

「あとがき」が本書の結論部分と重複したきらいがあるが、その意図は、フォークナーの詩作の足跡を探ることは彼の作品全体の理解には不可欠であることを再度強調したかったからであり、その意味で本書がフォークナー文学理解の一助になれば幸いである。

今回の著書に関しても、ヴァージニア大学をはじめミシシッピ大学など多くの諸機関にお世話になった。そのほかお名前を申し上げないが、実にたくさんの方からご教示・ご支援をいただいた。そして本書の表紙に使用した、フォークナーの妻になる前のエステルと彼女の娘の写真は、サウスイースト・ミズーリ州立大学に保管されているものを、ロバート・W・ハムリン（Robert W. Hamblin）教授を通じて許可を得たものである。本書の内容をそこはかとなく視覚的に語る一葉の写真をこのような形で利用させていただいたことに感謝している。またフォークナーの作品の日本語訳については、随所で冨山房の『フォークナー全集』を参照させていただいた。最後に広島経済大学の大地真介氏には原稿を読んでいただき貴重なご意見をいただいた。衷心からお礼を申し上げる次第である。

著者

二〇〇六年一〇月

注および参考文献

序論　アポクリファルな創造世界へ向けて

（1）ジュディス・センシバーの書誌的ガイド（*Faulkner's Poetry: A Bibliographical Guide to Texts and Criticism*）はキーン・バターワースの一九七三年の調査（"A Census of Manuscripts and Typescripts of William Faulkner's Poetry"）を基礎にして完成されたもので、現在のところでは、もっとも包括的なガイドである。センシバーはまず最初にフォークナーの発表された詩篇として、（一）一二五篇をアルファベット順に並べ（『操り人形』を含む）、次に、未発表の詩篇として、（二）一二六から一五九まで番号を付けて三四篇、さらに、（三）発表・未発表の連続詩（詩集）を一六〇から一七三までの番号をつけて記載している。ここに記載されているものは、本書で扱う、『大理石の牧神』、『春の幻』、『ミシシッピ詩集』、『ヘレン――ある求愛』、『緑の大枝』と、それら以外の、フォークナーが構想していた詩集や、大学図書館でまとめて分類されているものがある。それらは、『アラバマ詩集』（*Aunt Bama Poems*）、『エステル詩集』（*Estelle Poems*）、『ライラック』（*The Lilacs*）、さらに『マイケル断片集』（*Michael Sequence Fragments*）、および、『ミシシッピ大学ハウスマン断片集』（*University of Mississippi Housman Sequence Fragments*）、『テキサス大学断片集』（*University of Texas Sequence Fragments*）、『ヴァージニア大学断片集』（*University of Virginia Sequence Fragments* 1, 2, 3）であり、（四）最後に、「断片詩」として一七四から二〇九まで三六篇の断片的な詩のタイトルや最初の書き出しの行が記載されている。これらの詩篇には、同じ詩のヴァリエーションとか、同一の詩が重複して詩集に収録されているものが相当あり、また焼失したものなど正確な数は把握しにくい。なお短編や長編と区別するため、本書では個々の詩を指す場合は「詩篇」という呼び方をした。

（2）*Lion in the Garden*, p. 239.

（3）Wright, *The Creative Will: Studies in the Philosophy and the Syntax of Aesthetics*, p. 207. ブロットナーは、

このライトの主張を裏付けして、「この著書に盛られた審美理論は……ビル（フォークナー）の創作の生涯にもっとも強い影響を与えたものの一つだ」、と言いながら、フォークナーへの影響を跡づけている。Blotner, *A Biography*, pp. 320–22.

(4) *The Marble Faun and A Green Bough*, pp. 6–7.

(5) *Mosquitoes*, p. 339.

(6) MacLeish, "The Proper Pose of Poetry," p. 49.

(7) *Lion in the Garden*, p. 217.

(8) *Faulkner in the University*, p. 22.

(9) *Ibid.*, p. 202.

(10) *Lion in the Garden*, p. 248. またフォークナーははっきり、「絵」という表現も用いている。Cohen, "Faulkner's Introduction to *The Sound and the Fury*," p. 273.

(11) *Lion in the Garden*, p. 245.

(12) Eliot, "The Influence of Landscape upon the Poets," pp. 421–22.

(13) 福田立明「フォークナーの地勢図」、一四三頁。

(14) Cf. Wadlington, *Reading Faulknerian Tragedy*. ウォドリントンは、最後に「ディコンストラクションの読みの限界」という補遺をつけていることからもわかるように、フォークナーが表現した活字の中に込められた「発話（utterance）」を「行為的な声」として聴き取ろうとするのである。

(15) Ross, *Fiction's Inexhaustible Voice: Speech and Writing in Faulkner*. ロスは、「現象学的声」（"phenomenal voice"）、「模倣的声」（"mimetic voice"）、「心理的声」（"psychic voice"）、「オラトリカル（雄弁）な声」（"oratorical voice"）と作品に現れる書かれた発話行為（声）を四つに分類してフォークナーの魅力を探ろうとしている。

(16) *Lion in the Garden*, p. 248.

(17) Symons, *The Symbolist Movement in Literature*, p. 217. またシモンズは、マラルメの詩の本質をワグナーの理想である、「詩人のもっとも完全な作品は最終的に完全な音楽になる」ことを目指したと表現している。Symons, p. 193.

(18) *Lion in the Garden*, p. 186.
(19) *The Faulkner-Cowley File: Letters and Memories 1944–1962*, p. 14.
(20) Aiken, "William Faulkner: The Novel as Form," p. 135.
(21) *Ibid.*, p. 137.
(22) 武満徹「眼の背後の暗闇」(『群像・日本の作家23　大江健三郎』)、一六―七頁。大江自身も詩について、「詩はもっとも端的に自己告白的な構造においてつくり出される……しかもすぐれた詩ほど、つねにその作者から、独立・自立している」、と述べながら、「作家という職業人は一般の生活者がかれ自身をかたる言葉の、その百倍にも及ぶ言葉で自己告白をする。しかもその究極の目標は、一個人がかれ自身をデモンストレーションするために語る仕事の、その限界をつき破ることである。かれひとりの文体によりながら、かれ自身の個の名は人びとの海に沈めて、『人間』そのものの声が響くように語ること。ひとつの詩が詩人に深く根ざしつつ、詩人の個を越えた『人間』の声の表現となる。詩人にならって作家もまた、多くの言葉で蔦っているその散文を、かれ自身に根ざしながら『人間』の普遍的な声の表現たるものとしたい」、と語っているが、作家が詩的言語を用いて普遍的な想像力空間を創造していく大江の作家態度は、フォークナーの「ノーベル賞演説」に盛り込まれたものと同質のものであろう。「詩が多様に喚起する――わが猶予期間」(『大江健三郎全作品第Ⅱ期1』)、二八二頁。大江文学とフォークナー文学の共通性については、拙論「大江健三郎の『宇宙モデル』とウィリアム・フォークナーの『ヨクナパトーファ』」(『外国語外国文化研究』Ⅻ、二〇〇二年三月、関西学院大学)を参照。
(23) *Lion in the Garden*, p. 255.
(24) *Ibid.*, p. 255.
(25) Aiken, *The Charnel Rose, Senlin: A Biography, and Other Poems*, p. 92.
(26) *Faulkner in the University*, p. 84.
(27) *The Faulkner-Cowley File*, p. 78.

第一章　ウィリアム・フォークナーの詩作時代

（1）Blotner, *Faulkner: A Biography*, p. 164.　ブロットナーからの伝記の引用は、一九八四年出版の一巻本ではなく一九七四年版から引用する。

（2）*Early Prose and Poetry*, p. 114.　フォークナーの最も早い時期（クレイン女史は一九一六年くらいと推測している。Massey, *Man Collecting: Manuscripts and Printed Works of William Faulkner in the University of Virginia Library*, p. 125.）の詩篇「暁の愛の歌」（"Aubade."）この詩には "Provence. Sixth Century" という副題がついている）には、フォークナーの若い頃のスウィンバーンの影響が明白であり、この頃の特徴を示している。この「暁の愛の歌」は、ヴァージニア大学所蔵のいわゆる『ヴァージニア・マニュスクリプト・ポエムズ』（*Virginia Manuscript Poems*）の中にあるもので、次に触れる、フォークナーが婚約していたエステルに贈った四篇の一つと同じものと考えられる。またこの頃、ウィリアム・ハンティントン・ライト（序章の注（3）参照）を読み、相当な影響を受けたと思われる。

（3）*Early Prose and Poetry*, p. 115.

（4）"An Introduction to *The Sound and the Fury*," p. 158.

（5）フォークナーが一九二五年から一九二七、八年の間に書いたと考えられる、未完の「さて、これから何をするべきか」（"And Now What's To Do?"）という自伝的な色彩の濃い作品に、「彼は一八歳になったとき、三年学校に行っていなかった」、と書いている。そして文学的な側面は何も書いておらず、むしろ後で触れる、同じ頃の作品と考えられる、「妖精に魅せられて」（"Nympholepsy"）を思わせる女性の性との葛藤が色濃く描かれている。

（6）ワトソンは著書（*William Faulkner: Self-Presentation and Performance*）で初期の作品から、失恋したエステルを中心とする具体像がフォークナーの作品に盛り込まれていることを細かく論述している。

（7）詳しくはジュディス・センシバーの *Faulkner's Poetry: A Bibliographical Guide to Texts and Criticism* 参照。

（8）Parini, *One Matchless Time: A Life of William Faulkner*, p. 58.　当時このようなフォークナーの文学上の手助けをした主な人物は、フィル・ストーン、彼がフォークナーとの橋渡しをしたスターク・ヤング、そしてミシシッピ大学のベン・ワッソンで、彼らはフォークナーの初期文学の成長に大いに与っている。特にストーンは、多くの文学作品を貸し与え、詩作や散文を書くことを奨励し、書いたものを読み、経済的な面でも力になりながらその関係はスノープス三部作にまで及んでいる。

（9）*Elmer*, p. 23.

（10）*Early Prose and Poetry*, pp. 86–89.

（11）*Ibid.*, pp. 93–97.

（12）アンダソンは、「南部の出会い」で、ボヘミアンのデーヴィッド（フォークナー）像を、好意的な筆致と甘い叙情で書いているが、フォークナーをシェリーに譬えた、「デーヴィッドという人物と詩はシェリー的である。『もし私がシェリーのように書けたらとっても幸せだ。私はどうなっても構わない』と夕方の早い時間に散歩しながら彼は言っていた」、という単純で素朴な人物評は、飛行士の墜落・負傷やウィスキーへの言及はさておき、フォークナーにとって、ほほえましい次元を越えたもので、何らかの形で是正しておくべきものだったと思われる。そこでフォークナーは「気楽な芸術家」という短編を書き、ロジャー・ハウズという年配の小説家と、彼の小説のだしにされながら死んでいく素朴なジョン・ブレアー青年を中心に描き、アンダソンの見た若きシェリー（フォークナー）像のパロディ化を通して、アンダソンの感受性の浅薄さと想像力の欠如をついたものと思われる。この短編は、ブロットナーが触れているように、二人のニューオーリンズでの邂逅と、その後の関係に遡ることができる。トニー・オーエンズが分析しているように（Owens, "Faulkner, Anderson, and 'Artist at Home'," pp. 401–4.）、この作品には、アンダソンの「創造性への衝動」や、ディーモンの如き「創造力のエネルギー」の喪失と、彼の浅薄な芸術に対する態度への鋭い批判が書き込まれている。

（13）一九二六年の *Sherwood Anderson and Other Famous Creoles* でのフォークナーのアンダソンの文体のパロディや、『蚊』でのアンダソンのモデル像など二人の仲を引き割いた事件が続いたが、フォークナーは最後には "Sherwood Anderson: An Appreciation"（*Atlantic*, June 1953）という、アンダソンへの高い評価を盛り込んだかなり長いエッセイを書いたのであった。

（14）*Lion in the Garden*, p. 56.

（15）ストーンはフォークナーが故郷を離れても、作品のエージェント的な役割を果たそうとしており、フォークナーが書いたものはすぐにストーンの秘書がタイプして、機会があれば事務所から出版社に投稿している。『ミシシッピ詩集』、『ヘレン――ある求愛』、『緑の大枝』などで触れる多くの詩篇に、一九二四年の日付が入ったものがあるが、それらはフォークナー自筆のものと、事務所で記入されたものもあり、当時のストーンのフォークナーへの庇護者ぶりと共同作業の様子がうかがえる。一二月五日ストーンの秘書が「エリーズへ」（"To Elise"）という詩篇をタイプしているが（『ミシシッピ詩集』の「一二月――エリーズへ」参照）、それは失望、空虚、すさんだ心情を盛り込んだ詩篇である。さらに新しい詩篇「クレオパトラ」（"Cleopatra"）を秘書がタイプしているが、詩篇の下には一九二四年一二月九日の日付が書かれている。次に一二月一三日の日付で「春」（"Spring"）という詩篇があり、春の激しい風の描写や大地の美しさを強調した詩篇である。

（16）*Early Prose and Poetry*, p. 91.

（17）丘のイメジャリについては最後の章でフォークナー文学全体のからみで触れるが、「丘を下る」というモチーフは、コンラッド・エイケンの『フォースリンのジグ舞曲』での重要なモチーフである。そして丘を下って「（埃と汗のもとに）帰らねばならない」という想いは、小品「丘」で主人公が忘れるが、それを詩篇にした『緑の大枝』の「一〇」では、二つの地平に捕えられた主人公は、「帰れないことを忘れて」いる。そして、これも丘のイメジとともに触れる「妖精に魅せられて」では、水中でのニンフ体験のあとあらためて丘を下り、明日の労働と汗の待つ故郷へ足を向ける。

（18）この詩篇には、「ミシシッピの丘――わが墓碑銘」というタイトルで、一九二四年一〇月一七日の日付がうたれたものが残っており、この詩篇は『緑の大枝』に収録される。

（19）これらの詩篇が、ジュディス・センシバーが*Faulkner's Poetry: A Bibliographical Guide to Texts and Criticism*で挙げている、『エステル詩集』（*Estelle Poems*）に当たるものである。またエステルへの詩篇の手紙も同書（pp. 88–89）に掲載されている。

（20）ドナルド・デュクロウの指摘によれば、この詩篇「歌」は、フランス人のフランソワ・コペ（François Coppée）が作詩し、コンスタンス・ベイチュ（Constance Bache）の英語訳、そしてH・ド・フォントナイユ（H. de Fontenailles）が曲をつけた「オブスティネーション」（"Obstination"）という詩をほとんどそっくり借用したもので、他人の愛の詩の見事な利用である。Donald P. Duclos, "William Faulkner's 'A Song' for Estelle," pp. 62–63.

（21）Blotner, *Faulkner: A Biography*, p. 195.

（22）本書では、最初の詩篇でのみ半獣神（サチュロス）という呼び名を使い、全体的には牧神（フォーン）という表記を用いる。また、フォークナーは、八章で触れる『ヘレン――ある求愛』の「四」では牧神とサチュロス（satyr）

を区別して用いており、また『兵士の報酬』でも、牧神的なドナルド・マーンとサチュロス的ジャニュアリアス・ジョーンズを対比して描いている。フォークナーが強い影響を受けたキーツの『エンディミオン』の「パーンへの讃歌」では、パーンはサチュロスの王となっており、子鹿やサチュロスたちが勇んで仕えるさまが描写されている。

(23) 長編の『蚊』には、フォークナーが「古い詩と生まれつつある詩──ある遍歴」で引用したコンラッド・エイケンの詩句の一部（"O beautiful and wise"）が組み込まれている。また、完成されたタイプ原稿の一枚の裏側に、ヘレンへの切なる思いを綴ったフォークナーの恋文の下書きが書かれており、その一部は長編で、「あなたの名前は私の心の中につり下がる小さな黄金の鐘のよう」（p. 274）、という表現に生かされている。この場面は、彫刻家ゴードンが、奔放で芸術に無知な態度を示す少女パット・ロビンを諭すところであるが、ヘレンの面影が強く反映されていると考えられる。Blotner, *Faulkner: A Biography*, pp. 521–22.

(24) Polk, "William Faulkner's 'Hong Li' on Royal Street," pp. 27–30. Polk, "'Hong Li' and *Royal Street*: The New Orleans Sketches in Manuscripts," pp. 394–95.

(25) *Mosquitoes*, p. 228.

(26) *Ibid*., p. 250.

(27) ヴァージニア大学に、「ライラック」の鉛筆書きの断片と、インクで書かれた縦長の原稿が三枚保管されているが、この筆跡は二章で述べる「半獣神の午後」のものと同じであり、時間的な近似性を物語っている。トロント時代に書かれた可能性が強いが、その後何度も書き直されたと思われる。また、筆跡、詩の雰囲気やテーマなどから判断すれば、「死んだ踊り子」も同時期（一九一八年）の作品と考えてよいであろう。エリオットとフォークナーの関係については三章で触れるが、「ライラック」というタイトルは、エリオットの「ある婦人の肖像」で描かれるライラックの花やホイットマンのそれを彷彿させる。第一次大戦の負傷兵のモチーフと、牧神のニンフ追跡のモチーフが重なったこの「ライラック」は、エリオットとの出会いと深く関わる初期の作品ではないだろうか。これらの資料は、サウスイースト・ミズーリ州立大学の「ブロツキー・コレクション」（The Brodsky Collections）に所蔵されており、*A Comprehensive Guide to the Brodsky Collections Vol. V: Manuscripts and Documents*（pp. 26–57）に再現されている。

　ジュディス・センシバーは著書の中で、『ライラック』に一章を設け、冒頭の「ライラック」と「死んだ踊り子」

の「愛と裏切りと死」というテーマでくくって連続詩としての特徴をあげ、まとまりのある詩集として論じている（*Faulkner's Poetry: A Bibliographical Guide to Texts and Criticism*, pp. 90–101）。だが収録されている詩篇は、冒頭の「ライラック」と掉尾から二番目の「死んだ踊り子」を除けば、ミシシッピ大学で書いたものが中心で、四篇は焼失して全体がつかめず、本書では総括的な議論はしない。この詩篇のシークエンスは *A Comprehensive Guide to the Brodsky Collection, Volume Vol. V.*（pp. 46–57）に収録されている。

（28）Hönnighousen, *William Faulkner: The Art of Stylization in his Early Graphic and Literary Work*, p. 3.

（29）*Selected Letters of William Faulkner*, p. 31.

（30）Adams, *Myth and Motion*, pp. 103–15.

（31）Kreiswirth, *William Faulkner: The Making of a Novelist*, pp. 12–14. 同じくパトリック・サムウェイもエリオットの「ある婦人の肖像」の影響に触れている（Samway, "Faulkner's Poetic Vision," pp. 209–10）。この「ライラック」は、『ダブル・ディーラー』の一九二五年六月号に掲載され、次は『緑の大枝』に収録されるわけであるが、『緑の大枝』のものとそれ以前の詩との注目すべき相異点は、一九行目の"me"が『緑の大枝』では"us"に置き換えられていることで、この点でもフォークナーが一人の人物を意図していた可能性が強い。

（32）Yonce, "'Shot Down Last Spring': The Wounded Aviators of Faulkner's Wasteland," pp. 359–69.

（33）Sensibar, *The Origin of Faulkner's Art*, pp. 97–101.

（34）*Ibid.*, p. xix.

第二章　ウィリアム・フォークナーの詩の特質

（1）「ライラック」について一章で述べたように、「半獣神の午後」もフォークナーのトロント滞在中に書かれた可能性が強い。というのは、この詩篇の書き出し部分と思われる一五行が、鉛筆書きで一九一八年八月三一日号の『サタディ・イーヴニング・ポスト』の表紙の切れ端に書かれており、この時期は、フォークナーがカナダのトロントで英国空軍に入隊していた時期と符合する。またヴァージニア大学の図書館にこの詩篇の鉛筆書きの原稿が二枚保管されており、それらは横線で消したものや、出版されたものとは多少異なるもので、書体は「ライラック」と同じものである。

（2）*Early Prose and Poetry*, p. 39.

（3）*Ibid.*, p. 39.

（4）*Ibid.*, p. 40. フォークナーは一九一九年の一〇月二九日号の『ミシッシピアン』に同じ詩篇を掲載するが、そのとき二、三の修正を加えている。その中で、"I have a nameless wish to go / To some far silent midnight noon" は "I have a sudden wish to go / To some far silent midnight moon" と変えられている。「言い知れぬ（望み）」が「突然の（望み）」という言葉に変えられているのは、まさに別世界を求める気持ちの強さを明確にしており、「昼」が「月」と変えられているのは、意味を分かりやすくしたものと考えられる。また同じく、"For springs before the world grew old" は "For spring broke before the world grew old" と直されており、彼の意図した意味が、「春のため」ではなく、「春の心臓が破れた」であったことを示している。

（5）この唐突さは、マーティン・クライスワースが指摘しているように（Kreiswirth, "Faulkner's *The Marble Faun*: Dependence and Independence," p. 334）、フォークナーが、最後の二行をロバート・ニコルズの、「牧神の休日」からほとんどそっくり引用している（"It is his sudden heart that breaks / For springs before the world grew old." Nichols, p. 119）ことにも起因しているが、実に巧みな借用である。さらにフォークナーは、四章で述べる詩篇、「ナイアドの歌」もかなりの部分をニコルズの「フォーンの休日」から借用している（*Ibid.*, pp. 335–36）。またグレッセは、マラルメの原詩とフォークナーのものを比較しているが、フォークナーのものが見劣りする点を指摘している（Gresset, *Fascination: Faulkner's Fiction, 1919–1936*, pp. 19–22）。

（6）プルタークが『倫理論集』（「神託の終焉」一七章）で伝える「偉大な神パーンは死んだ」というイオニア海で聞かれた不思議な叫びは、時としてキリストの誕生と、異教の衰退（パーンの死）と関連して解釈される。同時にそれは、異教への憧れともつながり、フォークナーがスウィンバーンをはじめ多くの世紀末の芸術家に惹かれたことと無関係ではない。戸田　仁編著『牧神パーンの物語』（旺史社、一九八八年）参照。

（7）*The Marionettes*, p. 38.

（8）*Soldiers' Pay*, p. 58.

（9）*Ibid.*, p. 67.

（10）*Ibid.*, p. 29.

（11）フォークナーは'spring'を、時には「春」という意味に「泉」の意味を重ねて用いており、『大理石の牧神』ではこの両者は重なっている。トルーアードは、『サンクチュアリ』でのこの"spring"の頻度の多さを指摘し、「春」の表す青春や美しさと人間の堕落とを対比させているが（Trouard, "X Marks the Spot: Faulkner's Garden," p. 118）、この小説でも冒頭で「春」が「泉」のイメジと重なっており、フォークナー文学のアルカディアと失楽園モチーフの基幹的な言葉の役割を果たしている。

（12）*Soldiers' Pay*, p. 170.

（13）*Faulkner in the University*, p. 199.

（14）Brooks, *William Faulkner: Toward Yoknapatawpha and Beyond*, p. 5.

（15）同じようなニンフとフォーンの絵で、トロント時代のものと思われるものが残されている。Brodsky, *A Comprehensive Guide to the Brodsky Collection, Vol. V: Manuscripts and Documents*, pp. 16–17.

（16）*The Marionettes*, p. xiv.

（17）ジェームズ・ワトソンは、マリエッタの誘惑は酔って眠りこけているピエロが幻想する「影」、すなわちピエロの性的な分身によってなされ、これは、二年前に去ったエステルを慕うフォークナーの心情表現であるとしている（Watson, pp. 41–50）。この解釈は、ペン画でも裏書きされており、個人の心情をいかに芸術表現にしていくかの一つの過程とみてよいであろう。

（18）*Early Prose and Poetry*, p. 18.

（19）*Faulkner: A Comprehensive Guide to the Brodsky Collection, Vol. V: Manuscripts and Documents*, pp. 72–74.

（20）*Early Prose and Poetry*, p. 103. また小品「丘」での、主人公の「恐るべき心のまさぐり」（"the terrific groping of his mind"）という表現も注目すべきであろう。*Ibid.*, p. 91. 田中敬子『フォークナーの前期作品研究――身体と言語』（三九―四〇頁）に同様の指摘がなされている。

（21）詩篇「ピエロ、コロンビーヌの死体のそばに座って、突然鏡に映る己の姿を見る」と同様、一九二一年頃に書かれたとおぼしい詩篇に「天国の長老ワトソン」（"Elder Watson in Heaven"）があり、一九八五年に初めて公にされる。

これは死んで天国に行く長老派牧師を痛烈に皮肉った四行九連の詩で、ブロツキーが指摘しているように、フォークナーの後の散文に表れる、非難されるべき聖職者の原型的な人物像として描かれている。それと同時に、この詩には、コロンビーヌの死体を見るピエロと同じような視点があり、一人称語りと二人称語りが二重になっている。さらにこの詩篇は、短編「彼方」のアリソン判事や『死の床に横たわりて』のアディと同じように、死の床にある死者の意識が描かれ、フォークナーの死生観を表す人物像でもある。Brodsky, "'Elder Watson in Heaven': Poet Faulkner as Satirist," pp. 5–7.

（22）平石貴樹『小説における作者のふるまい』、五五頁。

（23）同書、一八六頁。

（24）Ruppersburg, *Voice and Eye in Faulkner's Fiction*, pp. 34–56. Hamblin, *A William Faulkner Encyclopedia*, p. 290.

（25）村山敏勝「身体的統計に向けて」（『英語青年』、二〇〇〇年六月号）、二三頁。

（26）ジュディス・センシバーは、『春の幻』のピエロ像が、『兵士の報酬』のジャニュアリアス・ジョーンズ、ドナルド・マーン、マーガレット・パワーズ、『八月の光』のクリスマスやゲイル・ハイタワー、『響きと怒り』のクエンティン・コンプソン、『アブサロム、アブサロム！』のサトペンやローザ・コールドフィールドの性格の一部に再現されていると述べているが（*The Origin of Faulkner's Art*, p. 128）、それはこれらの人物の逡巡する内面の葛藤に焦点を合わせた言い方であろう。

（27）*Mosquitoes*, p. 251.

（28）Ohashi, "Creation Through Repetition or Self-Parody: Some Notes on Faulkner's Imaginative Process," pp. 34–47.

（29）*The Mississippian*, March 24, 1920.

（30）Blotner, *A Biography*, pp. 229–32.

（31）Sensibar, *The Origin of Faulkner's Art*, p. 3.

（32）Duvall, "Faulkner's Crying Game: Male Homosexual Panic," p. 52.

（33）*Mississippi Quarterly*, 35 (Summer 1982), pp. 306–8.

（34）この詩篇は、一九四二年のフィル・ストーンの家の焼け跡から取り出された多くの初期の詩篇に属するもので、どの詩集にも収録されていない。最後の頁に、ベン・ワッソン夫人のものと思われる筆跡で、「一九二一年のワッソン家訪問中に作詩したもの」と書かれている。

(35) Storey, *Pierrot: A Critical History of a Mask* 参照。注目すべきことに、この書物に転載してある、Adolph Willette Pauvre Pierrot (Paris, 1885) の漫画には、酔ってテーブルに俯せになっているピエロの姿がある。これは明らかに、フォークナーの一九二〇年の、『操り人形』の恋人マリエッタを想いながら泥酔してテーブルに伏せているピエロと二重写しになっており、フォークナーがこの挿絵を利用したことは十分考えられ、当時フォークナーがピエロ像に非常に興味を持ちながら、先人のピエロ像からさまざまな形象を利用したことを物語っている。

(36) 以上のピエロの変遷過程の説明は Robert F. Storey の説明による。

(37) 平石貴樹『メラコンリック デザイン』、四二頁。

(38) フォークナーの髪の毛のイメジは「半獣神の午後」あたりから見られ、一九二〇年のドラマ『操り人形』では、すでに水死との連想がある。ただこの次元での髪の毛のイメジは、具体的な恋人エステルが想定されていると考えられるが、次第にその具象的なイメジから、徐々に、水や性、さらに水死のより深化した文学イメジに昇華されていったと思われる。

(39) *New Orleans Sketches*, p. 167.

(40) *Mayday*, p. 87. また、この中編の『メイデイ』は、中世的な伝統の理想の女性を求めて旅に出るギャルウィン卿が、結局理想の女性を見つけられず幻滅して、入水自殺する典型的な追跡のモチーフと水死の寓話である。

(41) Volpe, *A Reader's Guide to William Faulkner*, p. 98. フォークナーは、賛歌の、「我が主よ、だれとて逃れる術のない我らが姉妹、肉体の死を讃えよ」(“Praised be my Lord for our sister, the death of the body, from whom no one escapeth”) という詩句を巧みに利用しながら、「水死」と「妹という死」を結びつけて独自の文学モチーフに組成していったと思われる。なお“sister”と“brother”の日本語訳に関しては、聖句の場合は、兄弟・姉妹とし、フォークナーの使用に関しては、兄・妹として区別した。

(42) この詩篇「賛歌」(“Hymn,” TS. 2 pp) は、一章の「フォークナーの恋と詩作」で言及した、「暁の愛の歌」(“Aubade.” “Provence. Sixth Century”) と同様、一九一六年頃の作と推測されている。注目すべきことは、この詩句の中の、「死の妹」が、原文では “the sister of death”、そして「眠りの兄」が、“the brother of sleep” となっており、「死」と「眠り」

が重要なモチーフとなっていることであろう。これは、「妹という死」（"Little sister Death"）のイメジの先駆けと考えてよいであろうが、この「眠り」から「死」への深化はフォークナーの詩篇から散文への変化と並行している。この詩篇は、Massey, *Man Collecting: Manuscripts and Printed Works of William Faulkner in the University of Virginia Library*, pp. 126–27 に掲載されている。

(43) フォークナーは一九二七年二月に、エステルの娘ヴィクトリア・フランクリンに贈る童話『魔法の木』を書くが、そこでも特に最初の原稿では水が大きなモチーフとなっている。『野性の棕櫚』（一九三九）では、シャーロットの死は水死ではないが、堕胎手術と海浜での死には、「オールド・マン」と関わりながら水死のモチーフもからんでおり、ここではむしろ再生のイメジが込められている。

(44) *The Sound and the Fury*, pp. 85–86.　なお『響きと怒り』で "Sister" が大文字になる。

(45) Cohen, "Faulkner's Introduction to *The Sound and the Fury*," p. 277.

(46) *The Hamlet*, p. 277.

(47) *Go Down, Moses*, p. 195.

(48) "An Introduction to *The Sound and the Fury*," p. 119.

(49) Kinney, "On the Composition of *Sartoris* of William Faulkner," p. 119.

(50) *Ibid.*, p. 118.

(51) 多田満智子「かのオルフェウスもいうように」、一八―二五頁。

(52) *New Orleans Sketches*, p.38.

(53) Symons, *The Symbolist Movement in Literature*, p. 97.

(54) *Ibid.*, p. 99.

(55) 『緑の大枝』に収録されて「四」となる詩篇には、「パリ・一九二五年八月二七日」という日付と "Guidebook" というタイトルが、また「二七」には「一九二五年二月二六日」、「一九二五年三月一日」という日付が付けられている。

(56) *Selected Letters of William Faulkner*, pp. 13–14.

(57) ブロットナーによれば、ジュリアス・カウフマンは『ダブル・ディーラー』の編集者で、フォークナーと親しかったジュリアス・ヴァイス・フレンドをモデルにした人物である。彼は「裕福なユダヤ人」のモデルともなっており、パロディ調の多い人物の中で、フォークナーは彼の芸術探求の姿勢を高く評価してモデルにしていることになる。

(58) Blotner, *Faulkner: A Biography*, pp. 515–18.
明らかにT・S・エリオットの、「ナイチンゲールの中のスウィーニー」("Sweeney Among the Nightingales")(一九一八)という詩篇が下敷きになっている。アガメムノンを殺したクライテムネストラの物語を背景におきながら、ここではもとボクサーの野卑な人物スウィーニー(Sweeney)と売春婦が重ねられて描かれている。フォークナーはこの男女関係を、木の枝に止まって啼いている大鴉と鶯の関係に置き換え、啼きながらアガメムノンの白衣に染み付いた血を連想させる糞をバラに落としているというパロディ調の詩篇に書き換えている。いわばエリオットの神話を素材にしたモダニスティックな詩篇を、さらにパロディ風に書き換えていることになる。同じく一九二〇年の『詩集』に収録された、"Sweeney Erect"(一九一九)にはノーシカー(Nausicaa)とポリフェーム(Polypheme)というギリシャ神話の人物が、猿男のスウィーニーとテンカンの売春婦ドリス(Doris)と重ねられているが、『蚊』のヨットの名前がノーシカー号であってみれば、この詩篇も長編『蚊』の作成に深く関わっていると考えてよいであろう。

(59) *Mosquitoes*, p. 247.

(60) *Ibid*., p. 231.

(61) *Ibid*., p. 247.

(62) *Ibid*., pp. 250–51.

(63) Hönnighausen, *William Faulkner: The Art of Stylization in his Early Graphic and Literary Work*, p. 101.

(64) 初めのタイプ原稿(『緑の大枝』、「三八」)では、第一連の五行目の "Lay no hand to heart, do not protest" であるが、『蚊』では "Lay not to heart thy boy's hand, to protest" となり、また第二連の三行目の "Thy belly's" が "Thy virgin's" に変更されており、少年と少女像がより強調され、官能性が希薄化されている。

(65) *Mosquitoes*, p. 252.

(66) *Ibid*., p. 251.

(67) Sensibar, *The Origin of Faulkner's Art*, p. 83.

(68) *Mosquitoes*, p. 251.

(69) *Ibid.*, p. 339.
(70) *Ibid.*, p. 338.
(71) *Soldiers' Pay*, pp. 199–200.
(72) *A Fable*, p. 291.
(73) 「ブラック・ミュージック」との連続で考えると「老人」となるが、フォークナーは会見で、詩人についても言及しながら若者としているのでここでは若者として考える。*Lion in the Garden*, p. 22.
(74) *Collected Stories of William Faulkner*, p. 897.
(75) *Ibid.*, p. 899.
(76) *Mosquitoes*, p. 11.
(77) *Collected Stories of William Faulkner*, p. 899.
(78) *Ibid.*, p. 898.
(79) *Ibid.*, p. 899.
(80) *Ibid.*, p. 900.
(81) *Helen: A Countship and Mississippi Poems*, p. 156.

第三章　ウィリアム・フォークナーの初期の文学土壌

(1) *Helen: A Courtship and Mississippi Poems*, p. 136.
(2) *Early Prose and Poetry*, p. 114.
(3) *Ibid.*, p. 117.
(4) *Ibid.*, p. 118.
(5) Wright, *The Creative Will: Studies in the Philosophy and the Syntax of Aesthetics*, p. 225.
(6) Parini, *One Matchless Time: A Life of William Faulkner*, p. 59.

（7）*Lion in the Garden*, p. 253.
（8）Symons, *The Symbolist Movement in Literature*, p. 217.
（9）*Early Prose and Poetry*, p. 117.
（10）アンドレ・ブルトン（巖谷國士訳）『シュルレアリスム宣言』、岩波文庫、二〇〇〇年、二六頁。
（11）*New Orleans Sketches*, p. 54.
（12）Blotner, *Faulkner: A Biography*, p. 453.
（13）Hönnighousen, *William Faulkner: The Art of Stylization in his Early Graphic and Literary Work*, p. 128.
（14）*Selected Letters of William Faulkner*, pp. 273, 278.
（15）*Lion in the Garden*, p. 255.
（16）*Early Prose and Poetry*, p. 114.
（17）*Ibid.*, p. 115.『蚊』で、アンダソンのモデルとなっているフェアチャイルドが、入学した中西部のある大学で、授業をする牧師の教師が、「スウィンバーンなどは母なる海という決まり文句に卑しめてしまう」（*Mosquitoes*, p. 116）ほどひどい教えかたをしたというスウィンバーン体験（むしろこれは、フォークナーのミシシッピ大学体験と考えたほうがよいであろう）に言及している。ここでは一見スウィンバーンの海が否定されているように見えるが、『館』でのミンクが、一度は海への憧れを満たすように、「古い詩と生まれつつある詩——ある遍歴」で強調しているスウィンバーンの海のイメジはフォークナーの中に残り続けたと言ってよい。
（18）フォークナーは一九二四年のエッセイで、彼が一時的に傾倒したモダニズムの詩人の一人にロバート・フロストをあげているが、それはフロストが目指した「提喩表現」（synecdoche）や「文の響き」（sentence sound）を試みる実験的な創作態度への共感でもあったであろう。フロストは、スウィンバーンやテニソンに見られる、子音と母音が効果的に調和された音楽的な音を生み出している点を高く評価しながら、美辞麗句的な次元にとどまっていることを批判しているが、フォークナーのその後のスウィンバーン評価は、このフロストの評価と類似している。また、『八月の光』で、リーナの産褥を助けたゲイル・ハイタワーが、テニソンの代わりに、「お腹のたしになる『ヘンリー四世』」を読もうとするが、ここにも間接的にフォークナーのテニソンに対する姿勢を読みとることができる。これらのフォークナーの関心の変化は、韻文から散文へ移行していく問題とも深く関わっていよう。「提喩表現」

や「文の響き」については、山田武雄『提喩詩人　ロバート・フロスト』（関西学院大学出版会、二〇〇〇年四月）参照。

（19）ジョーンズがセシリーのことを、「彼女の長い素早い脚を想像し、それは走ることを奪われたアタランタのようだ」、という記述がある。*Soldiers' Pay*, p. 78. 後で触れるエリオットが、フォークナーも当然読んだと考えられる『聖林』にスウィンバーン批評を書いて、「過剰」（diffuse）という表現を用いながら、スウィンバーンの「音」（音楽性）と、詩の意味のなさを指摘している。フォークナーもこの頃にはスウィンバーンを批判的に見るようになっている。*The Sacred Wood*, pp. 144–50.

（20）*Early Prose and Poetry*, p. 73.

（21）*The Origin of Faulkner's Art*, p. 90.

（22）*Early Prose and Poetry*, p. 117.

（23）*Ibid.*, p. 118.

（24）フォークナーが強い関心を持って読んでいたと考えられる『ダブル・ディーラー』の一九二二年六月号に、"A. E. Housman, Last of the Romans" というかなり長い異教性を指摘したハウスマン紹介があり、ハウスマンとの出会いはこの記事を読んだ頃からと考えてよいであろう。

（25）*Helen: A Courtship and Mississippi Poems*, p. 76.

（26）*Lion in the Garden*, p. 251.

（27）『英米文学史講座第八巻』研究社、昭和三六年、五五―五六頁。

（28）イアン・スコット＝キルヴァート『評伝A・E・ハウスマン』、九一頁。

（29）同書、七七頁。

（30）同書、七三頁。

（31）同書、七四―七五頁。

（32）Lytle, *The Hero with the Private Parts*, p. 132.

（33）*New Orleans Sketches*, p. 103.

（34）*Ibid.*, p. 103.

(35) Brooks, *William Faulkner: Toward Yoknapatawpha and Beyond*, pp. 346–47. 早くにはロバート・ペン・ウォレンが『響きと怒り』の父の人生観とハウスマンの類似を指摘している。"Faulkner: The South, the Negro, and Time," p. 252. Cf. Brogunier, "A Housman Source in *The Sound and the Fury*," pp. 220–25.

(36) *Early Prose and Poetry*, p. 114.

(37) *Ibid*., p. 117.

(38) *Ibid*., p. 118. 五章でも触れるように、『大理石の牧神』はキーツの『エンディミオン』の影響が考えられるが（Samway, "Faulkner's Poetic Vision," pp. 220–21.）、この時期はまだ、フォークナーの言う、「私の心を動かしはしなかった」頃と考えてよいであろう。

(39) Keats, *The Complete Poems*, pp. 85–86.（訳については、出口保夫訳『キーツ全詩集　第一巻』、一三七—三八頁を借用。以下同じ）。

(40) Keats, p. 90.（『キーツ全詩集　第一巻』、一四八頁）。「睡眠と詩」（一八一七）と同じような主題を詠う詩篇に『ハイピリオンの没落——ある夢』（*The Fall of Hyperion. A Dream*）がある。一八一八年に書き始められ、一九一九年の初めに中断されるが、そこでは、「何人も　この高さには登り得ません、と　その影は答えた、／この世の悲惨を　みずからの悲惨とし、／そして　それらを休めしめぬ人々でない限りは」、と詠われているように、美の祭壇を目指して上ろうとする詩人の姿が描かれており、そのすさまじいばかりの美の追究もフォークナーの心をうったものであろう。Keats, p. 439.（『キーツ全詩集　第三巻』、二九三頁）。

(41) Keats, p 90.（『キーツ全詩集　第一巻』、一四九頁）。

(42) *Helen: A Countship and Mississippi Poems*, p. 156.

(43) *The Marble Faun and A Green Bough*, p. 30.

(44) *Early Prose and Poetry*, p. 91.

(45) *Ibid*., p. 91.

(46) *Ibid*., p. 91.　なお林文代は、「何か得体の知れぬもの」を、フォークナー文学の「推論の抽象的モデルとしての迷宮」の原型として捉え、氏の議論の出発点にしているが、これは筆者の「芸術探求」のモチーフの議論とも重なる。『迷宮としてのテキスト——フォークナー的エクリチュールへの誘い』、三三—三六頁。

(47) Bleikasten, *The Most Splendid Failure*, pp. 12–13. 一方グレッセはこの何物かを「妖精に魅せられて」と重ね合わせながら、「性（女性）」としている。*Fascination: Faulkner's Fiction, 1919–1936*, pp. 51–52.

(48) Keats, p. 86.（『キーツ全詩集　第一巻』、一三八頁）。

(49) *Ibid.*, p. 87.（『キーツ全詩集　第一巻』、一四一頁）。

(50) *Collected Stories of William Faulkner*, p. 899.

(51) *Faulkner in the University*, p. 136.

(52) *Ibid.*, p. 22.

(53) *Early Prose and Poetry*, p. 117.

(54) Kinney, "On the Composition of *Sartoris* of William Faulkner," p. 119.

(55) *Ibid.*, p. 120.

(56) *Ibid.*, p. 119.

(57) *Go Down, Moses*, p. 297.

(58) Douglas Canfield, "Faulkner's Grecian Urn and Ike McCaslin's Empty Legacies," pp. 359–84. コレンマンも、キーツの壺のスタシス（静止）を理想として現実を直視できないアイザック像を批判する立場をとっている。Korenman, "Faulkner's Grecian Urn," pp. 3–23.

(59) *The Mansion*, p. 230.

(60) *Lion in the Garden*, p. 239.

(61) *Sanctuary*, p. 293.

(62) Grossman, "The Source of Faulkner's 'Less Oft Is Peace,'" pp. 436–37.

(63) *Knight's Gambit*, p. 164.

(64) エズラ・パウンドについては特に項をもうけないが、イマジズムの流れ、ペルソナの語りなどモダニズムの流れの中で重要な役割を果たしたことは言うまでもない。フィル・ストーンの妻エミリー・ストーンは、ストーンがパウンドをフォークナーに強く紹介したことに触れているが、大学時代の「キャセイ」という詩篇にはパウンドの影響を読みとることができる。エリオットは一九一四年の九月に初めてロンドンのアパートにパウンドを訪れて会っているが、エイケンとエリオット、そしてパウンドの系譜もフォークナーには深い関係があることになる。イマジズム運動の中心として、非常に洗練された技巧や、過去と現在の時間意識は、エリオットが大いに影響を受けたものであり、フォークナーにとっても強い関心事であった。

(65) *Early Prose and Poetry*, pp. 74–76.

(66) *Ibid*., p. 75.

(67) *Ibid*., p. 75.

(68) *Ibid*., p. 76.

(69) Aiken, "Counterpoint and Implication," p. 154.

(70) *Ibid*., p. 155.

(71) Aiken, *The Jig of Forslin*, p. 5.

(72) *Ibid*., p. 6.

(73) *Early Prose and Poetry*, p. 117.

(74) Aiken, "Review of *Mosquitoes*," p. 7. ヴァージニア大学に保管されている『蚊』の原稿には、"To Helen, Beautiful and Wise" という献辞が残っている。最終的に "To Helen" だけになったのであるが、この語句は、上に触れたエイケンの書評でフォークナーが引用している、エイケンの「不協和音」("Discordants") という詩篇の中で用いられており、フォークナーが気に入った詩句の借用の一例である。

(75) Aiken, "William Faulkner: The Novel as Form," p. 140.

(76) ケンフ、『マルカム・カウリー』、四三頁。

(77) 同書、四三—四四頁。

(78) ただ日本での質疑応答で、質問者が、フォークナーが若いときにエリオットに強い関心を持っていたことに言及しながら、ヨーロッパ的なエドガー・アラン・ポーと、イギリス人でもありアメリカ人でもあるエリオットのことをどう思うかという質問をした際に、ポーは散文で表現し、エリオットは韻文で普遍的なことを表現していると答え、また詩人は何か普遍的なことを表現しようとするのに対して小説家は自らの伝統を扱うと述べている。またエリオットの時代に第一次大戦が起こって大きな変化が起きたことに言及しており、自ずとエリオットを読んでいることを示している。*Faulkner at Nagano*, p. 16. *Lion in the Garden*, pp. 95–96.

(79) Hönnighausen, *William Faulkner: The Art of Stylization in his Early Graphic and Literary Work*, p. 81. Cf. Hönnighausen. *Faulkner: Masks & Metaphors*, p. 49. フォークナーのエリオットへの姿勢については、田中久男『自己増殖のタペストリー—ウィリアム・フォークナーの世界』（四七—四九頁）でも議論されている。

(80) *Early Prose and Poetry*, p. 116.

(81) ブルックスは、一八歳のフォークナーが、一九一五年にアメリカの雑誌 *Poetry: A Magazine of Verse* で掲載された「J・アルフレッド・プルーフロックの恋歌」を読んだ可能性は薄いとしている。また一九一九年に大学の紀要誌に発表された詩篇にはほとんどエリオットの影はなく、このことからもエリオットとの出会いは一九一九年の終わりぐらいからであろう。Brooks, *Willam Faulkner: Toward Yoknapatawpha and Beyond*, p. 11.

(82) *Lion in the Garden*, p. 56.

(83) 橋口稔「British Poetry 一〇〇年」、『英語青年』、創刊一〇〇周年記念号、一九九八年、六三頁。

(84) 尾上政次は、"dying fall" や "cropped teeth" など、フォークナーがエリオットの言葉を巧みに借用していることを指摘している。また「妖精に魅せられて」で用いられている "defunctive (music)" も、エリオットの用語で、"dying fall" に近い、「消えていく（音楽のような娘）」の意味に用いられている点も指摘している。『英語青年』、一九七九年二月一日号、六三頁。Onoe, "Some T. S. Eliot Echoes in Faulkner," pp. 45–61.

(85) Eliot, *The Sacred Wood* ("Tradition and the Individual Talent"), pp. 58–59.

(86) Eliot, *The Sacred Wood* ("Hamlet And His Problem"), p. 100.

(87) 川崎寿彦はエリオットの詩の 'between' という前置詞の多用を指摘し、'between' 的状況認識が特徴的に多く、時間的には夕方や冬の午後といった薄明（フォークナーの 'twilight'）の時間帯が多いことを指摘しているが、フォークナーも同じことが言える。川崎寿彦『エリオット』、二一〇頁。

(88) Eliot, *The Sacred Wood* ("Tradition and the Individual Talent"), p. 59.

(89) Zorzi, *William Faulkner in Venice*, pp. 14–15.

(90) Brooks, *William Faulkner: Toward Yoknapatawpha and Beyond*, pp. 347–49.

(91) *Pylon*, p. 284.

(92) *Selected Letters of William Faulkner*, p. 313.
(93) *Ibid.*, p. 313.
(94) *Requiem for a Nun*, p. 275.

第四章　ミシシッピ大学と詩人ウィリアム・フォークナー

(1) *Early Prose and Poetry*, pp. 86–89.
(2) *Ibid.*, pp. 93–97.
(3) 本来“UNE BALLADE DES FEMMES PERDUES”とあるべきが、ミスプリントで“UNE BALAD HEDES FEMMES PERDUES”となっており、このことも風刺の対象になっている。Cf. *Early Prose and Poetry*, p. 127n. Blotner, *Faulkner: A Biography*, p. 264.
(4) ここでもミスプリントで、最初“FANTOUCHES”と印刷されて発表され、“WHOTOUCHES”という恰好のパロディの口実を与えていることになる。
(5) *Mosquitoes*, p. 116.
(6) 四篇はアーサー・シモンズの『文学における象徴主義運動』の翻訳に即したものと考えられるが、「ポプラ」にはヴェルレーヌの名前はなく、誰の詩か不明である。しかし詩想といい、技法といい、フォークナーのものとは考えがたく、ブロットナーはヴェルレーヌの翻訳だとしている（Blotner, *Faulkner: A Biography*, p. 268）。興味深いのは、「ファントシュ」には「ヴェルレーヌへ」と書かれており、他の三篇には「ヴェルレーヌから」と書かれていることで、このことは「ファントシュ」にはフォークナー独自の手を加え、他はヴェルレーヌの忠実な翻訳である旨の表明であろう。
(7) Symons, *The Symbolist Movement in Literature*, p. 216.
(8) *Ibid.*, p. 217.
(9) Sensibar, *The Origin of Faulkner's Art*, pp. 78–82.　なお前七世紀のギリシャの女性叙情詩人のサッフォはレスボ

ス生まれで、貴族の娘を集めて詩と音楽を教えていたために、同性愛、悲恋の投身自殺など種々の伝説が生まれている。スウィンバーンの影響を受けて書いた、もう一つの詩篇「両性具有」（“Hermaphroditus”）については二章の両性具有の項で触れた。

（10）Blotner, *Faulkner: A Biography*, pp. 262–63. 掲載時に“UNE BALAD HEDES FEMMES PERDUES”と誤植されていたように、新聞編集人にしても関心度は薄かった様子がうかがえる。

（11）原詩は“Fantoches”（堀口大學のヴェルレーヌ訳では「傀儡」となっている）であったが、フォークナーは“Fantouches”として掲載していた。Brooks, *William Faulkner: Toward Yoknapatawpha and Beyond*, pp. 3–4.

（12）Kreiswirth, “Faulkner as Translator: His Versions of Verlaine,” p. 432. またパトリック・サムウェイは、ラフォルグの詩行の可能性も示唆している。Samway, “Faulkner's Poetic Vision,” p. 229.

（13）*Soldiers' Pay*, p. 134. 原文は‘en grade’となっているが、‘ne garde’であろう。

（14）ヴェルレーヌの原語では初め‘payasage’（風景）となっていたが、シモンズはそれを‘garden’と訳しており、フォークナーはそれに従っている。

（15）Blotner, *A Biography*, p. 267.

（16）さきほどの注（6）で述べたように、ブロットナーはこの作品もヴェルレーヌからの翻訳としているが、「ファントシュ」から、「クリメーヌへ」までの連続する五篇で、「ポプラ」にだけヴェルレーヌの名前がなく、彼からの翻訳かどうか不確実である。

（17）ここでフォークナーの筆名について触れておきたい。フォークナー家の姓はもともとFalknerであったが、フォークナーが“u”を加えてFaulknerにしたのは、アメリカが第一次世界大戦（World War I）に参加した翌一九一八年六月にニューヨークで英国空軍（Royal Air Force）に入隊の申請をしたときのことである。そしてカナダから帰国してからの、ミシシッピ大学での執筆活動ではすべてFalknerあるいはW. F.という筆名を使っている。一方『ダブル・ディーラー』ではFaulknerを用いており、一時期両方の名前を使っていたことになる。そして『ダブル・ディーラー』以降は現在の姓を使っていることになり、その意味ではその名前の変化に文学者としての独立の気概が反映されていると言ってもよいであろう。

第五章　牧神の憂鬱——『大理石の牧神』

（1）Sensibar, *The Origins of Faulkner's Art*, p. 24.

（2）Blotner, *Faulkner: A Biography*, pp. 358–59.

（3）ストーンは、『アトランティック・マンスリー』宛に、一一月一三日に「休戦日の詩」（"An Armistice Day Poem"）を同封する。ストーンは出版社に急がせるが、そのうち一二月の初めにエステルがオックスフォードに里帰りする。また、一章の注（15）で述べたように、一二月五日ストーンの秘書が「エリーズへ」という詩篇をタイプする。それは失望、空虚、すさんだ心情を盛り込んだ詩篇であった。さらに新しい詩篇、「クレオパトラ」をタイプするが、詩篇の下には一九二四年一二月九日の日付がついている。次に一二月一三日の日付で、「春」という詩篇があり、それは春の激しい風を描写したもので、また大地の美しさを強調したものである。

（4）*The Marble Faun and A Green Bough*, p. 7.

（5）*Ibid.*, pp. 6–8.

（6）フォークナーが『大理石の牧神』というタイトルを考えたとき、当然ナサニエル・ホーソンの同名の小説『大理石の牧神』があったと思われる。ホーソンの牧神のようなドナテロ像や、一種の芸術小説的色彩と、フォークナーの牧神のアイデンティティと芸術を探究する姿にはある共通性がある。批評家の中では唯一ジュディス・センシバーが両者の関係を詳しく論じている。Sensibar, *The Origins of Faulkner's Art*, pp. 26–28.

（7）前にも触れたように、牧神（ファウヌス）はローマの古い田園の神で、やがてギリシャのパーンと同一視される。予言の能力を持つとされ、基本的には牧神とパーンは同一人物だが、時間とともにいろいろ変容したり、時代によって混乱が見られたりする。従ってフォークナーがパーンという森の神と牧神を併置したのは、彼独自の構想と言えるもので、全宇宙を意味する、森の支配者パーンの悲しみを、ペルソナの牧神が共有し、そこに詩人自身の不安と憂鬱の心情を投影させるという構造を意図したものと考えられる。

（8）パトリック・サムウェイは、『大理石の牧神』とキーツの『エンディミオン』の類似を指摘して、フォークナーが牧神の人物形象に参考にした可能性のあるエンディミオンと恋人ピーナを対比させて論じている。ただ結論として、フォークナーの囚われたままの牧神像と、キーツの男女の結合で美の完成がなされる点では異なることを指摘している。Samway, "Faulkner's Poetic Vision," pp. 220–21.

(9) Sensibar, *The Origins of Faulkner's Art*, pp. 27–28.

(10) Garrett, "An Examination of the Poetry of William Faulkner," pp. 124–35.

(11) *Ibid.*, p. 127.

(12) *The Marionettes*, p. xiv.

(13) Garrett, "An Examination of the Poetry of William Faulkner," p. 126.

第六章　ピエロの迷いと曙光——『春の幻』

(1) この詩集は、エステルが一九七二年の死亡まで手元に保存しており、それまでは存在を知られていなかったものである。一九二三年にこの詩集の改訂版と思われる、『オルフェウスと諸詩篇』をフォア・シーズ・カンパニーに送っている。だが出版社の費用の条件が厳しく、結局断る。そのときフォークナーは皮肉混じりに、「お金がなくて、この原稿の最初の出版費用を十分に満たすことができません。また数篇は読み返してみると、特に意味あるものとも思えず、一冊一ドル二五セント払ってもこの貧弱な詩に見合うものは得られないと思う」(*Selected Letters of William Faulkner*, p. 6)、と書き送っている。このフォア・シーズ・カンパニーは、『春の幻』と関係の深いコンラッド・エイケンの詩を多く出版した会社で、翌年には『大理石の牧神』を出版することになる。

(2) *Lion in the Garden*, p. 56.　このような詩と散文に関連した発言は、*Lion in the Garden*, pp. 186, 217, 238, *Faulkner in the University*, pp. 4, 22 などにも見られる。

(3) Sensibar, *The Origins of Faulkner's Art*, p. 109.

(4) Aiken, *The Jig of Forslin*, pp. 5–6.

(5) Sensibar, *The Origins of Faulkner's Art*, p. xx.

(6) *Ibid.*, p. 106.

(7) *Ibid.*, pp. xvii–xxi.

（8）*Mosquitoes*, p. 335.

（9）"A Symphony"というタイトルは一度付けられて消された跡があり、『春の幻』での配置を考えてのことと思われる。

（10）多くの詩篇が以前に書かれていた可能性があるが、「交響曲」は、「演奏会の後」と「踊り子」の二篇とともに、「ストーン断片」（"The Stone Fragments"）と言われる中にある、火事で焼けた詩篇の断片と多くの類似点を持っており、一九二一年前に詩作されたことを物語っている。Brodsky, *A Comprehensive Guide to the Brodsky Collection Vol. V: Manuscripts and Documents*, pp. 57–63.

（11）*Vision in Spring*, p. 4.「ピエロ、コロンビーヌの死体のそばに座って、突然鏡に映る己の姿を見る」については、二章の注（34）を参照。

（12）この詩集で顕著なイメジ群の一つは「塵」であるが、それと並行して「壁」のイメジも頻出する。プルーフロックが、「壁にピンで止められのたうちまわる」イメジで捉えられているが、これは「回廊」や「街路」など都市文明の荒廃を描く象徴イメジなどと重なっている。これらは、エイケンやエリオットの影響を強く受けたものの一部であろうが、やがて『エルマー』や『蚊』などで、閉塞感や暗い闇、人間を圧迫したり覆い被さる象徴として多用され、『八月の光』でその最も深い象徴性を帯びて用いられている。また次に触れる詩篇「ニューオーリンズ」などにもすでに用いられており、『緑の大枝』の数詩篇でも言及するように、「壁」はフォークナーの初期の作品から重要なイメジとなっている。

（13）*Vision in Spring*, p. 25.

（14）*Ibid*., pp. 34–35.

（15）*Ibid*., p. 55.

（16）*Ibid*., p. 58.

（17）*Ibid*., p. 65.

（18）現在二種類の原稿が残されているが、一つには「結婚（生活）」というタイトルがついている。また「寝そべって」という最初の出だしの詩句がタイトルとして用いられている場合もある。『春の幻』に収録された時は一〇二行で、不規則な行数から構成された一〇連に分かれていた。一方『緑の大枝』のほうは、『春の幻』の一部削除（主な部分は、四五行目から五四行目まで）や小さな手直しが施されて八九行一〇連になっている。何度も手を加えて推敲したあとがあり、プルーフロック像とともに、エリオットの「ある婦人の肖像」もフォークナーに大きな衝撃を与えた人物像であったことを物語っている。

(19) たとえば最後の二行を比べると、『春の幻』では、“At the turn she stops, and shivers there, / And hates him as he steadily mounts the stair.” となっているが、『緑の大枝』では “At the turn she stops, and trembles there, / Nor watches him as he steadily mounts the stair.” と書き換えられ、あからさまな表現が消えている。

(20) *Vision in Spring*, p. 82.

(21) *Ibid.*, p. 85.

(22) *Ibid.*, p. 87.

第七章　母なる大地から異郷の地へ——『ミシシッピ詩集』とニューオーリンズ

(1) *Helen: A Courtship and Mississippi Poems*, pp. 131–35.

(2) *Ibid.*, p. 133.

(3) 一九七九年のファクシミリ版と一九八一年の流通版では、八番目以降の詩の順序が異なり、前者では “March,” “The Gallows,” “Pregnacy,” “November 11th,” “December: To Elise.” という順序であったように、初めから整然と順序だてられていたわけではなかったことを示している。

(4) *The Marble Faun and A Green Bough*, p. 149.

(5) *Ibid.*, p. 149.

(6) *Ibid.*, p. 152.

(7) *Ibid.*, p. 154.

(8) *Ibid.*, p. 155.

(9) ヴァージニア大学図書館のタイプ原稿には、一九二四年一〇月一七日の日付がある。この詩篇は、初めは「わが墓碑名——この大地」(“My Epitaph: This Earth”)、「たとえ悲しみがあっても」(“If There Be Grief”)、「ミシシッピの丘——わが墓碑名」（“Mississippi Hills: My Epitaph”）というタイトルが付けられており、最終的には『緑の大枝』の「四四」に組み込まれる。さらに一九二四年の『ミシシッピ詩集』にも長い形で組み込まれるように、フォークナーには捨てがたい重要な詩篇であった。

（10）星野剛一訳『ハウスマン全詩集』荒竹出版、昭和五一年、六三頁。原文は以下のとおりである。

Into my heart an air that kills
From beyond far country blows:
What are those blue remembered hills,
What spires, what farms are those?

That is the land of lost content,
I see it shining plain,
The happy highways shire I went
And cannot come again.

（11）*Helen: A Courtship and Mississippi Poems*, p. 156.

（12）*Ibid*., p. 156.

（13）*Ibid*., p. 157.

（14）この詩篇は、一九二四年の『ミシシッピ詩集』、二七年の『ヘレン——ある求愛』、三二年の『緑の大枝』に収録されるが、使用されている言葉で、三つの表現に各々興味深い異同がある。それは、最初の「（罪を）犯す（commit）」、「古い（old）（神々）」と「鷹（eagle）」という表現が、あとの二つ詩集で、「犯さなかった（omit）」、「新しい（new）」、「ツバメ（swallow）」という表現と交錯していることで、整理すると、『ミシシッピ詩集』（commit-old-eagle）、『ヘレン——ある求愛』（commit-new-swallow）、『緑の大枝』（omit-old-swallow）という各々異なった言葉の組み合わせになっている。

（15）*Helen: A Courtship and Mississippi Poems*, p. 158.

（16）コリンズは「古い」と「新しい」という表現に注目して、「古い」神々はギリシャ・ローマ神話の神々で、「新しい」のはヘブライ・キリストの神であり、旧約の「蛇」はこれらよりもっと古いという考え方をしている。そして、ギリシャ・ローマ神話の神々に代わって、ヘブライ教の蛇が力を持って君臨する時代背景と、人間の情欲がかき立てられるさまが描かれていると考えてよく、これは「半獣神の午後」で述べた牧神パーンの死とも通じている。

Helen: A Courtship, p. 44.

（17）*Helen: A Courtship and Mississippi Poems*, p. 159.

（18）フォークナーが下地にした詩篇の一つが、ハウスマンの「大工の息子」であるが、それは父の家業を放り出して結局悪に染まって絞首刑になる話である。フォークナーはこのハウスマンの詩と非常に類似した内容の短編「勝利」を書いているが、それはスコットランドの船大工の息子が、親の意に反して栄光を求めてイギリス軍に入り、最後は物乞いに転落する物語であり、これらには人間の運命の皮肉が共通して流れ、相互に緊密な関係があると考えてよい。

（19）初歩的な誤りのように見えるが、'Pregnacy' は 'Pregnancy' の誤りで、特別な意図はないと考えてよいであろう。

（20）*Helen: A Courtship and Mississippi Poems*, p. 161.

（21）Blotner, *Faulkner: A Biography*, p. 330.

（22）Durrett, "The New Orleans Double Dealer," p. 212.

（23）ただエイケンはなぜか浮世絵師を広重としているがこれは誤りであろう。ハーンの作品でも、そのもとになった青木鷺水の『御伽百話物語』の中の「絵の婦人（おんなひと）に契る」の絵師が菱川師宣となっている。ハーンの記事はその他、一九二一年五月号の "Abdel-Kader and the French Lady" を初め、その後四篇ほどの短い記事が掲載されている。さらに一九二二年には二回にわたって「ニューオーリンズのラフカディオ・ハーン」（"Lafcadio Hearn in New Orleans"）が掲載されており、特に五年半続いた『タイムズ＝デモクラット』（*The Times-Democrat*）紙の「海外通信」（"The Foreign Press"）で、ハーンがフランスを中心とする海外の文学者（書）のおびただしい数の紹介をしており、いかにハーンがフランス文学に通暁していたかを物語っている。『ダブル・ディーラー』が三〇年前のハーンを高く評価してニューオーリンズの目玉にしている様がうかがえ、フォークナーがハーンに何らかの関心を持ったことは十分考えられる。

(24) フォークナーは『ミシシッピアン』の一九二二年一二月一五日号に、ジョセフ・ハーゲスハイマーの書評を掲載するが、これは『ダブル・ディーラー』創刊号のハーゲスハイマーの書評に触発されてのことであろう。

(25) クリオール性という表現は、一義的には当地が歴史的に持つ、混血や混淆言語をさすが、ここではフォークナーが接して吸収し、彼の創造世界を象ることになる、異国性、異文化性、あるいは異教的な要素を意味している。フォークナーはエッセイの「古い詩と生まれつつある詩――ある遍歴」で、ハウスマンに接して彼の文学の方向が定まったと言っているが、『ダブル・ディーラー』に掲載された、ハワード・マムフォード・ジョーンズ("A. E. Housman, Last of the Romans")(Howard Mumford Jones)が書いた、「A・E・ハウスマン、最後のローマ人」が一つのきっかけであったことも十分考えられる。このハウスマン論では、この詩人が、最後の異教徒であり、ハウスマンが現代詩への転換点になっている点を強調している。

(26) ミシシッピ大学 Archives & Special Collections, J. D. Williams Library 蔵。

(27) *New Orleans Sketches*, pp. 49–50.

(28) フォークナーが、オックスフォードで書いた詩篇をパラフレイズした散文を「ニューオーリンズ」の中に組み込んだことは触れたが、このことと関連して、『ダブル・ディーラー』の一九二五年一・二月号で注目すべきことは、この号にはさらに「批評について」という二頁のエッセイと、先ほどの詩篇「瀕死の剣闘士」の三つが掲載されていることであろう。エッセイの趣旨は、アメリカの批評のありかたが、作家を中心にしており、作品そのものをおろそかにしていることを批判したものである。詩篇については、四行五連の規則正しい韻をふんだもので、人間の生命のはかなさと哀しみを詠ったもので師のハウスマンを想起させる。あるいはこの詩篇も、「ニューオーリンズ」同様、オックスフォードで書かれていた可能性も十分考えられる。

(29) *New Orleans Sketches*, p. 47.

(30) *Ibid*., p. 48.

(31) *Ibid*., p. 37.

(32) Watson, *William Faulkner: Letters and Fictions*, p. 223.

（33）Gautier, *Mademoiselle de Maupin*, p. 175.
（34）*Ibid*., p. 239.
（35）Anderson, “New Orleans, *The Double Dealer* and the Modern Movement in America.” *The Double Dealer* (March 1922), pp. 119–26.
（36）フォークナーの六カ月の滞在中の文学活動を全体として見ると、当地の『ダブル・ディーラー』と、『タイムズ＝ピカユーン』、そして、ダラスの『モーニング・ニューズ』に、十七篇の小品（「嘘つき」、「挿話」、「田舎鼠」、「ヨー・ホーと二本のラム酒」の四篇は、出航後に発表）や、数篇の批評と詩を発表し、そのほかにも、未発表の、「ドン・ジョヴァンニ」、「ピーター」、「聖職者」、「アル・ジャックソン」、「フランキーとジョニー」などの作品を残している。また『メイデイ』や「妖精に魅せられて」、未完の「さて、これから何をするべきか」などもこの頃の作品であろう。

第八章　愛のメッセージ――『ヘレン――ある求愛』

（1）一章で述べたように、『蚊』のタイプ原稿の一枚（二六九頁）の裏側に、一頁にわたるヘレンへの愛の手紙が書かれていた。*Helen: A Courtship and Mississippi Poems*, p. 13.
（2）カーヴェル・コリンズは、多くの研究者が一九二六年の夏にヘレンとフォークナーがパスカグーラで再会したとしているが、実は、彼女はヨーロッパに行っていたということをいろいろな事象から実証しようとしている。Collins, pp. 10–12.
（3）『蚊』の献辞は、コンラッド・エイケンからの借用と考えられる、“To Helen, Beautiful and Wise” であり、『メイデイ』では、“to thee / O wise and lovely / this: a fumbling in darkness” となり、以前フォークナーがエステルの娘ヴィクトリアに贈った『操り人形』にも、“... THIS, A SHADOWY FUMBLING IN / WINDY DARKNESS ...” と献辞を書いており、これらには切ない恋情が込められている。
（4）*Mayday*, p. 87.
（5）ハリウッドで親密な関係にあったミータ・カーペンターが、一九三七年四月に結婚し、フォークナーには、エステルとヘレンに続いて三度目の愛の喪失という衝撃を受ける。そして『エルサレムよ、もし汝を忘れなば』の手書き原稿の最初の頁には、一九三七年九月一五日の日付があり、コリンズが触れているように、この長編とカーペンターとは密接な関係がある。だが、なぜヒロインのシャーロットに一〇年前のヘレンの面影が投入されているかという疑問がわくが、これは作家の創造における想像力次元の問題であろう。ただ、シャーロットが二人の子供を持つ主婦であったり、焔のように純粋な愛を求める女性像や、最後のウィルボーンへの慈しみと思いやりなどは、三人の恋人を失った当時のフォークナーの心情が込められていると考えてよいであろう。また、ヘレンが結婚した一〇日後の日付のついた（一九二七年三月一四日）、未発表の、「彼の心を諫める」（"Admonishes His Heart"）という詩篇がある。これはハウスマンの『シロップシアの若者』の「四八」からそのまま多くの詩句を取りこんでいるが、「静まれ、静まれ、わが心よ」で始まるこの詩篇には、失ったヘレンを思う気持ちが深く書き込まれているように思える。Collins, pp. 86–97.

（6）グレッセは『フォークナー・クロノロジー』で、最初の七篇はパスカグーラで書いたとしているが、時期や場所に関してはもっと広範囲にわたっているであろう。Gresset, *A Faulkner Chronology*, p. 20.

（7）*Helen: A Courtship and Mississippi Poems*, p. 111.

（8）*Ibid*., p. 41.

（9）*Ibid*., p. 48.

（10）*Ibid*., p. 49.

（11）*Ibid*., pp. 58–59.

（12）*Ibid*., p. 116.

（13）*Ibid*., p. 67.

（14）ここで用いられている"unsistered"は、蛇の誘いにのって「『妹』でなくなった（女になった）」という意味合いであろうが、次の「九」では"two sisters"、「一〇」では"self-sistered"という語が用いられ、これらは「二」のモチーフと「乙女」のイメジが関連し合っている。この「妹」は二章で触れた"Little sister Death"とも関係があると考えてよいが、ここでは「死」のモチーフが「眠り（添い寝）」のモチーフに入れ替わっている。

（15）*Helen: A Courtship and Mississippi Poems*, p. 119.

(16) *Ibid.*, p. 121.
(17) *Ibid.*, p. 73.
(18) Gresset, "Faulkner's Self-Portraits," p. 11.
(19) タイプでうたれた詩篇には一九二五年三月という日付があり、ヨーロッパに行く前に書いたと思われる。『コンテンポ』とさらにそのアンソロジーにも掲載され、短くしたものが『緑の大枝』の「二三」として掲載される。
(20) *Helen: A Courtship and Mississippi Poems*, p. 126.

第九章　詩作のまとめ――『緑の大枝』

(1) フォークナーは木のイメジを、「ミシシッピの丘――わが墓碑銘」(「この大地」)をはじめとする多くの詩篇で描きこんでおり、一九二四年のエッセイでも土壌に根ざす木のメタファーが用いられ、「生命」の象徴たる「生命の木」とも言えるものである。一九二七年当時、詩集を出そうとして、「緑になりゆく大枝」というタイトルを考えていたがわけであるが、それは『土にまみれた旗』で触れた季節の循環や生死の人間の営みと深く関連している。従ってこのタイトルは、死と再生神話を反映しながら、フォークナー自身の次の文学活動への新しい歩みの意味を込めていると考えてよいであろう。
(2) *Selected Letters of William Faulkner*, p. 37.
(3) *Ibid.*, p. 67.
(4) "An Introduction to *The Sound and the Fury*," p. 157.
(5) *Ibid.*, p. 158.
(6) フォークナーを深く読み込んだ大江健三郎は、『「雨の木」を聴く女たち』を書いた際に、W・B・イェーツの、「生命の木」と「善悪の木」の「燃え上がる緑の大枝」や、フォークナーの『野性の棕櫚』の棕櫚の木などから着想を得た趣旨のことを述べているが、「緑になりゆく大枝」のメタファーは、一〇年後の棕櫚の木のメタファーまで続いていると言ってよい。

(7) Runyan, "Faulkner's Poetry," pp. 23–27.

(8) Garrett, "An Examination of the Poetry of William Faulkner," pp. 124–35.

(9) Garrett, "The Influence of William Faulkner," pp. 419–27.

(10) 『ミシシッピ詩集』では、「ミシシッピの丘——わが墓碑銘」となって、四行四連の構成であったが、『緑の大枝』では半分の八行のみになっている。悲しみがあるなら、それは「ただ悲しみのためだけの、銀の悲しみのまま」にしておいて欲しいという私の気持ちを伝える前半の四行と、「私をしっかりと抱きしめている大地」がある限り、死というものはないという、後半の四行で、全体を凝縮した形で締めくくっている。

(11) 『春の幻』の「一二」に関しては、『緑の大枝』に収録されているものと少し異なっている。最初『春の幻』に収録された時は一〇二行で、不規則な行数から構成された一〇連に分かれていた。一方『緑の大枝』のほうは前のものから一部削除されて八九行になっているが、内容的には変わっていない。この詩篇には、初め二つのヴァージョンがあり、一つには「結婚（生活）」というタイトルがついている。従って、最初はどこか冷たい夫婦の関係が描かれており、これは前にも触れたように、エリオットの「ある婦人の肖像」が大きな背景になっている。

(12) 『春の幻』では「オルフェウス」というタイトルで、七九行にわたる長いものであったが、『緑の大枝』では三連一九行に短縮されている。すなわちここでは、以前のピエロ（オルフェウス）が変容していく物語性を取り除き、二つの壁に落ちかかる黄昏と沈黙、そしてその沈黙の中で兆しを見せる春と、その沈黙の壁の間に立って歌う姿が強調されている。従って、フォークナーの特有の、黄昏と沈黙、そして春のイメジに凝縮された詩篇となっている。

(13) Blotner, *Faulkner: A Biography*, p. 397.

(14) *The Marble Faun and A Green Bough*, p. 25. なおこの合本では、『大理石の牧神』と『緑の大枝』のページ数は通し番号ではなく、各々独立して打たれている。

(15) *Ibid.*, p. 30.

(16) *Ibid.*, p. 36.

(17) *Ibid.*, p. 37.

(18) Blotner, *Faulkner: A Biography*, p. 320.

(19) Yonce, "Faulkner's 'Atthis' and 'Attis': Some Sources of Myth," pp. 289–98.

(20) この詩篇は初めは文頭が大文字であったが、『緑の大枝』に編集されたときはすべて小文字になっており、かなりモダニズムの色彩を帯びている。そしてこの詩篇の最初のヴァージョンと思われる「オー・アティス」("O Atthis")が、一章で触れた『ライラック』の五番目に置かれており、七行の短い詩篇で一部火事で消失している。アティスとはサッフォの両性具有的な妖婦で、男のために同性の相手を捨てる人物であるが、「私」はその彼女の唇で燃える炎のような歌に惹かれ身を焦がすという内容である。この一九二〇年のものと、一九三三年の内容はかなり異なっているが、ファム・ファタール的な両性具有の恋人を求めて悲劇に終わる点では同じである。フォークナーはこの詩篇の状況をほとんどそっくり、最初の長編『兵士の報酬』で用いている。それは、煮え切らないセシリー・ソーンダーズに、好色のジャニュアリアス・ジョーンズが「アティス」と呼びかけ、一瞬降下して激しい愛の行為をする鷹の情景と人間の愚かな姿態を比較している描写であるが、非常に巧みに詩篇を利用している例である。*Soldiers' Pay*, p. 227.

(21) Eliot, *The Complete Poems and Plays of T. S. Eliot*, p. 57.

(22) Timothy Kevin Conley, *Shakespeare and Southern Writers*, p. 92.

(23) ニューヨーク市立図書館所蔵の「バーグ・コレクション」にある詩篇では、二連に、

O mother Sleep, when one by one these years
Bell their bitter note, and die away
Down Time's slow evening, passionless as tears
When sorrow long has ebbed, and grief is gray;

という詩句が入っており、『緑の大枝』ではこの四行が省略されて一〇行になっている。「三四」から「四二」まではソネット形式だが、本来この詩篇もソネットであった。『ヘレン——ある求愛』の「一五」は四行の入ったもとのままで収録されている。

（24）Garrett, "An Examination of the Poetry of William Faulkner," pp. 130–31.

（25）『ヘレン――ある求愛』では、第一連の三・四行目は "Bloom upward to the cloying cloudy bees / That hive her honeyed hips like little moons." となっており、『緑の大枝』では "and momently the cloyed and cloudy bees / where hive her honeyed thighs those little moons" となっている。後者のほうが先に書かれていたヴァージョンであろうか。

（26）Gresset, *Fascination: Faulkner's Fiction, 1919–1936*, pp. 54–57.

第一〇章　アポクリファルな創造世界

（1）*Lion in the Garden*, p. 56.

（2）*Faulkner in the University*, p. 202.　類似した発言は、*Lion in the Garden*, pp. 119, 186, 217, 238, *Faulkner in the University*, pp. 4, 22, *Selected Letters of William Faulkner*, p. 345. などに見られる。

（3）*Selected Letters of William Faulkner*, p. 345.

（4）拙論「『時と死』と『再生産』――『土にまみれた旗』の創造」『フォークナー』第六号（松柏社、二〇〇四年）、六一―七〇頁参照。

（5）Cowley, *The Portable Faulkner*, p. xxv.

（6）コンラッド・エイケンの『フォースリンのジグ舞曲』という長編詩は、T・S・エリオットの「J・アルフレッド・プルーフロックの恋歌」とともに、フォークナーが『春の幻』をはじめ多くの初期の作品の人物像や場面設定にかなり模倣・借用したものである。『フォースリンのジグ舞曲』では丘や「塵」（dust）のイメジが多用され、さらに注目すべきことは、主人公のフォースリンが、「露に濡れた草の中、ゆっくりと丘をおりていく」（"And slowly descended the hill, through dew-wet grass"）さまは、フォークナーの短編「丘」の主人公の情景と重なっている。
Conrad Aiken, *The Jig of Forslin*, p. 65.

（7）ニンフォレプシー（Nympholepsy）はギリシャ語系統の Nymph(o) と、捕まえるという意味の epilepsy（=seisure）

とが結びついてできた言葉であり、またNymphoにはニンフと同時に小陰唇（nymphae）の意味もある。従って主人公が「ニンフ」に取り憑かれ、絡み取られて「溺死」の体験をしながら、それからはい上がって丘を下って現実の日常世界へ帰っていくという物語には、性的な暗喩が深く彫り込まれていると考えてよいであろう。またちょうどこの作品と同じ頃か少し後で書かれたと思われる、未完の「さて、これから何をするべきか」という作品があるが、そこにはフォークナーの自伝的な要素が多分に描き込まれており、女性体験が蜘蛛の巣や流砂のイメジを用いて比喩的に述べられている。いわばここでも妖精的なもののしがらみからの脱出を暗示しており、当時のフォークナーの精神状態を表現していると考えてよい。これはニューオーリンズ体験と重なっているわけで、メリウェザーも指摘しているように、詩作時代からの「ニンフ」が、現実の女性像へと変化する転機を物語る作品と捉えることができる。Meriwether, *A Faulkner Miscellany*, p. 147.　一方、グレッセはこの作品を徹底して性的なコンテキストで読み込んでいるが（Gresset, *Fascination: Faulkner's Fiction, 1919–1936*, pp. 57–63）、最後の現実への回帰という点では両者は同じ結論となっている。

（8）Meriwether, *A Faulkner Miscellany*, p. 154.

（9）*New Orleans Sketches*, p. 106.

（10）*The Marble Faun and A Green Bough*, p. 30.

（11）*Early Prose and Poetry*, p. 92.

（12）*Flags in the Dust*, p. 9. グレッセも私と同じ観点からフォークナーの「丘」の重要さを論じている。Gresset, *Fascination: Faulkner's Fiction, 1919–1936*, pp. 44–50.

（13）*Sanctuary*, pp. 15–16.

（14）*As I Lay Dying*, p. 217.

（15）*Light in August*, p. 401.

（16）*Collected Stories of William Faulkner*, p. 25.

（17）*The Town*, p. 316.

（18）Gresset, "Faulkner's Self-Portraits," pp. 12–13.

（19）Millgate, *The Achievement of William Faulkner*, p. 136.『緑の大枝』で触れたように、生命の象徴ともなっている

「緑の大枝」（Green Bough）のイメジャリとも深く関連している。

(20) *Vision in Spring*, p. 88.
(21) *Soldiers' Pay*, p. 319.
(22) "Nympholepsy," p. 155.
(23) *Flags in the Dust*, p. 370.
(24) *Selected Letters of William Faulkner*, p. 37.
(25) *Ibid*., p. 38.
(26) *Flags in the Dust*, p. 9.
(27) *The Marble Faun and A Green Bough*, p. 39.
(28) *Ibid*., p. 67.
(29) *Ibid*., p. 16.
(30) *The Mansion*, p. 436.
(31) *Ibid*., pp. 435–36.
(32) *Lion in the Garden*, p. 255.

あとがき

(1) *A Fable*, p. 354.
(2) Wright, *The Creative Will: Studies in the Philosophy and the Syntax of Aesthetics*, p. 86.
(3) *Soldiers' Pay*, p. 295. その箇所を敷衍すると、「性と死——世界の表玄関と裏口。なんとこの両者はわれわれの中で深く絡み合っていることか。若いときにあっては肉体からわれわれを高揚させてくれ、年をとるとわれわれを肉体に還元してしまう。性のほうはわれわれを平らにし、死のほうはわれわれを涸らしてしまう、ウジ虫のために」、という件である。

（4）　*Soldiers' Pay*, p. 319.

（5）　*Faulkner in the University*, pp. 61, 77; *Lion in the Garden*, pp. 92, 146, 180, 244; *Faulkner at West Point*, p. 49など。

英語文献

Adams, Richard P. "Faulkner: The European Roots." *Faulkner: Fifty Years After* The Marble Faun. Ed. George H. Wolfe. U of Alabama P, 1976. 21–42.

———. *Faulkner: Myth and Motion*. Princeton: Princeton UP, 1968.

Aiken, Conrad. *The Charnel Rose, Senlin: A Biography, and Other Poems*. Boston: The Four Seas, 1918.

———. "Counterpoint and Implication." *Poetry* (June 1919): 152–59.

———. *The House of the Dust*. Boston: The Four Seas, 1920.

———. *The Jig of Forslin*. London: Martin Secker, 1921.

———. "Review of *Mosquitoes*." *New York Evening Post*. 11 June 1927.

———. "William Faulkner: The Novel as Form." *William Faulkner: Three Decades of Criticism*. Ed. Frederick J. Hoffman and Olga W. Vickery. East Lansing: Michigan State UP, 1960. 135–42.

Anderson, Sherwood. "New Orleans, *The Double Dealer*, and the Modern Movement in America." *The Double Dealer* (March 1922): 119–26.

Arnold, Edwin T. "The Last of the Shropshire Lad: David West, Faulkner, and *Mosquitoes*." *Faulkner Studies* 1.1 (1991): 21–41.

Barnes, Elizabeth, ed. *Incest and the Literary Imagination* Gainesville, Florida: UP of Florida, 2002.

Basset, John E. "Faulkner's *Mosquitoes*: Toward a Self-Image of the Artist." *Southern Literary Journal* 12.2 (1980): 49–64.

Bleikasten, André. "Faulkner in the Singular." *Faulkner at 100*. Ed. Donald M. Kartiganer and Ann J. Abadie. Jackson:

UP of Mississippi, 2000. 204–18.

———. *The Ink of Melancholy: Faulkner's Novels from* The Sound and the Fury *to* Light in August. Bloomington: Indiana UP, 1990.

———. *The Most Splendid Failure: Faulkner's* "The Sound and the Fury." Bloomington: Indiana UP, 1976.

Blotner, Joseph. *Faulkner: A Biography*. 2 vols. New York: Random House, 1974. One-vol. Rev. ed., 1984.

———, ed. *Selected Letters of William Faulkner*. New York: Random House, 1978.

Brodsky, Louis Daniel. "Additional Manuscripts of Faulkner's 'A Dead Dancer.'" *Studies in Bibliography*, 34 (1981): 267–70.

———. "'Elder Watson in Heaven': Poet Faulkner as Satirist." *The Faulkner Journal*, 1.1 (Fall 1985): 2–7.

Brodsky, Louis Daniel, and Robert W. Hamblin. *A Comprehensive Guide to the Brodsky Collection Vol. V: Manuscripts and Documents*. Jackson: UP of Mississippi, 1988.

Brogunier, Joseph. "A Housman Source in *The Sound and the Fury*." *The Modern Fiction Studies* 18 (1972): 220–25.

Brooks, Cleanth. *William Faulkner: Toward Yoknapatawpha and Beyond*. New Haven: Yale UP, 1978. 11 & 346–54.

———. *William Faulkner: The Yoknapatawpha Country*. New Haven: Yale UP, 1963.

Broughton, Panthea Reid. "The Cubist Novel: Toward Defining the Genre." *A Cosmos of My Own: Faulkner and Yoknapatawpha, 1980*. Ed. Doreen Fowler and Ann J. Abadie. Jackson: UP of Mississippi, 1981. 36–58.

Butterworth, Keen. "A Census of Manuscripts and Typescripts of William Faulkner's Poetry." *Mississippi Quarterly* 26 (Summer 1973): 333–59. Reprinted in *A Faulkner Miscellany*, ed. James B. Meriwether. Jackson: UP of Mississippi, 1974. 70–97.

Campbell, Christopher D. "Sweeney Among the Bootleggers: Echoes of Eliot in Faulkner's *Sanctuary*." *The Faulkner Journal* 13. 1–2 (1997–98): 101–09.

Canfield, J. Douglas. "Faulkner's Grecian Urn and Ike McCaslin's Empty Legacies." *Arizona Quarterly* 36 (1980): 359–84.

Cohen, Philip. "*Flags in the Dust, Sartoris*, and the Unforeseen Consequences of Editorial Surgery." *The Faulkner*

Journal 5.1 (1989): 101–10.

Cohen, Philip, and Doreen Fowler. "Faulkner's Introduction to *The Sound and the Fury*." *American Literature* 62 (1990): 262–83.

Collins, Carvel, ed. *William Faulkner: Early Prose and Poetry*. Boston & Toronto: Little, Brown and Company, 1962.

Conley, Timothy Kevin. *Shakespeare and Southern Writers*. Ed. Philip C. Colin. Jackson: UP of Mississippi, 1985.

Cowley, Malcolm. *Exile's Return: A Literary Odyssey of the 1920s*. New York: Viking, 1951.

———. *The Faulkner-Cowley File: Letters and Memories, 1944–1962*. New York: Viking, 1966.

———, ed. *The Portable Faulkner*. New York: Viking, 1946. Rev. ed., 1967.

Douglass, Paul. *Bergson, Eliot, and American Literature*. Lexington, Kentucky: UP of Kentucky, 1986.

Duclos, Donald P. "William Faulkner's 'A Song' for Estelle." *Faulkner Journal* 5.1 (Fall 1989): 61–65.

Durrett, Francis Bowen. "The New Orleans *Double Dealer*." *Reality and Myth: Essays in American Literature in Memory of Richmond Croom Beatty*. Ed. William E. Walker and Robert L. Welker. Nashville: Vanderbilt UP, 1964. 212–19.

Duvall, John N. "Faulkner's Crying Game: Male Homosexual Panic." *Faulkner and Gender: Faulkner and Yoknapatawpha*. Ed. Donald M. Kartiganer and Ann J. Abadie. Jackson: UP of Mississippi, 1994. 48–72.

Eliot, T. S. *The Complete Poems and Plays of T. S. Eliot*. London: Faber and Faber, 1969.

———. "The Influence of Landscape upon the Poets." *Daedalus, Journal of the American Academy of Arts and Sciences* (Spring 1960): 420–22.

———. *The Sacred Wood*. London: Methuen, 1920.

Faulkner, William. *As I Lay Dying*. New York: Random House, 1964.

———. *Collected Stories of William Faulkner*. New York: Random House, 1950.

———. *Early Prose and Poetry*. Ed. Carvel Collins. Boston & Toronto: Little, Brown and Company, 1962.

———. *Elmer*. Ed. Dianne L. Cox. Northport: The Seajay, 1983.

———. *A Fable*. New York: Random House, 1954.

———. *Flags in the Dust*. New York: Random House, 1972.

———. *Go Down, Moses*. New York: Random House, 1956.

———. *Helen: A Courtship*. Limited facsimile edition, with a booklet entitled Biographical Background for Faulkner's "Helen" by Carvel Collins. New Orleans: Tulane U and Oxford, Miss: Yoknapatawpha, 1981.

———. "An Introduction to *The Sound and the Fury*." *A Faulkner Miscellany*. Ed. James B. Meriwether. Jackson: UP of Mississippi, 1974.

———. *Knight's Gambit*. New York: Random House, 1949.

———. *Light in August*. New York: Random House, 1959.

———. *The Mansion*. New York: Random House, 1959.

———. *The Marble Faun and A Green Bough*. New York: Random House, 1965.

———. *Mayday*. Limited facsimile edition, with a booklet entitled Faulkner's "Mayday" by Carvel Collins. Notre Dame, Ind.: U of Notre Dame Press P, 1977. Trade edition, 1980.

———. *Mississippi Poems*, With introduction by Joseph Blotner. Limited edition. Oxford, Mississippi: Yoknapatawpha P, 1979.

———. *Mosquitoes*. New York: Boni and Liveright, 1927.

———. *New Orleans Sketches*. Ed. Carvel Collins. New Brunswick, N.J.: Rutgers UP, 1958.

———. "A Note on Sherwood Anderson." *William Faulkner: Essays Speeches and Public Letters*. Ed. James Meriwether. New York: Random House, 1965. Updated. New York: Modern Library, 2004. 3–11.

———. "On the Composition of *Sartoris*." *Critical Essays on William Faulkner: The McCaslin Family*. Ed. Arthur F. Kinney. Boston: G. K. Hall, 1990.

———. *Pylon*. New York: Random House, 1962.

———. *Sanctuary*. New York: Random House, 1958.

———. *Sherwood Anderson and Other Famous Creoles*. New Orleans: Pelican Bookshop, 1926.

———. *Soldiers' Pay*. New York: Boni and Liveright, 1926. Liveright Publishing Corporation, 1954.

———. *The Sound and the Fury*. New York: Modern Library, 1946.

———. *The Town*. New York: Random House, 1964.

———. *Vision in Spring*, with introduction by Judith Sensibar. Austin: U of Texas P, 1984.

Flynn, Peggy. "The Sister Figure and 'Little Sister Death' in the Fiction of William Faulkner." *University of Mississippi Studies in English* 14 (1976): 99–117.

Fowler, Doreen. *Faulkner: The Return of the Repressed*. Charlottesville: UP of Virginia, 1997.

Fowler, Doreen, and Ann J. Abadie, eds. *Faulkner and the Southern Renaissance: Faulkner and Yoknapatawpha, 1981.* Jackson: UP of Mississippi, 1982.

Garrett, George P., Jr. "An Examination of the Poetry of William Faulkner." *Princeton University of Library Chronicle* 18.3 (Spring 1957): 124–35. Reprinted in Wagner, ed., *William Faulkner: Four Decades of Criticism*. 44–54.

———. "An Examination of the Poetry of William Faulkner." Vol. 2 of *William Faulkner: Critical Assessments*. Ed. Henry Claridge. East Sussex: Helm Information, 1999.

Gautier, Theophile. *Mademoiselle de Maupin*. London: Published for the Trade, 19--.(sic)

Godden, Richard. *Fictions of Labor: William Faulkner and the South's Long Revolution.* Cambridge: Cambridge UP, 1997.

Gresset, Michel. *Fascination: Faulkner's Fiction, 1919–1936*. Adapted from the French by Thomas West. Durham: Duke UP, 1989.

———. *A Faulkner Chronology*. Trans. from *Faulkner: Oeuvres Romanesques* by Arthur B. Scharff. Jackson: UP of Mississippi, 1985.

———. "Faulkner's Self-Portraits." *The Faulkner Journal* 2.1 (Fall 1986): 2–13.

———. "Faulkner's 'The Hill'" *Southern Literary Journal* 6 (1977): 3–18.

Grossman, Joel M. "The Source of Faulkner's 'Less Oft Is Peace.'" *American Literature* 47 (November 1975): 436–38.

Gwynn, Frederick L., and Joseph L. Blotner, eds. *Faulkner in the University*. Charlottesville: UP of Virginia, 1959.

Hamblin, Robert W., and Charles A. Peek, eds. *A William Faulkner Encyclopedia.* Westport: Greenwood, 1999.

Hamblin, Robert W., and Louis Daniel Brodsky. "Faulkner's 'L'Apres-Midi D'un Faune': The Evolution of a Poem." *Studies in Bibliography* 33 (1980): 254–63.

Hoffman, Frederick J., and Olga W. Vickery, eds. *William Faulkner: Three Decades of Criticism.* East Lansing: Michigan State UP, 1960.

———, eds. *William Faulkner: Two Decades of Criticism*. East Lansing: Michigan State College P, 1951.

Holditch, W. Kenneth. "William Faulkner and Other Famous Creoles." *Faulkner and His Contemporaries: Faulkner and Yoknapatawpha, 2002*. Ed. Joseph Urgo and Ann J. Abadie. Jackson: UP of Mississippi, 2004.

———. "William Spratling, William Faulkner and Other Famous Creoles." *Mississippi Quarterly* 51.3 (Summer 1998): 423–34.

Hönnighausen, Lothar. *Faulkner: Masks & Metaphors*. Jackson: UP of Mississippi, 1997.

———. *William Faulkner: The Art of Stylization in his Early Graphic and Literary Work*. Cambridge: Cambridge UP, 1987.

Jelliffe, Robert A., ed. *Faulkner at Nagano*. Tokyo: Kenkyusha, 1956.

Johnson, Susie Paul. "The Killer in *Pylon*." *Mississippi Quarterly* 40 (1987): 401–12.

———. "*Pylon*: Faulkner's Waste Land." *Mississippi Quarterly* 38 (1985): 287–94.

Kartiganer, Donald M. "'So I, Who Never Had a War . . .': William Faulkner, War, and the Modern Imagination." *William Faulkner: Six Decades of Criticism*. Ed. Linda Wagner Martin. East Lansing: Michigan State UP, 2002.

Kartiganer, Donald M., and Ann J. Abadie, eds. *Faulkner at 100: Retrospect and Prospect: Faulkner and Yoknapatawpha, 1997*. Jackson: UP of Mississippi, 2000.

———, eds. *Faulkner in Cultural Context: Faulkner and Yoknapatawpha, 1995*. Jackson: UP of Mississippi, 1997.

Keats, John. *The Complete Poems*. Ed. John Barnard. Penguin Books, 1988.

Kinney, Arthur F. "Ben Wasson and the Republication of Faulkner's *Marionettes*." *The Faulkner Journal* 5.1 (Fall 1989): 67–72.

———, "On the Composition of *Sartoris* of William Faulkner." *Critical Essays on William Faulkner: The Sartoris*

Family. Boston: G. K. Hall, 1985. 119.

Kobler, J. F. "Lena Grove: Faulkner's 'Still Unravish'd Bride of Quietness.'" *Arizona Quarterly* 28 (1972): 339–54.

Korenman, Joan S. "Faulkner's Grecian Urn." *Southern Literary Journal* 7 (Fall 1974): 2–23.

Kreiswirth, Martin. "Faulkner as Translator: His Versions of Verlaine." *Mississippi Quarterly* 30 (Summer 1977): 429–32.

———. "Faulkner's *The Marble Faun*: Dependence and Independence." *English Studies in Canada* 6 (Fall 1980): 333–44.

———. *William Faulkner: The Making of a Novelist*. Athens: U of Georgia P, 1983.

LaLonde, Chris. "'New Orleans' and an Aesthetics of Indeterminacy." *The Faulkner Journal* 8.2 (Spring 1993): 13–30.

Lind, Ilse Dusoir. "Faulkner's Uses of Poetic Drama." *Faulkner, Modernism, and Film*. Ed. Evans Harrington and Ann J. Abadie. Jackson: UP of Mississippi, 1979. 3–19.

Lytle, Andrew. *The Hero with the Private Parts*. Baton Rouge: Louisiana State UP, 1966.

MacLeish, Archibald. "The Proper Pose of Poetry." *Saturday Review of Literature* 38.10 (1955): 11–12 & 47–49.

Massey, Linton Reynolds. *Man Collecting: Manuscripts and Printed Works of William Faulkner in the University of Virginia Library. Honoring Linton Reynolds Massey. 1900–1974. On Exhibition, November 16, 1975–January 31, 1976*. Charlottesville: U of Virginia Library, 1975.

McDaniel, Linda Elkins. "Keats's Hyperion Myth: A Source for the Sartoris Myth." *Mississippi Quarterly* 34 (1981): 325–33.

Meriwether, James B., ed. *A Faulkner Miscellany*. Jackson: UP of Mississippi, 1974.

Meriwether, James B., and Michael Millgate, eds., *Lion in the Garden: Interviews with William Faulkner, 1926–1962*. New York: Random House, 1968.

Millgate, Michael. *The Achievement of William Faulkne*r. New York: Random House, 1966.

Nichols, Robert. *Ardours and Endurances: Also A Faun's Holiday & Poems And Phantasies*. New York: Frederick A. Stokes, 1918.

Ohashi, Kenzaburou. "Creation Through Repetition or Self-Parody: Some Notes on Faulkner's Imaginative Process." *William Faulkner: Materials, Studies, and Criticism* 2.2 (1979): 34–47.

Onoe, Masaji. "Some T. S. Eliot Echoes in Faulkner." *Faulkner Studies in Japan*. Ed. Thomas L. McHaney. Athens: U of Georgia P, 1985. 45–61.

Owens, Tony J. "Faulkner, Anderson, and 'Artist at Home.'" *Mississippi Quarterly* 32 (Summer 1979): 393–412.

Parini, Jay. *One Matchless Time: A Life of William Faulkner*. New York: Harper Collins Publisher, 2004.

Pascal, Richard. "Faulkner's Debt to Keats in *Light in August*: A Reconsideration." *Southern Review* 14 (1981): 161–67.

Polk, Noel. "'Hong Li,' and *Royal Street*: The New Orleans Sketches in Manuscripts." *Mississippi Quarterly* (Summer 1973): 394–95.

———. "William Faulkner's 'Hong Li' on Royal Street." *The Library Chronicle of the University of Texas at Austin* 13 (1980): 27–30.

Richardson, H. Edward. "The Vieux Carré: Anderson's Influence." *William Faulkner: The Journey to Self-Discovery*. Columbia: U of Missouri P, 1969. 116–38.

Ross, Stephen M. *Fiction's Inexhaustible Voice: Speech and Writing in Faulkner*. Athens and London: Athens: U of Georgia P, 1989.

Runyan, Harry. "Faulkner's Poetry." *Faulkner Studies* 3.2–3 (1954): 23–29.

Ruppersburg, Hugh M. *Voice and Eye in Faulkner's Fiction*. Athens: U of Georgia P, 1983.

Samway, Patrick. "Faulkner's Poetic Vision." *Faulkner and the Southern Renaissance.* Ed. Doreen Fowler and Ann J. Abadie. Ed. Doreen Fowler and Ann J. Abadie. Jackson: UP of Mississippi, 1982. 204–44.

Scott-Kilvert, Ian. *A. E. Housman*. London: Published for the British Council and the National Book League, 1977.

Sensibar, Judith L. *Faulkner's Poetry: A Bibliographical Guide to Texts and Criticism*. Ann Arbor: UMI, 1988.

———. Introduction. *Vision in Spring* By William Faulkner. Austin: U of Texas P, 1984.

———. *The Origin of Faulkner's Art*. Austin: U of Texas P, 1984.

———. "Pierrot and the Marble Faun: Another Fragment." *Mississippi Quarterly* 32 (Summer 1979): 473–76.

Singal, Daniel Joseph. *William Faulkner: The Making of a Modernist*. Chapel Hill: U of North Carolina P, 1997.

Snell, Susan. "'Aristocrat' and 'Commoner': The Professions and Souths of Stark Young and William Faulkner." *Southern Quarterly* 24 (Summer 1986): 93–100.

Storey, Robert F. *Pierrot: A Critical History of a Mask*. Princeton: Princeton UP, 1978.

Symons, Arthur. *The Symbolist Movement in Literature*. New York: E. P. Dutton, 1919.

Trouard, Dawn. "X Marks the Spot: Faulkner's Garden." *Faulkner in Cultural Context: Faulkner and Yoknapatawpha*. Ed. Donald M. Kartiganer and Ann J. Abadie. Jackson: UP of Mississippi, 1997. 99–124.

Volpe, Edmond L. *A Reader's Guide to William Faulkner*. New York: Farrar, Straus, 1964.

Wadlington, Warwick. *Reading Faulknerian Tragedy*. Ithaca: Cornell UP, 1987.

Wagner, Linda Welshimer, ed. *William Faulkner: Six Decades of Criticism*. East Lansing: Michigan State UP, 2002.

Warren, Robert Penn. "Faulkner: The South, the Negro, and Time." *Faulkner: A Collection of Critical Essays*. Ed. Robert Penn Warren. Englewood Cliffs: Prentice-Hall, 1966. 251–71.

Wasson, Ben. *Count No 'Count: Flashbacks to Faulkner*. Jackson: UP of Mississippi, 1983.

Watson, James Gray. "New Orleans, *The Double Dealer*, and 'New Orleans.'" *American Literature* 56 (1984): 214–26.

———. *William Faulkner: Letters and Fictions*. Austin: U of Texas P, 1987.

———. *William Faulkner: Self-Presentation and Performance*. Austin: U of Texas P, 2000.

Wright, Willard Huntington. *The Creative Will: Studies in the Philosophy and the Syntax of Aesthetics*. New York: John Lane, 1916.

Yonce, Margaret. "Faulkner's 'Atthis' and 'Attis': Some Sources of Myth." *Mississippi Quarterly* 23 (1970): 289–98.

———. "'Shot Down Last Spring': The Wounded Aviators of Faulkner's Wasteland." *Mississippi Quarterly* 31 (1978): 359–68.

Zorzi, Rosella Mamoli, and Pia Masiero Marcolin, eds., *William Faulkner in Venice*. Venezia: Marsilio, 2000.

邦語文献

イアン・スコット＝キルヴァート（鈴木富生・丸谷晴康・小幡武共訳）『評伝　A・E・ハウスマン』、八潮出版社、一九九八年。

『大江健三郎全作品第Ⅱ期1、』新潮社、一九六六年。

『群像・日本の作家23　大江健三郎』、小学館、一九九五年。

川崎寿彦『エリオット』、山口書店、一九八一年。

ジェームズ・M・ケンフ『マルカム・カウリー』、ケンフ智子訳、サイマル出版会、一九八八年。

多田満智子「かのオルフェウスもいうように」『幻想文学』三一号、幻想文学出版局、一九九一年、一八―二五頁。

田中敬子『フォークナーの前期作品研究――身体と言語』、開文社、二〇〇二年。

田中久男『自己増殖のタペストリー――ウィリアム・フォークナーの世界』、南雲堂、一九九七年。

出口保夫訳『キーツ全詩集　第一巻―第三巻』、白鴎社、一九八二年。

戸田　仁編著『牧神パーンの物語』、旺史社、一九八八年。

林　文代『迷宮としてのテキスト――フォークナー的エクリチュールへの誘い』、東京大学出版会、二〇〇四年。

平石貴樹『小説における作者のふるまい』、松柏社、二〇〇三年。

――――『メラコンリック　デザイン』、南雲堂、一九九三年。

福田立明「フォークナーの地勢図」『フォークナー』四号、松柏社、二〇〇二年、一四三―五〇頁。

星野剛一訳『ハウスマン全詩集』、荒竹出版、一九七六年。

村山敏勝「身体的統計に向けて」『英語青年』、二〇〇〇年六月号、一七二―七六頁。

【わ】

【や】

【ら】

【ま】

【た】

【な】

【は】

【さ】

【か】

索　引

【あ】

【執筆者略歴】

小山 敏夫（こやま・としお）
1941年生まれ。
1964年神戸大学卒業、1970年関西学院大学文学部英文科博士課程終了。
現在、関西学院大学教授。

著書
Faulkner: After the Nobel Prize（山口書店、1987年）（共）
『ウィリアム・フォークナーの短編の世界』（山口書店、1988年）
History and Memory in Faulkner's Novels（松柏社、2005年）（共）

ウィリアム・フォークナーの詩の世界
楽園喪失からアポクリファルな創造世界へ

2006年11月10日初版第一刷発行

著　者　小山敏夫
発行者　山本栄一
発行所　関西学院大学出版会
所在地　〒662-0891　兵庫県西宮市上ケ原一番町1-155
電　話　0798-53-5233

印　刷　大和出版印刷株式会社

Printed in Japan by Kwansei Gakuin University Press
ISBN 4-907654-99-5

http://www.kwansei.ac.jp/press